# EN LA ARENA DE GIJÓN

GABRIELA EXILART

# EN LA ARENA DE GIJÓN

## DE GIJÓN

Entre la lealtad,
el amor y la guerra

PLAZA JANÉS

Papel certificado por el Forest Stewardship Council®

Penguin
Random House
Grupo Editorial

Primera edición: julio de 2022

*Printed in Spain* – Impreso en España

ISBN: 978-84-01-02967-7
Depósito legal: B-9626-2022

Compuesto en M. I. Maquetación, S. L.

Impreso en Black Print CPI Ibérica
Sant Andreu de la Barca (Barcelona)

L029677

*A papá, de quien recibí el ejemplo de la lectura*
*A la memoria de mi abuela, Marciana Exilart*

# Introducción

*Puerto de Buenos Aires, Argentina, 1902*

—Lamento no poder acompañarte. —Una mujer envuelta en un chal oscuro abrazó a otra que cargaba una valija.

—No te preocupes, Prudencia, sé que no puedes viajar ahora, con los niños tan pequeños.

—Escríbeme en cuanto llegues, y abraza a papá de mi parte.

Purita asintió y se dieron el último beso.

El resto de los pasajeros ya habían abordado el barco, que oscilaba en las aguas oscuras.

Un viento frío secó las lágrimas y repartió la esperanza entre las hermanas.

Miguel Fierro Rodríguez, su padre, no había retornado a la Argentina pese a su promesa. Los negocios que había heredado en España luego del fallecimiento de su amigo Mateo lo habían retenido más de lo deseable, y ahora, diez años después, enfermo de muerte, le era imposible regresar. Ni siquiera había conocido a sus nietos, los hijos de Prudencia y Diego Alcorta.

—¡Prométeme que tú sí vas a volver! —gritó Prudencia en el último momento; su voz fue devorada por una ráfaga y se perdió en el aire.

9

# 1

*Los milicianos de acero
salvarán al mundo entero
usando el plomo certero.
Gritan al mundo, si muero:
¡Mis hijos se salvarán!
¡Mis hijos se salvarán!*

«Compañías de acero», del cancionero
socialista y comunista

*Gijón, Asturias, España, julio de 1936*

—No te vayas —pidió Marcia con lágrimas en los ojos—. No puedes dejarnos.

Marco le dio la espalda y se vistió. Tenía una misión que cumplir, no iba a quedarse de brazos cruzados mientras sus compañeros entregaban su vida.

—¿Es que acaso no te importamos? —insistió la joven, pasando de la tristeza al enojo—. En unos meses nacerá tu hijo.

—Por eso mismo me voy, porque mi hijo merece un mundo donde no haya diferencias sociales, donde todos tengamos derecho a lo mismo.

España estaba en llamas. En febrero había ganado las elecciones el Frente Popular, una coalición conformada por los principales partidos de izquierda, incluido el Partido Comunista para reforzar la fracción obrera de la alianza.

Con el afán de continuar con la reforma legislativa y bregar por los derechos de los trabajadores y la autonomía de las regiones, el Frente Popular se lanzó contra los distintos estamentos: la Iglesia, el ejército, la aristocracia y los terratenientes.

La violencia se dio cita en las calles; hubo huelgas, enfrentamientos y ajustes de cuentas, a menudo con armas de fuego, entre ambas facciones, izquierda y derecha. Así comenzó la Guerra Civil.

Marco se había visto seducido por las ideas comunistas y había terminado comprometido con la causa.

—Marco, no tienes que ir. —Marcia se levantó y se abrazó a su espalda. El vientre abultado se apoyó contra él—. Siente a nuestro hijo —pidió en un último intento de retenerlo—. Quiero que tenga un padre.

—Lo tendrá. —Marco se giró y la miró a los ojos, donde el gris brillaba por las lágrimas. Se compadeció de ella y le dio un beso en la frente—. Cuídate.

No permitiría que ocurriera de nuevo una masacre como la de 1934. Dos años atrás la nación se debatía peligrosamente entre la izquierda y la derecha. La tensión había estallado tras el levantamiento de los mineros de Asturias contra el gobierno. Al haber una coalición conservadora en el poder se le había encomendado a Francisco Franco que aplacara la revolución, cosa que hizo con extrema dureza. Más de dos mil obreros habían resultado muertos y heridos, lo cual hizo que fuera llamado por los izquierdistas «el Carnicero de Asturias».

A partir de esa revuelta, los patrones pasaron a la ofensiva, amparados por el gobierno derechista. Se produjeron despidos masivos, reducción de salarios, restricción de la libertad de prensa, desconocimiento de derechos adquiridos por los trabajadores y anulación de los contratos de trabajo. Marco había sido despedido de la fábrica de aceros Exilart y Fierro de Gijón. A Aitor no le había temblado la mano, máxime frente a la sospecha de que su hija andaba perdida en suspiros por Noriega.

Todo ello había ocasionado que amplios sectores de las clases medias que no habían simpatizado con las huelgas revolucionarias se identificaran con los obreros y cuestionaran las acciones del gobierno de derechas. Dicha situación, sumada a una serie de factores internacionales que propiciaba la aparición por toda Europa de frentes populares, dio lugar a la gestación del Frente Popular en España.

Marco salió de la habitación en penumbras, tomó el morral que había dejado preparado la noche anterior y se perdió en la madrugada.

El panorama era complejo. Tanto José Calvo Sotelo, portavoz del partido Renovación Española, como José Antonio Primo de Rivera y Sáenz de Heredia, hijo del antiguo dictador, predicaban que las fuerzas proletarias españolas se preparaban para una segunda revolución, que instauraría un gobierno comunista.

José Antonio Primo de Rivera había fundado, en 1933, la organización filofascista Falange Española. La derecha, por su parte, había consolidado posiciones en una nueva coalición, la Confederación Española de Derechas Autónomas (CEDA).

El nuevo gobierno del Frente Popular había enviado a Francisco Franco a Canarias para evitar una conspiración, sin embargo, la estrategia fue desacertada, dado que la distancia impedía su control y vigilancia.

La violencia iba en escalada, la sociedad española se desangraba en una guerra civil sin tregua. Calvo Sotelo fue asesinado por milicianos socialistas.

El 17 de julio de 1936 los generales Emilio Mola Vidal, comandante de la insurrección, Manuel Goded Llopis y Francisco Franco Bahamonde, aprovechando la escasa tradición democrática y la debilidad de las instituciones, iniciaron el golpe de Estado desde la guarnición de Marruecos. A partir de ese día, el resto de España se sublevó.

Los hombres —anarquistas, comunistas, socialistas y también de la izquierda republicana— partieron para hacer frente a los rebeldes, que, si bien en un primer momento no pudieron hacerse con el gobierno, lograron controlar un tercio de España: Sevilla, el norte de África, Galicia, León y las capitales de Aragón, quedando la región oriental aragonesa en manos de la República.

Convencido de que estaba haciendo lo correcto, Marco fue detrás de los que la defendían.

Marcia volvió a la cama, incapaz de dormir. Temía por él. Marco era impulsivo y a veces inmaduro. ¡Iba a ser padre! ¿Cómo podía pesar más la causa que su propia familia?

Ella también tenía sus ideas y había luchado por la igualdad y la justicia social, aunque no estaba dispuesta a arriesgar a su hijo. Sabía lo que era trabajar, asistir a los mítines y reclamar mejores derechos. Hasta se había enfrentado a su padre.

Pensar en Aitor le causó aún más pena. Estaba alejada de su familia, que no entendía cómo ella, una niña bien, había terminado enredada con un simple obrero, por si fuera poco, un comunista, por quien se había involucrado en pasiones políticas, con el único afán de atraerlo, y había terminado embarazada.

Su padre la había echado del hogar y ella había salido con la frente bien alta. Su madre, en cambio, si bien no estaba de acuerdo con esa relación, la había aceptado, y a menudo se acercaba a la casa de la playa para ver cómo estaba su hija.

# 2

*Pueblo en el Valle de Turón, Asturias, España, 1901*

La niebla del amanecer ya se había disipado y un tibio sol de mediodía reinaba en el cielo. Por la chimenea de la precaria vivienda, ubicada al pie de la colina, una fina columna de humo indicaba vida. Adentro, una pareja comía cerca del fuego y un niño pequeño dormía en un improvisado catre. La mujer sonreía tratando de restar importancia al magro alimento; no eran buenos tiempos y había que comer lo que se podía conseguir. Esta vez eran trozos de pan duro, que debían mojar en la leche de la única cabra de la familia. Ello no empañaba la felicidad de la joven, quien se conformaba con poder despertar cada día al lado del hombre que había elegido para formar su hogar.

Él trabajaba en el campo y, cuando lo requerían en el pueblo, hacía tareas de carpintería —su oficio—, aunque nunca era suficiente para llenar la olla. Hacía cinco años que se habían casado, tras alejarse de sus familias de origen en busca de nuevos horizontes. Por ello habían dejado la ciudad de Avilés y se habían mudado al valle, donde ansiaban criar a sus hijos.

Después de comer se despidieron en el umbral y el marido se fue al pueblo. Le habían encargado nuevos bancos para la iglesia y debía cerrar el trato con el párroco. Ella puso orden al modesto hogar y luego salió, como siempre, para recoger los huevos y controlar los cultivos de patatas, que había cubierto con retazos de tela para paliar el frío.

El perro, un lanudo que llegó una noche de tormenta y se había quedado para siempre, empezó a ladrar, como si quisiera decirle algo.

—Calla, calla, que despertarás al chiquillo. —El animal seguía saltando y corriendo a su alrededor, inquieto. Ella no le hizo caso y continuó con sus tareas.

De nuevo en la vivienda controló al niño, que seguía durmiendo. Lo arropó con una manta tejida —al darse vuelta se había desabrigado— y le dedicó una sonrisa antes de partir.

En el exterior otra vez, caminó hasta el arroyo que corría cerca. Debía lavar algunas prendas que después secaría al calor de las llamas. Apretó el mantón que cerraba su cuello. No quería enfermarse de nuevo; últimamente los fríos le sentaban peor que nunca.

El perro seguía nervioso, ladraba y saltaba.

—¡Basta! —ordenó; fue inútil.

De rodillas, cumplió su cometido en la cañada, pese al dolor de los dedos congelados, para luego emprender el camino de regreso.

—¡Trueno! —llamó al no ver al animal, que nunca se alejaba de ella. Como no estaba por ningún lado, dejó el fuentón de lata en el suelo y miró hacia todas las direcciones—. ¡Trueno!

Escuchó unos ladridos que venían de entre las rocas y sonrió; allí estaba el muy bandido, seguro que persiguiendo a algún animalito que se escondía entre las piedras.

Repitió el llamado, pero el perro no respondió; entonces caminó en dirección a los quejidos y lo divisó detrás de una lomada.

—¡Mira que eres travieso! —dijo mientras se acercaba.

Trueno gemía y ladraba mirando algo en el suelo que ella, desde su sitio, no podía divisar. La mujer rodeó el promontorio y se situó a su lado.

No era un animalito lo que había captado su atención, era algo mucho más asombroso. La mujer abrió los ojos y la boca, las palabras no le salieron. Sin perder tiempo se agachó y tocó al bebé, que yacía escondido entre unas matas. Estaba tieso y frío, creyó que estaba muerto. Lágrimas de impotencia se deslizaron por su mejilla.

Apartó los yuyos y lo tomó entre sus brazos acercándolo a su oído; una débil respiración la colmó de alegría impulsándola a correr hacia la casa y olvidando el fuentón con la ropa. Durante la carrera apretaba al bebé contra su pecho tratando de transmitirle su calor. Los trapos que lo envolvían estaban húmedos.

Ingresó como una tromba y lo puso cerca de las llamas; desesperada, lo desnudó y empezó a friccionar su cuerpito frío hasta que sintió que su sangre circulaba y su piel se entibiaba. A causa del ruido, el otro niño despertó y empezó a llorar, pero su atención estaba puesta en el huerfanito. Empezó a cantar una canción de cuna, quizá con eso lograra calmarlo.

Mientras la mujer masajeaba al bebé, de pronto llamó su atención un lunar demasiado grande en su pancita; sonrió al advertir que era una mancha de nacimiento. «Es una marca de Dios», pensó. Después descubriría otra en el cuello, oculta bajo los pliegues de su piel. Lo envolvió en mantas secas y se dedicó a masajear sus pies y sus manos; debía despertar. No era recién nacido, tendría al menos dos meses y estaba muy desmejorado y con llagas en las nalgas.

—¡Pobrecito!

Lo meció junto a su corazón y continuó cantando una nana. Los colores del bebé iban volviendo y de repente un llanto de gatito resonó en la casa, ocasionando que el otro niño, que se había calmado, volviera a quejarse. Sonrió y lo colmó de besos dando gracias al cielo por la bendición. Había soñado tanto con un hijo y ahora Dios se lo enviaba.

—Te daré una leche tibia —explicó mientras lo acostaba entre los cojines, siempre cerca del fuego.

El bebé gritó más fuerte al sentirse abandonado, mas ella debía calentar la leche antes de dársela. Tomó el biberón del otro pequeño, que seguía reclamando su alimento.

—Ya me ocuparé de ti, tesoro —le dijo—, este crío necesita llenar la tripa ya.

Al rato estaba de nuevo con el niño en brazos, alimentándolo. Cuando el esposo regresó al hogar luego de varias horas, se encontró con un cuadro inesperado: el pequeñín estaba sobre unas mantas cerca del fuego, jugando con unas maderas. Su mujer estaba sentada en la mecedora; acunaba algo entre sus brazos y, por un instante, el hombre creyó estar soñando.

—Ven, mira lo que nos ha enviado Dios.

Incrédulo, se acercó y se arrodilló al lado de su esposa.

—¿De dónde ha salido este bebé? —Apenas descorrió la manta para verle el rostro; el niño dormía plácido.

—Fue Trueno quien lo encontró —dijo sin dejar de mirarlo, embelesada—. Alguien debió de abandonarlo, ¿puedes creerlo?

—No, no me cabe en la cabeza… —Clavó los ojos en ella—. Mujer, no podemos quedárnoslo, no es nuestro.

—¿Qué dices? —No iba a separarse de ese crío por nada del mundo—. Sus verdaderos padres no lo merecen. ¡Lo dejaron entre las rocas para que se muriera de frío!

—Mujer, entra en razón. —El esposo se puso de pie y caminó en el poco espacio que tenían—. ¿Qué diremos? En el pueblo todos nos conocen, sabrán que lo hemos robado.

—¡No lo hemos robado! Le hemos salvado la vida.

—¡Joder! —Se llevó las manos a la cabeza, dudaba.

—Escucha, hace tiempo que buscamos un hijo, esta es una señal… —Con cuidado se puso de pie y le ofreció al bebé—. Tómalo, una vez que lo abraces no podrás dejarlo.

Él la miró a los ojos. Vio en ella tanto amor que supo que no podría negarse. Extendió los brazos y recibió al niño.

—Es un varón —dijo ella—. Debemos ponerle un nombre.

—Pero… ¿qué haremos? —Dudaba.

—Yo sé lo que haremos, nos iremos del pueblo.

—¿Qué locura es esa?

—Aquí no tenemos nada. Iremos a la ciudad, donde nadie nos conozca, y diremos que es nuestro hijo.

El hombre se sintió en una encrucijada, al parecer ella tenía todo planeado.

—¿A dónde iremos?

—A la costa, siempre quise conocer el mar.

# 3

*Gijón, 1917*

—Cuida a tu madre —dijo Francisco Javier a su hijo mayor—, regresaré en unos días.

—Vaya tranquilo, padre —respondió Bruno.

El hombre le dio la mano y luego se dirigió hacia el menor:

—Y tú, ayuda a tu hermano. Ahora él es el hombre de la casa.

—Sí, padre —asintió Marco ocultando su enfado; a él siempre le tocaba obedecer.

Francisco le dio la mano y fue hacia donde lo aguardaba su mujer.

—Quedas a buen resguardo. —Ambos sonrieron, orgullosos de la familia que habían logrado—. Volveré con excelentes noticias.

Se abrazaron; María Carmen con lágrimas en los ojos y Francisco con la esperanza de conseguir empleo en el nuevo pozo que la Sociedad Metalúrgica Duro-Felguera se proponía explotar para abastecer de carbón a la región.

El emprendimiento estaba a unos kilómetros de Gijón, sobre una amplia explanada ganada al río Nalón, y habían sido convocados varios hombres del pueblo.

Francisco Javier Noriega Llano, quien venía sosteniendo su hogar con trabajos de carpintero, se vio tentado de cambiar la suerte de esa familia que tenía cuatro bocas que alimentar, incluso aunque su esposa no estuviera convencida. Confiaba en que Bruno, el mayor de sus hijos, continuaría atendiendo los pedidos de carpintería y le enseñaría el oficio a su hermano Marco.

Al partir el padre, la madre caminó de nuevo hacia la casa, ubicada en las afueras de la ciudad de Gijón, cerca del mar.

—Marco, ya sabes que no debes ir al puerto —advirtió aun cuando sabía que el jovencito desobedecería su orden ni bien su hermano se descuidara un momento.

Marco tenía un carácter rebelde y aventurero que no habían logrado domeñar desde su más tierna infancia. Y ahora, a los catorce, la situación era más difícil todavía.

Si bien España se había mantenido neutral en esa guerra que enfrentaba a varios países, en el año 1915 un submarino alemán había acudido a abastecerse al puerto de Gijón, lo que había provocado una reacción por parte de cruceros franceses y la fijación de un límite de las aguas territoriales en tres millas, a efectos de la neutralidad por parte de España.

María Carmen prefería a su hijo lejos de la zona de vigilancia establecida por el eje anglo-francés, que iba desde San Sebastián hasta Vigo. Todos los puertos de Asturias, incluido el de Gijón, eran objeto de un minucioso escrutinio. Y ella, conociendo el espíritu intrépido de Marco, vivía con el corazón en un puño.

Al principio, había un servicio de subagentes españoles que patrullaban con un pequeño vapor de recreo, aunque su escasa profesionalidad había dado lugar a que lo controlasen los cónsules.

—Vamos al trabajo —dijo Bruno, esperando que su hermano lo siguiera.

—Ve tú, enseguida te alcanzaré.

Bruno fijó en Marco sus ojos, donde anidaba la noche, en señal de advertencia.

—Dije que iré enseguida.

El mayor empezó a caminar hacia el galpón donde su padre tenía las herramientas y las maderas. Debían terminar uno de los trabajos que ya estaba empezado.

Hacía calor y Bruno se arremangó. Era delgado y tenía el cuerpo trabajado a fuerza de hacha y serrucho. Se dedicó a moldear las terminaciones del mueble que Francisco había dejado a la mitad, y los minutos pasaron sin que su hermano diera señales de vida.

Al mediodía, su madre fue a llevarles de comer y advirtió su ausencia:

—¿Y Marco?

—Fue a comprar algo al pueblo —mintió. No quería preocuparla.

—¿Bruno? —La madre los conocía a ambos, sabía que el mayor siempre lo protegía aun cuando no lo merecía.

—Volverá pronto —la tranquilizó.

—Avísame —pidió, no sin antes darle un beso en la frente sudada.

Cuando Marco apareció varias horas después, con el cabello mojado y arena en los pies, Bruno supo que había estado en la playa con sus amigos del pueblo. Siempre era igual; Marco escapaba a las obligaciones y él lo cubría asumiendo todo el trabajo.

—Mamá sabe que no estuviste aquí.

—Y tú seguro que echaste leña al fuego —replicó.

—Le dije que te había mandado al pueblo con un encargo —dijo, sin levantar la vista de la pieza que estaba tallando.

Marco no se molestó en dar las gracias.

—Toma, te he dejado un trozo de carne —ofreció Bruno al intuir que su hermano tendría hambre.

—Te ayudaré. —Era todo lo que iba a decir como agradecimiento. Continuaron trabajando hasta que cayó el sol.

Francisco Javier regresó a la semana. Venía contento, aunque muy cansado. Lo habían contratado para trabajar en el pozo de Sotón.

Al llegar abrazó a su mujer y saludó a sus hijos. Reunidos alrededor de la mesa les contó lo que había aprendido.

—Parece que los empresarios mineros se han unido en ligas —comentó mientras cenaban— para hacer frente a los ingleses, que también tienen carbón.

—¿Y eso es bueno? —quiso saber María Carmen, que poco entendía de las cuestiones de las grandes empresas.

—Supongo que sí, uno de mis compañeros dice que así se logrará mayor protección por parte del gobierno.

Ninguno de ellos era capaz de advertir la conveniencia de esas uniones empresariales que se traducirían en protección arancelaria y obligación de consumo de producción nacional en la marina de guerra, arsenales y fábricas de armas estatales.

—La Duro-Felguera es una gran empresa —decía orgulloso Francisco Javier.

—¿Volverá a irse, padre? —preguntó Bruno.

—Así es, hijo, tendrás que hacerte cargo de la carpintería. —Y mirando a Marco añadió—: Tú serás su ayudante.

—¿Y cuándo regresará?

—Cada quince días vendré a veros, y ese día será una fiesta. Mientras, debéis cuidar de vuestra madre.

María Carmen se debatía entre la alegría por el nuevo ingreso y la tristeza que le causaba estar separada de su marido. No concebía la vida sin él.

—Deberíais ver la construcción del pozo —continuó Francisco—, es impresionante lo que estamos haciendo.

La cena transcurrió con las novedades del padre. Una vez a solas en el lecho, el matrimonio se dedicó a amarse y a recuperar el tiempo perdido.

# 4

*Oviedo, 1902*

Querida hermana, papá no está bien; los dolores obligan al médico a aplicarle morfina, que ocasiona un debilitamiento general de su cuerpo. Pasa casi todo el día dormido y cuando despierta lo atacan las náuseas y los vómitos.

Me entristece verlo así y no sé qué hacer para ayudarlo. La familia de su socio me ha acogido como si fuera una más. Ángeles, la esposa de José Luis, se ocupa de traerme comida, y hasta me envió a una de sus criadas para que se encargue de la casa.

La ciudad es preciosa, fue Ángeles quien me llevó a recorrer algunos de los sitios emblemáticos. Se presentó una tarde y me dijo: «Niña, no puedes morir en vida al lado de tu padre, hoy saldremos a pasear». Y, pese a mi resistencia inicial, me hizo bien salir un poco de esa casa, donde el olor a enfermedad se te mete por los poros sin que te des cuenta.

Del brazo caminamos hasta la plaza de la Escandalera y me mostró el Teatro Campoamor. Luego pasamos por el hospicio, resguardado tras altas verjas de hierro, detrás de las cuales un corrillo de niños con largos mandilones jugaba y reía. Pensé en nuestra infancia, tan pobre y tan desgraciada, Prudencia, y la tristeza acudió a mis ojos en forma de lágrimas que Ángeles mitigó con sus palabras de aliento.

Me gustaría un día tener un matrimonio como el de ella con José Luis. Se miran con amor y se siente la complicidad que los hermana; es como si supieran en todo momento qué piensa el otro. Tienen dos niños preciosos, algo diablillos, que me hacen reír, y de alguna manera alivian lo mucho que extraño a mis queridos sobrinos.

Después me llevó a la arteria principal de la ciudad, la calle Uría, en confluencia con Independencia. Allí había un convento que Ángeles llamó de las Siervas de Jesús, pero no había nadie en el jardín, tan distinto y vacío al del hospicio.

Pasé una bella tarde junto a la esposa del socio de papá y regresé con el ánimo renovado. La casa de papá es grande, aunque le falta vida. Me hubiera gustado que hallase una buena mujer para que fuera su compañera; solo se dedicó a la empresa, quizá por la culpa que sentía frente a José Luis, a quien su padre le quitó la mitad de su herencia poniendo al nuestro en su testamento. Por lo que pude apreciar, José Luis no siente lo mismo, lo quiere como si fuera de la familia. Nunca olvidará que papá le salvó la vida años atrás. Es como un largo collar de cuentas donde los favores se entrelazan y hoy son ellos quienes me sostienen a mí.

El dinero no es problema aquí, papá ha sabido administrar muy bien lo que le tocó. Me apena que no pueda disfrutarlo, tumbado todo el día en una cama. El doctor me ha dicho que de ahora en adelante solo irá cuesta abajo, así de duro, Prudencia, y yo no sé qué hacer. Las pocas veces que hemos podido hablar me ha pedido que me haga cargo de su parte en el negocio cuando él no esté. Le rogué que no habláramos de eso, él insistió: no quiere que vuelva a Argentina. ¿Qué debo hacer, hermana? Dime qué debo hacer.

Te extraño, a ti y a los niños, que, por cierto, no quiero que se olviden de su tía. Mi cariño para ellos, abrazos para ti y para Diego.

Purita cerró la carta y la apretó contra su pecho. Sabía que el final estaba cerca y ella se debatía entre correr junto a los suyos, a su mundo conocido, o cumplir el deseo de su padre.

A sus veintiún años no se sentía capaz de hacer frente a nada, y menos a las huelgas de obreros que habían comenzado con los portuarios de Gijón y que se extendían por toda Asturias. Los trabajadores reclamaban jornadas reducidas de trabajo y descanso dominical, entre otras cosas. ¿Qué haría ella frente a tal situación?

Ángeles le había comentado que su marido andaba preocupado. En la fábrica textil se rumoreaba por los pasillos la proximidad de una huelga. Ya habían surgido, tanto en Gijón como en Oviedo, las primeras agrupaciones sindicalistas, y antes habían aparecido en la zona minera de Salma de Langreo y Mieres. Había conferencias y mítines por todos lados y el número de afiliados crecía.

José Luis visitaba a Miguel casi todos los días y salía del cuarto cabizbajo y sin esperanzas de que su amigo mejorara. Un domingo, Purita invitó al matrimonio a almorzar. Se sentía sola sentada en la gran mesa del comedor; su padre ya no la compartía con ella. Conversaron de bueyes perdidos, hasta que inevitablemente salió el tema de las huelgas.

—El anarquismo se abre camino a pasos largos y firmes —dijo José Luis.

—¿Otra vez? —Ángeles estaba muy al tanto de los negocios de su esposo—. ¿No los habían desalentado el año anterior con lo de Gijón?

A principios de enero de 1901, los portuarios de Gijón se declararon en huelga por sus salarios y condiciones de trabajo. Los trabajadores de la fábrica de Moreda y Gijón, la principal industria de la ciudad, y los tipógrafos se les habían unido. La respuesta patronal fue sustituir a los estibadores del muelle por trabajadores palentinos y leoneses, que poco duraron en sus puestos porque se unieron a la huelga.

Como en todo grupo humano, había disidencias entre socialistas y anarquistas; los patrones, que contaban con la complicidad de la Guardia Civil, terminaron debilitando el movimiento, y el hambre obligó a los huelguistas a reanudar el trabajo.

—Esto acaba de empezar —fue su respuesta—. Purita, ¿has pensado en lo que te he dicho? —Sin preguntar, la joven sabía que se refería a su futuro inmediato. La salud de su padre era endeble, y las pocas veces que se sentía con fuerzas como para hablar solo reiteraba sus deseos de que se quedara en la península—. Lo de empezar a familiarizarte con los asuntos de la fábrica —aclaró.

—No creo que sea momento de atosigar a la niña con esto, José Luis —intervino Ángeles.

—Yo creo que sí lo es, quién mejor que ella para defender sus propios intereses.

José Luis era un hombre de ideas avanzadas; propiciaba que Purita participara en la empresa y tomara el lugar que le correspondería al faltar su padre. Le debía la vida a Miguel y no deseaba que la joven cayera en manos de algún inescrupuloso que quisiera aprovecharse de ella tomándola por esposa para llevar las riendas. Tampoco quería que se volviera a la Argentina; de ser posible, él haría que se cumpliera el deseo de Miguel.

—¿Lo has pensado? —reiteró.

—Aún no. A decir verdad, solo me preocupa la recuperación de mi padre. —Al decirlo los ojos se le llenaron de lágrimas—. No me siento capaz de hacerme cargo de nada...

—Debes confiar en ti, Purita —dijo José Luis con cariño—. Además, contarás conmigo para lo que haga falta.

—Gracias, no sé qué haría sin ustedes. —José Luis aún no se acostumbraba a sus americanismos, pero debía entender que Purita había vivido gran parte de su vida en la Argentina.

Los días que siguieron fueron peores para Miguel, quien en medio de sus dolores hizo llamar a un notario y estuvo encerrado con él cerca de dos horas.

Purita se sentía indefensa. ¿Qué haría ella al faltar su padre? Aguardaba a que su hermana respondiera su carta cuanto antes: era la única en quien confiaba que la asesoraría bien.

La misiva no llegó a tiempo, su padre empeoró y, pese al desfile de médicos y enfermeros que intentaban aliviar sus dolores, una cálida mañana de verano Miguel abandonó el mundo de los vivos.

Ángeles y José Luis acompañaron a Purita, se hicieron cargo de los trámites del entierro y la sostuvieron en los peores momentos. Por la casa pasaron contactos que Miguel había hecho en los últimos años: amigos, empleados y vecinos. Todos lo tenían en muy buena estima; había sido un buen hombre, a pesar de los errores cometidos en el pasado al dejar a sus hijas en manos de su esposa y el degenerado que tenía por compañero.

De eso hacía ya muchos años. Ambas habían crecido y, si bien en un principio la relación con Prudencia no había sido de lo mejor, la distancia había puesto paños calientes.

Concluidos los trámites, y al quedar sola en la gran casona, Purita se sintió más perdida que nunca. Ángeles la visitaba y trataba de animarla, pero la jovencita no remontaba.

Una tarde, José Luis apareció en compañía de un abogado que traía las instrucciones que Miguel había dictado al notario al saber que iba a morir. También había dejado una carta cerrada para Purita, en la cual le explicaba el motivo de su decisión. Purita los hizo pasar a la biblioteca y después de las formalidades de rigor el abogado dijo:

—Su padre quería que usted participara en sus negocios —empezó—, como sabrá, don Miguel amaba su tierra. —Purita asintió en silencio sin comprender hacia dónde iba toda esa perorata—. Si le parece, leeré sus instrucciones.

El letrado abrió el sobre y extrajo unas cuantas páginas.

—¿Es un testamento? —quiso saber Purita.

—No, su padre dijo que no iba a obligarla a nada, aunque confiaba en que usted accedería a su petición.

—Adelante —pidió con voz nerviosa.

El letrado empezó a leer. Era un escrito formal en el cual Miguel enumeraba sus participaciones societarias en distintas empresas, algunas de las cuales Purita no había oído nombrar nunca. Eran pequeños porcentajes, que lo dejaban siempre en minoría en las decisiones; respecto de ellos, sugería que fuera José Luis quien se ocupara de su venta a los socios mayoritarios. En cuanto a la fábrica textil, de la cual era socio en un cincuenta por ciento con José Luis, le pedía a su hija que cediera ese porcentaje a la familia del nombrado, eso siempre y cuando Prudencia diera el visto bueno. En ese punto de la lectura, José Luis interrumpió:

—No permitiré eso.

—Miguel le debía toda su fortuna a su padre —dijo el abogado—, y ese era su deseo.

—Y yo le debo mi vida.

—Haré lo que sea que haya decidido mi padre —intervino Purita por primera vez.

—Señores, permítanme finalizar la lectura, luego me iré y ustedes discutirán tranquilos. Esto no es un testamento, solo es la voluntad del difunto.

Ambos permanecieron en silencio, cada uno hundido en sus pensamientos, tratando de asimilar esa locura que había pensado Miguel.

Sin embargo, aún faltaba algo más. Miguel tenía el cuarenta por ciento de las acciones de una fábrica de aceros en Gijón, conjuntamente con un socio del cual nunca habían escuchado hablar: Aitor Exilart. A él le encomendaba Miguel su hija menor.

# 5

—¡C onseguí trabajo en una fábrica, madre! —dijo Marco, orgulloso y sudado. Había regresado de la ciudad a la carrera para contarle a María Carmen su logro—. El patrón me dijo que puedo empezar mañana mismo.

—¡En buena hora, hijo! —María Carmen lo abrazó; con sus quince años recién cumplidos Marco ya había obtenido un trabajo por sí solo. El jovencito no deseaba continuar en la carpintería con su hermano. A sus ojos siempre sería su ayudante, aun cuando cumpliera treinta años, y él no quería crecer a la sombra de Bruno. Tampoco tenía paciencia para la madera, que había que tallar y lustrar hasta sacar brillo. Si a Bruno le gustaba ese oficio, allá él, Marco tenía otras aspiraciones. La idea de trabajar en la fábrica de aceros Exilart y Fierro de Gijón lo engrandecía sobremanera.

—Eso sí, no te metas en líos —aconsejó la madre.

—¿Qué dice, madre? —Marco no estaba al corriente de la cruda represión del año anterior a causa de las huelgas, por parte del ejército y de la Guardia Civil. El general Burguete había dado carta blanca a las fuerzas represivas a la voz de «hay que cazar a los obreros como si fueran alimañas». Después vinieron las sanciones económicas, entre ellas, la disminución de los salarios.

—Los reclamos de los anarquistas y esas cosas. —María Carmen no conocía bien cómo funcionaban las organizaciones sindicales. Tampoco podía distinguir entre anarquistas, socialistas y comunistas. Para ella todo era lo mismo; solo pretendía que sus hijos, y también su marido, se mantuvieran al margen.

Lo que no sabía la madre era que Francisco Javier también había sido seducido por la lucha sindical, que todavía era débil en el sector.

En 1917 se había producido una tremenda crisis debido a que el gran número de exportaciones había hecho crecer el importe de los productos de primera necesidad y los salarios se habían estancado. Los precios del carbón asturiano, los barcos de las navieras vascas, los productos del agro y también los textiles catalanes se dispararon. Las luchas sociales recrudecieron en esos años y más aún en las cuencas mineras, a pesar de la actitud conciliatoria del sindicato minero.

La Gran Guerra llegaba a su fin. España se había mantenido neutral; había obtenido ventajas económicas, pero ahora se producía una nueva crisis. Se acababa el negocio con los dos bandos enfrentados.

—Usted tranquila, madre, yo solo cumpliré con mi deber.

Al día siguiente, Marco se levantó al alba para presentarse en la fábrica. Bruno ya se había resignado: tendría que apañárselas solo en la carpintería, aunque veía con buenos ojos que hubiera un nuevo ingreso en la casa.

Francisco Javier regresó y celebró la noticia: sus dos hijos eran su orgullo, y verlos trabajando y ocupándose de ayudar a su madre le reafirmaba que habían hecho las cosas bien. Sabía también que las dificultades afectarían la carpintería; decidió no preocupar ni a su esposa ni a Bruno y disfrutar con ellos esos dos días que se quedaría en la casa.

—Cuéntenos, padre —pidió Marco durante la cena—. ¿Cómo es trabajar en la mina? —Si bien ya hacía casi un año que Francisco Javier viajaba a los pozos, a Marco le gustaba oír sus historias, siempre había algo nuevo por descubrir.

—Al principio sentí miedo —reconoció—; no es fácil estar tantos metros debajo de la tierra.

—¿No te asfixias? —quiso saber María Carmen.

—No... —Sonrió—. Sin embargo, se siente una opresión en el pecho... hasta que te acostumbras.

—¿Es cierto que trabajan también las mujeres, padre? —Bruno había escuchado en el pueblo que había mujeres y hasta niños en las minas.

—Así es —reconoció Francisco frente a la mirada de sorpresa de María Carmen.

—¡Oh!... ¿cómo pueden trabajar allí? ¿Ellas bajan también?

—En verdad está prohibido que bajen, los patrones tienen mucha presión por parte de las organizaciones obreras, pero a veces lo hacen; también los niños.

—¡Qué horror! —María Carmen era demasiado inocente para los tiempos que estaban viviendo—. ¡Pobres criaturas!

Francisco no quiso preocuparla más, no valía la pena alertarla sobre las consecuencias del trabajo en las minas. El polvo de los lavaderos producía silicosis, una enfermedad crónica por aspiración de desechos.

—Desde que comenzó la guerra la demanda de carbón asturiano aumentó, a falta del inglés y el belga. —María Carmen se admiraba de todo lo que había aprendido su marido en su nuevo trabajo. Hablaba con un vocabulario distinto y temió que se aburriera de ella. Un destello de celos atravesó su mente al pensar en las mujeres con las que se cruzaba a diario—. Por ello trabajan a la par del hombre, más de doce horas por día. Esperan que salga el vagón cargado de mineral para lavar.

—No me las imagino... Es un mundo de hombres.

—La mayoría no supera los quince años, otras son viudas, y son las menos las que tienen a sus maridos ahí. Igual, siempre andan en grupo, y tienen un vigilante especial que las cuida de las agresiones de sus propios compañeros.

Después de la cena, y una vez en la cama, María Carmen quedó pensativa. Desconocía tanto del mundo... Se sentía una simple campesina, rara vez se aventuraba por la ciudad.

Su esposo notó su desazón y la abrazó.

—¿Qué ocurre?

—Nada, pensaba en esas mujeres, trabajando a la par del hombre...

—En su mayoría provienen de familias numerosas, donde hay muchas bocas que alimentar —justificó.

María Carmen pensó en su propia familia. Había soñado con varios niños correteando por ahí; siempre quiso tener una niña y Dios solo la había premiado con dos varones, casi hombres.

—¿Dónde viven? —preguntó María Carmen.

—Vienen de lejos, algunas caminan hasta dos horas para llegar desde sus casas en la ladera de la montaña. —Omitió contarle que los trabajadores estaban hacinados en las casillas que les habían asignado, con escasas condiciones de higiene.

En algunas minas el hacinamiento era peor, y se usaba el sistema de «camas calientes», que suponía el alquiler de camas por hora, en las que se iban sucediendo los trabajadores para descansar luego de su jornada laboral.

El auge de la minería había traído consigo la contaminación de las aguas de ríos y arroyos, por lo que los mineros carecían de agua limpia para el aseo y el consumo. Todo eso Francisco lo callaba, no quería entristecer a su esposa; era necesario su salario ahora que los precios se habían disparado y la crisis apretaba más que nunca.

María Carmen asimiló la información como pudo. Le hubiera gustado que todo fuera diferente, la pobreza obligaba a tantas resignaciones… Bien sabía ella de todas las privaciones que habían pasado años atrás, cuando sus hijos eran pequeños y solo había un ingreso, magro, por cierto.

—Ven —dijo Francisco apretándola contra su cuerpo—, olvida todo eso ahora, que mañana tengo que partir y quiero amarte.

## 6

*Oviedo, 1902*

—¿Qué significa eso? —Purita se puso de pie de repente, las mejillas arreboladas y unas tremendas ganas de gritar.

—Lo que ha escuchado —dijo el abogado dejando los papeles sobre el escritorio y guardando sus anteojos—. Su padre deseaba que usted se trasladara a Gijón y formara parte de la fábrica de aceros.

—¿Quién es ese hombre? —quiso saber José Luis. Él no permitiría que Purita se fuera lejos de su vigilancia, salvo que volviese a la Argentina.

—El socio y amigo del señor Miguel.

—¿Por qué nunca oímos hablar de él? Jamás mencionó que tuviera acciones en una siderurgia —se asombró José Luis. Aunque si lo pensaba bien… en los últimos tiempos antes de su enfermedad Miguel viajaba mucho hacia la costa, por lo general iba a recibir mercadería y telas en el puerto, quizá hacía algo más en sus viajes.

—Eso no lo podremos saber —explicó el abogado, dando por concluida su tarea—. Tal vez en su carta su padre le clarifique el tema. Purita estaba aturdida, quería quedarse sola y que todos desaparecieran. Necesitaba llorar. ¿Por qué se demoraba tanto la respuesta de Prudencia? Toda su vida había contado con sus cuidados y consejos, tenerla lejos la llenaba de incertidumbres y temores.

Prudencia y Diego la habían criado como a una más entre los niños, y ella había sido feliz.

José Luis despidió al abogado y volvió a la biblioteca.

—¿Cómo te sientes?

—Confundida… no entiendo por qué mi padre querría que me alejase de vosotros.

José Luis recordó que una vez Miguel le había mencionado a un amigo que tenía en Gijón, alguien en quien se podía confiar a ojos cerrados. ¿Se referiría a ese hombre?

Al verlo pensativo Purita preguntó:

—¿Usted sabe algo?

—Nada, mi querida, si lo supiera te lo diría. —Tomándola por los hombros la condujo fuera de la biblioteca—. Vamos a casa, Ángeles nos espera para cenar.

—Le agradezco, prefiero estar sola. —Apretó la carta de su padre contra su pecho—. Deseo leerla cuanto antes.

—Entiendo.

Se despidieron en la puerta. Después, Purita no perdió el tiempo; se sentó en la mecedora y encendió la lámpara.

Hija mía, no estés triste por mi muerte. Pese a todo, tuve una vida dichosa aun cuando estuvo llena de errores. Saber que vosotras, mis hijas, estáis bien es mi mayor felicidad. Prudencia felizmente casada con un buen hombre, ya tiene a su familia, con esos niños preciosos que cuentan las cartas. Y tú… tú tienes todavía toda la vida por delante.

Una vez me dijiste que te gustaría disfrutar de la playa, mojarte los pies en el mar y sentir la arena hundirse bajo tu peso.

¿Lo recuerdas? Por eso, te propongo que vivas el mar a diario. Gijón es una ciudad pujante, llena de vida y posibilidades a orillas del Cantábrico. Tengo negocios allí, negocios que me gustaría que tú conocieras y amaras. La mayoría de los empresarios dejan en herencia sus fábricas a sus hijos varones, yo confío en ti. Mereces tener una vida propia, volar con tus propias alas. Y eso es lo que te ofrezco.

Te preguntarás por qué no quiero que permanezcas en Oviedo junto a José Luis y Ángeles, y es por la misma razón; ellos estarían guiándote todo el tiempo y nunca harías tu camino.

No temo por ti, en estos últimos tiempos me he convertido en un hombre moderno, y sé que podrás salir adelante. Aitor es un viejo amigo, puedes confiar en él. Hace años está al frente del negocio; te dará tu lugar cuando lo reclames. Anhelo, hija mía, que cumplas mi deseo, y si no quieres, porque estás en todo tu derecho, ansío que puedas desplegar tus propias alas donde quiera que vayas.

Te amo, Purita.

PAPÁ

Apretó la carta contra su corazón y dejó que las lágrimas corrieran por sus mejillas arrastrando las dudas y la tristeza. Había ocurrido todo demasiado rápido y no llegaba a asimilarlo. Hacía apenas unos meses que había llegado de la Argentina y tenía que tomar una decisión.

Sabía que tenía por delante muchos trámites, ya fuera en uno u otro sentido. Le dolían la cabeza y el estómago, ni siquiera tenía ganas de comer.

Apagó las luces y se dirigió hacia su cuarto; se acostó vestida y cerró los ojos.

Los días que siguieron los pasó reunida con el abogado, el contador y José Luis. Ángeles adoptó el rol de madre aun cuando no le llevaba más que unos años y Purita sintió como si Prudencia estuviera cerca.

La carta de su hermana llegó cuando ya había tomado las resoluciones necesarias; la leyó ansiosa de encontrar su aprobación a lo que había resuelto; no fue así. Prudencia la quería de vuelta, temía por su seguridad, ¿qué iba a hacer ella en un mundo masculino? Su hermana mayor no confiaba en los hombres, después de todo lo que le había pasado, «hombre» era una mala palabra, excepto su marido Diego y su cuñado Andrés, que eran la excepción a la regla. «Olvida todas esas ideas revolucionarias de papá y vuelve a casa. Tus sobrinos y yo te extrañamos», decía en la despedida.

Sin embargo, la decisión ya estaba tomada. Pasados los días de llanto y nostalgia, Purita llamó a José Luis y le dijo que cumpliría los deseos de su padre. Por mucho que insistió José Luis primero y Ángeles después no lograron convencerla para que cambiara de opinión. Las palabras de su padre la habían hecho reflexionar. Tenía razón, siempre había vivido bajo la sombra de alguien, aun cuando ese alguien había sido su hermana mayor, que había velado por sus intereses. Era hora de tomar las riendas de su propia vida; de repente se sentía envalentonada.

Llevó algunos meses finiquitar los trámites sucesorios y traspasar las acciones a nombre de José Luis, quien se negó hasta el último momento:

—No seas imprudente, Purita, no sabes qué puede depararte el destino en Gijón —aconsejó antes de firmar.

—Si era el deseo de mi padre, que así se haga. Además, tengo el dinero de la venta de las porciones minoritarias que usted se encargó de disponer.

—Aun así...

—Estoy tranquila, José Luis, me siento en paz.

Firmaron el traspaso y Purita se sintió liberada, liviana.

Esa noche aceptó cenar en casa del matrimonio, jugó con

los niños antes de la cena y, si bien extrañó a sus sobrinos, pensó que estaba haciendo lo correcto.

—¿Cuándo te irás? —preguntó Ángeles.

—Pasado mañana.

Los ojos de la mujer se pusieron brillosos y su marido la abrazó.

—Vamos, que tampoco se va al fin del mundo. Cuando estés instalada iremos los cuatro para pasar un fin de semana en la playa —bromeó José Luis.

—¡Claro que sí! —se entusiasmó Purita—. Lo disfrutaremos.

Dos días después, cargada con tres valijas y toda la ilusión por delante, Purita se subió al tren que la llevaría a su nuevo destino.

# 7

*Gijón, 1930*

Fue en una de las verbenas donde los hermanos conocieron a Marciana. Bruno y Marco, convertidos en hombres, acudían a las romerías populares en busca de distracción.

Marco lo hacía siempre en compañía de sus amigos, los mismos que venía arrastrando desde la niñez y que lo seguían de fiesta en fiesta como monos de circo. Tenía una personalidad atractiva, era un seductor nato a quien el físico y el rostro acompañaban. El trabajo en la fábrica había moldeado su cuerpo y era puro músculo, las mujeres solían girar para verlo dos veces. De cabello castaño claro donde asomaba el sol, mirada verde como la de su madre, sonreía y el suelo se abría a su paso.

Bruno, por su parte, era serio y solitario. El hacha primero y el trabajo en el puerto después le habían moldeado un cuerpo fuerte, de pecho ancho y hombros altivos. Su rostro no captaba la atención más que por la decisión de su mirada oscura, tan oscura como el carbón que su padre había extraído de las minas. Era observador y callado aun cuando en su interior latía un fuego. De naturaleza buena, no soportaba las injusticias ni las ofensas, lo cual lo había llevado más de una vez a trenzarse en peleas en los muelles, recibiendo el castigo de sus superiores. El resultado era un hombre de casi treinta años con el que no se bromeaba.

Ese atardecer, los hermanos coincidieron en uno de los bares de la costa donde la sidra corría como río, y compartieron mesa junto a los amigos de Marco. Hacía calor, agosto se había presentado denso y aumentaba la sed.

Era una de las tantas celebraciones de la ciudad, en esa ocasión, la de la Virgen de Contrueces, patrona popular de Gijón. Después de las procesiones a la capilla y demás eventos religiosos la verbena continuaba a lo largo de las calles y de las playas. Se armaban chiringuitos con bebidas y bocadillos y la música empezaba a sonar. Las parejas bailaban y festejaban rodeadas de luces y algarabía. Había espacio para grandes y chicos, familias y jóvenes que andaban a la caza.

Marco bromeaba con sus compinches mientras los ojos se le iban detrás de la falda de cada muchacha que pasaba. Las chicas, tomadas del brazo, no perdían el tiempo y desfilaban por delante de la hilera de barras donde se acodaban los muchachos, riendo y espiando de reojo a ver quién estaba y quién no.

El menor de los hermanos se sabía codiciado; podía tener a la mujer que quisiera, se había acostado ya con unas cuantas, pero siempre escapaba del yugo del noviazgo, al que pretendían atarlo. Él era libre, nada prometía y tampoco pedía: se le daba solo. Bruno, en cambio, quería una compañera, una buena mujer que lo apoyara en sus pocos sueños; no la había hallado por más que lo había intentado. Dos novias habían pasado por su vida, chicas respetables y educadas para ser buenas esposas, mas la chispa no se había encendido y había preferido alejarse.

Cuando Marciana pasó por delante de la barra donde ellos estaban bebiendo y riendo, los dos se vieron subyugados por la belleza y candidez que desprendía esa jovencita que prometía una hermosa mujer. Ambos giraron la cabeza para mirar sus rizos cobrizos sacudidos por la brisa marina; sus piernas blancas, que escapaban al control de la falda, y el suave contoneo de su cadera.

La muchacha, que no pasaría los quince años, iba del brazo de una joven mayor que ella que le hablaba y gesticulaba, explicándole vaya a saber qué. Los amigos apenas prestaron atención a ese intercambio de miradas sugestivas entre los hermanos, porque ambos advirtieron la ansiedad del otro, y como dos machos en celo se desafiaron en silencio. Ninguno habló del episodio, ni esa noche ni después, sin embargo, tanto Bruno como Marco se preguntaban quién sería esa jovencita que no habían visto antes y que se asomaba a las verbenas envuelta en un halo de inocencia cual fiera arrojada a la jaula de los leones.

Bebidos y contentos, Marco y sus amigos se unieron a los bailes que nacían en cada calle; Bruno se quedó sentado, observando. No era un gran bailarín y prefería mirar. Pasada la medianoche, regresó a la casa que compartían con su madre, la misma que años atrás habían agrandado para que cada uno de los hermanos tuviera su habitación. En aquella ocasión ambos habían trabajado codo a codo luego de sus respectivos empleos, robándole horas al sueño y descanso al cuerpo para ver, al cabo de un mes, un cuarto más anexado y comunicado con la construcción principal.

La vivienda, alejada del centro de la ciudad y cercana a la playa, era confortable, aunque sin lujos. María Carmen la mantenía limpia y ordenada, y siempre aguardaba a sus hijos, ya hombres, con un plato de comida caliente. En tácito acuerdo los hermanos habían elegido quedarse a su lado en vez de emprender su propio vuelo, y la madre agradecía a Dios cada día el regalo que le había dado.

Los muchachos eran la luz de sus ojos, la alegría de su sonrisa; sin ellos, su existencia no tenía sentido. Deseaba que formaran una familia, anhelaba niñitos corriendo por los prados gritándole «abuela». A Marco no le había conocido novia, y los intentos de Bruno no habían resultado.

—Noriega —dijo el hombre sentado detrás del escritorio—. Pase y siéntese.

Marco ingresó y cerró la puerta del despacho. Se quitó la boina y se sentó.

—¿Cuántos años hace que trabaja en la empresa?

—Más de diez, señor. —Su interlocutor fijó en él sus ojos grises como el acero que vendían.

—¿Está conforme con el trabajo?

Marco sabía por dónde venía la reunión con el dueño de la fábrica, eso no lo amilanó.

—En parte sí —respondió—. En mi caso particular no puedo quejarme.

—Entonces ¿por qué me han llegado rumores de que es usted uno de los agitadores que propicia la huelga?

—No son rumores, señor, es la verdad. —Marco no se acobardaría frente a Aitor Exilart—. Por ser capataz, debo velar por los intereses de mis compañeros, y las condiciones de trabajo no son las mejores. El fin de la dictadura de Primo de Rivera no alcanza a nuestros derechos.

—Ya veo. —Pese al abierto enfrentamiento, Aitor se dijo que ese hombre tenía agallas. Era un buen trabajador que se había hecho en la fábrica desde que era un jovencito. Las únicas quejas que tenía de él eran a causa de su espíritu justiciero, que había tomado alas con el paso de los años y que ahora ponía a Marco Noriega Llano en las filas de los socialistas, si no comunistas—. No habrá próxima vez por este tema en mi oficina, Noriega, quiero que calme a esos hombres; de lo contrario, será despedido.

—Esos hombres tienen que llevar el pan a sus casas, señor, la reducción de horas y de salarios los ha puesto en esta situación. —Marco intentaría sostener su postura hasta las últimas consecuencias. Se sentía responsable frente a sus compañeros.

—Noriega, usted sabe que los tiempos que corren son difíciles para todos, la crisis no afecta solo al sector sino a toda España. Diga a sus hombres que tengan un poco de paciencia, estamos en vísperas de un gran cambio y todos asistiremos al nacimiento de la nueva República. Es cuestión de tiempo. Tiene mi palabra.

Aitor Exilart era un hombre de fiar, pese a ser un burgués. Hijo de vascos franceses, había participado desde muy joven con una pequeña cantidad de acciones en la fábrica de acero hasta hacer crecer su porcentual al cien por ciento.

—¿De cuánto tiempo estamos hablando?

—Estamos en transición, Noriega, serán unos meses, hasta que el gobierno se estabilice y retome el rumbo.

Marco salió de la oficina contrariado. Sabía que Exilart tenía razón, luego de la renuncia de Primo de Rivera la situación era incierta. El dictador estaba en el poder desde 1923, apoyado por la Iglesia, la burguesía y el rey Alfonso XIII. Uno de los logros de Primo de Rivera había sido pacificar Marruecos, en 1925, con el apoyo del Gobierno francés. Sin embargo, en el plano económico, sin ideas propias y sin conocimiento, apenas había mejorado el comercio exterior y privatizado los servicios públicos, con fuerte intervención estatal. Los aprietos monetarios de 1929 habían hecho que la dictadura fuera perdiendo el apoyo popular y político.

La crisis mundial de 1930 también llegó a España, los problemas sociales y económicos de antaño quedaron al descubierto, dos millones de trabajadores agrícolas no tenían tierras propias, mientras que los terratenientes eran dueños de la mitad del territorio español.

Marco no estaba ajeno a las cuestiones sociales y poco a poco se había dejado arrastrar por los líderes sindicalistas. Sabía que Primo de Rivera había negociado con el Partido

Socialista, lo prefería antes que hacerlo con el anarcosindica-
lismo.

La crisis había alcanzado a todos los sectores, la deuda
pública había aumentado de quince mil a veintiún mil millones de pesetas y las alianzas de Primo de Rivera se habían
resquebrajado, debiendo recostarse nuevamente en la Iglesia
y el ejército.

De nuevo aumentó la represión, y los burgueses, que lo
habían llamado al poder en 1923, le retiraron el apoyo. Ni
siquiera su propio partido, la Unión Patriótica, lo sostuvo;
otros factores de poder iniciaron la conspiración que lo llevó
a renunciar en enero de 1930. En esa etapa de transición los
sentimientos republicanos crecían y la Izquierda Republicana
se perfilaba como vencedora.

Marco Noriega decidió calmar las aguas. Era solo cuestión
de tiempo que la situación se definiera, para un lado o para el
otro. Enfrentó a sus compañeros, a los mismos que había
arengado horas atrás, y logró acallar los reclamos, al menos
de momento. Esa tarde la chispa de sus ojos había menguado.
No sabía si estaba haciendo lo correcto.

La fábrica estaba ubicada estratégicamente, cerca del ferrocarril de Langreo y del Norte, a escasa distancia del puerto de
Gijón. Caminó alejándose de las vías y se dirigió a una de las
tabernas que custodiaban los muelles.

Acodado sobre la barra, bebió en soledad. No tenía ganas
de ir al bar de siempre, donde sabía que estaban sus amigos.
Bruno llegó al rato proveniente del puerto, olía a sudor y
lucía cansado. Codo a codo compartieron una ronda de tra-
gos e intercambiaron algunas palabras. Luego, emprendieron
el regreso hacia la casa, donde María Carmen los esperaba con
la cena.

# 8

*Gijón, 1935*

Marciana Exilart estaba feliz, al fin Marco Noriega le había dirigido la palabra. La muchacha tenía veinte años y era hermosa. Sus ojos grises venían suspirando por el antiguo empleado de su padre desde hacía tiempo, cuando lo había descubierto una tarde que había ido a la fábrica junto a su hermana, a cumplir unos recados de su madre.

En aquella oportunidad, Marco salía del despacho de Aitor Exilart con el ceño fruncido y la mirada encendida, cuando tropezó con ella. El muchacho, en el fragor del enojo, ni siquiera se percató de que era la misma jovencita que veía en las verbenas, siempre en compañía de otras chicas, y que causaba el silencio de sus amigos en plena bebida.

Sin pedir siquiera disculpas, Marco se había alejado y ella había quedado prendada de toda su presencia. A partir de ahí había hecho todo lo posible para cruzarlo otra vez cara a cara, cosa que no ocurría. Ella siempre iba custodiada por Gaia y él siempre estaba en grupo.

La noche anterior, en una de las fiestas que se hacían en la playa, Marcia había escapado de su casa y acudido en compañía de una de sus amigas. Al no tener el ojo vigilante de Gaia, se sintió libre de acercarse al objeto de sus desvelos. Cuando lo hizo, Marco estaba muy entretenido con una morena despampanante y no le prestó atención.

Bruno, que bebía alejado del grupo, había captado la decepción de la muchacha y salió en su auxilio.

—La invito una copa.

Marciana giró y se encontró con un hombre alto y robusto del que sobresalían los hombros. Era moreno, tenía los ojos alumbrados por las sombras, donde la noche brillaba a la luz de las fogatas.

—Gracias —respondió—, no bebo alcohol.

—Lo que guste, entonces. Dígame y yo se lo traeré —insistió.

La joven, desviando la vista de Marco, que se había perdido en la oscuridad de la playa de la mano de la morena, dijo que quería una horchata. Él regresó con los vasos y se presentó:

—Me llamo Bruno Noriega.

—Marciana —omitió su apellido—, aunque todos me dicen Marcia.

Bebieron en silencio. Bruno no era un gran conversador, y más cuando estaba frente a una joven como Marciana Exilart, demasiado bella para ser real. La música alta convocó al baile.

—¿No baila? —preguntó ella, sintiéndose herida en su orgullo aun cuando Marco ni siquiera sabía que estaba allí.

—No. —Bruno sonrió y ella vio sus dientes blancos, que brillaron al reflejo de la luna, y un hoyuelo en su mejilla derecha. Era una sonrisa tímida, que le causó un dejo de ternura en un hombre como él, que parecía una fortaleza—. No sé bailar.

—Puedo enseñarle —ofreció, conmovida por su humildad.

—No es buen plan, de verdad se lo digo. Pero es libre de irse si se aburre —dijo para liberarla de su sosa compañía.

—Sería una maleducada. —Ella también sonrió con ojos y boca—. ¡Acaba de invitarme a un trago!

En ese momento Marco regresó, venía acomodándose la camisa y tenía en la cara una sonrisa de satisfacción que no dejaba dudas de lo que había estado haciendo. De la morena, ni noticias.

Al ver a la bella muchacha al lado de su hermano los celos de toda una vida le picaron el orgullo. Avanzó hacia ellos.

—Vaya, vaya. ¿Quién es esta bella señorita? —fingió no saber de quién se trataba.

—Marciana. —La joven extendió la mano.

Bruno pudo observar el súbito rubor de sus mejillas y el temblor de sus dedos. Supo de antemano que tenía la batalla perdida. Apretó la mandíbula y ocultó el malestar que le causaba la interrupción.

—Soy Marco Noriega.

—¿Son hermanos? Qué distintos son… el día y la noche.

—Así es, señorita —remarcó Bruno—, el día y la noche.

Marco acaparó la conversación, como era su costumbre y Bruno permaneció callado, observando. Era evidente que Marcia estaba subyugada por su hermano y que él había pasado a segundo plano. Así y todo, decidió quedarse, no fuera a ser que Marco hiciera alguna locura de la cual podría arrepentirse.

Al finalizar la fiesta Marcia se reencontró con su amiga y ambas se fueron del brazo.

La joven recordaba todo eso sin poder desalojar la sonrisa de su rostro mientras salía de la fábrica de sombreros donde trabajaba.

Pese a la férrea oposición de su padre, quien pretendía que su hija menor fuera una señorita acorde a su posición social, Marcia había logrado un puesto en la fábrica que funcionaba en la parroquia de Jove, en La Calzada.

Sus trabajadores tenían fama de líderes en la lucha por las reivindicaciones obreras y Aitor no veía con buenos ojos que su pequeña se mezclara en eso, aunque conociéndola, sabía que era casi imposible que se mantuviera al margen.

La fábrica elaboraba sombreros de todas clases, formas y tamaños, de caballero, señora y niño. Los había en fieltro de lana y de pelo, corriente y de fantasía. También se fabricaban tejidos especiales para distintos usos.

Se decía que en el verano de 1925 la fábrica había sido visitada por el príncipe de Asturias, don Alfonso de Borbón, quien fue agasajado con el regalo de un sombrero.

Los precios eran económicos comparados con los «borsalinos» italianos, y todos los mocitos de Gijón usaban un sombrero propio de la estación.

A Marcia no le molestaba permanecer de pie tantas horas si al final tenía su propio salario. No le gustaba que su padre digitara su vida, como lo hacía con Gaia, a cambio de una suma semanal. Ella quería su independencia y el mundo laboral la seducía.

La fábrica ocupaba una parcela enorme y la zona era conocida con el nombre de «La Sombrerera». Tenía viviendas para el personal y un edificio de almacenes y depósitos para las materias primas y los géneros terminados, varios talleres y oficinas.

La fuerza motriz del complejo industrial era la máquina de vapor de ciento cincuenta caballos con sus correspondientes calderas. Había más de doscientos operarios de ambos sexos que contaban con la maquinaria más moderna proveniente de Italia y la asistencia de personal técnico altamente especializado.

Era el ingreso de Marcia al mundo laboral y masculino, que hasta ese entonces no iba más allá de alguna visita a la fábrica de su padre. En un último intento por convencerla, Aitor le había propuesto un empleo de secretaria, que ella había rechazado:

—Padre, eso no sería un trabajo, sino un disfraz a su cuota.

Su madre había intercedido. Como siempre, era ella quien ponía paños fríos a la situación cuando Aitor se enojaba; su mujer era la única que podía hacerlo cambiar de opinión.

Marcia caminó hacia su casa recordando que la noche anterior Marco Noriega le había dirigido la palabra.

## 9

*Gijón, 1903*

Purita estaba instalada en una de las habitaciones de la casa de Aitor Exilart. Desde su llegada, el socio de su padre no había aceptado que se mudara a una pensión y mucho menos que rentara una vivienda.

Al principio se había sentido incómoda. No conocía a esa familia, se sentía una intrusa. Además, el dueño de la casa la ponía muy nerviosa. Quería confiar en las palabras de su padre, que le había dicho que era un hombre de bien, pero su mirada dura como el acero le hacía flaquear las piernas.

Era demasiado apuesto como para no mirarlo y a la muchacha se le iban los ojos sin quererlo. Ella había imaginado a un hombre mayor, como su padre, y Aitor Exilart apenas había pasado los treinta.

Era alto, de complexión fuerte y rostro anguloso, donde una nariz recta y ancha custodiaba sus ojos inmensamente grises. Ella apenas le llegaba al pecho y se sentía disminuida ante su presencia arrolladora. Cuando él hablaba todos callaban, su voz era como un trueno que parte el cielo en mitad de la noche.

Su esposa, por el contrario, era una mujer frágil e insegura, tenía voz de pájaro y presencia etérea. Al verlos, Purita no comprendía qué hacían juntos. Olvido Sánchez Fuerte pertenecía a la burguesía española y desde la adolescencia había puesto los ojos en el empresario vasco. La mujer se había casado enamorada de ese huracán que era Aitor Exilart mientras que él se había dejado conducir mansamente a un matrimonio al que debía llegar por razones de edad y para formar una familia. Familia que se había ampliado con la llegada de Gaia, la niña de tres años que caminaba a los tropezones por la casa, prendiéndose de las faldas de Purita.

Con el correr de los días Purita se acostumbró a la presencia de ese hombre en su vida y las piernas dejaron de temblarle. Olvido, que apenas tenía unos años más que ella, se convirtió en su amiga y juntas paseaban del brazo por la playa de San Lorenzo, donde se planeaba construir un muro para ganarle la pulseada al mar. El Cantábrico era una constante amenaza al reclamar el espacio que la villa pretendía hurtarle. Se habían diseñado proyectos e intentos para detener la fuerza del agua, desde murallas, paredones, diques; nada lo lograba.

—Hubo varios muros —explicaba Olvido mientras se mojaban los pies, sentadas sobre la arena aquella mañana de verano—. Ya desde 1770 se está intentando detener la acción del mar, se han hecho obras en el puerto y Jovellanos propuso un plan de ensanche de las calles al sur. La ciudad sigue creciendo y parece que peleara con el mar.

—Tiene tanta fuerza… —dijo Purita mirando el horizonte—. Siempre quise venir a la playa. Desde pequeña quería mojarme los pies, tocar la arena, sentir el agua escurriéndose entre mis dedos.

—¿Por eso dejaste atrás a tu familia?

—Mi familia es mi hermana, ella está lejos, en Argentina. Ella y mis sobrinos, claro.

—¿Los echas de menos?

—Sí, los echo de menos. —Los ojos se le llenaron de lágrimas—. Aunque mi padre tenía razón, no creceré si sigo bajo el ala de mi hermana y mi cuñado... Pensándolo bien, aquí estoy bajo vuestra ala.

—Es diferente, estás aquí para cumplir la voluntad de tu padre. Me dijo Aitor que la próxima semana te incorporarás a la fábrica.

—Sí, ya es hora de que lo haga, aunque a tu marido no le debe de haber hecho gracia la disposición de papá.

—Aitor puede parecer severo, sin embargo, es un gran hombre.

—¡Mira! —exclamó de repente Olvido—. ¿No es ese el alcalde Rato y Hevia?

Purita miró en la dirección indicada y vio a un grupo de hombres acercándose al límite de las olas.

—No lo sé... no lo conozco.

—Sí, es él —insistió Olvido poniéndose de pie—. Vamos, que no nos vean aquí, a Aitor no le gusta que ande sola por estos lados.

Luego se enterarían de que ese día el alcalde había concurrido a la playa junto a sus concejales a la hora de la pleamar para comprobar hasta dónde llegaban las olas y, de esa manera, poder trazar definitivamente el paseo del Muro que se venía perfilando.

Tal como habían acordado, a la semana siguiente Purita acompañó a Aitor a la fábrica de aceros Exilart y Fierro de Gijón. Era tiempo de que la muchacha se interiorizara de los asuntos que también le concernían y por los cuales estaba allí, en esa ciudad tan lejos de su mundo conocido. Todavía no sabía cuál sería su actividad y se tranquilizó cuando el socio de su padre, ahora su socio, la presentó como a la otra accionista de la firma.

Después de las presentaciones la dejó en una oficina, le asignó una secretaria que la pondría al tanto de todo y desapareció. No volvió a verla hasta la hora de cierre.

—Purita, pensé que te habías ido a casa. —Lucía cansado. Se había arremangado la camisa y llevaba el saco colgando del hombro—. Perdón, he sido un bruto. ¿Has comido?

—Sí, gracias, la secretaria se ha encargado de eso.

—No era mi intención que te pasaras el día aquí dentro… sabes que puedes irte cuando acabes el trabajo. —Finalmente Purita había entendido que ella se ocuparía de los pedidos y despachos, al menos hasta que fuera absorbiendo toda la información y se pusiera al tanto de los negocios.

A Aitor lo contrariaba tener que compartir el trabajo con ella. Por un lado, estaba la lealtad a quien fuere su socio, Miguel Fierro Rodríguez, y por otro su libertad en la conducción de la empresa, además del hecho de que Purita era una mujer, y los negocios eran para los hombres. También sabía que esa jovencita no iba a entorpecer su tarea por la simple y sencilla razón de que carecía de conocimiento en torno a todo lo relativo a la fábrica de acero. Y esa ignorancia la mantendría al margen. Mejor era tenerla entretenida y contenta en vez de fisgoneando por ahí.

—No se preocupe, me gusta mi trabajo.

—Vamos a casa. —Le cedió el paso y cerró.

Durante el trayecto, Purita aprovechó para comunicarle:

—Me mudaré pronto, Aitor.

Él se detuvo en seco y clavó en ella sus ojos acerados.

—No puedes irte. —Sonó a orden y a ella no le gustó.

—Sí que puedo —desafió.

—Lo siento —dijo de pronto y para su propia sorpresa. ¿Él diciendo «lo siento»?—. No he querido parecer autoritario. Lo que quiero decir es que Olvido se ha encariñado contigo, también Gaia. Si te vas, mi mujer se sentirá sola de nuevo.

—Yo debo iniciar mi vida… —Aitor le tomó las manos y la muchacha sintió de nuevo ese antiguo temblor en las piernas. El hombre no era consciente de lo que provocaba en ella y las retuvo entre las suyas—. Quédate al menos un tiempo.

No sé si Olvido te lo ha contado, está muy triste. —Purita abrió los ojos, intrigada—. Ella tuvo una hermana, era menor, casi de tu edad. Falleció hace tres años, estaban muy unidas. Tu llegada le instaló de nuevo la alegría en el rostro, alegría que no le causó Gaia al nacer.

—¿Qué dice? Olvido ama a su hija.

—Lo sé, sin embargo, el nacimiento fue muy cercano a la muerte de mi cuñada y ella no pudo hacer frente a tantas emociones. Desde que tú estás en casa Olvido es otra, si hasta tiene ánimo para salir.

Purita bajó los ojos, conmovida.

—¿Te quedarás?

—Solo un tiempo.

—Gracias. —Era la primera vez que Aitor Exilart daba las gracias a alguien.

# 10

Hacía mucho calor ese verano y todos concurrían a las playas. Se habían instalado varios balnearios, entre ellos La Favorita, La Cantábrica y Las Carolinas, cuyo restaurante ofrecía un menú del día con langosta.

Los fines de semana había festejos, verbenas con orquesta y típicos paseos por la costa. El muro finalmente se había construido en 1907 sobre el Arenal de San Lorenzo y se prolongaba durante más de un kilómetro y medio, desde La Cantábrica hasta la desembocadura del río Piles; luego seguía por toda la costa hasta el Mayán de Tierra.

Sobre la arena las familias a cubierto de sombrillas o casetas de lona disfrutaban del aire marino. Los trajes de baño solo eran usados por un pequeño número de avanzados, en su gran mayoría los bañistas iban vestidos. Los niños y los jóvenes se aventuraban al mar y se mojaban las piernas, no así los mayores, que preferían tomar alguna bebida fresca al reparo del sol.

Marcia solía concurrir con sus compañeras de trabajo pese a las protestas de su madre, que no quería otro enfrentamiento de la pequeña con su padre. Pero su hija llevaba en la sangre un fuego rebelde que ni Aitor Exilart podía controlar.

La muchacha, desafiando toda regla moral, se levantaba las faldas más allá de lo recomendable y se metía al agua a chapotear como una criatura. Saltaba y reía como si estuviera sola, sin prestar atención a las miradas de reproche. Después se tiraba al sol recostada sobre el muro, y junto a sus amigas pasaban el sábado esperando la hora de las fiestas en la playa, a las que Marcia concurría escapando por una ventana cuando todos la creían durmiendo.

Esa noche, por demás calurosa, la jovencita eligió un vestido liviano, sin mangas y con un escote atrevido. Mientras se vestía pensaba en cómo lograr que Marco la invitara a bailar. En la última verbena no había tenido ocasión. Recordar el motivo la llenó de enojo, esta vez sería ella quien se llevaría el premio.

No deseaba el mismo destino de su hermana mayor. Gaia carecía de espíritu combativo, su mundo se reducía al que le marcaba su padre, y así había llegado a los treinta y cinco años, soltera y aburrida. A Aitor se le había pasado por alto que su primogénita había quedado para vestir santos. Con veinte años y un trabajo Marcia se sentía toda una mujer.

Cuando las luces se apagaron y la casa quedó en silencio, se escabulló por la ventana y llegó a la playa, donde las fiestas continuaban. Allí se reunió con sus amigas, que habían llegado más temprano, todas de raíces pobres y padres menos cuidadosos.

Sus ojos grises alumbrados por el brillo de las fogatas descubrieron a los hermanos Noriega y se dispararon como flechas sobre el perfil de Marco. Este reía y bebía junto a sus compinches y ella se contagió de su sonrisa.

—¿Qué haces? —la reprendió una de sus compañeras—. Pareces boba.

—Es que ese hombre me trae loca.

—Pues ándate con cuidado, que es un picaflor —aconsejó otra—. Además, si tu padre lo despidió es por algo.

—Mi padre lo despidió por reclamar por sus derechos —defendió—. Marco Noriega es un buen hombre.

—¿Es un agitador? —se asombró Silvia, una de sus compañeras, influenciada por el pensamiento socialista.

—No es agitador, solo lucha por la igualdad, para que todos los trabajadores tengamos los mismos derechos y las mismas posibilidades que los ricos.

—Pero si tú eres rica.

Sus compañeras a menudo no la comprendían. Ella era una burguesa que tenía todo para vivir como una reina y se dejaba las horas en la fábrica trabajando a la par y sumándose a cuanto reclamo había.

—Yo no soy rica, mis padres lo son —aclaró—. Yo quiero tener mi dinero y mi propia casa, y para lograrlo tenemos que luchar mucho más. Basta de perder el tiempo, que esta noche quiero que Marco me preste su atención.

—A mí me gusta más su hermano, mira qué fuerte que se ve… Tiene mirada de noche.

Marcia miró a Bruno. Estaba en el grupo, bebía y sonreía, aunque no participaba de la algarabía del resto. Era más bien un observador callado que estaba por encima de todos. Era guapo a su manera, distinto a Marco, por quien ella suspiraba.

—Pues ve con él, entonces.

—Nunca se va con ninguna chica, siempre está solo.

—Quizá sea marica —terció otra y Marcia le clavó sus ojos grises:

—¡Qué cosas dices! —Ella había vislumbrado algo en su sonrisa aquella noche cuando se conocieron, un destello especial en sus ojos. No, Bruno Noriega no era marica—. Vamos, acerquémonos al grupo —dijo, dando por finalizada la conversación.

Así lo hicieron y, al rato, se habían integrado a los muchachos. Marco esperó un rato antes de hablarle a Marcia. Primero se dedicó a festejar las palabras de una de sus amigas y, cuando vio que la jovencita perdía la paciencia, ante el temor de que se la robara alguno de sus amigos, se dignó a invitarla a un trago, apartándola de la multitud.

Bruno, a quien no se le escapaba el ardid de su hermano, frunció el ceño, terminó su trago y se perdió en la noche. No deseaba presenciar lo que anticipaba que iba a suceder.

Lejos de las fogatas dos figuras se sentaron sobre la arena.

—Eres muy hermosa —observó Marco sabiendo que por ese lado tenía la partida ganada—, seguro que ya te lo han dicho muchas veces.

Ella rio, coqueta e inocente a los deseos del hombre, que estiró su mano para tocar su cabello. Para Marcia fue como si un vendaval arrasara con su voluntad. Sentir sus dedos rozando su cuello le erizó la piel, se levantaron sus pezones y su entrepierna se volvió de miel.

Marco se acercó y besó su garganta, la chupó y la succionó arrancándole un quejido. Con una mano le sujetó la nuca y con la otra acarició los centinelas de sus senos, primero uno, luego otro. La joven no resistió tanta pasión y se recostó sobre la arena húmeda y fría.

El hombre seguía tocándola y lamiendo su piel; ella no se daba cuenta de que ni siquiera la había besado en la boca. Las manos masculinas eran expertas en despertar sus sentidos y se iban introduciendo debajo de su falda, burlando su ropa interior.

Sin palabras, Marco se abrió el pantalón y ella pudo ver a la luz de la luna cómo su miembro erecto se dirigía directo a su intimidad. Embelesada como estaba le permitió invadirla, disfrutando de ese encuentro, hasta que el dolor la volvió a la realidad.

—¡Espera! —pidió, mas él estaba en su mejor momento y no se iba a detener.

Marcia cerró los ojos y se tragó las lágrimas. No quería que él se percatara de que se estaba comportando como una niña. Resistió sus embates, hasta que Marco se desplomó sobre su cuerpo, con el corazón agitado, sudando.

Cuando él volvió en sí se separó y se acomodó la ropa. La miró y recién en ese instante pareció advertir que ella estaba allí, desmadejada, mirándolo como quien suplica frente al altar.

—¿Estás bien? —preguntó.

—Sí, solo dolió un poco —dijo.

—La próxima ya no te dolerá.

—¿Podrías darme un beso? —No le gustaba rogar, sin embargo, se sentía desvalida, necesitaba algo de cariño.

Marco se inclinó sobre su cuerpo y la besó.

# 11

*Pozo de Sotón, 1918*

Ante la noticia de que Francisco Javier estaba gravemente enfermo, María Carmen partió hacia la mina. Bruno insistió en acompañarla, sin embargo, la madre prefirió que siguiera trabajando en la carpintería y se hiciera cargo de su hermano menor.

—Madre, usted no puede ir sola —dijo el hijo en el último intento.

—Sí que puedo, hijo querido. Si esas mujeres —refiriéndose a las operarias de las minas— pueden hacerlo, yo también. Tu responsabilidad ahora es cuidar el trabajo, ¿de qué vamos a vivir si tu padre no puede hacerlo durante un tiempo?

Hacía rato que los ingresos escaseaban para sostener la economía familiar y más de una vez tenían que conformarse con cenar una magra sopa de ajo. Lo poco que podían obtener de la huerta iba a parar a la olla, habían olvidado el sabor de un buen cocido. Dirigiéndose a Marco, María Carmen indicó:

—Ayuda a tu hermano, ahora vosotros tenéis que cuidar de esta casa.

El menor de los Noriega asintió. Ambos jóvenes estaban preocupados; no veían con buenos ojos que su madre partiera sola, aunque debían respetar su decisión.

Con apenas un atado de ropas, María Carmen emprendió el viaje hacia el Pozo de Sotón, donde Francisco Javier languidecía en un improvisado camastro que habían puesto en las tiendas de enfermería que habían armado para atender a los enfermos, dado que él no era el único.

Cuando al fin María Carmen dio con el lugar, se encontró frente a un nuevo mundo. Había mucha gente en constante movimiento, un ir y venir de mineros que transportaban el carbón en carros. Los ojos de ella no daban abasto para absorber todo eso. Captaron su atención unas jaulas y supuso que serían las que mencionaba su marido y que se usaban para subir desde el interior de la mina.

Divisó varias construcciones, sin saber que eran las casas de los trabajadores y los almacenes. Un hombre se le acercó:

—¿Qué hace aquí? —Su aspecto era rudo y tanto su cara como sus manos estaban oscuras.

—Estoy buscando a mi marido, está enfermo.

El desconocido le indicó que siguiera adentrándose en el campamento gigante.

—Al fondo están las tiendas de los enfermos.

Sin prestar atención al cansancio y al hambre que su cuerpo sentía, María Carmen continuó avanzando hasta dar con las tiendas. Todo el tiempo se cruzaba con gente que ni siquiera se percataba de que estaba allí, como si cada cual estuviera sumido en su mundo. Sin nadie que la recibiera corrió la lona que hacía de puerta e ingresó en ese hospital de campaña, donde los tufos viciaban el aire. Frunció la nariz y buscó a Francisco entre todas esas literas improvisadas. Una mujer que parecía estar al mando le salió al paso.

—¿Es usted voluntaria?

—No, yo… estoy buscando a mi marido, trabaja aquí y está enfermo.

—Aquí están casi todos enfermos. ¿Cómo se llama?

—Francisco Noriega.

Al escuchar su nombre la enfermera hizo un gesto que no auguraba nada bueno.

—Sígame. Debería taparse la boca —aconsejó. María Carmen obedeció y se cubrió con un pañuelo.

Ambas se abrieron paso entre camastros donde hombres y mujeres padecían la enfermedad. María Carmen se asustó, parecía una epidemia.

—¿Qué es lo que tienen?

—Gripe.

Al llegar al jergón donde Francisco descansaba a María Carmen se le encogió el corazón. Su marido estaba demacrado y su cuerpo parecía haberse encogido.

—¡Francisco! —Se abalanzó sobre él, pero la enfermera la detuvo tomándola del brazo.

—Mantenga la distancia si no quiere caer usted también, es muy contagioso.

María Carmen sofrenó su impulso y se acercó con prudencia. Tomó la mano de su esposo, fría y liviana. Él abrió los ojos y sonrió desde su debilidad.

—¡María! ¿Qué haces aquí?

—Me avisaron de que estabas enfermo.

—¿Los chicos? ¿Los has dejado solos?

—Sí, Bruno ya es casi un hombre… Ahora lo importante eres tú.

Francisco quiso responder y la tos lo acometió.

—Calla, calla, no hables —pidió ella sin dejar de acariciarlo.

La tarde dio paso a la noche y con ella llegó la fiebre. Con ternura María Carmen le colocó paños fríos y lo dejó dormir; no pudo lograr que bebiera la sopa aguada que le habían dado, que finalmente bebió ella. Después se acomodó a su lado en el espacio que quedaba y se durmió.

Al día siguiente, Francisco despertó, la fiebre seguía alta y de ahí en más ya no hubo forma de bajársela.

La gripe venía de los Estados Unidos. Soldados estadounidenses enviados a Europa a combatir en la Gran Guerra la habían contagiado; primero a las tropas francesas en Burdeos, luego se extendió a la población civil y al resto de las fuerzas contendientes. La enfermedad se expandió, y para junio de 1918 era pandemia.

María Carmen, lejos de su hogar, no tenía ni siquiera velas para encenderle a la Virgen, y se limitaba a rezar el rosario día y noche, aun cuando veía que su marido desmejoraba a cada minuto. La tos que en un principio era seca se convirtió en viscosa con restos de sangre.

Una semana de agonía soportó Francisco Javier luchando contra la gripe. Se negaba a abandonar a su familia, a su amada esposa y a sus hijos. Hasta que un día dejó de luchar. Se fue una tarde de agosto agradeciendo la dicha de haber podido tenerlos. Recordó el día en que llegó a su casa en el valle y María Carmen le enseñó el bebé, luego la decisión de huir.

Había sido feliz y lamentaba no envejecer al lado de su mujer. Pese a ello sabía que ella estaría bien cuidada; dos hombrecitos la protegerían por siempre, porque, aunque entre ellos existieran los celos propios de hermanos, ambos la amaban tanto o más que él.

María Carmen afrontó la muerte de su esposo en soledad: no quiso que avisaran a sus hijos. Con las últimas monedas que le quedaron pagó lo necesario para trasladar el cuerpo a Gijón, donde la gripe también hacía estragos.

En la ciudad, Marco veía que cada día uno de sus compañeros de trabajo era preso de la fiebre y temía contagiarse. Corría el rumor de que una peste mortal se estaba llevando a la gente.

El doctor no daba abasto para atender a todos los pacientes de la zona y, luego de darles algunas indicaciones a los familiares que aún estaban en pie, dirigía su carreta hacia otro rancho. Ante tanta tragedia ya no se tocaban las campanas de las iglesias y estaba prohibido el acompañamiento al cementerio de los difuntos. En algunas ciudades hasta colapsaron los camposantos y hubo que destinar otros sitios provisionales para enterrar a los muertos.

Ante la falta de noticias, Bruno se aturdía trabajando, hachando maderas y clavando clavos para aliviar la furia que anidaba en su interior; amaba a su padre y no soportaría perderlo.

Marco, por su parte, había perdido los bríos de la adolescencia, que le quedaba chica en el cuerpo y volvía de la fábrica sin novedades que contar, callado y cabizbajo. Ni siquiera discutía con su hermano mayor por cualquier tontería, como solía ocurrir.

Cuando la madre finalmente llegó arrastrando la muerte del padre, se abrazaron los tres y lloraron como nunca volverían a hacerlo.

# 12

*Gijón, 1936*

L a noche en que Marco partió para combatir a los rebeldes
Marcia no volvió a conciliar el sueño. Después de llorar
ante esa partida que ella juzgaba un abandono, se levantó con
los ojos hinchados y apareció en la cocina, donde María Carmen ya estaba trajinando desde hacía rato.

Sin comprender la decisión de su hijo, la madre debía respetarla. Marco ya era un hombre y, pese a que no le gustaba
que hubiera dejado a su esposa embarazada, no pudo hacer nada
para detenerlo.

—Qué cara traes —consoló acercándose a la joven. Ella,
ante la ternura de su suegra, rompió de nuevo en llanto—. No
llores, que no le haces ningún bien al bebé. —María Carmen
la abrazó como hubiera hecho con su propia hija—. Ya verás
cómo dentro de unos días lo tenemos de vuelta en casa.

Bruno ingresó en ese mismo instante y se detuvo en seco
en la puerta. Venía de la carpintería. Era domingo y él apro-
vechaba para cumplir con algún que otro encargo, que cada
vez eran menos. Durante el resto de los días trabajaba en los
muelles.

—¿Qué pasa?

—Nada —minimizó la madre—, es que Marco se ha ido.

—Ese no es motivo para llorar. —Sin agregar nada más volvió a salir de la casa.

Desde que Bruno se había enterado del embarazo la relación con Marcia se había enfriado. Él no veía con buenos ojos ese matrimonio y mucho menos soportaba su presencia en la vivienda, aunque entendía que era la esposa de su hermano.

Si antes no se había ido para no dejar sola a su madre, ahora tenía que quedarse porque había dos mujeres a las que cuidar y, por si fuera poco, un bebé en camino. Ante la negligencia de Marco, que era quien debía quedarse en el hogar para socorrer a su esposa en caso de ser necesario, Bruno se imponía la obligación de hacerse cargo de ambas.

Al escuchar sus palabras, Marcia volvió a llorar. El embarazo la volvía sensible y vulnerable.

—¿Por qué me trata así? Parece que me odia…

—No te odia, pequeña, al contrario.

Sin más explicaciones, María Carmen volvió a lo suyo y Marcia se preparó para salir. Iría a misa y luego visitaría a su madre; aprovecharía que el día estaba lindo para verla un rato en algún puesto costero. Prefería evitar ir a su casa. No deseaba enfrentarse con su padre, que todavía se mostraba receloso ante el matrimonio que no había podido evitar a causa del embarazo.

Caminó hacia la ciudad bordeando la playa, el sol le daba en el rostro y el aire marino la envolvió. El olor salobre se le metía por la nariz; últimamente estaba sensible a los aromas.

Admiró la costa que tanto le gustaba, sus playas largas que se iban achicando al llegar al muro. Tantas veces había soñado con pasar sus tardes de enamorada allí, junto a Marco, conversando y besándose. El destino había querido que el noviazgo, si es que podía llamar noviazgo a la triste relación, fuera corto.

Sin quererlo llegó al Faro de Torres, sucesor del Faro de Gijón, suprimido en 1902. Recientemente se había electrificado y había sido otra de las novedades de la ciudad que habían pasado inadvertidas ante la inminencia de la guerra civil.

Pensó en su luz y en los barcos a los que quizá encandilara o confundiera; pensó en ella.

Se adentró en las calles y notó que todo era distinto. La gente estaba alterada y se miraba con desconfianza. Hombres armados deambulaban de un lado a otro, y no eran de la Guardia Civil.

Quizá era mejor volver. Extrañaba a su madre, sin embargo, pese a que esta le había sugerido mudarse a la casa, no iba a abandonar a su marido, ni siquiera ahora que este había partido para unirse en defensa de la República.

En el trayecto se encontró con Silvia, su compañera de la fábrica, ferviente luchadora por los derechos de los obreros, y se asustó ante el cambio operado en ella.

—¡Silvia!… ¿Qué haces empuñando un arma?

—¿Cómo que qué hago? Voy a pelear contra esos fascistas. En Cataluña el gobierno dio armas a los ciudadanos.

El presidente de la Generalitat, Lluís Companys, había creado el Comité Central de Milicias Antifascistas de Cataluña bajo la presión ejercida por las centrales sindicales anarquistas, que habían capitalizado la lucha obrera en las calles de Barcelona, consiguiendo doblegar a los militares sublevados contra la Segunda República Española.

—Yo… —Marcia estaba aturdida—, creo que esto es demasiado, Silvia, temo que la situación se desmadre.

—¿De qué lado estás, niña? —Silvia empezó a desconfiar. Si bien Marcia había participado de los mítines del Partido Socialista y se había mostrado comprometida, no dejaba de ser una niña burguesa.

—Tú bien sabes de qué lado estoy —se ofuscó la muchacha, aunque decidió no mencionar que iba a la iglesia—, solo que no estoy tan segura de querer empuñar un arma. La violencia no nos llevará a ninguna parte.

—Allá tú —respondió Silvia alejándose detrás de una columna de hombres que se habían armado rescatando escopetas y fusiles de sus establos.

El descontrol en las calles causó miedo a Marcia. Sabía que eso no iba a dar buenos resultados.

El golpe de Estado había fracasado, la guerra civil estallaba y la gente todavía no se daba cuenta. El norte del país había quedado aislado del resto del terreno republicano, al unirse Galicia, León, Castilla la Vieja, La Rioja y Navarra al bando sublevado.

Temerosa, la joven entró en la parroquia y se sentó a oír la misa, que ya había empezado. El cura daba un sermón cargado de entusiasmo y Marcia se perdió en sus pensamientos. Comulgó con culpa porque no había escuchado nada.

Después se dirigió a casa de sus padres, hizo a un lado el orgullo y decidió que prefería enfrentar a su padre antes que andar sola entre ese descontrol que se sentía en el aire. Sabía que, por muy enfadado que estuviera, Aitor no iba a echarla en su estado. Además, confiaba en que su madre haría lo necesario para evitar mayores disgustos. Para su tranquilidad, su padre no estaba y pudo disfrutar de la compañía y mimos de su madre, con quien fingió una felicidad que no sentía.

—¿Estás bien? ¿De verdad?

—Claro que sí, madre, solo un poco más cansada de lo habitual.

—Tienes unas ojeras… —La mujer acarició su rostro y Marcia tuvo que hacer un gran esfuerzo para no llorar.

—Es que a veces me cuesta conciliar el sueño.

—¿Por qué permitiste que tu marido se fuera?

—Vendrá pronto, solo serán unos días —afirmó sabiendo que eso no era cierto.

Retornó a la vivienda a media tarde, lo hizo en compañía de Gaia, su hermana, quien no consintió que anduviera sola.

—¿Por qué no vuelves? —intentó la mayor—. Papá no te dirá nada, ahora está preocupado por esto de los sublevados.

—Prefiero evitar roces…

—¡Regresa a casa! —insistió—. No tienes por qué quedarte ahí ahora que tu esposo te ha dejado.

—¡Mi esposo no me ha dejado! —Marcia lo defendía con uñas y dientes, aunque en el fondo de su ser estaba molesta—. Se ha ido a luchar por nuestros derechos. Mi lugar es a su lado.

—¡Si no estás a su lado! Estás con tu suegra y tu cuñado. Dime, Marcia, ¿sabes dónde está Marco?

—No, no lo sé exactamente, solo sé que se unió a otros miembros del partido que iban a luchar para detener a los fascistas.

Habían llegado a la costa paralela a la casa.

—¿Quieres venir conmigo? —ofreció—. Tomaremos una limonada…

—Gracias, prefiero volver. —Gaia no deseaba cruzarse con Bruno, a quien amaba en silencio. Se había dado cuenta de que ese hombre no tenía ojos para ella y debía olvidarlo.

Al ingresar al hogar María Carmen la reprendió:

—¡Niña! ¡Estábamos preocupados! Hace más de cuatro horas que te fuiste… Bruno salió a buscarte.

—No hacía falta… Sé cuidarme —afirmó molesta. Enseguida comprendió que la preocupación de su suegra era sincera—. Lo siento —recapacitó—, fui a casa de mis padres, se me pasó el tiempo.

—¡Ah! —María Carmen estaba sorprendida—. ¿Ha ido todo bien?

—Sí, almorcé con mi madre y mi hermana. Mi padre no estaba, anda nervioso por todo lo que está ocurriendo.

—Me alegro, Marcia, es hora de que te reconcilies con tu familia.

—Sé que nunca volverá a ser igual…

—No te anticipes. Quizá cuando nazca el niño…

Las horas corrieron y el atardecer trajo la penumbra, la electricidad no había llegado a sus vidas, como sí a algunas casas de la ciudad. María Carmen encendió las velas y empezó a preparar la cena, Marcia la ayudaba cuando la puerta se abrió de repente.

Al ver al objeto de su búsqueda sana y salva en el hogar a Bruno le volvió el alma al cuerpo. Sin embargo, no pudo evitar la reprimenda:

—¡Que sea la última vez que te ausentas durante tantas horas! —dijo, yendo directamente hacia su cuarto.

Ambas mujeres se miraron, primero serias, luego esbozaron una sonrisa.

# 13

*Gijón, 1910*

Hacía dos años que Purita vivía sola en una casa ubicada cerca de la costa, la joven amaba el mar. A los veintinueve había consolidado su carácter y trabajaba en la fábrica de aceros a la par de Aitor. Este se había resignado a tenerla como socia y sus prejuicios iniciales habían cedido al ver las ganas y la fortaleza que guiaban a la muchacha.

José Luis y Ángeles, sus amigos de Oviedo, la visitaban con frecuencia, se instalaban en su casa, donde Purita tenía habitaciones para la familia, y disfrutaban de fines de semana de playa y teatro.

Con ellos había concurrido la primera vez al Teatro Dindurra, futuro Teatro Jovellanos, ubicado en el centro de la ciudad desde 1899. Era el espacio de cultura y ocio por excelencia. Se habían deleitado con óperas, obras, música sinfónica, operetas, zarzuelas y variedades, de la mano de la Compañía Giovannini o cantantes como Paco Meana y Luis Llaneza.

Otras veces había concurrido a bailes junto a Aitor y Olvido; la vida social no era problema para Purita, aunque no salía de su ciudad, solo viajaba a través de las cartas que intercambiaba con su hermana en la Argentina, país al que no sabía si volvería. Estaba muy compenetrada con su trabajo y le gustaba el sitio donde vivía.

Tenía algunas amigas con las que salía a bailar en las verbenas o a pasar tardes en la playa.

En el verano de 1910 llegó a la estación del Norte el primer «tren botijo», utilizado por las clases populares para ir al mar. Para paliar el calor y la sed los pasajeros viajaban con un botijo lleno de agua fresca que se iba entibiando a medida que las horas pasaban.

De aquel convoy que había salido horas antes de Madrid y que había recogido pasajeros a lo largo de toda Castilla y León se bajaron cientos de veraneantes entre los sones de la banda de música y los vítores de los gijonenses.

Purita estaba en la playa, junto a Olvido y Gaia, que tenía diez años. Aitor las acompañaría más tarde.

Las damas vieron la invasión de gente que bajaba a la arena y corría desesperada a tocar el mar como quien encuentra un tesoro. Purita recordó la primera vez que sus pies habían tocado el agua y sintió nostalgia por el pasado. Pese a tener una vida plena y rodeada de gente, carecía de familia. En todos esos años no había podido entablar una relación que la satisficiera, todos sus intentos habían sido en vano y ya iba para solterona; por mucho que quisiera evitarlo, Purita conocía la causa, que tenía nombre y apellido.

—Tía, ¿de dónde ha salido toda esa gente? —Gaia la llamaba así desde que era pequeña y nadie le había desmentido el parentesco.

—Pues de los trenes, querida, y se llaman turistas.

—Vayamos a ver —pidió la niña.

—Ve tú, no te alejes —advirtió la madre.

Al quedar solas Olvido dijo:

—Purita, tengo que contarte algo. —Ante la seriedad del

rostro de su amiga, Purita, que jugaba con la arena a hacer formas, dejó lo que estaba haciendo.

—¿Qué ocurre?

—Estoy enferma y temo que es grave.

—¿Has ido al médico?

—Claro que he ido, hace tiempo que deambulo entre ellos. No te he contado, he perdido dos embarazos en los últimos tres años. —Purita abrió los ojos sorprendida y le apretó el brazo—. Siempre quise tener una familia numerosa, sin embargo, los hijos no han querido quedarse.

—¿Y qué te han dicho los doctores?

—Que hay algo en mí que no los puede retener, simplemente... se van.

—Quizá estés débil, podrían reforzar tu dieta...

—No lo entiendes, tengo una enfermedad en la sangre que me está debilitando por dentro.

La llegada de Aitor, que traía a la niña de la mano, interrumpió la conversación. El hombre se sentó entre ellas y se dispuso a jugar con Gaia. Había cambiado mucho con los años, tenía cuarenta y tres y unas finas canas matizaban sus sienes. Su carácter seguía siendo serio en el ámbito laboral, donde repartía instrucciones con voz firme y mirada implacable, mas con Gaia rompía los moldes de los padres de la época y no tenía empacho en sentarse sobre la arena para hacer figuras con ella.

Purita le había perdido el temor reverencial de los primeros tiempos y se podría decir que llevaban una relación amigable. Ambos habían acordado tácitamente en mantener cierta distancia tanto en lo familiar como en lo laboral. La amistad profunda era con Olvido, a quien Purita quería como si fuera su hermana mayor. Por eso amaba tanto a Gaia.

Mientras armaba fortalezas en la arena, Aitor comentó:

—¿Sabéis que a toda esta gente las trae un madrileño?

—¿Cómo es eso? —preguntó su mujer haciendo a un lado la nostalgia.

—Pues hay un periodista llamado Ramiro Mestre Martínez que se gana un sueldo extra con las comisiones que cobra para organizar estos viajes. Un visionario —añadió—, porque el turismo es el futuro de la región. ¿Quién no quiere pasar las vacaciones frente al Cantábrico?

—Leí que a Gijón la llaman «la pequeña Suiza» —dijo Purita—, debido al verdor de sus prados y la altura de sus cumbres.

—La pequeña Suiza, con mar —respondió Olvido dirigiendo sus ojos hacia las aguas.

Después de ese día Olvido fue decayendo con lentitud, con la certeza de que el final se acercaba. Sus fuerzas y sus ganas menguaban hasta que un día ya no se levantó de la cama.

Aitor, pese a no amarla como ella merecía, la quería y respetaba, era una buena mujer y la madre de su hija. Desesperado ante la decadencia acelerada de su esposa, trajo a los mejores médicos para que la estudiaran; todos concordaban en que había algo en su sangre que no la dejaba reponerse.

Al cansancio habitual se sumó la fiebre, la pérdida de peso y el dolor generalizado. No había nada que la aliviara.

Después de unos días de convalecencia le aparecieron pequeños puntos rojos en la piel, en brazos y piernas, y pensaron que tenía alguna enfermedad contagiosa.

Sin importarle el riesgo, Aitor pasaba horas junto a su mujer velando su sueño intranquilo y evitando que su hija la viera así.

Purita visitaba la casa y entretenía a Gaia, a quien no le habían contado sobre la gravedad del estado de su madre. La jovencita no era tonta y se daba cuenta de que algo malo la aquejaba.

—¿Se va a morir mi madre? —le dijo a Purita.

—No, mi querida —mintió—, no se va a morir, solo necesita descansar.

—Ya hace muchos días que está descansando, ¿por qué no puedo verla?

—No queremos que tú también te contagies.

Esa noche Purita se quedó hasta que la niña cenó; le había pedido que fuera ella quien la acompañara a la cama y le leyera el cuento de todas las noches.

Al salir del cuarto Purita se apoyó sobre la puerta y cerró los ojos tratando de impedir las lágrimas que fluían cual vertiente.

Aitor salía de la habitación de Olvido y la vio.

—¿Le ocurre algo a Gaia? —preguntó en voz baja, acercándose.

—No… nada, ella está bien. Solo que… —Se sonó la nariz y se recompuso—. Estoy triste, toda esta situación, Olvido que no mejora…

Aitor se apoyó sobre la pared contraria del pasillo y cerró los ojos un instante.

—Olvido no va a mejorar. Los médicos dicen que tiene una enfermedad mortal en la sangre, y está en la etapa más aguda.

Purita no pudo resistir y rompió en llanto: Olvido era su amiga, su hermana del corazón.

Aitor se aproximó y la tomó por los hombros. Después la abrazó y la muchacha se desahogó sobre su pecho.

Los días que siguieron fueron los más difíciles de la enfermedad, Olvido sabía que se iba del mundo de los vivos y fue llamando a uno por uno para despedirse. Una de las últimas fue Purita, con quien estuvo durante casi dos horas. Nadie supo de qué hablaron las amigas, pero la más joven salió de la habitación bañada en llanto.

Esa noche, Olvido murió.

# 14

*Gijón, 1935*

Después de haberse acostado con Marco, Marcia andaba como perdida. Más de una vez, a la mañana siguiente, tuvieron que llamarle la atención en la fábrica de sombreros porque se olvidaba de lo que estaba haciendo.

—¡Marcia! —Silvia la sacó de sus recuerdos—. Ponte a trabajar de una vez y deja de pensar en ese gilipollas.

La jovencita volvía a lo suyo sin ganas. Recordaba todo lo que habían hecho sobre la arena a orillas del mar y de solo pensarlo empezaba a sudar, sus mejillas se teñían de rojo y las piernas le flaqueaban. Los días pasaban y no había noticias de Marco. Con el correr de las semanas Marcia empezó a preocuparse, ella creía que con lo sucedido eran novios. Encima, Marco Noriega no se dejaba ver ni por la playa ni por los bares. Marcia había recorrido los sitios donde solía encontrarlo, pero solo estaban sus amigos y su hermano. Sintió vergüenza de preguntar por él, y cuando su búsqueda se volvió desesperada y le agrió el carácter dejó de lado su orgullo y se acercó a Bruno.

—Hola.

El mayor de los Noriega fijó en ella sus ojos de noche. Imaginaba por dónde venía la cosa, siempre era igual. Marco enamoraba a las jovencitas y luego, cuando se aburría de ellas, era él quien tenía que atender los reclamos y preguntas.

—Hola —respondió sin dejar de apreciar su hermosura. ¿Cómo podía ser que una muchacha tan bella se hiciera valer tan poco?

—¿Marco? ¿Está enfermo? Hace días que no lo veo.

Bruno se debatía entre ser sincero y a la vez cruel, o decir una mentira piadosa. Sin embargo, él era un hombre de palabra y su hermano era ya suficientemente adulto como para hacerse cargo de sus deslices.

—No, no está enfermo. —Asistió a la sorpresa de la joven y al dolor que inundó sus ojos grises. Dudó entre darle la estocada final o tenerle un poco de piedad.

—Entiendo, no quiere verme. —Marcia le ahorró la respuesta, después de todo no era tan tonta como creía—. Pues hágame un favor —pidió con la mirada al borde de las lágrimas—: dígale de mi parte que no sea cobarde.

—Como usted mande.

Cuando Marcia se marchó envuelta en su halo de furia y tristeza a la vez, Bruno maldijo entre dientes. Apuró su bebida y se fue.

Sabía que su hermano no estaba en la casa, Marco andaba enredado con una muchacha de un caserío cercano y solía ausentarse por las noches para dormir con ella.

Después aparecía por los muelles, ojeroso y sin fuerzas para cargar los bultos. A partir de que Aitor Exilart lo había despedido por ser el cabecilla de los reclamos obreros trabajaban juntos en el puerto.

El Musel, además de puerto carbonero, se perfilaba como escala de los transatlánticos que llevaban viajeros hacia América. Era un puerto de gran calado y ofrecía el carbón a bajo precio; esas ventajas lo posicionaban bien. También había una línea de tranvía eléctrico que enlazaba el puerto con la ciudad.

Ese año se estaba construyendo el II Espigón, lo que hacía que la actividad portuaria necesitara brazos fuertes y hombres de trabajo, y los Noriega lo eran.

No fue sino hasta el día siguiente cuando Bruno se cruzó con su hermano en el puerto. Habían terminado de cargar un buque y tenían libres unos minutos para comer algo antes de reanudar el trabajo.

Sentados sobre unos toneles abrieron sus envoltorios y Bruno disparó:

—¿A qué estás jugando con la hija de Exilart?

—No creo que eso te importe —contestó Marco sin mirarlo, concentrado en su comida.

—Me importa. —Hizo una pausa, pausa que puso en alerta a Marco. Bastaba con que a Bruno algo le importase para que él quisiera tenerlo. Siempre había sido igual, desde pequeños Marco competía con su hermano mayor, ya fuera por llamar la atención de sus padres o entre sus amigos—. Más cuando tengo que responder sus preguntas.

—¿A qué te refieres?

—Anoche, en el bar, vino a preguntarme por ti.

—Vaya, vaya… —Marco quedó pensativo, Marciana Exilart no era como las demás, ella era una chica bien, educada e inocente y hasta casi se arrepentía de haberla seducido. Tampoco quería problemas con su padre, después de todo era un hombre por quien sentía respeto.

—Me dijo que no seas cobarde —continuó Bruno, disimulando su malestar—. Deberías dar la cara con esa muchacha.

—Lo haré. —Terminó de comer y volvió al trabajo.

Pasaron tres noches hasta que Marco volvió a frecuentar los sitios habituales, seguía enredado con la muchacha del caserío vecino. Cuando Marcia lo vio de nuevo entre su grupo de amigos fingió desinterés y salió a bailar con otro muchacho pese a que le resultaba soso. Después de dos piezas volvió junto a sus amigas a reír y beber.

Esa indiferencia acicateó a Marco. La muchacha no le interesaba para una relación seria, no obstante, le había gustado tenerla entre sus brazos y más aún saber que había sido el primero.

Se acercó al grupo donde ella departía y la invitó a bailar: sabía que eso le gustaría. Ella lo miró, primero con dureza, y cuando Marco le sonrió con los ojos y la boca, se derritió.

Danzaron unas piezas y después volvieron a alejarse en dirección a la playa tomados de la mano, sin importarles el frío otoñal que se había adueñado de la orilla.

Sobre la arena, Marco la besó en la boca como ella le había pedido la vez anterior y se dedicó a acariciarla mientras la iba desnudando con lentitud, dejando que las prendas rozaran su piel, haciéndola estremecer con su lengua. Cuando ella creía que estaba al límite de sus fuerzas y algo extraordinario iba a pasar, Marco detuvo sus caricias para aflojarse los pantalones. Al ver que de nuevo él se iba a introducir en ella el dolor de la vez anterior se hizo presente y su excitación se esfumó como el agua entre la arena.

Marco, ajeno a lo que le ocurría, le abrió las piernas y empujó con fuerza. Sus movimientos frenéticos la asustaron, ya no le gustaba lo que estaban haciendo. Hasta que el hombre no se desplomó sobre su pecho Marcia no sintió alivio. ¿Eso era hacer el amor? Sentía que algo no estaba bien, ¿por qué esa sensación de soledad y desasosiego?

Sin que ella lo pidiera nuevamente Marco se incorporó y la besó en la boca. De nuevo volvieron las cosquillas al vientre de la muchacha, sus besos y sus manos la enloquecían, no así lo que venía después.

Se dijo que ya se acostumbraría y se abrazó a su espalda con la esperanza de la felicidad.

# 15

*Gijón, 1919*

Con la muerte de Francisco a la familia le costó retomar el rumbo de sus vidas. María Carmen parecía una sombra, había adelgazado mucho y los hijos temían que ella también se hubiera contagiado de la gripe. Sin embargo, lo que tenía la mujer era tristeza, una tristeza infinita que la llevaba muchas veces a pensar en la muerte como una solución. Los muchachos no le quitaban el ojo de encima, si bien no la veían llorar tampoco la veían reír; había perdido mucho más que a su marido, había perdido a su mitad.

María Carmen dejó de ocuparse de las cosas de la casa y permanecía muchas horas en la cama. Fue Bruno quien se encargó de las tareas del hogar dado que Marco trabajaba todo lo que podía en la fábrica; ahora más que nunca necesitaban de un ingreso más o menos estable. El hijo mayor la alimentaba como si fuera una niña, se ocupaba de la pequeña huerta, de la nueva pareja de conejos, del aseo de la vivienda y de recoger los huevos de las cinco gallinas que tenían en el fondo.

Pese a todas sus atenciones, María Carmen no reaccionaba, hasta había dejado de preocuparse por su higiene personal.

—Madre, tiene que levantarse —dijo Bruno una mañana—, no es bueno que esté tanto tiempo en cama, se le acabarán las fuerzas.

—Ya no me importa, hijo. —Los ojos de la mujer se posaban en un más allá inexpugnable.

—¿Acaso sus hijos no le importamos? ¿Usted también quiere morir y abandonarnos?

María Carmen lo miró y vio en los ojos negros una tristeza tan profunda que se dijo que tenía que volver a la vida; por él, por ellos.

—Perdóname, hijo, tienes razón, vosotros sois lo más importante que tengo. —Hizo un esfuerzo por sonreír.

—La necesitamos, madre, la casa no es un hogar sin usted dando vueltas por ahí y poniendo orden.

María Carmen se incorporó y bajó los pies de la cama. Un leve mareo la hizo tambalear cuando quiso levantarse, el hijo lo advirtió y la sostuvo.

—Vamos, tiene que comer algo. Le prepararé un buen desayuno.

—Gracias, hijo, le daremos una sorpresa a tu hermano.

Con escasas fuerzas la madre llegó hasta la cocina, donde Bruno la atendió como nunca nadie lo había hecho. María Carmen se sintió orgullosa de ese muchacho, sería un gran hombre.

Cuando Marco volvió de la fábrica sonrió al verla sentada frente a la ventana. Todavía estaba débil, aunque con el correr de los días se iría recuperando.

—¡Madre! Me alegra que se haya levantado. Mire, traje un pescado que me han dado cuando pasé por los muelles. —Marco no tenía problemas en entablar amistad y siempre conseguía algo para llenar la olla a cambio de algún otro favor.

Durante la cena los hijos intentaron hacer reír a la madre y apenas consiguieron sacarle una o dos sonrisas.

Cuando María Carmen se fue a acostar los hermanos se asomaron a la noche, no querían que ella escuchara.

—El dinero no alcanza, Marco, nadie hace pedidos a la carpintería.

—Lo sé. —Ya habían hablado de eso y de la necesidad de que Bruno buscase un trabajo—. Pero no podemos dejar a mamá sola.

—Tampoco podemos seguir comiendo sopa de ajo, madre está muy débil. Y los conejos son para que tengan cría.

—¿Qué quieres que haga? Hoy traje pescado, tampoco puedo salir a robar —respondió Marco de mala manera.

—No pretendo nada, menos aún que robes. Tomé una decisión, mañana iré al puerto, allí siempre necesitan trabajadores.

—¿Y quién cuidará de mamá?

—Debemos confiar en ella —contestó Bruno.

Al día siguiente, Bruno se levantó antes de que amaneciera, dejó a su madre una nota y partió con la esperanza como bandera.

En los muelles la actividad ya había comenzado. El Musel tenía buenas condiciones naturales: estaba ubicado al pie del cerro de Santa Catalina, abrigado por los vientos más peligrosos por el cabo de Torres, tenía un fondo limpio, carecía de corrientes y tenía un perfil fácilmente identificable; los marineros gijoneses lo llamaban la Muyerona. El Musel era el puerto líder en la competencia por embarques de carbón, dejando atrás a los puertos de Avilés y San Esteban de Pravia, sus competidores. La línea férrea de Langreo llegaba desde las minas hasta los mismos muelles y desde allí se cargaba la hulla en las bodegas de los vapores.

Bruno se mezcló entre los hombres buscando a quien pudiera emplearlo. En los desembarcaderos había cargamentos de vidrios, derivados de petróleo, hilos y, en especial, las hullas de las cuencas mineras asturianas que se exportarían. El carbón le hizo pensar en su padre, lo imaginó con la cara tiznada descendiendo al corazón de la mina. La muerte de Francisco era un golpe demasiado fuerte; ahora él era el hombre de la casa.

Caminó entre el gentío hasta que dio con un hombre que parecía estar a cargo.

—Necesito trabajar —dijo sin más.

El sujeto lo miró de arriba abajo y juzgó que tenía brazos fuertes.

Lo derivó con otro para que empezara.

—Hoy es a prueba.

Bruno empezó a alejarse en la dirección indicada cuando escuchó a su espalda:

—¡Gratis!

Ese primer día de trabajo se esforzó como nunca lo había hecho y su actitud le abrió las puertas a los muelles.

Al llegar a la casa halló a su madre levantada y a Marco a su lado. Conversaban y ella sonreía; esa escena familiar le revolvió el sentir.

—¿Conseguiste el empleo? —preguntó María Carmen.

—Sí, mamá, lo he conseguido.

# 16

*Gijón, 1935*

Marcia volvió a sucumbir a la lujuria de Marco dos veces más en ese crudo invierno, eran encuentros furtivos en algún rincón oscuro y solitario, desprovistos del amor que la jovencita buscaba. Después quedaba todo el día ansiosa, trabajaba como un autómata esperando el final de la jornada con la ilusión de verlo a la salida, en alguna esquina de la fábrica de sombreros, como hacían los otros novios. Sin embargo, Marco no aparecía.

Recordaba cada detalle del acto sexual y se inventaba besos amorosos que no habían sido. Había anhelado una declaración de sus sentimientos, un pedido formal de noviazgo; nada de eso había ocurrido y empezaba a preocuparse. No quería creer que Marco fuera un oportunista y que solo se había acostado con ella para luego dejarla abandonada, aunque todas las señales, o más bien, la ausencia de señales, la llevaban por ese derrotero.

Salió de la fábrica esa tarde y se acercó a los muelles; quería verlo, saber qué ocurría, si tenían una relación o pensaba seguir evitándola. Su amiga Silvia, testigo de su agitación, quiso impedírselo:

—No seas tonta, ya conocías la fama de donjuán de Marco Noriega, tú solita te metiste en la boca del lobo.

—A ti lo que te pasa es que te mueres de envidia porque no te prestó atención —respondió Marcia, ofendida.

—No hay más ciego que el que no quiere ver.

Enojada más con ella misma que con su amiga, se dirigió al puerto hecha una furia. No le importó caminar entre una decena de hombres que cargaban bultos, sucios y cansados. Sus ojos solo buscaban la figura que la había sometido al desvelo y nervios de los últimos días. Bruno la vio pasar y temió que alguno de los estibadores le dijera alguna grosería; salió a su encuentro y la tomó del brazo con brusquedad.

—¿Qué hace aquí? ¿No se da cuenta de que este lugar es peligroso para una mujer sola?

—¡Suélteme! —Sus ojos parecían dagas de acero.

—Marco no está aquí, si eso es lo que busca.

Bruno la alejó de la zona de carga, los hombres los miraban, era demasiado hermosa para pasar desapercibida.

—No debe venir aquí —sermoneó.

Ella, algo más calmada, lo miró. Era muy distinto a su hermano. Bruno exudaba masculinidad, con ese cuerpo robusto y su perfil griego. Los ojos eran dos pozos de petróleo y había tal fuerza contenida en su mirada que la asustó.

—¿Dónde está Marco?

—Ya se ha ido. —No iba a contarle que tenía una cita con la muchacha del pueblo cercano; por más que no le gustaba la actitud de su hermano, él no era un chivato.

—¿A dónde se fue? ¿Tendré que sacarle la información con amenazas? —Marcia empezaba a perder la paciencia.

—Quizá podría intentarlo de otra manera más amable.

—¿Qué está insinuando? —La muchacha puso los brazos en jarra, estaba muy molesta.

—¡Noriega! —Se oyó una voz proveniente de uno de los

muelles—. ¡Vete con tu novia tú también, aquí ya hemos terminado!

—¿A qué se refiere con «también»? ¿Acaso Marco se fue con alguien?

—No le preste atención, señorita —minimizó Bruno—. Espere que recoja mis cosas, no se irá sola de aquí.

Marcia aguardó y cuando Bruno estuvo listo caminaron juntos hacia la residencia de Aitor Exilart.

—Dígame la verdad, Bruno —pidió Marcia más calmada—, ¿qué ocurre con Marco? ¿Por qué me evita?

—Eso tendrá que hablarlo con él, Marcia, mi hermano es un espíritu libre.

A Marcia no le gustó su respuesta, pretendía saber algo más y era evidente que Bruno Noriega no iba a soltar prenda.

—Cuénteme de usted —dijo mientras avanzaban por las calles, donde la penumbra empezaba a desplazar a la luz.

—No hay nada que contar.

—¿No tiene usted una novia?

Al oírla, Bruno sonrió; ella lo observó de perfil. Tenía esa sonrisa inocente que había descubierto la vez anterior en la verbena.

—Voy para solterón —respondió, sin dejar de sonreír.

Habían llegado hasta la casa, ambos se detuvieron y se miraron de frente.

—Gracias por acompañarme, Bruno, ha sido usted muy gentil. Y disculpe que haya ido así a su trabajo, es que… Marco me trae de cabeza —confesó con vergüenza.

—No debería dejar que las cosas se le suban a la cabeza, Marcia, a veces nublan la visión.

Ella abrió la boca para decir algo y las palabras quedaron suspendidas en su mente. Se recompuso y dijo:

—Gracias de nuevo.

—Adiós, Marcia.

Bruno siguió su camino hacia las afueras de la ciudad. Iba contrariado, no le gustaba lo que Marco estaba haciendo con

Marcia. La joven estaba obnubilada con él mientras que él se estaba revolcando con otra en un pueblo de los alrededores.

Llegó a su casa, donde María Carmen remendaba ropa. Le hubiera gustado que su madre tuviera telas para vestirse mejor, pero la economía familiar siempre iba a contramano.

—Hijo, ¿cómo te fue? ¿No vino Marco contigo?

—Hola, madre. —Le dio un beso en la frente y luego se sentó a su lado. Estiró las piernas y cerró los ojos—. Marco se fue temprano, tenía cosas que hacer.

—Ese chico… siempre tiene cosas que hacer. —La madre meneó la cabeza, conocía a sus hijos, eran tan distintos en todo sentido.

—Ya sabes cómo es Marco, seguramente volverá tarde.

Cenaron solos y, cuando la madre se acostó, Bruno salió a la noche. Estaba cansado, sin embargo, quería hablar con su hermano. No deseaba esperar al día siguiente, tenía el tema atragantado.

Marco llegó mucho después de medianoche.

—¿Qué haces aquí afuera? ¿Ocurre algo con mamá?

Venía despeinado y con aspecto cansado, aunque nada le borraba la sonrisa de los ojos y de la boca.

—Mamá está bien, duerme hace horas.

—¿Entonces? —Se sentó a su lado en el banco que había frente a la vivienda, que había hecho su padre años atrás y que ellos conservaban y lustraban como si fuera una reliquia.

—Hoy Marcia fue a buscarte al puerto.

—¿Y qué pretendes que haga?

—Que des la cara con ella, compórtate como un hombre. Esa chiquilla se ha enamorado de ti.

—Ese no es mi problema, Bruno, nunca le prometí amor ni nada parecido.

Bruno sintió la furia bullir en su interior.

—Deberías haber sido más prudente, esa chica no es como las otras con las que te acuestas.

—Ella debería haber sido más prudente antes de abrirme las piernas.

—¡Eres un mierda! —Sin darle tiempo Bruno lo levantó del banco y le dio un puñetazo. Marco no se quedó atrás y se lo devolvió.

Se trenzaron en una pelea que los llevó al suelo, sangraron labios y narices hasta que Bruno sometió a su hermano.

—Si realmente eres un hombre, enfréntate a esa chica y dile que no la quieres. Así dejará de andar buscándote por donde no debe —le advirtió. Después, se puso de pie y le dio la mano para que se levantara. Marco la aceptó y respondió:

—Tienes razón, me equivoqué con Marcia. Mañana iré a verla.

Al día siguiente, Marco cumplió la promesa hecha a su hermano, y luego del trabajo se fue directamente para la casa de la muchacha. No prestó atención a su aspecto. Prefería que ella lo viera así, sucio y sudado, para que se sacara esa loca idea de amor de su cabeza juvenil.

La muchacha apareció en la puerta hecha un farolito, sus ojos grises brillaron de ilusión; a Marcia no le importaban ni su sudor ni sus ropas desgarradas a causa del trabajo.

—¡Marco! —Se acercó y, de un brinco, estaba abrazándolo. Él fue rápido, no quería que ella siguiera engañándose; se deshizo de su abrazo y se separó de ella.

—Espera, espera, Marcia —pidió—. Vine porque sé que estuviste buscándome. —El tono de su voz alertó a la muchacha—. Creo que estás confundida conmigo.

—¿Qué dices? ¿Acaso no tenemos una relación?

—Marcia, de eso vine a hablarte. —Era más difícil de lo que creía—. No, no tenemos una relación, nos acostamos un par de veces, nada más.

La muchacha abrió los ojos y la boca, mas no pudo articular palabra. Sintió que algo oprimía su pecho y que la garganta se le cerraba. Empezó a temblar y a gemir, y Marco se sintió el hijo de puta más grande de la tierra.

—Lo siento, Marcia, es lo mejor para los dos —dijo por decir algo—. Jamás seríamos felices juntos, mereces a alguien mejor que yo.

—Yo te quiero —confesó.

—Pero yo no.

Se alejó de allí, era mejor que ella asumiera la verdad cuanto antes. Si se quedaba ahí, seguro terminaría consolándola y ella se haría una falsa ilusión. Marco no la quería, ni la querría nunca.

# 17

*Gijón, 1910*

Después de la muerte de Olvido la casa de Aitor Exilart se apagó. Hasta Gaia, que solía ser una niña alegre, se olvidó de reír y vagaba por las habitaciones como un fantasma.

Las hermanas mayores de Olvido, a quienes la pequeña casi no conocía, se instalaron en la vivienda para ayudar a su cuñado en su estrenada viudez. Venían de Avilés, la ciudad de donde era oriunda toda la familia de la fallecida. Allí habían dejado marido e hijos una, y gatos y perros la otra.

Encarna, la mayor de las cuatro, entre las que se contaba la fallecida años atrás, tenía un carácter de hierro. Y, así como manejaba su casa, pretendía hacerlo con la de Aitor. Ni bien arribó, después de pasado el entierro y todas las ceremonias, se puso a dar órdenes a la cocinera y a la mucama, a cambiar rutinas y formas de hacer hasta las cosas más simples. Como Aitor no estaba en todo el día, absorbido por los problemas de la fábrica, Encarna hacía y deshacía a su antojo.

Elsa, la que seguía en edad, pretendía ocuparse de Gaia y la trataba como a sus gatos; le hablaba en diminutivo, la perseguía por todas las habitaciones planeando juegos o lecturas, logrando que la niña se escabullera cuando escuchaba su voz aguda y empalagosa.

Por mucho que lo intentaba Elsa no lograba hacer contacto con ella; Gaia rehusaba cualquier acercamiento, comunicación o asistencia.

Las empleadas de la casa también trataron de sacarla de su mutismo, pero la niña no daba el brazo a torcer. Estaba triste, extrañaba a su madre, y nada de lo que hicieran los demás le interesaba. Además, sus tías la obligaban a rezar el rosario varias veces al día bajo amenazas de que, de no hacerlo, el alma de su madre no descansaría nunca en paz.

Cuando Aitor llegaba al atardecer, agobiado luego de todo un día de hacer frente a reclamos de los obreros, agrupados en los recientes sindicatos que planificaban huelgas y negociaciones, intentaba ocuparse de su hija. Con él era con la única persona que la niña parecía revivir.

Sentados en el comedor, Gaia se subía a sus rodillas y le preguntaba sobre su madre. Pedía que le contara cómo se habían conocido y detalles de una infancia que Aitor desconocía, dado que nunca había conversado sobre eso con su difunta esposa.

—Deberías preguntarles a tus tías —era su respuesta—; seguro que tu madre tuvo una niñez muy divertida —pretendía animarla.

—No me gustan mis tías, padre —susurró.

—¿Cómo que no te gustan?

—La tía Encarna se pasa todo el rato gritando órdenes y la tía Elsa me trata como si fuera un bebé.

Aitor sonrió, poco conocía a sus cuñadas; sin embargo, la niña las definía a la perfección.

—Están aquí para ayudarnos, hija, tengo mucho trabajo estos días…

—Me gustaría más que viniese la tía Purita —se animó a decir.

Para Aitor no fue una sorpresa. Sabía que Gaia congeniaba muy bien con su socia pese a que no eran familia. Se había criado prácticamente viéndola a su lado, en los paseos y reuniones. Con Olvido eran muy amigas, las mejores amigas.

—Le diré que venga a verte. —Recordó la conversación que habían mantenido esa misma mañana en la fábrica. Purita le había preguntado por Gaia, le había dicho que tenía ganas de verla y que prefería evitar la casa porque estaba muy sensible aún y no deseaba entristecerla todavía más. Además, estaban sus tías carnales, no quería ser un estorbo. «No digas eso, nunca serás un estorbo en la casa», había respondido él.

—¡Sí! —dijo la niña—. Gracias, padre.

Pasaron varios días hasta que Purita pudo ir. En la fábrica había un revuelo por reclamos obreros que tenía a todos muy ocupados.

Se había formado la Federación Local de Solidaridad Obrera, organización que nucleaba a varios gremios —albañiles, carpinteros, panaderos, peones y ebanistas, entre otros— con mil trescientos cincuenta asociados, lo que significaba un avance en la organización obrera de orientación libertaria porque, por primera vez, se integraban las organizaciones obreras en una entidad común.

Solidaridad Obrera generaba mucha expectativa entre los trabajadores. Se hablaba de un sindicalismo revolucionario. Pese a ello, los conflictos de la época impidieron afianzar una base sólida y unida, y el sector metalúrgico no manifestó ninguna tendencia hacia la integración, manteniendo su vieja estructura celular. Estas dificultades de formar sindicatos de oficio contrastaban con lo que ocurría en el sector de la minería, donde se implantaba una organización socialista.

En medio de todo ese juego, Aitor Exilart trataba de mantener el equilibrio. Formaba parte de la Asociación Patronal y últimamente debía ausentarse con frecuencia de la fábrica para asistir a reuniones y delinear un plan de acción. A su falta, quien se hacía cargo de todo era Purita. Con el tiempo él había aumentado su confianza en ella. Al principio la había prejuzgado, no creía que debajo de esa muchachita asustadiza se descubriera una mujer de su temple. Ahora sabía que podía irse tranquilo si ella estaba al mando, aunque en el fondo siempre rechazaría el hecho de compartir la silla con una mujer.

A pesar de que los metalúrgicos constituían una sección vinculada a la UGT y formaron parte con posterioridad de la Federación Nacional del ramo, al no contar con los contingentes societarios de Gijón y de La Felguera no pudieron desarrollar un tipo de organización como la del Sindicato Minero.

Las huelgas del sector del metal en Gijón fueron el antecedente de una situación de encrespamiento progresivo que desembocó, a lo largo de 1910, en una auténtica confrontación entre sindicatos y patronal.

Al día siguiente Aitor llegó a la fábrica y Purita ya estaba allí encargándose de las cuentas.

—Buenos días —saludó el hombre—, cuando puedas ven a mi despacho.

—Hola, iré enseguida.

Una vez en la oficina el hombre la puso en tema:

—Temo que se repita lo de Riera del verano pasado —comenzó—, los obreros están reclamando aumentos y modificación en la jornada de trabajo.

—Estoy al tanto —respondió Purita mientras bebía el té que se le había enfriado—. Sin embargo, no creo que despedir a los empleados sea una buena opción —opinó. Sabía que Riera había echado a todos los modelistas asociados a La Espátula, el gremio que los nucleaba.

—Tampoco podemos ceder ante todas las reclamaciones. Las cuentas no están bien —afirmó Aitor.

Purita vio que el hombre estaba cansado. Lucía una barba de hacía unos días y su piel estaba ajada, marchita. Sintió pena por él; la muerte de su esposa, una niña para criar y, por si fuera poco, los conflictos laborales.

—¿Se siente bien? —preguntó.

Él la miró, sus ojos de acero también estaban cansados. Hizo una mueca que quiso ser una sonrisa.

—No, no me siento bien. En verdad quisiera irme lejos, descansar. No tener que oír a mis cuñadas, que se han adueñado de mi casa, no tener que ver los ojos tristes de mi hija…

Purita bajó la cabeza, no deseaba que descubriera sus ojos empañados.

—Disculpa, sigamos —dijo Aitor recomponiéndose.

—Si puedo ayudar en algo…

—Solo haz tu trabajo.

Los despidos de Riera habían tenido como contraofensiva que las sociedades de obreros decidieran boicotear su empresa. Huelgas de diferentes dimensiones se fueron escalonando en otras fábricas vinculadas a los talleres de Riera y, además de La Espátula, fueron al paro los caldereros de La Constructiva.

En los días siguientes, las amenazas de huelga y los constantes enfrentamientos sumergieron a Aitor en reuniones y discusiones tanto con su socia como con gente de la patronal. Paraba poco en su casa y sus cuñadas lo veían con malos ojos, criticándolo a sus espaldas y planeando llevarse a la niña con ellas a la ciudad de Avilés, donde al menos tendría una familia e iría a misa.

La huelga estaba traspasando los límites habituales de un conflicto laboral, era un abierto enfrentamiento entre sindicatos y fuerzas políticas e institucionales. La prensa local también estaba fragmentada. *El Noroeste* apoyaba a la causa obrera, *El Consorcio* tenía una clara plataforma de opinión burguesa.

Los anarquistas desplegaron una campaña de solidaridad con los huelguistas provocando la intervención del gobernador civil, quien propuso formar una comisión mixta para tratar de buscar soluciones al conflicto de moldeadores.

Con la ayuda de un mediador, finalmente se logró un acuerdo entre obreros y patrones con un compromiso mutuo de solucionar los problemas laborales mediante el diálogo antes de llegar a la huelga y a posturas de presión. En esa breve pausa Aitor pudo hacer acto de presencia en la casa donde su hija reclamaba que cumpliera su promesa.

—Dijo que iba a venir la tía Purita, padre.

—Y así será —aseguró.

Esa noche, luego de la cena, Encarna, convertida en la voz cantante de la casa, lo buscó en su despacho.

—Aitor, mi hermana y yo tenemos que volver a nuestras ocupaciones. —La mujer se sentó frente a él y clavó sus ojos saltones en el rostro cansado del hombre.

—Entiendo, os agradezco lo que habéis hecho; no hubiera podido ocuparme de todo sin vosotros.

—Por eso mismo, Aitor, hemos acordado con Elsa que lo mejor será que la niña venga con nosotras. Allá en Avilés estará cuidada y…

—De ninguna manera —cortó en seco Exilart—. Mi hija se quedará en esta casa.

—Usted no puede hacerse cargo de ella —afirmó la cuñada mostrando uñas y dientes—, ni siquiera sabe qué edad tiene. Esa chica necesita cuidados. ¡No puede ni rezar el rosario completo!

Aitor se puso de pie y Encarna lo miró desde abajo, impresionada.

—Gaia se quedará en esta casa, y no se hable más. Seréis bienvenidas cuando gustéis —dijo para suavizar el tono en que había hablado—. Siempre os estaré agradecido.

Dio por finalizada la conversación y a Encarna no le quedó más remedio que retirarse.

# 18

*Gijón, 1935*

Después del desplante de Marco, Marcia cayó en la tristeza. Sus ojos grises se apagaron y sufrió descomposturas que la mantuvieron en cama durante varios días. El médico de la familia diagnosticó un principio de gripe, aunque no tenía ni resfrío ni fiebre, y la madre lo atribuyó a problemas del corazón. Ella más que nadie conocía a su hija y esa mirada apagada y ese desgano para todo solo tenían que ver con un amor contrariado o no correspondido.

No obstante, la jovencita no daba el brazo a torcer y negaba cuando ella le preguntaba. Dejó de ir a trabajar poniendo como excusa su salud y el padre se alegró por ello: él no veía con buenos ojos que su hija, una verdadera burguesa a la que nada faltaba, se empleara. Para Aitor Exilart era una afrenta, si no una vergüenza. Pero las veces que lo había discutido con su hija esta le respondía sencillamente que era como su madre:

—Si mi madre pudo trabajar, yo también lo haré.

—No es lo mismo —respondía Exilart—, tu madre lo necesitaba.

—Yo también lo necesito, padre. —En esa instancia Marcia se acercaba a él y lo convencía con abrazos y besos que deshacían todos los sermones paternos. Marcia lograba todo lo que se proponía.

Cuando pasaron varios días sin que la jovencita saliera de la casa la madre se cansó y decidió cantarle cuatro frescas.

—Mira, Marcia, o sales de este cuarto y vuelves a tu rutina o mañana iré yo misma a la fábrica de sombreros y haré que no te sigan guardando el puesto. —La mujer sabía que el trabajo era muy importante para su hija.

—No entiende, madre...

—Sí que entiendo —interrumpió—. Lo que sea que te haya pasado no debe de ser tan grave como para que estés así, hecha un estropajo. —Recordó su propia infancia, tan triste y pobre—. No hace falta que te cuente de nuevo mi propia historia, ¿o sí?

Marcia bajó los ojos. Admiraba a su madre. Sabía todo lo que había pasado de pequeña, lo que había debido sobrellevar, y se sintió ingrata. Ella solo estaba padeciendo las consecuencias de sus propios errores.

—No hace falta, madre, tiene razón. Mañana volveré a la fábrica.

—Ya mismo dejarás este cuarto y te asearás. —Se dirigió a la ventana y la abrió de par en par—. Vamos, que afuera hace un día hermoso, aprovéchalo.

La nostalgia de los primeros días dio paso al enojo. Marcia no entendía cómo alguien podía haberla usado de esa manera para echarla al olvido, a ella, que era tan hermosa que todos los mozos giraban a su paso para verla unos segundos más. Se sabía bella, sin ser vanidosa; sin embargo, esa carta no le había valido con Marco Noriega. Al día siguiente, Marcia estaba de nuevo en la fábrica, para tranquilidad de su madre, que quería que su hija retomara su vida, y para malestar del padre, que se había entusiasmado con que finalmente se convirtiera en la señorita que era. Hasta Silvia se apiadó de su delgadez y se calló sus repetidos sermones o palabras como «te lo advertí». Su amiga la acompañó desde las risas y las bromas para tratar de rescatarla de ese mal momento.

—Esta noche hay verbena en la plaza —dijo, cuando finalizó la jornada—, ¿por qué no vamos juntas?

—Gracias, Silvia, prefiero quedarme en casa. No estoy de ánimos para fiestas.

—Por eso mismo, para que te animes un poco.

—Será la próxima.

—Si te arrepientes, te veré allí.

Marcia no se arrepintió ni esa noche ni las que siguieron. Por más que fingía llevar una vida normal, algo le ocurría por dentro. Se sentía extraña, ansiosa, como si algo grande fuera a suceder. Más de una vez tuvo la tentación de acercarse a los muelles para ver a Marco, pero desistía; no iba a rebajarse delante de él. Tampoco quería que su hermano Bruno, que parecía un perro guardián cada vez que la veía, le dijera lo que tenía que hacer.

Mejor mantenerse lejos, olvidar. Sin embargo, los vómitos matinales se lo impidieron y la ausencia de la regla le confirmó lo que tanto temía: estaba embarazada. Desesperada, buscó ayuda en su hermana. Halló a Gaia leyendo cerca del hogar a leña, recostada en uno de los sillones de la biblioteca.

—¿Qué pasa que traes esa cara? —dijo la mayor cerrando el libro, adivinando que la cuestión venía para largo.

—¡Ay, Gaia! Me da tanta vergüenza contarte…

—Vamos, Marcia, conmigo vergüenza no. Ven, siéntate a mi lado. —Le hizo un lugar al bajar las piernas del sillón.

—No sé cómo empezar. —Marcia se retorcía las manos, nerviosa.

—¿Te has metido en problemas en la fábrica? Sé que anduviste averiguando todo sobre ese empleado que papá despidió por agitador, el comunista, y también sé que estuviste haciendo tus alborotos en la sombrerera... —Marcia, con el fervor de su juventud, seducida por los ideales que escuchaba predicaban unos y otros aquí y allá, pretendiendo estar a la altura de Marco Noriega, se había visto envuelta en algún que otro reclamo. Su amiga Silvia también estaba empapada de ideas revolucionarias y Gaia creyó que el problema venía por ese lado.

—No, no es eso... —Suspiró. Tenía miedo, no de su hermana sino de la reacción de su padre—. Es algo peor.

—¡Ay, Marcia! Me estás asustando, suéltalo ya.

—Estoy embarazada.

Los ojos de Gaia parecían salirse de las órbitas. La sorpresa era tal que no pudo articular palabra hasta pasados unos instantes.

—Embarazada...

—Sí, Gaia, estoy embarazada... ¿Qué haré ahora?

Por la mente de Gaia desfilaban miles de preguntas y no sabía por cuál comenzar. ¿Cómo que su hermana iba a tener un hijo?

¿De quién? Si ni siquiera había tenido novio... De pronto el rostro seductor de Marco Noriega se atravesó en su cabeza y las piezas fueron cayendo para ordenar el rompecabezas.

—No irás a decirme que es del comunista...

—¡Gaia! No me alivias en nada con ese comentario. ¿Cómo se lo diré a papá? ¡Tienes que ayudarme!

Gaia se puso de pie y caminó, nerviosa.

—¡Di algo! —Marcia estaba a su lado y la tironeaba del brazo.

—¿Es de él?

—Sí. —Bajó los ojos, la vergüenza era tal que no podía mirarla a la cara.

Gaia sintió una extraña mezcla de sentimientos. Amaba a su hermana, aunque en el fondo un ínfimo regocijo se deslizó en su corazón. Era tan hermosa que podía tener el mundo a sus pies, mientras que ella solo era una mujer común, sin ningún otro atractivo que su apellido. No era agraciada, tampoco fea. Los años se le habían pasado sin siquiera un pretendiente, ni un beso robado en el muro de la playa. Nada, jamás una ilusión ni una mirada de algún muchacho.

—¿Qué ha dicho él?

—¡Él no lo sabe!

—Tienes que decírselo, es el padre. Como tu novio debe hacerse cargo.

—Es que no entiendes, Gaia, no es mi novio. —Giró para que no viera su turbación—. Solo nos acostamos un par de veces.

—¡Ay, mi Dios! ¡Marcia!

—Lo siento… no me regañes tú que ya imagino lo que dirá papá cuando se entere.

Gaia se acercó a ella y la abrazó, de pronto sentía pena.

—No llores… lo solucionaremos. Tendrás que hablar con él.

Después de un buen rato de conversar y delinear un plan, decidieron que lo mejor era que Marcia hablara primero con Marco Noriega, para ver hasta dónde estaba dispuesto a hacerse cargo de la situación.

Esa noche, en su cama, Marcia no pudo dormir. Por momentos fantaseaba que todo se solucionaría, con que al enterarse Marco de que iban a tener un hijo el amor florecería de golpe. Después caía en la realidad y recordaba el vacío que había sentido en los pocos encuentros que habían tenido. Si se sinceraba tenía que reconocer que Marco Noriega solo se había saciado con su cuerpo.

Al día siguiente, acompañada por Gaia, se dirigió a los muelles. Allí estaban los hombres, cargando bultos bajo los fuertes vientos. Las mujeres apretaron sus mantones y avanzaron bajo las miradas curiosas de los trabajadores.

—No me gusta este sitio —murmuró Gaia.

—Allí está Bruno —indicó Marcia, enfilando hacia él.

El hombre las miró aproximarse y se secó el sudor de la frente. Pese al frío, el esfuerzo por el trabajo le perlaba las sienes. Dejó lo que estaba haciendo y se aproximó a ellas con gesto serio.

—Marcia, otra vez usted por aquí. —Saludó a Gaia con la cabeza; había reproche en el tono y en la mirada—. Ya le dije que este no es sitio para una dama.

—Lo sé. Necesito hablar con Marco, es urgente.

—Marco no está aquí.

—¿Es que nunca está aquí? —Se alteró.

—Marcia —intervino Gaia—, vamos, ya hablarás con él.

Al ver la gravedad de sus rostros Bruno preguntó:

—¿Ocurre algo?

Marcia miró hacia el puerto y sus ojos se detuvieron en los barcos. Aspiró el aire y cerró los párpados un instante.

—Sí, ocurre algo. —La fiereza de su mirada advirtió a Gaia que estaba por cometer una imprudencia. Su hermana la tomó del brazo y quiso apartarla:

—Vamos, Marcia.

Sin obedecer, la muchacha dijo:

—Dígale a Marco que estoy embarazada. Seguramente, mi padre querrá hablar con él.

# 19

*Gijón, 1910*

Encarna y Elsa dieron batalla unos días más antes de volverse a Avilés. No querían dejar a Gaia al cuidado de Aitor. Este pasaba muchas horas fuera de la casa y la pequeña quedaría a merced de las mucamas. Sin embargo, Exilart iba siempre un paso más adelante y, para callarlas de una vez por todas, contrató a una nueva empleada que se ocuparía exclusivamente de la niña.

Leandra era una mujer madura que había sido institutriz de varios niños ricos, se había codeado con la nobleza de España y tenía una vasta cultura. No tenía marido ni familia a cargo, y podía emplearse a tiempo completo para atender a Gaia y ayudar en su educación.

El día de su arribo, las cuñadas, en especial Encarna, la observaron de arriba abajo antes de someterla a un feroz interrogatorio, que la recién llegada pudo sortear sin dificultades. Conformes con la elección de Aitor, Encarna decidió que podían volver a su pueblo.

—Volveremos el mes entrante para ver cómo marcha todo —anunció antes de subir al coche que las llevaría a la estación.

El dueño de casa suspiró cuando al fin se vio libre de las visitas que se habían apoderado de su vida en los últimos tiempos y, después de dar algunas instrucciones a Leandra, se fue para la fábrica.

Allí estaba Purita reunida con algunos delegados de los obreros. Se palpaba la tensión en el aire. La joven argumentaba como podía en medio de una docena de hombres airados que pedían la presencia de Exilart. El desencadenante había sido un conflicto con los trabajadores de la compañía de ferrocarril de Langreo, que había tomado conocimiento público y se había extendido; otro enfrentamiento entre los sindicatos y la patronal.

El presidente de la patronal, Domingo de Orueta y Duarte, hombre del republicanismo, se había reunido con los huelguistas y hasta les había ofrecido trabajo en su propia empresa, dado que dirigía una fábrica en la que se hacían vagones. Los despidos se efectuaron y la empresa no se avino a negociación alguna, agravándose la situación por la adhesión de otros gremios.

Las circunstancias habían trascendido a la prensa, que publicaba que todo Gijón se perjudicaba con esas acciones. Las casas navieras, al ver que se les ponían obstáculos, buscaban en otros puertos las facilidades que el puerto de Gijón les negaba.

—¿Qué ocurre aquí? —dijo Aitor situándose junto a Purita, que estaba acompañada por el contable.

—De nuevo han declarado la huelga. —La muchacha le contó las últimas novedades.

—Vuelvan a sus lugares de trabajo —ordenó—, que aquí no ha pasado nada.

Los hombres, envalentonados, seguían en pie de guerra.

Los días que siguieron fueron los más arduos. Orueta, como presidente de la patronal, hacía publicaciones en los periódicos, que aumentaban la escalada del conflicto. Del gobierno habían enviado una comisión del Instituto de Reformas

Sociales para poner paños fríos, pero, además de un voluminoso informe, no pudo hacer nada para salvar la situación y se fue devolviendo la responsabilidad a Madrid.

Mientras Purita hacía lo que podía junto al contable en la fábrica, Aitor se dividía entre las reuniones con la patronal y su casa, donde pasaba cada vez menos tiempo. La niña apenas lo veía y clamaba por una presencia amiga. Extrañaba a su madre, y hasta llegó a pensar que hubiera sido mejor irse con sus tías a Avilés. Purita tampoco aparecía, no por falta de ganas sino porque su presencia en la fábrica era necesaria ante las constantes reuniones de Aitor con Orueta y los demás patrones. En una de las asambleas que llevaron a cabo se decidió ir al *lockout*.

—Ante la neutralidad del gobierno, no tenemos otra opción —dijo Exilart frente a la concurrencia.

—No podemos cerrar —respondió un empresario de una fábrica menor—. Es preferible seguir negociando con los obreros, el cierre será peor para nosotros.

—Votemos —dijo otro.

—Fueron los huelguistas quienes violaron los pactos —manifestó Orueta—; hemos sido los patrones los que hemos cumplido esta vez.

El criterio de cerrar las fábricas se impuso y como consecuencia los ánimos se exacerbaron. Muchos de los trabajadores ya habían buscado alternativas de trabajo aun antes del cierre, sin embargo, los fondos de resistencia estaban muy debilitados. Era necesario hallar una solución urgente para lograr la apertura de las fábricas.

La prensa local anunció que el conflicto obrero-patronal estaba en la fase final y que en breve las negociaciones culminarían. Al leer esto Aitor arrojó el periódico sobre la mesa. No estaba tan seguro de que todo terminara tan fácilmente. Corrían rumores de revancha y varios patrones habían recibido amenazas.

Purita por fin acudió a ver a Gaia. Ni bien la vio, la niña se arrojó en sus brazos y se apretó contra ella. La mujer sintió su cuerpo delgado estremecerse y el corazón se le conmovió al punto de las lágrimas.

—Te he echado de menos —dijo la pequeña.

—Y yo a ti, mi vida, perdóname por no venir antes.

—¡Ven! —La tomó de la mano y la arrastró hasta su cuarto, donde se encerraron hasta que la noche cayó sin que se dieran cuenta.

Aitor se asomó y observó la escena. Purita estaba sentada en el suelo entre hojas y libros mientras que Gaia le mostraba dibujos y tareas. Se enterneció ante aquella imagen tan familiar y a la vez tan ajena. Era Olvido quien solía sentarse con su hija para revisar sus cosas, jugar y leer juntas, pero Olvido ya no estaba.

Pensó en su matrimonio, tranquilo, sin mayores contratiempos. Su esposa había sido una buena compañera, nunca una discusión ni una escena ante sus ausencias de trabajo, tampoco una gran pasión. No la extrañaba y se sintió en falta; solo la necesitaba en relación con la niña, porque ella sí la echaba de menos.

En ese instante Purita volvió la cabeza y lo divisó. Estaba recostado contra el marco de la puerta, con la vista perdida. Al sentirse observado la miró, sus ojos se encontraron y fue ella quien apartó la mirada para volver a concentrarse en la jovencita.

—La cena está lista —anunció el hombre—, vamos a la mesa.

—Se ha hecho muy tarde —dijo Purita poniéndose de pie—, debo irme.

—No te irás a estas horas. —No era una petición, sino que sonó a orden. Ella clavó sus ojos en él en mudo reclamo y Aitor depuso su actitud—. Nos gustaría que te quedaras a cenar, ¿verdad, Gaia?

—Sí, quédate, tía, por favor.

Purita la miró y no pudo decirle que no. La niña estaba falta de cariño y ella tenía de sobra. Se agachó hasta su altura y la abrazó.

En el comedor Gaia le ofreció el sitio de su madre, el cual Purita rechazó.

—A mamá le gustaría, tú eras su mejor amiga.

A Purita se le llenaron los ojos de lágrimas.

—Lo sé, mi vida, y ella era mi mejor amiga, no ocuparé su lugar.

Era noche cerrada cuando Aitor acompañó a Purita hasta su casa. La muchacha había rehusado quedarse en su antigua habitación, pese a que tanto padre como hija habían insistido.

Como era cerca fueron caminando. De repente una incomodidad extraña se había instalado entre ellos. Solían pasar horas en el trabajo y nunca ese silencio perturbador se había interpuesto. La necesidad de Gaia de tener una madre los había llenado de preguntas que no saldrían de sus bocas.

Cuando estaban por llegar a la casa de la joven, un ruido sordo quebró la paz del ambiente y acalló el sonido del mar. Aitor gimió ante el impacto y empezó a caer. Purita no entendía qué pasaba. Quiso sujetarlo y el peso de su cuerpo desfalleciente la arrastró con él en la caída.

—¡Aitor! —exclamó al ver que había sangre a su alrededor—. ¡Aitor! ¡Despierte!

El hombre se había desvanecido. Desesperada buscó la herida, la oscuridad de la noche le impedía ver de dónde salía tanta sangre.

Como pudo lo movió y pudo divisar un agujero en el hombro. Sin pensarlo arrancó parte de la falda de su vestido veraniego y apretó sobre la lesión para que dejara de desangrarse.

Después gritó pidiendo ayuda.

# 20

*Gijón, 1935*

Cuando las muchachas Exilart abandonaron el puerto, Bruno quedó de pie en medio de la ventolera y sus propios infiernos. Marcia embarazada. La noticia lo golpeó con fuerza, apretó los puños hasta que los nudillos se le pusieron blancos, y la mandíbula hasta que los dientes le dolieron.

Sin avisar, se fue del puesto de carga y caminó sin rumbo fijo; sin advertirlo, se hizo noche. Terminó en un bar de las afueras bebiendo como nunca lo había hecho. Necesitaba borrar lo que sentía, ahogar en alcohol hasta el último resquicio para no sucumbir y cometer una locura.

El estómago vacío fue cuna de su borrachera y acabó enredado en una pelea de parroquianos sin saber por qué. Cuando su cuerpo no pudo resistir más golpes, alguien lo tomó por los sobacos y lo arrojó a la playa sin un duro.

Cuando despertó aún era noche y el frío intenso y la humedad del suelo lo obligaron a espabilar. Tenía el labio roto y sentía el sabor de la sangre. Le dolía todo el cuerpo, se miró para ver si había cortes y la oscuridad le impidió la inspección.

Se puso de pie con dificultad y advirtió que hasta los zapatos le habían robado. Maldijo su suerte y avanzó por la arena hasta salir de la playa. Se orientó y llegó a su casa cuando ya amanecía.

Se tiró sobre la cama y se durmió al instante.

Al día siguiente encontró a María Carmen en la cocina; su madre siempre estaba haciendo algo, lavando verduras, cocinando guisos o remendando ropa. Había envejecido mucho desde la muerte de su esposo y, si bien era feliz junto a sus hijos, su mirada había perdido el brillo que da el amor.

Al verlo abrió la boca y se acercó a él.

—¿Qué te ha ocurrido?

—Nada, madre, solo una pelea de borrachos.

—¿Borrachos? Si tú no eres de esos…

—Lo siento, madre, anoche lo fui.

—Ven, que te curaré esas heridas. —Lo tomó del brazo y lo obligó a sentarse.

—No hace falta, ya no soy un niño.

—Para mí siempre serás mi niño. —Se agachó y besó su frente—. Mi querido niño mayor.

—¿Dónde está Marco?

—No lo sé, creo que no vino a dormir. —La madre meneó la cabeza en gesto de desaprobación—. No sé en qué anda ese chico.

—Marco no es un chico, madre —dijo Bruno sujetando sus palabras para no irse de boca—. Es un hombre.

En ese instante la puerta se abrió y el aludido hizo su ingreso. Venía sonriente y con signos de haber pasado una buena noche. Al ver a su hermano tan lastimado su sonrisa se esfumó.

—¡Joder! ¿Quién te ha hecho eso?

—Una pelea de bar —mintió y su hermano lo supo. Su mirada le anticipaba que algo grave ocurría, que debían hablar a solas.

—Me cuentas por el camino —propuso yendo para su habitación.

—No irás a trabajar en ese estado… —opinó la madre.

—Debo ir, madre. —Bruno se puso de pie—. Necesitamos cada duro. —Además, él necesitaba aturdirse, tener la mente ocupada.

Durante el trayecto hacia el puerto, que los dos hermanos hacían a diario caminando, a veces juntos, Marco dijo:

—Vamos, cuéntame eso que tienes atragantado. ¿Hay que ir a pelear con alguien? —Marco había supuesto una afrenta con algún gallito de feria al que había que poner en su lugar.

—Ayer estuvo Marcia en los muelles, buscándote. —Le costaba mencionar el tema, además, temía la reacción de su hermano y no estaba dispuesto a escuchar que hablara mal de la muchacha de quien se había aprovechado.

—¿Otra vez? ¿Es que esa chica no entiende que no quiero nada con ella?

—Pues vas a tener que querer. —Bruno se detuvo y lo enfrentó—. Está embarazada.

—¡No digas gilipolleces! —Largó una carcajada nerviosa y miró hacia el mar—. Es una locura.

—Pues ve y díselo a su padre. Dijo que Exilart querría hablar contigo.

Marco cerró los ojos un segundo y buscó una piedra donde sentarse. Bruno se sentó sobre la hierba.

—No puede ser… solo fueron…

—No quiero detalles —pidió Bruno—. Si estuviste con ella compórtate como un hombre y hazte cargo.

—Yo… —Por primera vez Marco parecía perdido, sin saber qué hacer, sin esa resolución y confianza que tenía para todo; despojado de su soberbia, era un niño—. Me obligarán a casarme con ella —dijo más para sí que para Bruno—. No la quiero, hermano, no la quiero.

—Lo hubieras pensado antes, no puedes deshonrar a esta familia, es lo que padre hubiera querido.

—Lo sé. —Marco se agarró la cabeza y la enterró entre sus rodillas—. ¿Qué debo hacer? —Era la primera vez que le pedía consejo y Bruno se sintió contrariado; Marco llevaba toda la vida compitiendo con él por nimiedades.

—Deberías ir a hablar con ella, y luego con su padre.

Emprendieron el camino a los muelles, ambos enredados en sus pensamientos. Al finalizar la jornada, Marco se despidió de su hermano. No hacía falta que le explicara a dónde iba.

Con paso cansino y pensando en cada palabra que proferir, llegó hasta la casa de Exilart y llamó a la puerta. Sabía que era una imprudencia presentarse así, sin previa cita. Tampoco sabía si Marcia ya había hablado con sus padres, ignoraba todo, pero estaba dispuesto a acabar con lo que hubiera que hacer de una vez por todas.

Atendió la empleada y lo miró con desprecio; reconoció en él a un trabajador del puerto cuya fama conocía, tanto por mujeriego como por comunista.

—¿Qué busca?

—A la señorita Marcia.

—¿Cómo se le ocurre presentarse aquí con esas pintas buscando a la niña?

—Llámela —ordenó Marco cansándose y alzando la voz.

El alboroto de la puerta atrajo la atención de Gaia, que salió a ver qué ocurría. Al descubrir a Marco se hizo cargo de la situación.

—Vaya —le indicó a la empleada—. Me ocuparé del señor.

Al quedar solos se midieron con la mirada.

—Ambos sabemos por qué viene —declaró Gaia con su mirada impiadosa—. Buscaré a mi hermana y hablaremos en algún café. Aguarde. —Desapareció en la casa.

Una vez dentro Gaia corrió hacia el dormitorio donde Marcia descansaba; entró sin llamar y con la respiración alterada.

—¡Vamos, afuera está Marco! Ha venido a hablar contigo.

La muchacha dio un salto y se miró la ropa.

—¡Vamos! ¡A ver si vas a preocuparte por estar bella cuando ya le diste el dulce! —Se arrepintió ni bien lo dijo—. ¡Perdona, Marcia! Es que esto me tiene tan nerviosa…

Marciana no respondió, tomó un abrigo y ambas salieron tratando de que nadie las viera dejar la casa.

Una vez en la calle, hallaron a Marco. No sabían qué hacer ni qué decir. Fue Gaia quien tuvo que tomar las riendas de la situación y los condujo hacia un café cercano.

Sentados los tres alrededor de la mesa, Marcia disparó:

—Si has venido es porque sabes que estoy esperando un hijo tuyo.

—Así es, y voy a hacerme cargo. —Al oír su revelación el alma volvió al cuerpo de Marcia, quien había creído que él se excusaría y la dejaría arreglarse sola—. Supongo que deberé hablar con tu padre, querrá que nos casemos.

Marcia pensó qué frío sonaba todo, ella tan enamorada y él solo cumpliendo un deber. Reprimió las lágrimas, no debía mostrar su debilidad.

—¿Y usted quiere casarse? —intervino Gaia.

—Es mi deber, y lo haré.

La hermana mayor pensó que al menos se estaba comportando como un hombre. Ni siquiera había puesto en duda ser el padre de la criatura.

—¿Lo saben ya sus padres? —preguntó Marco dirigiéndose a Gaia.

—Aún no, hemos querido hablar con usted antes. Será más fácil anunciar una boda.

—Lo que ustedes dispongan estará bien.

Marcia apenas lo miraba, se sentía humillada y objeto de una negociación.

—Marcia —habló Gaia—, deberían elegir un día para hacer el anuncio. ¿Qué tal mañana? Podemos preparar una cena como pedida de mano.

—Preferiría que fuera sin cena —respondió la muchacha sorprendiendo a todos—. Dejemos de lado la farsa. No será una pedida normal, sino una solución a un problema. —En el fondo de su corazón anhelaba escuchar de los labios de Marco otra cosa, mas él calló.

—Mañana iré entonces. A las ocho.

—Lo esperamos —dijo Gaia.

Marco se puso de pie, pagó los chocolates que habían bebido y se fue.

# 21

*Gijón, 1910*

Ante los gritos de Purita, una luz se encendió en una ventana.

Al cabo de unos minutos un hombre la estaba auxiliando. Aitor tenía un disparo de bala en el hombro izquierdo. Por fortuna, había salido y la herida no era profunda. Se había desmayado a causa del dolor, lo cual dificultó su traslado.

Horas después estaba en su cama, el médico le había dado unos puntos y le había encomendado a Purita las sucesivas curaciones. Luego vinieron las preguntas y la investigación del caso, llegándose a la conclusión de que había sido un atentado que se atribuyó a los anarquistas.

El ataque a Aitor Exilart no era el único; también había sufrido una agresión Domingo de Orueta, quien recibió un disparo mientras regresaba a su domicilio en compañía de su esposa. Cuando fue a declarar, Orueta dijo que había sido un intento de asesinato, lo cual desestabilizó el clima ya de por sí tenso.

En los días subsiguientes se llevaron a cabo varias detenciones de los elementos más destacados de la organización obrera. El Comité de Huelga cayó y quedó descabezado el movimiento de los huelguistas. Todo ese panorama dificultaba las negociaciones que se llevaban a cabo a pesar de la represión policial, porque los huelguistas querían volver al trabajo.

Purita decidió quedarse hasta que Aitor se recuperara. Ocupó su antigua habitación y tomó las riendas de la casa, porque ante la falta de una señora las mucamas y la cocinera hacían lo que querían y descuidaban sus tareas. Se notaba un deslucimiento general en el hogar otrora reluciente en vida de Olvido.

A nadie le gustó que Purita llegara para poner orden, la muchacha estaba acostumbrada a mandar en la fábrica y en dos días logró que la vivienda estuviera en condiciones, como antes. Gaia estaba feliz de tenerla para ella, tanto que hasta quería faltar a sus clases con Leandra, cosa que Purita no consintió.

—Cada cual debe cumplir con sus obligaciones. De otra manera, nunca saldremos adelante.

—Es que temo que cuando salga del escritorio tú ya no estés aquí.

—Estaré aquí, te lo prometo.

—¿Para siempre?

—«Siempre» es una palabra demasiado contundente, querida. Hoy estaré.

Gaia partió en compañía de Leandra y ella fue a ver cómo estaba el herido. Lo halló sentado en la cama, leyendo, tenía mejor semblante que la víspera.

—Buen día, veo que se siente mejor. —Se acercó a la ventana y descorrió las cortinas—. Le hará bien que entre un poco de sol. ¿Cómo pasó la noche?

—Buenos días, Purita, me siento menos dolorido. —Cerró el libro y lo dejó sobre la mesilla de noche—. ¿Qué novedades hay? —No hizo falta que le aclarara a qué se refería, ella solía adivinar sus pensamientos aun antes que él.

—No debería preocuparse por otra cosa que no sea su recuperación —sermoneó mientras recogía la vajilla del desayuno.

—Deja eso, que están las mucamas para esa tarea —ordenó.

—Vaya, vaya, el rey ha vuelto a reinar —dijo con ironía la muchacha.

—Vamos, Purita, sabes que no están las cosas como para que yo esté aquí, convaleciente.

—¿Y qué es lo que pretende hacer? ¿Exponerse de nuevo para que lo maten? —Se había plantado al pie de la cama en esa postura que siempre la asaltaba cuando debía defender una idea: los brazos a la cintura, las caderas inclinadas hacia la derecha y un gesto provocador en la boca—. ¿Olvida acaso que tiene una hija?

—Purita, no seas ridícula, estás exagerando.

—Será mejor que me vaya. —Dio media vuelta para salir.

—¡Espera! No vas a dejarme así, sin saber qué pasa ahí afuera. Ni siquiera me han traído los periódicos estos días.

La joven se volvió y lo enfrentó.

—La cosa es más grave de lo que parece, Aitor. —El hombre vio cómo los ojos se le aguaban.

—¿Qué ocurre? Ven. —Estiró la mano para que ella se acercara—. Siéntate. —Señaló el borde de la cama—. ¿Vas a decirme por qué estás a punto de llorar?

Ella bajó la cabeza, no quería que él descubriera su mirada.

—Purita —insistió.

—Han matado a Celestino Lantero. —Lantero era un próspero patrón maderero.

—¡Joder! ¿Cómo ha ocurrido eso?

—Fue en la plaza de San Miguel, ¡a plena luz del día! Alguien lo atacó con un cuchillo. —La muchacha empezó a sollozar. Aitor quiso consolarla, aunque se abstuvo de tocarla.

—Cálmate.

—Fue horrible. Estaba lleno de gente, nadie vio al agresor, ni siquiera Manuel Lágero, que estaba con él. Lo apuñalaron en el vientre y a las pocas horas murió.

—¿Han detenido a alguien?

—Creo que hay dos personas... no lo sé con certeza.

—Necesito levantarme, Purita, esto está pasando a mayores.

—¿Cómo se le ocurre? ¿Es que acaso no escarmienta? ¡Atacaron a don Domingo de Orueta, luego a usted y ahora matan a Lantero! ¡Piense en su hija!

—Y es en ella en quien pienso, Purita, en ella y en ti.

—¿Qué dice? —La joven sintió que todo el calor de ese verano caliente le quemaba en el cuerpo.

—Tú también eres parte de la fábrica, y no quiero que andes por la calle con miedo a que te ocurra algo. Por eso debemos terminar con esta ola de violencia de una vez por todas. —Hizo ademán de salir de la cama y ella se lo impidió.

—¡No saldrá de este cuarto como que me llamo Purificación Fierro Rodríguez!

Aitor, en contra de lo que ella esperaba, empezó a reír.

—¿De qué se ríe?

—¿Crees que podrás detenerme? —Apartó la sábana y se puso de pie. Ella abrió la boca en gesto de sorpresa, estaba en ropa interior.

—¡Es usted un descarado! —Giró sobre sus talones y salió dando un portazo.

Una vez fuera se apoyó contra la pared del pasillo y sosegó su corazón agitado.

Dentro del cuarto Aitor Exilart, algo mareado por el repentino esfuerzo, empezó a vestirse.


El entierro de Lantero, al que concurrieron varios patrones, entre ellos Exilart, se convirtió en una manifestación. La responsabilidad de la ola de violencia se atribuyó a los anarquistas, que fueron víctimas de todo tipo de presunciones, tanto por parte de las instituciones como por la de la opinión pública.

Los socialistas, que hasta entonces habían participado activamente en la huelga, a partir de la ola de atentados intentaron desvincularse de toda manifestación de violencia relacionada directa o indirectamente con la organización obrera.

Los anarquistas, sintiéndose traicionados por los socialistas en un momento crítico como aquel, lanzaron una agresiva campaña contra el semanario *La Aurora Social*.

El movimiento que hasta ese momento se mostraba unido en pos de reivindicar los derechos de los trabajadores, terminó con una batalla interna que acabó debilitándolos.

Mientras que un buen número de obreros eran requeridos en el proceso sumarial de la «causa Lantero», las fábricas iban abriendo progresivamente sus puertas. La vuelta al trabajo y a la actividad habitual se hizo en un ambiente de temor indescriptible.

Aitor, sin estar del todo recuperado, fue uno de los primeros en reabrir. Junto al contable y a Purita fueron reincorporando a algunos de los obreros, porque varios quedaron en el camino como advertencia a futuras manifestaciones o reclamos.

Purita volvió a su casa pese a las protestas de Gaia, que llegó al punto de enojarse con ella.

—Entiende, mi pequeña, no puedo quedarme.

—Sí puedes, ¿verdad, padre, que puede? —Miró con ojos suplicantes a su mayor.

Aitor se vio entre la espada y la pared. Entendía a su hija, él también deseaba que se quedara, se había acostumbrado a su presencia y a que anduviera dando órdenes por la casa como si fuera la señora. También sabía que Purita tenía su vida, aun cuando lo único que hiciera la muchacha fuera trabajar. No era conveniente para ella convivir con un viudo y una niña, ella necesitaba juventud, amigas y, quizá, un novio.

—Gaia, debemos respetar la decisión de Purita. —La jovencita lo miró con reproche. Había esperado que él se pusiera de su lado y no que simplemente le dijera que tenían que resignarse; Aitor fingió no comprender su mirada—. Vamos, hija, despídete.

La pequeña mostró su enfado y se fue corriendo sin saludar.

—Debes entenderla, extraña a su madre y tú eres lo más parecido que tiene a una. —Los ojos de Purita brillaron de emoción.

—Tal vez debería buscarse una esposa —dijo sin pensar. De inmediato se arrepintió, él podía malinterpretarla, y así fue.

—¿Te estás ofreciendo? —respondió entre asombrado y pensativo.

—¿Cómo se le ocurre? —Pasó por su lado, recogió su maleta y se encaminó hacia la salida—. Adiós.

Camino a su casa Purita decidió que tendría que buscarse una vida y, si era posible, un hombre.

# 22

*Gijón, 1935*

Marcia estaba al borde del desmayo. En pocos minutos llegaría Marco a hablar con su padre y temía lo que pudiera suceder. Gaia había hablado con su madre para que allanara el camino, nadie mejor que ella para calmar a Aitor Exilart.

Al enterarse, su progenitora enseguida tomó cartas en el asunto y preparó para su esposo una bebida fuerte; para darse ánimos bebió una copa ella misma y se enfrentó a los ojos acerados de su marido.

—¡Qué locuras dices, mujer! —gritó Exilart fuera de sí.

—Cálmate —pidió—, enfadándote no conseguirás nada.

—¡Ese maldito comunista! Debí suponer que tomaría venganza cuando lo eché de la fábrica.

—Aitor, estás confundiendo las cosas, esto no tiene nada que ver con una venganza, sino con que nuestra hija se enamoró de él y le dio lo que no le debía haber dado.

—¡Ni menciones el tema! —Clavó en su esposa sus llameantes ojos grises.

—Es la verdad, mi amor. —Se acercó e intentó tranquilizarlo, acarició su brazo y apoyó la cabeza en su pecho—. ¿Recuerdas cómo estaba yo contigo?

—Tú no te entregaste como una perdida.

—Sí que lo hice, Aitor, perdida de amor.

—Era diferente. —Apuró su bebida—. Nos conocíamos, ambos estábamos enamorados.

—¿Estábamos? Yo sigo estándolo. —Sonrió, tratando de que él bajara los niveles de su enojo; por dentro ella estaba tan preocupada como él.

—Yo también sigo estándolo, no me manipules. —Aceptó el beso que ella le dio—. Esto es totalmente diferente: ese malnacido solo quiere nuestra fortuna. No permitiré esa boda —aseveró para sorpresa de su mujer—. Está decidido.

—¡Aitor! El hombre está dispuesto a hacerse cargo de la situación… ¿Qué haremos con ella? ¿Soportarás el escarnio público o la mandarás a un convento?

—La enviaremos lejos, ya buscaré dónde… —A la madre se le encogió el corazón al pensar en esa posibilidad.

—Si ella se va, yo me iré con ella.

Aitor giró y la enfrentó; no bromeaba.

—¿Acaso te has vuelto loca? —Exilart estaba fuera de sí, nunca se refería en esos términos a su mujer.

—Si alejas a Marcia de esta casa para ocultarla quién sabe dónde, pediré el divorcio y me iré con ella.

Con el advenimiento de la Segunda República muchas cosas habían cambiado. La Constitución de 1931 proclamaba en su artículo 43 que «El matrimonio se funda en la igualdad de derechos para uno y otro sexo, y podrá disolverse por mutuo disenso o a petición de cualquiera de los cónyuges con alegación en este caso de justa causa».

La nueva ley de divorcio era un avance legal muy importante y significaba también una liberación de la mujer a la tiranía a la que la había sometido la monarquía, aunque este no era el caso de la familia de Exilart, donde los esposos se amaban.

Aitor se acercó a su mujer y la tomó por los hombros.

—Tú serías incapaz de separarte de mí, me amas demasiado. —Sus ojos brillaban con su habitual certeza.

—No me hagas elegir entre mi hija y tú.

Aitor la soltó y ella se conmovió; lo amaba mucho como para abandonarlo. Era la primera discusión importante que tenían, mas no iba a desentenderse de su hija y mucho menos de su nieto. Se aproximó y lo abrazó por la espalda, sintió la tensión en sus músculos, también su estremecimiento.

—Vamos, Aitor, no seas tan duro con ellos —pidió aun sin estar segura de los motivos de Marco Noriega—; dales una oportunidad, son jóvenes.

—Debieron pensar antes de hacer las cosas.

—Pues no lo hicieron y ahora toca llorar sobre la leche derramada. —Se apretó contra él y apoyó la frente en su espalda—. Autoriza esa boda.

Aitor giró y la cerró entre sus brazos. No soportaba la idea de perderla, tampoco a Marcia; no estaba preparado para lo que vendría.

—Firmaré esa autorización, pero no quiero ver a ese desgraciado en esta casa nunca más.

—Aitor…, «nunca» es una palabra de la que puedes arrepentirte.

—Ya has logrado lo que querías, no me pidas más.

Cuando la puerta se abrió, Marcia, que estaba sentada junto a su hermana, tensó la espalda y se puso de pie. La seriedad de su padre la asustó, miró a su madre y ella la tranquilizó con un gesto.

—Padre…

—No quiero hablar contigo. Cuando venga Noriega os recibiré a ambos en el despacho.

—Perdóneme, padre. —Marcia estaba frente a él, pálida y con signos de haber llorado. Tenía los ojos brillosos y la nariz colorada—. Sé que le fallé.

Aitor se dirigió hacia el escritorio sin responder.

Al quedar solas, la madre acudió en su auxilio y la cobijó en su pecho. Marcia lloró.

—Cálmate, no querrás que Marco te vea así —intervino Gaia.

La muchacha se recompuso y preguntó:

—¿Podré casarme, madre?

El llamado a la puerta las sobresaltó. La mucama apareció al instante anunciando al señor Noriega.

Marco se había vestido con sus mejores ropas, al menos había cuidado ese detalle. No más verlo Marcia sintió una estocada en el estómago, ¡cuánto la atraía! No podía negar que ese hombre la tenía loca porque, aun en su estado, lograba que le temblaran las piernas por él.

—Señoras —saludó el recién llegado con una inclinación de cabeza, quitándose el sombrero.

—Mi esposo los espera en el despacho.

Con Marcia apenas intercambió una mirada, y no le gustó ver que su futura esposa estuviera en ese estado de nerviosismo y debilidad.

Aitor estaba sentado detrás del inmenso escritorio; al verlos dejó lo que estaba haciendo y se puso de pie.

Los hombres se midieron con la mirada, no hubo intercambio de manos ni saludos cordiales. Ambos sabían cuál era el asunto y querían finiquitarlo rápido.

—Señor, vengo a pedir que autorice el matrimonio con su hija.

—Mañana tendrá la autorización en la oficina del notario. —Clavó en su futuro yerno sus ojos de acero y este le sostuvo la mirada—. No quiero volver a verlo en esta casa.

—¡Padre!

—Firmaré solo porque tu madre así lo quiere. Las puertas de esta casa están cerradas para usted, Noriega.

—No se preocupe, Exilart, tampoco me interesa venir por aquí.

La guerra entre los dos hombres que Marcia más amaba en la vida se había declarado frente a sus ojos. El momento que debía ser feliz estaba teñido de tristeza.

Los días que siguieron fueron de trámites y preparativos. La nueva Constitución también sentaba el principio de laicidad, por lo cual el matrimonio solo sería civil, lo que facilitaba las cosas.

Marcia, lejos de ser una novia dichosa, se lo pasaba llorando. La relación con Marco era nula. Por más que él hubiera accedido a contraer matrimonio, solo estaba cumpliendo con su deber. No había palabras de cariño, ni paseos, ni nada; únicamente se relacionaban en cuanto a la boda y la mudanza de sus cosas, para lo que el futuro esposo había acondicionado el dormitorio haciendo espacio para la ropa y demás elementos femeninos.

El trato con Aitor era frío y distante. Al padre no le interesaban los detalles de la ceremonia, solo había cumplido con su parte de firmar la autorización ante el notario, dado que Marcia era menor de edad.

Cuando llegó el día, el frío del exterior se unía al frío del alma de la novia. La ceremonia civil contó apenas con los íntimos, donde destacaba la figura sombría de Aitor Exilart, a quien su esposa había obligado a acudir, y la presencia avasallante de Bruno Noriega, que con sus ojos de noche parecía oscurecer toda la sala de por sí sombría.

La única que parecía contenta era la madre del novio, cuyos ojos mansos tenían en el fondo una llamita de ilusión ante ese nieto por venir. María Carmen había envejecido tras la muerte de su marido y el futuro nacimiento la llenaba de esperanza. Una nueva vida siempre era motivo de festejo.

Luego de las formalidades, durante las cuales los novios permanecieron tiesos y con la vista al frente, no hubo vítores ni arroz. Tampoco estaba prevista celebración alguna, pese a que la madre de Marcia lo había sugerido.

Al salir, una tormenta de viento y lluvia hizo que las familias se dispersaran con prontitud. María Carmen besó a la madre de Marcia y a Gaia, y saludó con la cabeza a Aitor Exilart.

—Mi casa está abierta para recibirlas cuando gusten —dijo antes de partir del brazo de su hijo mayor.

Marco y Marcia quedaron solos, de pie bajo el agua. La flamante esposa recordó un viejo dicho: «Cuando se casan con lluvia es que van a llorar». Apretó los ojos para impedir las lágrimas. Estaba dispuesta a conquistar el amor de Marco Noriega como fuera.

# 23

Toda la zona continuaba con problemas entre obreros y patronal; las huelgas de los mineros de Mieres, Langreo, Riosa y Figaredo se sumaban al conflicto. Más de diez mil mineros sin concurrir a sus puestos de trabajo; aunque salvo leves agresiones no hubo graves incidentes.

En medio de aquello Purita intentaba reacomodar su vida, que, si no fuera por la presencia de la pequeña Gaia, sentiría desolada. La correspondencia con su hermana Prudencia era asidua a pesar de que las cartas tardaban tanto que no lograban llenar el vacío y la ausencia de familia.

Había viajado varias veces a Oviedo y compartido tertulias con su amiga Ángeles y su esposo José Luis. Incluso se había quedado en su casa durante algún fin de semana para concurrir con el matrimonio a los conciertos organizados por la Sociedad Filarmónica de Oviedo. Fue en uno de esos viajes cuando conoció a Leopoldo Arias, un gallego amigo de José Luis que se había mudado recientemente a la ciudad.

Leopoldo era sastre y acababa de abrir una tienda en la calle Uría, una de las principales arterias comerciales de la ciudad de Oviedo. A sus cuarenta años aún estaba soltero y tanto Ángeles como José Luis creyeron que sería buena idea presentárselo a Purita, que también estaba sola y cuya vida giraba en torno a la fábrica y a la pequeña Exilart.

Cuando Purita viajó un fin de semana, no sabía que le tenían preparada una cena con el sastre y tuvo que disimular su malestar. En un aparte con la dueña de casa le manifestó su incomodidad.

—Ángeles, me gustaría que me hubieran consultado —dijo por lo bajo mientras simulaba ayudarla con la cristalería.

—Si te hubiera consultado, no hubieras venido.

—No necesito que me consigáis un novio, puedo hacerlo sola —protestó.

—¡Claro! Por eso tienes una vida social tan animada. —Se acercó a ella y la miró a los ojos—. No queremos que termines siendo una solterona, Purita, y Leopoldo es un buen hombre, además de apuesto.

—En eso tienes razón —sonrió la joven—, es muy atractivo.

Leopoldo Arias era alto y de buena espalda, lo cual no se condecía con su condición de modisto. Su cuerpo parecía estar acostumbrado al trabajo físico y hasta tenía el rostro bronceado. Llevaba el cabello algo largo peinado hacia un costado y un aire desenfadado que se escapaba en su mirada celeste cielo.

—Dale una oportunidad —pidió Ángeles.

Purita se la dio. Resultó que Leopoldo era una caja de sorpresas. Antes de ser sastre había sido marino. Había pasado gran parte de su adolescencia y juventud junto a su padre navegando por los mares y las rías gallegas.

Primero lo había hecho en un galeón, transportando mercancías por los principales puertos de Galicia. Después, a la muerte de su padre, Leopoldo se había subido a una trainera para dedicarse a la pesca de sardina y jurel. Habían sido años de trabajo duro; debía ayudar a su madre, que todavía tenía cuatro bocas más que alimentar.

No era eso lo que ansiaba Leopoldo para su futuro y, cuando pudo dejar a su familia acomodada, entregó el mando al hermano que le seguía en edad y se fue para cumplir su sueño, el de diseñar en finas telas trajes de estilo. Tuvieron que pasar varios años, pero finalmente lo había conseguido. Su tienda sobre la calle Uría era prueba de ello.

—Es asombroso lo que cuenta —dijo Purita mientras cenaban—. Ha dado usted un gran giro a su vida.

—Cuando se tiene un sueño en mente, lo único que queda es luchar por él.

—¿Y su familia? —quiso saber Ángeles—. ¿Le reprochan a usted que los haya dejado?

—Mi familia recibe una buena suma mensual. Además, están mis hermanos, que se hicieron cargo del negocio de la pesca. Hoy tienen dos traineras.

Cuando Leopoldo se fue, Ángeles vio que su joven amiga había quedado impresionada.

—¿Y? ¿Qué tienes que decir ahora? —bromeó.

—Solo tengo que decir que mañana debo volver a Gijón.

—¿Tan pronto? Creí que te quedarías para la Balesquida.

La Balesquida o Martes de Campo es una fiesta tradicional que se celebra a fines de mayo.

—Hemos invitado a Leopoldo a la comida, Purita, no puedes irte.

—Es que… mi trabajo me espera.

—¿Tu trabajo o ese hombre?

—¿Qué dices?

—Vamos, Purita, a veces creo que estás enamorada de Aitor Exilart, porque lo único que haces es estar con él en la fábrica y con su hija en la casa.

—Eso no es cierto, Ángeles, ellos son mis amigos. Olvido era mi mejor amiga. Además, Gaia me necesita. —Ángeles hizo un gesto de desacuerdo, no quería discutir con ella.

—¿Qué le diré a Leopoldo ahora? Le prometimos que iríamos los cuatro. —Se acercó a la joven y la tomó por las manos—. Vamos, Purita, quédate. Verás qué bien lo pasamos. Habrá casadiellas también… y sidra. Además, bien sabes que la fiesta es para celebrar la donación efectuada por Balesquita Giráldez al gremio de sastres de Oviedo. Sería un desaire para nuestro amigo.

—¡Qué manipuladora eres! —se quejó Purita—. Está bien, me quedaré, pero el miércoles volveré a Gijón.

—¡Gracias!

El martes temprano Leopoldo pasó a buscarlos y caminaron los cuatro hacia la fiesta, uniéndose a la procesión de la Virgen de la Esperanza. Al llegar a la iglesia de San Tirso escucharon el pregón en silencio.

—Vamos a comer un bollo *preñao* —dijo Leopoldo una vez que se unieron a los festejos callejeros.

—Verás qué sabrosos son —añadió Ángeles.

—Yo iré por la botella de sidra —terció José Luis.

Leopoldo era un gran conversador, tenía muchas anécdotas de sus viajes por las rías gallegas y Purita disfrutaba escuchándolo. Ángeles veía con buenos ojos esa pareja de solitarios que parecían congeniar. Por ello, con la excusa de los niños, la mujer se puso de pie y pidió a su marido que la acompañara. José Luis, conociendo a su esposa, no se hizo de rogar y los dejaron solos.

A Purita no se le escapó la jugarreta, fingió no darse por aludida. Continuó conversando con Leopoldo, quien luego de terminar la sidra la invitó a visitar la fachada de su negocio.

Plenos de bebida y comida, caminaron por las aceras, donde el jolgorio continuaba, y llegaron a la calle Uría. La vidriera de su tienda era vistosa, moderna para lo que estaban acostumbrados los ojos de Purita.

—¿Esos trajes los diseñó usted?

—Así es, y los vestidos que están dentro también. Venga cuando guste y podrá probarse a su antojo —ofreció Leopoldo.

—Lo haré en mi próximo viaje.

—¿Y cuándo será eso? Me gustaría volver a verla pronto.

Purita se ruborizó por la manera en que él habló, cerca de su rostro y buceando en sus ojos.

—Pues… no lo sé, no vengo seguido.

—Me gustaría que de ahora en adelante lo hiciera. De lo contrario, tendré que ir yo. —Sin pedir permiso la tomó del brazo, ella no lo rechazó.

Cuando llegaron a la casa de José Luis se detuvieron en el umbral.

—Purita, disfruté mucho de su compañía estos días. ¿Qué le parece si el fin de semana viajo a Gijón?

A la joven la tomó por sorpresa su propuesta y no supo qué responder.

—Interpretaré su silencio como un sí.

Purita salió de su estupor y sonrió.

—Veo que es usted bastante atrevido, Leopoldo.

—Vaya si lo soy. —Sin darle tiempo se acercó a su boca y le robó un beso—. La veré el sábado, mi bella Purita.

Esa noche, sola en su cuarto, Purita recordó lo que había pensado cuando Aitor había sufrido el atentado: que debía buscarse un hombre. Sin embargo, el tiempo había pasado, el hombre indicado no aparecía y ella estaba acostumbrada a estar sola, dedicada al trabajo y a la familia Exilart. Con ellos se reunía los domingos para almorzar, salía con Gaia los sábados para llevarla al carrusel de la plaza Begoña y pasaba las fiestas y aniversarios. Eran su familia aun cuando ningún vínculo los uniera.

No quería quebrar esa rutina, aunque también despertaba su atención conocer a alguien como Leopoldo. El beso que le había dado, tan furtivo y de sopetón, no le había dejado sabor alguno en la boca. Su primer beso no había tenido nada de espectacular. «¡Primer beso a los treinta años!», pensó. Una sonrisa escapó de sus labios.

Al día siguiente se despidió de sus amigos y se subió al tren que la devolvió a Gijón, donde encontró trabajo atrasado y cara larga por parte de Exilart.

—¿Qué ocurre? —preguntó Purita luego de instalarse en su escritorio.

—¿Qué ocurre? —repitió él—. Ocurre que estaba preocupado, nunca te quedaste más que el fin de semana. Debiste avisar. —Su mirada era puro acero, mas ella no iba a dejarse amilanar.

—¡Lo siento, padre! —dijo con ironía.

—No soy tan viejo como para ser tu padre —fue su respuesta mientras volvía al trabajo.

A Purita la conmovió. Aitor Exilart se preocupaba por su bienestar y cayó en la cuenta de que tenía razón. Dejó su pequeña oficina y fue tras sus pasos.

—Aitor —llamó. Este giró y la miró—. Lo siento, tiene razón, debí haber avisado. —El gesto masculino se aflojó—. Es que José Luis y Ángeles habían invitado a un amigo y querían que los acompañase a la fiesta de la Balesquida.

—Está bien, la próxima vez avisa.

—¿Cómo está Gaia?

—Malcriada, tuve que llevarla al carrusel el sábado. —Sonrió, y cuando lo hacía parecía un crío—. Me la estás echando a perder, Purita.

—Este sábado la compensaré —prometió.

—Podemos ir los tres juntos —sugirió Aitor para sorpresa de la muchacha; lo habían invitado varias veces y él siempre se negaba aduciendo que tenía que poner al día papeles de la fábrica—. Gaia disfrutó que la acompañara.

Purita se acercó, sonriendo también.

—¡Claro que sí, Aitor! Gaia es una niña y necesita compartir cosas con su padre, más después de lo que ha pasado.

—Tienes razón.

El sábado llegó y con él Leopoldo, lo cual trastocó los planes familiares.

El hombre se apareció en casa de Purita contra toda regla de educación. Un caballero solo no debía concurrir a la casa de una mujer soltera sin invitación ni aviso.

Cuando Purita abrió la puerta y lo vio no supo qué decir. Leopoldo le mostró su mejor sonrisa y se quitó el sombrero.

—Leopoldo, qué sorpresa.

—Dije que vendría y aquí estoy. ¿Puedo pasar?

—Eh… no lo creo conveniente —dijo la muchacha—. Mejor nos encontramos en un lugar público.

—¡Oh, lo siento! Perdón, Purita, soy un desconsiderado. Si le parece podemos ir al Café Dindurra, me dijeron que es uno de los más populares por aquí.

—Veo que ya estuvo haciendo averiguaciones.

—La espero allí en una hora, ¿le va bien?

—Sí… aunque será solo un rato, Leopoldo, tengo un compromiso ineludible. —Ante el gesto del hombre añadió—: Me espera una niña a la que prometí llevar al carrusel.

—¡Me encantan los carruseles! Si me permite las acompañaré.

—¡Oh! No lo sé, Leopoldo, en verdad es una salida familiar…

¿Cómo explicarle que Aitor Exilart formaría parte del grupo?

—Prometo no molestar. Vamos, Purita, he venido solo para verla. Mañana mismo debo volver a Oviedo.

Purita se vio en una encrucijada, finalmente cedió:

—Está bien.

Cuando Purita arribó al café, Leopoldo la esperaba en la puerta; llevaba un paquete en las manos. La tomó del brazo e ingresaron.

El Café Dindurra estaba en el paseo de la Begoña esquina Covadonga. Cerca de allí estaba el Teatro Jovellanos.

—Qué bonito es —dijo Leopoldo ni bien entraron—. Ahora entiendo por qué todo el mundo habla de este sitio.

—Es muy cálido.

Se sentaron cerca de una de las ventanas, y cuando el mozo se fue con el pedido Leopoldo extendió sobre la mesa la caja que traía.

—Son bombones, espero que le gusten. Me han dicho que Oviedo tiene tradición chocolatera.

—Muchas gracias. —La joven los abrió y le obsequió uno.

—No, son para usted.

Leopoldo inició la conversación y Purita se perdió en sus palabras. Arias era un gran conversador, divertido y ocurrente. Cuando llegó el momento ella anunció que tenía que irse a buscar a la niña.

Una vez en la calle Leopoldo la tomó del brazo y ella lo dejó hacer.

# 24

*Gijón, julio de 1936*

Desde África los militares golpistas habían cruzado el estrecho de Gibraltar y se extendían por la península. Miles de ciudadanos se volcaron a las calles y se incorporaron a las milicias para defender la débil democracia; entre ellos, Marco.

La insurrección era resistida por comunistas, anarquistas, socialistas; también por los partidos republicanos, como la Izquierda Republicana de Manuel Azaña, la Unión Republicana de Martínez Barrio, la Esquerra Republicana de Catalunya y el Partido Nacionalista Vasco. Pese a todo, los sediciosos lograron controlar un tercio de España rodeando y aislando a la zona de Asturias.

España estaba atrasada, con pocas industrias, un campesinado muy pobre y problemas agrarios sin resolver. Gran parte de las tierras pertenecían a la Iglesia y a la nobleza, que no tenían el menor deseo de ceder sus propiedades a los más necesitados. Las injusticias creaban diferencias y problemas.

Había un fuerte movimiento obrero agitado por numerosos y violentos conflictos entre la izquierda y la derecha. Las izquierdas (socialistas, anarquistas, sindicalistas y comunistas) aparecían unidas formando un bloque, el Frente Popular. La derecha estaba conformada por la Falange Española, a quien se le había unido, en 1934, la Junta de Ofensiva Nacional Sindicalista (JONS), que atacaba la decadencia de España y deseaba recuperar las antiguas glorias de la época de los Reyes Católicos.

Bruno arribó a la casa con visibles signos de haber sufrido una pelea.

—¡Hijo! ¿Qué te ha ocurrido? —María Carmen vio que de su sien derecha corría un hilo de sangre.

—No ha sido nada, madre —minimizó yendo a lavarse—. Hay una gran confusión en las calles, todo el mundo está armado. —Y mirando a ambas mujeres ordenó—: Os prohíbo que vayáis a la ciudad.

Marcia iba a protestar, mas la mirada sombría de su cuñado la hizo callar.

—Temo que empiecen a faltar los alimentos —informó el hombre.

—¿Qué es lo que ocurre? —preguntó la madre.

—Los nacionales están cerca, hay espías, nadie confía en nadie.

Omitió decirles que había presenciado una muerte espantosa en medio de la calle.

Alguien había acusado a un vecino de traidor a la República y entre varios le habían atado las extremidades y sujetado a cuatro caballos, que luego habían azuzado. Al querer Bruno impedir semejante atrocidad, un hombre del puerto que lo conocía lo sujetó para evitar su propia muerte; Noriega quiso rebelarse y terminaron a los puñetazos. Cuando pudo someter a su compañero, era tarde. Las imágenes del cuerpo desmembrado y los gritos de horror del moribundo todavía resonaban en su mente.

—¿Estamos en peligro? —preguntó Marcia llevando las manos a su vientre abultado.

—Sí, se ha desatado una guerra entre hermanos. —Bruno se sentó a la mesa, donde compartirían una magra cena—. Corren todo tipo de rumores…, al parecer en Madrid un grupo armado asaltó el cuartel de Montaña y se ha producido una masacre.

—¿Tan grave es? —María Carmen sirvió los platos dividiendo las porciones: la mayor para Bruno, que era quien debía trabajar; la siguiente para Marcia, porque llevaba un bebé adentro, y el resto para ella.

El hijo advirtió que su madre apenas cenaría y se sintió en falta; él era el hombre de la casa y era su responsabilidad mantenerlas. Pensó que tendría que trabajar más y conseguir más productos para que las mujeres pudieran llevar algo a la olla.

—El gobierno está desorientado, lo único que les preocupa es recuperar el orden y repeler a los golpistas.

—¿Crees que lo lograrán? —dijo Marcia, recibiendo una mirada de intriga por parte de Bruno—. Los rebeldes, ¿lograrán hacerse del poder?

—¡Dios nos libre y guarde! —respondió María Carmen.

—No puedo darte esa respuesta —admitió Bruno concentrándose en la comida.

—¿Y Marco? —La joven esposa necesitaba saber dónde estaba su marido—. No hemos recibido noticias, empiezo a preocuparme.

—Ya las tendremos, hija —tranquilizó María Carmen—. Mi hijo no es de los que escriben cartas, confío en que pronto estará en casa.


Aitor Exilart estaba en su despacho. Los diarios republicanos *El Comercio*, *El Noroeste* y *Avance* estaban desparramados sobre su escritorio. La situación no era alentadora, el gobierno estaba debilitado por las divisiones internas y varios errores cometidos.

Estaba tan concentrado que no oyó entrar a su esposa, quien desde el umbral lo observaba; Aitor tenía el ceño fruncido y una arruga cruzaba su frente, la mandíbula apretada y la mirada encendida.

—¿Tan mal está la cosa? —Se acercó a él y masajeó sus hombros, después se inclinó y lo besó en la mejilla para terminar sentada sobre sus rodillas—. Cuéntame.

—Temo que en cualquier momento una turba enceguecida entre por esa puerta y arrase con todo.

—¿Lo dices en serio?

—Los sindicalistas están envalentonados y andan tomando las fábricas. En Madrid grupos armados hacen desastres y matan a cualquiera que tenga rostro de fascista.

—¿Crees que aquí también ocurrirá algo así?

—Ya empezó. Las calles se han vuelto peligrosas, los fanáticos están a la orden del día. —Sintió el estremecimiento de su mujer—. No deberías salir de casa, tampoco Gaia.

—¿Y Marcia?

—Ella ya eligió. —El tema de la hija seguía siendo el único punto de conflicto entre ellos. La mujer no estaba de acuerdo en haberle cerrado la puerta a Marco; prefería recibirlo en la casa con tal de poder ver a Marcia.

La madre tenía la esperanza de que cuando naciera el bebé Aitor bajaría la guardia y podrían reunirse como una familia normal. Pese a todo, prefirió callar; ahora tenían un problema mucho más importante: la guerra civil.

—¿Y qué hace el gobierno?

—El gobierno está debilitado. Hay demasiadas divisiones entre los mismos republicanos —explicó Aitor—, lo único que les interesa es reponer el orden constitucional y detener a los insurrectos.

—¿Tan fuertes son los rebeldes?

—Son inteligentes, están ganando tiempo y reorganizándose para ver dónde atacar. Además, cuentan con el apoyo de

Italia y Alemania, sin mencionar al mercado internacional de capitales.

—¿Qué haremos? —La mujer se apretó contra su pecho.

—De momento, tomar precauciones, vosotras permaneceréis en casa. —Y ante la inminente protesta añadió—: Sabes que es por vuestro bien, siempre has estado a mi lado, has sido un par desde el comienzo.

—Lo sé, y eso fue lo que me hizo admirarte, Aitor Exilart. —Se agachó un poco y lo besó en los labios—. Aunque al principio te resististe un poco a que una mujer se instalara en tus oficinas. —Él sonrió y ella lo amó aún más.

—Vamos a casa —dijo poniéndose de pie—. Tengo ganas de ti.

Cerraron y del brazo se dirigieron a su hogar. El aire era denso, olía a miedo.

# 25

*Gijón, 1911*

Cuando salieron del Café Dindurra Purita explicó a Leopoldo sobre la familia Exilart. Por eso, cuando llegaron este ya estaba en situación; la muchacha no quería que ninguno pasara un mal momento.

Fue la mucama quien les abrió la puerta y franqueó el paso.

—Avisaré al señor —dijo.

Enseguida apareció Gaia y corrió a los brazos de la joven, mas al ver a su acompañante se detuvo en seco; su gesto era de sorpresa y a la vez de malestar.

Purita se agachó y la llamó, la niña avanzó sin el entusiasmo de antes. Se abrazaron, Purita sintió el cuerpo tenso de la jovencita.

—Gaia, este es Leopoldo, un amigo que vino desde Oviedo para visitarme.

—Buenas tardes, señor —saludó con educación.

—Hola, qué guapa eres. —Leopoldo se acercó y le dio un dulce que sacó del bolsillo—. Toma, para ti.

—Gracias, señor.

—¿Y tu padre? —preguntó Purita justo en el momento en que Aitor aparecía en el comedor.

Exilart venía vestido de manera informal y Purita supo que ese atuendo era para ir al carrusel. Al ver al hombre que la acompañaba, a Aitor se le borró la sonrisa de los ojos y su gesto adquirió una dureza que Purita nunca le había visto.

—Buenas tardes —dijo.

—Aitor, hola —contestó Purita, con las mejillas arreboladas y temblor en la voz—. Le presento a Leopoldo Arias. Viene de Oviedo, es un buen amigo de José Luis.

—Señor Exilart. —Leopoldo extendió su mano y Aitor la tomó—. Un placer conocerlo. Purita habla mucho de su familia.

—Buenas tardes —respondió—. ¿Qué le trae por la ciudad?

—Vine a visitar a la señorita aquí presente. —Al decirlo sonrió y la mujer se sintió contrariada—. Tuve que insistir para que me permitiera acompañarla en este paseo familiar, espero no incomodar.

—De ninguna manera. Me surgió un imprevisto y no podré ir —declaró Exilart y Purita supo que mentía. En ese tiempo había aprendido a conocerlo y sabía que no era sincero, seguramente no quería pecar de entrometido entre ella y su nuevo amigo.

—¡Papá! ¡Lo prometiste! —se quejó Gaia, que seguía la conversación sin perder detalle.

—Lo siento, hija, iremos juntos la próxima vez.

Pese a que la niña insistió, Aitor se negó aduciendo otro compromiso impostergable. Purita se sintió culpable y quiso hablar a solas con el padre.

—Aitor, ¿podemos pasar al despacho un instante? Hay algo que olvidé comentarle ayer, sobre las cuentas.

Aitor supo que ella también mentía y no la secundó.

—Olvida el trabajo, Purita, no creo que sea tan urgente como para que no pueda esperar hasta el lunes. —Lo dijo en un tono extraño que ella no pudo desentrañar—. Id a disfrutar del paseo. —Y dirigiéndose hacia Leopoldo extendió su mano—: Hasta pronto, Arias.

Tanto Purita como la niña iban cabizbajas. El único que hablaba era Leopoldo, que parecía no darse cuenta de lo que ocurría con ellas. Gaia había esperado toda la semana para disfrutar del paseo junto a su padre y Purita, ya no había magia en esa salida en la que un tercero acaparaba toda la atención.

Llegaron a la plaza y la jovencita no quiso jugar. Por mucho que insistió Purita, la pequeña se quedó sentada con la mirada perdida en los otros niños que se divertían junto a sus hermanos y primos.

Leopoldo intentó sobornarla con más dulces y chocolates, todo fue en vano. Al rato estaban volviendo a dejar a Gaia en su casa.

Purita se sentía tan culpable que ya no tenía ganas de compartir la velada con Leopoldo, que la había invitado a cenar. Recordó su propia infancia llena de penurias y el pasado se le vino encima. Piedad no había sido una madre modelo y mientras había vivido con ella todo era pena y miseria.

Al llegar a la vivienda de Exilart la niña entró sin siquiera despedirse de Leopoldo, a quien culpaba de haber hecho trizas su salida familiar. Apenas saludó a Purita y se perdió en la casa.

—El señor no está —informó la mucama—. Gracias por traer a Gaia.

Al quedar solos Leopoldo la tomó del brazo y siguió hablando hasta que llegaron a lo de Purita.

—Vendré por usted a las ocho. —Después le besó la mano y no le dio tiempo a cancelar la cena.

Una vez sola en su casa Purita se tiró sobre la cama y lloró. No sabía bien por qué, una angustia inmensa le oprimía el pecho. Recordó su niñez en el conventillo y luego su vida con María Luz y Jaime, el matrimonio que se había hecho cargo de ella cuando Piedad se fue porque no podía mantenerla.

Su madre al principio la visitaba una vez a la semana, luego sus visitas se fueron espaciando hasta que no volvió más. Junto a ese par de viejos había sido feliz, aunque siempre la nostalgia la había acompañado. Ellos le habían dado su primera muñeca, jamás la olvidaría: tenía cara de porcelana y cabellos dorados peinados en un rodete y coronados por una tiara de piedras brillantes. El vestido era de tules y ella la había bautizado con el nombre de Princesa.

¿Dónde habría quedado esa muñeca? Le hubiera gustado regalársela a Gaia. De repente pensó en la similitud de sus historias, ambas eran niñas sin madre, por distintas circunstancias. Ella había tenido una madre sustituta en María Luz; le hubiera gustado ser la segunda madre de Gaia.

Sin que se diera cuenta el reloj avanzó y llegó la hora de su cita sin haberse arreglado. Cuando Leopoldo llamó a su puerta lo hizo esperar más de diez minutos. El hombre advirtió que algo ocurría, pero simuló no darse cuenta.

Cenaron acompañados por la conversación masculina y las escasas respuestas de Purita. Leopoldo no se dejó amilanar por la falta de ganas de su compañera, sino que insistió tanto en que bebiera que la joven terminó hecha una castañuela producto del alcohol.

Al salir del restaurante ella reía y apenas podía dar dos pasos sin tropezar; el hombre tuvo que sostenerla apretada contra su costado hasta que llegaron a la casa de Purita. Allí la dejó en la puerta y antes de irse le dio un beso en la boca que ella no recordaría al día siguiente.

Purita cayó en la cama con la ropa puesta y al otro día amaneció con un tremendo dolor de cabeza que la obligó a vomitar para aliviar el malestar.

Leopoldo pasó a despedirse a la hora del almuerzo y la halló en tan mal estado que se arrepintió de haberla hecho beber tanto.

—Lo siento, solo pretendía animarla —se excusó—. Estaba usted muy triste ayer.

—Lamento haber sido tan mala compañía.

—Usted nunca es mala compañía. —Arias se acercó un poco más y le tomó la barbilla—. Vendré el fin de semana próximo. —Después la besó suavemente en los labios.

# 26

*Gijón, julio de 1936*

La República había concentrado lo poco que tenía en Gijón, por cuyo puerto El Musel entraban los escasos víveres que recibía la aislada Asturias. Pero era nada comparado con la bien nutrida aviación de Franco, que contaba con suministros alemanes e italianos.

Asturias había quedado encerrada entre provincias tomadas por los rebeldes; muchos temían pasar hambre. Los que tenían un pedazo de tierra cultivaban lo que podían para hacer frente a un futuro incierto.

María Carmen había sembrado una pequeña huerta y cada noche rezaba para que las dos gallinas que todavía tenían siguieran poniendo huevos.

Marcia era de poca ayuda. Cursaba el octavo mes de embarazo y había días que no salía de la cama; a su estado se le sumaba la angustia de no tener noticias de Marco.

Bruno se pasaba el día en la ciudad intentando llevar a la casa algo más para que pudieran comer. El trabajo en el puerto era casi nulo, no entraban barcos con mercaderías para descargar y el peligro estaba latente en cada esquina. Fanáticos de los fascistas estaban agazapados esperando entre las sombras el momento para actuar.

Los rebeldes avanzaban dejando centenares de muertos a su paso, estaban cerca.

—¿Te sientes bien, Marcia? —María Carmen se asomó a la habitación donde la joven yacía en el lecho, pálida y agitada.

—Me siento extraña.

—Deberías levantarte y caminar un poco, te hará bien.

De repente un estruendo rompió la paz de esa tarde y ambas se sobresaltaron. Un lejano resplandor iluminó el cielo y María Carmen corrió hacia una de las ventanas. Sus ojos vieron con horror las llamas que se elevaban en la lejanía. Marcia estaba detrás, temblando.

—¿Qué fue eso?

—Creo que una bomba —dijo la madre; el pánico maquillaba su voz—. Fue en el puerto, tengo que ir, Bruno… —No pudo seguir hablando.

—Vamos. —Marcia se encaminaba hacia la puerta.

—Tú no puedes ir en tu estado, mejor quédate.

—No la dejaré sola, estoy bien. —María Carmen la miró. Si bien el embarazo estaba avanzado la panza era pequeña; lo que aquejaba a la joven madre era el abandono de su marido más que la gestación.

—Es peligroso.

—Aquí también lo es. —Tenía razón, la guerra no discriminaba. Del brazo avanzaron a la mayor velocidad que podían. Iban en silencio, la madre rezando en voz baja; la nuera, con una extraña sensación de desasosiego. Las llamas seguían elevándose en el aire de ese atardecer, que marcaba un antes y un después: era el primer bombardeo sobre la ciudad.

La escuadrilla de aviones había despegado desde su base en León, ya en manos de los militares sublevados, y había hecho su trabajo con rapidez. Al llegar al puerto todo era caos y confusión. La gente corría de un lado al otro, y las sirenas aumentaban la sensación de peligro. Una mujer gravemente herida gemía tirada a un costado mientras otra la auxiliaba. Más allá alguien tapaba un cuerpo que se perdía entre los escombros. Los destrozos eran de consideración; volaban cenizas y el aire se tornó pesado.

María Carmen llamaba a su hijo con desesperación. Se desprendió del brazo de su nuera para correr en dirección a un amontonamiento de gente que auxiliaba a los heridos. Marcia avanzó más lento. Se sentía descompuesta; la visión de los heridos y muertos la obligó a vomitar. Cuando se recompuso pensó en Marco, ¿dónde estaría?

¿Por qué no estaba ahí cuidando a su familia? ¿Y Bruno? ¿Y si había muerto en el bombardeo? La sola idea de perderlo la colmó de temor. Pese a su seriedad y malhumor, Bruno era un buen hombre, el único que se ocupaba para que a ella no le faltase nada. ¿Podía culparlo por estar siempre serio y al punto del enojo? No, no sería justo, sobre él había recaído toda la responsabilidad que Marco había evitado al lanzarse a la resistencia.

Reconoció la voz de su suegra en un grito desgarrador y, sin saber de dónde sacó las fuerzas, corrió en esa dirección. En medio de un charco de sangre yacía Bruno. Tenía los ojos cerrados y estaba pálido. María Carmen estaba sobre él y lo sacudía, se encontraba fuera de sí. Alguien la apartó de su lado y dio instrucciones para que se lo llevaran.

Marcia se abrió camino entre las personas que se habían congregado alrededor del cuerpo y se agachó, no sin dificultad.

—Señora, está muerto —dijo un hombre.

Las lágrimas caían de los ojos grises. Arrodillada, se inclinó para tocarlo, estaba tibio. Con esfuerzo apoyó su oído sobre su pecho: respiraba, débil, pero respiraba.

—¡Un médico! —gritó—. ¡Está vivo! —Su suegra ya estaba a su lado y tomaba la mano inerte de Bruno.

Ante los gritos de auxilio, un sujeto constató lo que decía la muchacha.

—¡Hay que trasladarlo!

El Hospital de la Caridad estaba cerca y hacia allá fueron llevados los heridos, entre ellos, Bruno.

Marcia y María Carmen siguieron a la camilla casi al trote.

—¡Ve despacio! —ordenó la madre—, te esperaré allí. —La edad no le impedía apurar sus pasos, la vida de su hijo era más importante que cualquier achaque.

El hospital olía a sangre y dolor, y las mujeres nada pudieron hacer más que esperar. Bruno fue ingresado a una sala de emergencias junto a otros heridos de gravedad, y los parientes se fueron acumulando en el pasillo. Llantos y lamentaciones se elevaban en el aire viciado y triste de esa guerra entre hermanos que acababa de desatarse.

La noche devoró al atardecer y las noticias del herido no llegaban. Enfermeros y médicos iban de un lado a otro socorriendo a las víctimas de ese primer bombardeo, que inauguraba un cruento período para la ciudad de Gijón.

—¿Cómo te sientes? —preguntó María Carmen a su nuera al verla tan desvalida y pálida.

—Estoy bien, ahora lo importante es que él se recupere. —Hizo un gesto con la cabeza en dirección a la puerta por donde había desaparecido la angarilla que llevaba a Bruno.

—Lo hará, mi hijo es un hombre fuerte. —Cruzó las manos sobre el regazo y apoyó la cabeza en la pared. Cerró los ojos y empezó a rezar.

Después de unas horas, Marcia se deslizó hacia el suelo. Necesitaba recostarse, estirar las piernas.

—¿Por qué no vas a casa de tus padres? —sugirió María Carmen. A Marcia ni siquiera se le había pasado por la cabeza esa opción; no dejaría sola a su suegra en ese trance. Negó con resolución y María Carmen supo que la decisión estaba tomada.

—Buscaré algo para que estés más cómoda.

Se puso de pie y avanzó por el corredor. Regresó al rato con una manta. La dobló en cuatro para que su nuera se sentara sobre ella. Después volvió a tomar asiento, apoyándose en la pared.

—Ven. —La joven obedeció y recostó la cabeza sobre sus piernas, obediente a sus indicaciones—. Trata de dormir un rato, le hará bien al bebé.

La muchacha cayó en el sueño de inmediato. María Carmen quedó vigilante a la espera de noticias, mas eran tantos los heridos y familiares que aguardaban que la noche pasó y nadie dio explicaciones ni buenas nuevas.

Recién al amanecer un médico cuyo delantal mostraba los estragos del día anterior fue llamando a los parientes de los heridos que podían ser visitados. Al resto les dio las condolencias y el pequeño salón se colmó de llantos y gritos de dolor.

Al escuchar el nombre de Bruno ambas se pusieron de pie y con ojos ansiosos y brillantes ingresaron a una inmensa sala, donde varias camas contenían los despojos del bombardeo. Avanzaron temerosas, tomadas del brazo, sosteniéndose mutuamente, sin saber con qué se iban a encontrar. La última imagen que tenían de Bruno era bañado en sangre, ignoraban de dónde provenía la herida.

Los internados estaban uniformados por sábanas blancas y un murmullo de quejas que flotaba en el aire. Olía a desinfectantes, y las Damas Enfermeras se movían de cama en cama con velocidad y pericia.

Todos los pacientes parecían iguales, sus rostros denotaban dolor y desolación. Miraban a uno y a otro buscando el rostro conocido hasta que dieron con él; estaba casi al final del recinto, separado del resto por un biombo.

Tenía los ojos cerrados y un corte en la frente que no le habían visto antes. Un vendaje le cruzaba el pecho; estaba pálido.

—Hijo… —La voz era apenas un susurro.

Bruno abrió los ojos y al divisar a su madre esbozó una sonrisa.

—Madre. —Movió los dedos y María Carmen los cerró entre los suyos. Se inclinó y con delicadeza lo besó en la frente.

Marcia permanecía unos pasos más atrás. Aún no había entrado en la línea de su mirada. Al ver que él reaccionaba, avanzó y se dejó ver.

—¿Cómo te sientes? —preguntó.

—Tú no deberías estar aquí —fue su respuesta.

—Veo que estás bien —replicó con ironía—. Nos tenías preocupadas.

Bruno la miró y descubrió en los ojos femeninos la veracidad de sus palabras. Decidió darle una tregua.

—Estoy bien, la herida es poco profunda.

—¿Dónde te hirieron, hijo? Estabas en un charco de sangre…

—Unas esquirlas nada más, aquí. —Se llevó la mano al medio del pecho.

—Cerca del corazón —murmuró Marcia, cada vez más pálida.

—¿Estás bien? —preguntó Bruno al ver que su mirada se perdía.

No terminó de pronunciar las palabras cuando la joven cayó.

María Carmen no atinó a sostenerla y la muchacha se golpeó contra el suelo. Bruno se incorporó con dificultad para asistirla, mas un mareo lo tumbó sobre la cama. Dos Damas Enfermeras acudieron en su auxilio.

—Esta muchacha no debería estar aquí en su estado —dijo una de ellas mientras le aplicaba un paño embebido en alcohol en la nariz—. No tenemos sillas, señora, ni nada donde ponerla. —Mirando a Bruno, cuya palidez no cedía, añadió—: Hágase a un lado, la pondremos con usted hasta que se recupere.

Acostaron a Marcia al lado de Bruno, cuyo cuerpo robusto ocupaba prácticamente toda la cama.

—Cuídela, que no se caiga —recomendó la enfermera a María Carmen—. Llamaré al médico.

Marcia volvió en sí y, al verse acostada junto a Bruno, intentó levantarse.

—Quédate quieta —ordenó su suegra—, enseguida vendrá el doctor a verte.

—Estoy bien…

—Chiss —la acalló su cuñado—, debes cuidar al bebé.

La muchacha se sentía incómoda, la cercanía de Bruno la ponía nerviosa; nunca habían tenido una buena relación. Él no le perdonaba su actitud con Marco, seguramente la creía una perdida.

La Dama Enfermera regresó con un médico, que luego de revisarla recomendó que anduviera con cuidado.

—El bebé está cerca, señora. —Y mirando a Bruno agregó—: Hoy mismo podrá irse a su casa, señor… —miró la planilla que estaba al pie de la cama— Noriega. Así puede cuidar de su mujer y aguardar la llegada del niño.

Marcia iba a replicar, pero las palabras de Bruno la silenciaron:

—Gracias, doctor, estamos ansiosos por ver si es niña o niño.

María Carmen lo miró con gesto de reproche, él no se dio por aludido.

# 27

*En la plaza de mi pueblo*
*dijo el jornalero al amo:*
*«Nuestros hijos nacerán*
*con el puño levantado».*

Fragmento de «En la plaza de mi pueblo»,
canción anarquista

*Línea del frente norte, agosto de 1936*

E n las afueras de la ciudad un grupo de hombres y mujeres, reunidos dentro de un granero, deliberaban sobre el plan que seguir.

—Todos hemos dejado a nuestras familias para ganar esta guerra que ha partido a España en dos —dijo Marco, de pie, en medio de la reunión—. Los insurgentes ya se han impuesto en Canarias, Marruecos, Andalucía, Navarra y Castilla la Vieja —informó.

—Las tropas de África fueron trasladadas a la península sin problema gracias a la intervención de la Fuerza Aérea, que estableció un puente aéreo muy eficaz —explicó una mujer, atrayendo la mirada de todos los presentes.

—No tiene suficientes aviones —terció un miliciano.

—Cuenta con el apoyo de Hitler y sus aviones alemanes —repuso Marco—, quien desde el comienzo se ha mostrado a favor de los golpistas. Debemos movilizarnos con rapidez, aprovechar la reciente muerte del general Sanjurjo y defender tanto el puerto como los límites con Castilla.

Se distribuyeron las armas y se agruparon las cuadrillas; se unirían a los ejércitos que ya se estaban formando.

A Marco le tocó trasladarse hacia las afueras, cerca del límite con León, que había caído bajo el poderío rebelde. Su grupo estaba compuesto por hombres y mujeres, todos provistos con armas y municiones. Debían moverse con cuidado porque había rebeldes al acecho, y cualquier desplazamiento podía despertar sospechas y generar un ataque sorpresivo por parte de quienes apoyaban el golpe.

—Nuestra misión es recuperar territorio —dijo Marco a su tropa—, impedir la avanzada hacia nuestra provincia.

—Se sabe que la represión es feroz —expuso la misma mujer que había hablado antes en la reunión general y que formaba parte de ese grupo—. A las organizaciones de derecha extremista se han sumado delincuentes comunes —continuó—, y los «paseos» se han convertido en rutina por parte de bandas falangistas, en su mayoría procedentes de Palencia y Valladolid.

—¿Cómo sabes tanto? —preguntó una jovencita sobre la cual todos se preguntaban qué hacía allí.

—Tengo un primo que pudo escapar de Puente Castro. —Omitió decir que había sido herido con ferocidad y que se recuperaba oculto en la casa de sus abuelos—. En las zonas rurales los «paseos» son a diario porque allí no llega el control del ejército y muchos aprovechan para saldar también sus odios y venganzas personales.

Marco la observó mientras hablaba. Si bien su aspecto era masculino, llevaba el pelo a lo varón y vestía como tal, exudaba feminidad por donde se la mirare. Tendría unos treinta años, era menuda, de manos pequeñas y vivaces ojos oscuros. Su nombre era Blanca y solía mantener largas conversaciones con uno de los milicianos: Pedro Galcerán.

Esa noche durmieron al sereno; partirían al día siguiente para los primeros enfrentamientos.

Marco era de los que opinaba que había que frenar el avance de las tropas de Franco, en contraposición con otros grupos de izquierda que, al recibir las armas, dieron rienda suelta a su afán de venganza contra el bando enemigo. Así, se habían instalado en la retaguardia republicana las «checas», que eran cárceles controladas por los partidos del Frente Popular, donde se interrogaba y torturaba a los del bando contrario, con el asesoramiento de los soviéticos que apoyaban a la República. A las «checas» eran empujados los burgueses, los religiosos, los falangistas y los empresarios.

Del otro lado también se había sembrado el terror por medio de los «paseos» y las «sacas», además de los tribunales extrajudiciales, que afectaban a todo aquello que pretendiera una revolución social.

La tierra española se cubría de sangre. Sangre de hermanos.

Al amanecer, el grupo empezó su marcha. Debían llegar al frente de la línea defensiva, donde búnkeres y trincheras se apostaban en los picos y riscos. Toda la montaña leonesa más La Robla era cruzada por la línea del frente entre los sublevados y la República.

—Los golpistas han conseguido controlar las líneas férreas de la Compañía del Norte y el Hullero de la Robla —informó Diego, un miliciano que se había incorporado durante el trayecto; se había demorado porque su mujer había dado a luz y él había querido esperar para conocer a su hijo. Marco pensó que él debería estar acompañando a Marcia y una sombra apagó sus ojos por un instante—. También han tomado Cistierna. —Se refería a una comunidad minera importante.

—Queda La Robla aún —dijo Blanca—. Los nacionales tampoco son tontos, prefieren proteger el ferrocarril antes que aventurarse a asaltar feudos donde saben que los esperan los milicianos mineros.

Marco pensó en su padre y sintió una punzada de nostalgia al evocar los días en que Francisco regresaba de la mina y se quedaba apenas unas horas con ellos.

La línea de frente se extendía desde Riaño hasta el puerto de Leitariegos. La Montaña Central Leonesa, con Lillo por un lado, La Vecilla en el centro y La Magdalena en el otro, quedaban como una cuña dentro del territorio «nacional» leonés.

—Y la mayoría de los puertos de montaña que permiten el acceso a Asturias —agregó Marco, mientras seguían avanzando.

Al atardecer del día siguiente llegaron a la línea defensiva. El paisaje de verdes y montañas era hermoso, aunque el sol ya se estaba ocultando. Allí se reunieron con la tropa que estaba al frente. Marco observó las estructuras de piedra, las trincheras y las posiciones fortificadas que surcaban los montes entre Asturias y León. Después de varias ofensivas y contraofensivas por ambos bandos, el frente estaba estabilizado: había que resistir.

Los recién llegados se incorporaron al ejército variopinto. Por un lado, estaban las milicias populares, con su característico mono azul y gorrillo rojinegro. Entre ellas podían verse a mujeres comunistas, identificadas con un brazalete. Había también representantes del Partido Obrero de Unificación Marxista, también vestidos con monos y diversas prendas en la cabeza.

—¡Vaya! ¡Qué variedad tenemos aquí! —exclamó Diego posando sus ojos en un viejo dinamitero del Quinto Regimiento, que llevaba colgado, cruzando su pecho, un cinturón de dinamita.

Además de los milicianos, estaba el ejército republicano, que usaba pantalones de montar y cazadora de cuero, aunque a causa del calor la mayoría se la había quitado. Algunos tenían un gorro del tipo pasamontañas, para ser desplegado durante el invierno, y los de mayor jerarquía lucían botas de cordones, muy apreciadas por los combatientes por su comodidad en la zona montañosa.

Mientras avanzaban Marco observó que todos llevaban los correajes habituales del ejército.

—Mira —dijo Diego—, aquel de allí lleva una pistola automática Star 900.

—No sé mucho de armas —repuso Noriega.

—Ya aprenderás.

También había voluntarios que no pertenecían a agrupación alguna y miembros de la Cruz Roja, que no estaban integrados en ninguna Brigada Internacional pero que prestaban ayuda humanitaria, identificados con el brazalete con la cruz.

—Allí están los miembros de la Guardia Nacional Republicana, que sustituyó a la Guardia Civil —continuó Diego, que sabía mucho del tema.

Marco observó que también vestían monos de color azul oscuro o gris-verde, y que usaban un gorro cuartelero. Los carabineros también tenían brazaletes con los colores republicanos.

Luego de las presentaciones, quien estaba al mando les explicó las rutinas y les dio indicaciones.

—La gente de los pueblos cercanos no quiere implicarse directamente en la guerra —explicó—, hemos debido reclutar a algunos. —Hizo un gesto que denotó que no habían sido voluntarios—. Debemos tener cuidado —advirtió—, entre nosotros hay más de uno que apoya a los nacionales.

—¿Y para qué los han traído? —preguntó Blanca.

—Más vale tenerlos cerca, de lo contrario habría que haberlos encerrado y no podemos disponer de gente que haga de carcelero en el pueblo.

—También hay gente que huyó de León y se sumó a la milicia —expuso otro de los hombres.

Blanca observaba todo a su alrededor, sus ojos vivaces iban de un lado a otro como si estuviera reteniendo cada imagen y cada dato en sus retinas. De repente preguntó:

—¿Qué hacen con los heridos?

—Han improvisado un hospital en el poblado —contestó quien estaba al mando—. Aquí tenemos enfermeros de la Cruz Roja y camilleros.

—¿Y si no pueden trasladar a los heridos?

—Alguien de aquí se ocupa de hacer lo que sea necesario. ¿Usted sabe coser?

La pregunta desconcertó a Blanca, quien elevó su ceja izquierda.

—Me las apaño.

—Entonces le echará una mano a nuestro «sastre» —dijo al tiempo que reía—, a ver si a usted le quedan mejor las costuras.

El resto del grupo empezó a reír y cuando Blanca advirtió que se refería a los heridos hizo un gesto de fastidio ante la broma. Después se dirigieron hacia sus puestos para tomar posición, ocupando los que habían quedado libres debido a las bajas del último enfrentamiento.

La vida en el frente era austera, se comía lo que se podía y todo se compartía. Con el correr de los días el grupo se fue consolidando entre tiroteos y bombardeos. Celebraban los pequeños triunfos y velaban a los caídos, nada se anteponía al deseo de detener la avanzada rebelde.

Marco había puesto los ojos en Blanca. La mujer, si bien era cordial con todos, no permitía que nadie se le acercara más allá de lo necesario. Una noche, después de una cruda jornada de ataques en la que Marco cayó herido, fue ella quien tuvo que suturar su herida. A la luz de la fogata, ocultos dentro de una casamata, Blanca limpió sus cortes producto de una granada que había explotado demasiado cerca; después procedió a coserlo.

—No hace falta gritar —le advirtió la mujer mientras enterraba la aguja en la carne desgarrada.

Lejos de sentir vergüenza ante la velada reprimenda, Marco se retorció de dolor.

—Eres peor que una niña —continuó Blanca sin dejar de coser.

—Ya verás lo que esta niña tiene para ti —replicó Marco entre quejidos y guarradas.

—Ya. —La mujer terminó su tarea y cubrió la costura con un paño—. Será mejor que duermas un rato.

Recogió los elementos de sutura y se iba a incorporar cuando él la tomó por los tobillos.

—No me dejes solo —pidió.

—Debo volver al frente. Nos están atacando, ¿o no escuchas?

—¿Por qué eres tan arisca?

De un tirón se soltó de la mano que la sujetaba y salió, dejando a Marco dolorido.

Cuando despertó era de día y estaba solo en la casamata. Se incorporó, no sin sentir el ardor de la herida, y renqueando llegó hasta la abertura. Se asomó, el sol brillaba en lo alto de un cielo despejado. La línea de frente permanecía firme, aunque pudo divisar algunos cuerpos cubiertos. Había tenido suerte esta vez.

Caminó arrastrando la pierna y llegó hasta su posición. Allí estaban sus compañeros bebiendo café.

—Toma —ofreció Diego.

Blanca estaba alejada, limpiaba su arma con dedicación, absorta en algún pasado.

—Fue duro el ataque —dijo Marco dirigiendo la vista hacia los cadáveres.

—Resistimos, no lograrán vencer este cerco.

—Necesitamos más gente —opinó otro miliciano—. Nos superan en armas, además de ser profesionales.

Marco bebió su bebida y se acercó con dificultad a donde estaba Blanca.

—¿De dónde vienes? —preguntó Marco.

Ella lo miró un instante para volver la vista a su quehacer.

—No seremos amigos —fue su respuesta.

—Claro que no. Seremos amantes.

# 28

*Gijón, mediados de 1911*

Leopoldo viajaba a Gijón casi todos los fines de semana para ver a Purita, y cuando no podía hacerlo la muchacha intentaba ir para Oviedo.

Sus amigos Ángeles y José Luis estaban contentos de que hubieran congeniado y avizoraban que pronto habría boda, aun cuando ellos no habían anunciado siquiera un noviazgo.

La que no veía con buenos ojos esa relación era Gaia, porque cada sábado ahora debía compartir las salidas al carrusel en compañía de Leopoldo, quien, por mucho que se afanara en conquistar a la jovencita, no era bien recibido.

Nunca más habían planeado una salida con Aitor y eso también enfadaba a la niña, porque su padre se pasaba toda la semana en la fábrica y el sábado desaparecía, como si lo hiciera adrede para no ver a la pareja. Solo los domingos compartía un rato con él, y los dos solos se aburrían. El hombre no sabía cómo complacer a la pequeña y esta finalmente se iba a su cuarto, donde se encerraba a leer.

Durante la semana Purita estaba enfrascada en el trabajo, cumplía sus obligaciones con cuidado y dedicación, continuaba siendo la mano derecha de Aitor y solían pasar horas revisando los libros de facturación o de materiales. Fuera de ahí, la relación familiar que solían tener se había enfriado, como si algo invisible se hubiera interpuesto entre ellos. Ya no compartían cenas ni Purita visitaba a Gaia excepto los sábados, que era el día del carrusel.

Se acercaban los festejos por el centenario de la vuelta de Jovellanos del destierro de Mallorca y su muerte en Puerto Vega, y había un sinfín de propuestas académicas en su honor. A Purita se le antojó ir y sabía que Leopoldo no estaría interesado en acompañarla. Por ello le transmitió su deseo con anticipación para que pensara bien si viajaría ese fin de semana.

Tal como había supuesto, su pretendiente prefirió quedarse en Oviedo y poner al día la revisación de las cuentas de sus negocios, que tenía bastante abandonados con tanto viaje.

La muchacha aprovechó la ocasión para rescatar su vínculo con Gaia, y aunque no era el mejor plan para una niña de once años le propuso que la acompañara con la promesa de que luego irían a comer unos ricos turrones.

Fue a su casa a mitad de semana y la pequeña la miró entre sorprendida y divertida.

—¿Qué te has puesto?

Purita se miró y sonrió. Llevaba una de las novedades del año que había causado polémica y revuelo hasta en los periódicos de Madrid y Barcelona.

—Es una falda pantalón —explicó—. ¿Acaso no te gusta? Es mucho más cómoda cuando voy a la fábrica.

Gaia le dio una vuelta mirándola de arriba abajo.

—¿Crees que haya para niña?

—Le pediré a Leopoldo que te haga una, esta la diseñó él. Debemos preguntarle a tu padre, no quiero que tengamos problemas con él.

—Si la hizo Leopoldo no la quiero —dijo Gaia con evidente enojo.

—Como gustes. —Purita no quería discutir con ella, necesitaba recuperar su confianza.

La falda pantalón, que las mujeres empezaron a usar para andar a caballo de manera menos engorrosa, no había causado tanto escándalo ni en Inglaterra ni Francia, pero en España no se veía con buenos ojos.

En la revista gráfica *Por esos Mundos*, la periodista Colombine había publicado: «Pobres de nosotras, las mujeres modernas, que hemos de correr por oficinas y almacenes. Estamos condenadas al pantalón hombruno, desprovisto de gracia y contrario a la estética. Creo que la humanidad será tanto más perfecta cuando las mujeres sean más mujeres, y los hombres más hombres. Hasta en el traje».

La discusión sobre la conveniencia o no de la falda pantalón ya estaba instalada y el tema se llevó más allá de la moda para terminar polemizando sobre la libertad de las mujeres.

Hubo algunos disturbios en la Puerta del Sol y grupos de detractores de esa nueva vestimenta apedrearon a las mujeres, por lo que debieron intervenir las autoridades madrileñas.

En esos días los modistos tuvieron más encargos que nunca.

En Barcelona los incidentes fueron distintos, incluso hubo hombres que empezaron a usar la falda pantalón, y se los empezó a llamar invertidos.

En Asturias fue uno de los pocos lugares donde la incidencia de la falda pantalón en las calles no trajo disturbios. Purita andaba por las aceras tranquila, sin atraer miradas reprobatorias ni silbidos.

—¿Vendrás entonces? —continuó—. Estarán los infantes don Carlos de Borbón y doña Luisa de Orleans —le dijo para convencerla.

—¿De verdad? —Los ojitos de la niña brillaban de entusiasmo.

—Claro que sí. ¿Me acompañarás?

—¡Sí! Pero solo tú y yo —aclaró.

—Así será, solo nosotras.

Sin embargo, llegado el día, cuando Purita fue a buscar a Gaia, esta había insistido tanto a su padre para que fuera con ellas que Aitor no pudo negarse.

—Espero que no te moleste —le dijo a Purita.

—¿Cómo va a molestarme si la niña está feliz?

Salieron los tres. Gaia se situó al medio de ambos y tendió las manos.

Llegaron hasta el Real Instituto de Jovellanos, donde los representantes del jefe de Estado, el infante Carlos y la infanta Luisa, presidieron el acto institucional de apertura. Después vinieron otros discursos académicos que versaron sobre la primera piedra puesta para la Escuela Superior de Comercio.

Si bien no era el mejor plan para Gaia, el estar rodeada de las dos personas que más amaba en el mundo la hacía inmensamente dichosa. Después la niña reclamó su premio y Purita propuso comprar turrones de almendra Marcona para degustar en la casa con una taza de chocolate.

—Cuando vaya a Oviedo te traeré los de la calle Fruela —dijo Purita—. Verás que los productos Verdú son los mejores de toda la región.

—No quiero que vayas a Oviedo —replicó la pequeña—, ni que veas más a Leopoldo.

Ambos adultos quedaron de una pieza y fue Aitor quien la reprendió:

—No debes hablar así a Purita, ella es dueña de ver a quien quiera.

—No me gusta Leopoldo, siempre está entrometiéndose en todo. Quiero que salgamos solo nosotros tres.

Llegaron a la casa con los ánimos contrariados. Gaia se había propasado y su padre la envió a su cuarto.

—Lo siento —se disculpó Aitor—, creo que está celosa de tu novio.

—Leopoldo no es mi novio.

—Lo será pronto, Purita, de otra manera no se explica que venga a verte todos los fines de semana.

—No quiero que Gaia esté enfadada conmigo.

—Ya hablaré con ella, quizá se sienta desplazada. —Aitor se asomó a la cocina y pidió algo para beber—. ¿Quieres tomar algo?

—Un té. —Pensativa añadió—: ¿Usted cree que dejará de quererme?

—¿Gaia? No, ¿cómo se te ocurre? Uno no deja de querer así como así, solo que quizá deberías pasar más tiempo a solas con ella, como antes. ¿Por qué no vienes durante la semana?

—No quiero molestar.

—Purita, tú nunca fuiste una molestia en esta casa. ¿Recuerdas que te invitamos a vivir aquí?

Ella sonrió, vaya si lo recordaba.

—No hubiera estado bien —reconoció.

—Y así lo entendimos. Tú tienes derecho a hacer tu vida, a formar tu propia familia.

Purita bajó la mirada, estaba confundida.

—¿Qué te ocurre? —Aitor estaba a su lado—. Mírame —pidió, pero ella no podía mirarlo a los ojos, tenía miedo—. Vamos, Purita, hay confianza entre nosotros; dime, ¿qué pasa?

Se armó de coraje y levantó la barbilla.

—Nada, no pasa nada, solo que a veces recuerdo a Olvido y tantas cosas que ocurrieron. —Era cierto, en especial recordaba el último pedido de su amiga.

—A menudo creo que tú la quisiste más que yo —reveló Aitor para su sorpresa.

—¿Cómo dice?

Él le dio la espalda y se alejó.

—Lo que oíste, Purita. Suelo reprocharme no haberla hecho más feliz.

—Ella fue muy feliz a su lado. —La muchacha se aproximó a él, le dolía verlo en ese estado de culpabilidad—. Usted y la niña eran lo que más amaba.

—Lo sé, y por eso me siento así. Yo nunca pude amarla, nunca. —Se giró y la miró—. La quise, aunque no como se quiere a una mujer, Purita, con pasión. —Al decirlo sus ojos de acero parecían encendidos—. Ella lo sabía, su amor bastaba para los dos. Se conformó con eso.

Purita estaba al corriente de que eso era tan cierto como que el mar rugía en la distancia.

—No se torture, Olvido lo amó tanto que lo aceptó así.

Aitor giró y sonrió con pesar.

—Me hubiera gustado amarla como ella merecía, y no pude. Y luego… —Calló de repente—. Será mejor que vuelvas a tu casa, Purita, se ha hecho tarde y no quiero que andes sola por la calle.

—Hasta mañana, Aitor.

La joven mujer caminó hacia su vivienda navegando en un mar de angustia. Angustia por Olvido, que ya no estaba y a quien la pequeña Gaia extrañaba, por ese amor no correspondido, por Aitor y su sentimiento de culpa, y por ella misma y sus ganas de tener un amor apasionado y recíproco.

Pensó en su hermana, tan lejos, a quien la vida también había puesto a prueba desde chica. Prudencia había salido adelante, incluso luego de haber matado a un hombre y pasado algunos años en prisión. La vida la había recompensado con un hombre de la talla de Diego Alcorta, que se había enfrentado a toda la sociedad porteña para casarse con una exconvicta que había cambiado su identidad haciéndose pasar por Victoria. Vaya historia la de su hermana. Una sonrisa iluminó su rostro triste, y una vez en su habitación se dispuso a escribirle una extensa carta contándole sus cuitas y pidiéndole consejo.

# 29

*Falangista soy,*
*falangista hasta morir o vencer.*
*y por eso estoy*
*al servicio de España con placer.*

Fragmento de «Falangista soy»,
canción del bando rebelde

*Gijón, julio de 1936*

El 23 de julio de 1936 el periódico *Región* anunciaba: «Gijón bombardeado por una escuadrilla leonesa». Luego agregaba que los aviones habían volado previamente sobre Oviedo y terminaba con dos mensajes desafiantes del coronel Antonio Aranda, máxima autoridad militar en Asturias, que se había sublevado en la capital contra el gobierno frente populista republicano. El primer mensaje, dirigido al alcalde de Gijón decía: «Se habrá usted convencido de que tengo aviación». El segundo rezaba: «Pronto verá usted que dispongo de buques de guerra».

Dicho mensaje había sido emitido el día anterior por la radio, una hora y media después de la agresión aérea por parte de los aviones nacionalistas procedentes del aeródromo militar leonés La Virgen del Camino. El ataque había impactado también en el cerro Santa Catalina y dos bombas habían estallado en los alrededores del ayuntamiento.

Bruno ya estaba mejor de su herida, aunque a instancias de su madre había permanecido en la casa.

—Madre, estamos casi sin comida. Debo volver al puerto, quizá haya algo que pueda hacer para conseguir provisiones.

—Es peligroso —dijo María Carmen.

El día del alzamiento había sido abortado en Gijón sin demasiada dificultad, pero el rebelde coronel Pinilla se había acantonado con algunos sublevados en el cuartel de Simancas, que dio lugar a un asedio importante en el marco de la Guerra Civil, que se prolongaría en durísimas condiciones hasta agosto del 36, cuando sería recuperado por las tropas republicanas. La resistencia del cuartel de Simancas propició que gran parte de la marina y la aviación rebeldes bombardearan la ciudad de Gijón en reiteradas ocasiones, para aliviar el asedio del cuartel.

Previo a los bombardeos habían volado sobre el cielo de Gijón varios aparatos nacionales lanzando proclamas que invitaban a los milicianos y a las fuerzas republicanas a abandonar su «irresponsable desempeño» en sitiar a las tropas sublevadas que estaban atrincheradas en el Cuartel de El Coto y en el Regimiento de Infantería de Montaña «Simancas» número 40.

—Aquí también es peligroso —retrucó el hijo—, las bombas no distinguen. Ya llevamos dos días comiendo sopa de agua. —No era una queja, sino la más cruda realidad—. Marcia debe estar fuerte para el momento del nacimiento.

Marcia elevó los ojos de la prenda que estaba remendando. Venía sintiéndose extraña, como si algo fuera a ocurrir. Temía que el bebé se adelantara, todavía faltaban unas semanas; en el fondo soñaba con el regreso de Marco.

—Gracias, Bruno —murmuró.

Durante esas jornadas en que él había estado convaleciente, su actitud hostil había remitido, incluso le había permitido que curase sus heridas. Recordar ese momento la llenaba de turbación. Nunca había tocado a otro hombre que no fuera su esposo y ver el torso ancho y fuerte de Bruno le había ocasionado un nerviosismo fuera de lo común. Estaban en el cuarto de él, donde María Carmen había dejado las vendas limpias, previamente hervidas en agua con vinagre. Bruno se había quitado la camisa dejando al descubierto unos hombros anchos que continuaban en brazos torneados. En medio de su pecho la cicatriz que empezaba a cerrarse tenía la forma de un rayo que partía en dos su corazón. Más abajo la piel morena de sus músculos abdominales estaba adornada por una pequeña mancha de nacimiento de tono más oscuro, similar a la que había divisado en su cuello, cerca de su nuez.

Con manos temblorosas Marciana había limpiado la sangre seca evitando tocarlo, lo cual se tornó imposible al momento de aplicar el ungüento. Después tuvo que deslizar la venda alrededor de su pecho y para ello debió inclinarse sintiendo que sus senos colmados se acercaban peligrosamente al rostro de su cuñado. Por más que hizo toda la maniobra lo más velozmente que pudo, no logró evitar la turbación que esa súbita intimidad le generó. Él, por su parte, parecía ajeno a sus nervios.

—Volveré pronto. —Bruno besó a su madre antes de salir y Marcia sintió el vacío de no tener a nadie que le prodigara un poco de cariño. Pensó en ir a ver a su familia, pese a saber que era peligroso aventurarse en las calles.

—¿Qué te ocurre? —preguntó María Carmen, siempre perceptiva.

—Nada.

—Vamos, Marcia, puedes confiar en mí. Te conozco y sé cuándo algo te aflige. —Ambas evitaban hablar de Marco, la falta de noticias las preocupaba por igual.

—Me siento muy sola a veces… será este bebé el que me hace sentir así —justificó.

Su suegra se acercó y le acarició la cabeza con ternura.

—Cuando nazca, nunca más te sentirás sola. —La muchacha sonrió—. Te comprendo. —Volvió a tocar sus cabellos y pensó en qué injusto había sido su hijo para con su mujer. No debería haberse ido así, a luchar por unos ideales que ni siquiera sabía si eran los suyos, dejando abandonada a su buena suerte a su joven esposa esperando un niño.

María Carmen pensó que lo habían hecho todo mal, pero el error ya había sido cometido y la que pagaba los platos rotos ahora era Marcia, a quien, pese a todo, admiraba, porque la jovencita bien podría haberse vuelto a la casa paterna y tirar por la borda ese matrimonio mal avenido. ¡Qué distinto había sido su amor con Francisco! Desde el inicio habían sido uno, enfrentando las adversidades, aferrados el uno al otro. Y Marco en cambio… se había casado solamente por cumplir con un deber, porque bien sabía ella que su hijo menor era un espíritu libre, incapaz de entregarse fácilmente, y menos a alguien como Marcia, que no despertaba ninguna intriga para él más que su belleza.

Porque Marcia era bella, incluso con esa panza de ocho meses que le había borrado la cintura. Tenía una cara perfecta y unos ojos por demás elocuentes; unos ojos que dejaban escapar el alma por sus pupilas, pupilas que decían muchas cosas que solo ella podía leer.

María Carmen meneó la cabeza y volvió a sus quehaceres, que consistían en inventar platos con los pocos víveres que tenían.

En la ciudad Bruno se anoticiaba de los cambios. La guerra civil había propiciado una serie de reformas urbanas. Tras el derrumbe del aparato estatal republicano, a partir del 18 de julio se había establecido una forma de organización diferente: el Comité de Guerra, que influía no solo el área de Gijón sino la franja costera desde Avilés hasta Villaviciosa.

El comité, que funcionaba en la calle Begoña, era de clara inspiración anarquista y revolucionaria, y organizó todos los aspectos de la vida cotidiana: dirección de las milicias, abastos, vigilancia, etc. La ciudad parecía otra: había distintos Comités de Abasto descentralizados en cada barrio.

Bruno se enteró de que se había suprimido el uso del dinero y se había prohibido el cobro de servicios; todo se entregaba a través de vales editados por los mismos comités, con cartillas de racionamiento. Se habían incautado los medios de transporte y los depósitos de gasolina, también se habían intervenido las comunicaciones. Al estar Oviedo en manos de los nacionales el tráfico ferroviario había quedado seccionado. El Comité de Abasto había requisado bienes y artículos de primera necesidad para surtir a hospitales, el frente y los barcos.

Desorientado, Bruno vagó por las calles sin saber qué hacer. Todo estaba vigilado, el aire estaba enrarecido y había que andarse con cuidado. Cualquiera era sospechoso de nacional, las familias estaban divididas entre aquellos que apoyaban a la República y quienes pugnaban por Franco y sus rebeldes. Amigos que se volvían enemigos, espías y delatores por doquier.

Se habían establecido también comedores públicos que ofrecían magras raciones; al estar los puertos asturianos bloqueados en su mayoría por la escuadra sublevada, el abastecimiento de productos era casi nulo. Todo escaseaba, desde alimentos hasta ropa, armas y municiones.

Con el orgullo en el bolsillo y una furia ciega guiando sus pasos, ante la imposibilidad de conseguir víveres Bruno se dirigió hacia uno de los comedores para procurar algo para llevar a la casa. Fue poco lo que pudo conseguir y, pese al hambre que tenía, no probó bocado y regresó a la vivienda. Su rostro lo dijo todo: tenía la desolación pintada en la mirada oscura.

—¿Qué ocurre?

Sucintamente relató a las mujeres cuál era el panorama y entregó a su madre lo poco que había traído. María Carmen no dijo nada y lo metió a la olla donde se cocinaba la pobreza.


En su casa Aitor Exilart leía el diario. *El Noroeste*, leal al gobierno de la República, informaba de la traición de los aviadores leoneses y relataba que en la base aérea «el fuego de los miserables tuvo eficacia porque consiguieron que el martes (21 de julio) a las cinco de la mañana fueran sitiados los leales por fuerzas de la Guardia Civil y Asalto, que también habían hecho causa común con los enemigos del régimen democrático».

Su esposa se acercó y miró por sobre su hombro.

—Tengo miedo, Aitor, ¿tan mal está la situación? No he tenido noticias de mis amigos que viven en Oviedo, en manos de los rebeldes.

—Temo que sí. —Giró hacia ella y la tomó por la cintura para apoyar su cabeza en su vientre—. Los empresarios más comprometidos con la ideología de los sublevados huyeron y no faltará mucho para que el gobierno decrete la incautación de las empresas abandonadas, que pasarán a ser gestionadas por los comités de obreros.

—¿Crees que a nosotros… nos pasará igual?

—Nosotros no abandonaremos la fábrica —dijo Aitor con resolución—. No somos nacionales, no apoyaré esta locura.

—¿Y qué haremos?

—Colaboraremos con los sindicatos, les daremos dinero o lo que haga falta, más vale tenerlos de nuestro lado. —Dio a su mujer un beso en la mejilla y añadió—: Deberías ir a ver a Marcia, quizá acepte volver.

—¿Crees que corre peligro? —Los ojos de la madre empezaron a brillar, el llanto estaba cerca.

—Peligro… todos corremos peligro. —Omitió decirle que el diario *La Región* titulaba «Hoy llegarán a Gijón barcos de guerra que invitarán a los sindicatos a rendirse». Y adentro agregaba que en caso contrario bombardearían a la población. La amenaza del coronel Aranda se volvía verdad: había llegado el buque Almirante Cervera, procedente de la base naval de Ferrol, que había quedado en poder del bando nacional—. Al menos estará en casa, donde siempre debió estar. —De repente Aitor Exilart mostraba su debilidad al reconocer, indirectamente, que se había equivocado al rechazar el matrimonio de su hija, alejándola del hogar.

—Iré esta misma tarde —dijo la madre—. Quizá podrías acompañarme…

—No, ve tú; en todo caso, que te acompañe Gaia.

La mujer asintió no sin pena. Se inclinó sobre él y besó sus cabellos. Lo amaba a pesar de su tozudez digna de vasco.

En contra de lo que había supuesto, la fábrica de aceros Exilart fue invadida por los obreros, quienes pretendían controlarla. Gracias a su inteligencia, Aitor pudo negociar con ellos bajo la promesa de fabricar armas para la guerra.

Ello se haría con la máxima discreción, era peligroso a causa de los espías del otro bando.

# 30

*Los campesinos heridos de tanta metralla,*
*los pueblos sangrantes de tanto dolor.*
*Y los campesinos sobre la batalla*
*para destrozar al fascismo traidor.*

Fragmento de «Los campesinos»,
canción republicana

*Línea del frente norte, agosto de 1936*

La guerra era muy distinta en el frente y en las ciudades. En las que habían caído bajo el mando rebelde sufrían persecuciones y castigos los republicanos, y a la inversa, en aquellas que todavía estaban en manos republicanas se detenía y torturaba a los conspiradores.

En el campo de batalla la lucha era desigual. El ejército rebelde era profesionalizado; apoyado por Alemania e Italia, recibía aviones, armamentos y tropa. También contaba con la ayuda de compañías internacionales que le suministraban gasolina, como la Texaco, Texas Oil Company y Vacuum Oil Company, o créditos bancarios favorables. La neutralidad de países como Portugal, Inglaterra y Estados Unidos también beneficiaba a los conspiradores. Portugal les permitía usar su territorio para establecer sus bases de operaciones, y Estados Unidos facilitaba las comunicaciones a través de la Compañía Telefónica. Los republicanos apenas contaban con la ayuda de la Unión Soviética y México, dado que el resto de los países continuaban acatando los principios del Comité de No Intervención.

La herida de Marco aún no había cicatrizado del todo, sin embargo, nadie podía ni quería abandonar el frente. No debían bajar los brazos ni dejar que los ánimos decayeran. Las conversaciones giraban en torno a la masacre de Badajoz, a cargo del coronel Juan Yagüe.

—Dicen que fue una carnicería, no había nadie que diera órdenes para continuar o cesar el fuego —comentó un miliciano que venía del sur—. La lucha fue cuerpo a cuerpo y cuando los nacionales lograron ingresar a la ciudad mataron a todos, incluso a quienes estaban desarmados en las gradas del altar mayor de la catedral.

—La plaza de toros se convirtió en campo de concentración —añadió su compañero—, fue un matadero.

—¡Cabrones! —dijo Marco—. Badajoz es un punto vital, ahora se unirá el ejército del sur con el del norte dominado por el general Mola.

La ciudad se encontraba sitiada tras la caída de Mérida días atrás.

—Contaban con legionarios y regulares marroquíes —añadió el miliciano que había hablado primero—. Y no tuvieron empacho en matar a niños y mujeres. —A su frase se hizo un minuto de silencio.

—El bombardeo fue continuo, por tierra y por aire. No tenían opciones de salvarse —culminó el otro con pesar.

Marco pensó en su familia, era vital que los rebeldes no pudieran romper esa línea de frente para avanzar sobre Gijón.

Evocó a su madre, siempre tan fuerte y sufrida, sin quejarse de nada, aceptando lo que la vida le había dado. Imaginó a Bruno, cuidando la casa y llevando el pan en esos días aciagos. Pese a los celos que siempre le había tenido, que a menudo juzgaba infundados y carecían de explicación lógica, lo quería; era su hermano el que se había quedado para cuidar de su madre y de su esposa. Sin embargo, la duda se había instalado más que nunca luego de su visita.

¿Qué sería de Marcia? ¿Lo seguiría amando o ya habría empezado a odiarlo? Pobre muchacha... Sintió pena por ella y reflexionó, por primera vez, en su proceder egoísta. Ni siquiera había tenido que seducirla. Ella sola se le había entregado en bandeja de plata, y él la había tomado, sin pensar en las consecuencias. Era tan bella que no había querido resistirse, bien sabía que nunca la había querido. Desvanecido el deseo al saberla madre y convertida en su esposa, cayó en el error de sus actos. Ya era tarde. Había cumplido, se había casado con ella y le daría un apellido a su hijo, aunque nunca la querría, condenándola a la infelicidad.

¿Y él? Él no quería ser infeliz. Si salía con vida de ese infierno de guerra y matanzas procuraría un buen destino. Miró a Blanca, lejana, distante, ajena a los relatos sobre la masacre de Badajoz. Esa mujer era una intriga que estaba dispuesto a saciar.

—Finalmente los nacionales lograron abrir una brecha en las murallas —continuaba explicando el recién llegado—, por el este, junto a la Puerta de la Trinidad, y accedieron a la alcazaba, por la Puerta de Carros también. Después pasó todo lo que ya sabéis.

Se turnaban para dormir sin dejar los puestos de vigilancia. Esa noche a Marco le tocó compartir trinchera con Pedro Galcerán.

El día había sido tranquilo, no habían tenido avances del lado rebelde y esperaban poder tener una velada similar. En sus puestos, Marco ofreció un cigarro a su compañero.

—¿De dónde eres? —le preguntó.

—De Puente Castro. —Poblado que estaba a apenas tres kilómetros de León—. ¿Y tú?

—De Gijón. ¿Blanca es de allí?

El otro asintió y Marco supo que no sería fácil sacarle información.

—¿Qué pasó en Puente Castro? ¿Fue tomada?

—Al principio las autoridades militares de León apoyaron a la República. Habían llegado a la ciudad unos dos mil mineros asturianos pidiendo armas —explicó Pedro—. El general Bosch les entregó algunas, en no muy buenas condiciones, y les pidió que abandonasen la ciudad. Cuando los mineros estuvieron lejos, camino a Madrid, Bosch se sublevó. Los sindicatos declararon la huelga general, con un calor infernal y escasas armas; por mucho que los trabajadores lucharon contra las tropas del general, fueron derrotados —dijo Galcerán con pesar—. La represión fue feroz, fueron pocos los que pudieron escapar hacia la montaña para reorganizar la lucha.

—Blanca fue una de ellos —afirmó Marco.

—¿Y a ti qué te pasa con Blanca? —A Pedro no le caía en gracia que alguien se interesara por su compañera, mas Marco no iba a quedarse callado. Estaba dispuesto a saber si había alguna posibilidad.

—Me gusta, y quiero saber si está libre. ¿O acaso es tu mujer? —desafió.

—No, pero sí lo es de un amigo, que para el caso es lo mismo.

Marco volvió a concentrarse en el firmamento y terminó su cigarrillo. No insistió; intuía que Pedro no le revelaría nada más.

Esa noche no ocurrió nada y todos pudieron descansar. Al día siguiente llegó una de las carretas que venía de los pueblos cercanos, cargada de provisiones y vendas para los heridos.

La comitiva se hacía sentir porque los hombres venían entonando canciones para animar a la tropa. En esa oportunidad cantaban «Si me quieres escribir»:

> *Los moros que trajo Franco*
> *en Madrid quieren entrar.*
> *Mientras queden milicianos*
> *los moros no pasarán...*

Por la tarde comenzó una fuerte ofensiva. Los rebeldes estaban cerca, mejor armados y en mayor cantidad, pero la línea de la frontera norte logró resistir, una vez más.

Blanca luchaba a la par de los hombres. En su interior latía un fuego intenso alimentado por algo mucho más profundo que un sentimiento republicano. Marco la observaba en cada oportunidad que tenía. La veía imperturbable y hasta insensible cuando alguno de los compañeros caía, como si estuviera anestesiada.

Cuando tuvo ocasión de compartir trinchera con ella aguardó al cese del fuego para empezar la conversación:

—¿Tienes familia?

—Todos la tenemos —fue su seca respuesta.

—¿Por qué no quieres hablar conmigo?

—No estoy aquí para hacer amigos, sino para salvar la República.

—Eso lo sé, aunque nada impide que mientras tanto entablemos relaciones.

—No me interesa el tipo de relación que tú quieres.

Marco rompió a reír.

—¿Y cómo sabes tú qué tipo de relaciones quiero contigo?

—Solo hace falta verte a los ojos para saber que quieres ponerme en horizontal.

—También podemos hacerlo en vertical, no sería mala idea. —Marco largó otra carcajada.

—Eres un tonto.

—Vamos, Blanca, no haremos nada que tú no quieras. No me prives de la conversación. —Extendió su mano en señal de paz—. Empecemos de nuevo.

Blanca lo miró, elevó los hombros y extendió su mano también.

—Mejor así —exclamó Marco—. Soy de Gijón, antes trabajaba en una fábrica de aceros, luego… me despidieron y terminé trabajando en el puerto junto a mi hermano. —Aguardó a que ella se presentara también; no lo hizo—. ¿Y tú?

—Me parece que te estás olvidando de algo importante —dijo Blanca—. Si quieres que seamos «amigos» deberías ser sincero conmigo.

—Y lo soy.

—Te estás olvidando de tu esposa y de tu futuro hijo. —Se puso de pie, sonrió triunfal y se alejó en dirección al campamento.

# 31

E se año no fue el mejor para Gijón, hasta la prensa nacional se hizo eco de las desgracias que la asolaron en 1911. *Mundo Gráfico* publicó: «La gran urbe asturiana ha pasado días verdaderamente amargos, debido a la aparición de la fiebre tifoidea». El deficiente alcantarillado de hierro provocó la epidemia de tifus, que fue brusca y grave, quitándole la sonrisa a la ciudad cantábrica. Purita fue una de las víctimas de la enfermedad. Un día se despertó con fiebre y malestar y por la tarde nadaba en la inconsciencia. Su empleada, temiendo el contagio, mandó un mensajero para que avisara al señor Exilart y se fue a su casa.

Cuando Aitor llegó, la muchacha deliraba. No supo qué hacer, no podía dejarla allí sola, tampoco podía trasladarla en ese estado. Llamó al médico, pero este estaba superado por la situación, la ciudad estaba azotada por el tifus, el cólera, la difteria y la gripe. Cuando por fin pudo visitar a la enferma la diagnosticó como a la gran mayoría.

—El Hospital de la Caridad está desbordado, Exilart —informó—. Han venido desde Madrid los doctores Mendoza y Bejarano y aun así no llegamos a aliviar a todos.

—¿Qué me quiere decir?

—Que es preferible que se quede aquí, bajo cuidados. El hospitalillo de la Cruz Roja en el Cerro también está colmado. Aquí estará a salvo, vendré cada día a verla.

Después, le dejó las indicaciones para aliviar la fiebre.

—Será mejor que no vuelva a su casa, Aitor, podría contagiar a la niña.

Al quedar solo Exilart mandó mensaje para avisar a Leandra que debería ocuparse de Gaia hasta que él pudiera regresar.

El agua potable se había contaminado. Los calores estivales y las lluvias de otoño habían producido fermentaciones en el suelo y arroyos. A eso se sumaba el deficiente alcantarillado de la ciudad, el poco declive, los tubos de hierro que distribuían el agua... Todo contribuía a que la situación desmejorara.

Sentado al pie de la cama de la enferma Aitor leía sobre las últimas noticias de la huelga general de ese año, que había paralizado a Gijón. El periódico decía: «Tuvo que venir el cañonero Proserpina con doscientos hombres de infantería del regimiento de Isabel II para reprimir las reivindicaciones salariales de los trabajadores; el gobierno decretó el estado de guerra».

Estaba cansado, parecía que los reclamos obreros no tenían fin y se daba cuenta de que todo giraba en torno a la fábrica. Su vida personal era casi nula, su relación con su hija era distante y se sentía solo.

Miró a Purita. Dormía tranquila luego de que había logrado bajar un poco la fiebre. Sintió miedo, no quería perderla también a ella. Purita era su socia y también era mucho más. Podía confiar en ella y, si bien la relación se había enfriado ante la presencia de Leopoldo, sabía que ella nunca le daría la espalda, ni a él ni a su hija.

—Prudencia... —La voz de Purita lo sacó de sus pensamientos.

Se puso de pie y se acercó a la cabecera de la cama.

—Soy Aitor —murmuró. Ella abrió los ojos y lo miró.

—¿Aitor? —Paseó la mirada por los alrededores, quería saber dónde estaba—. ¿Qué hace aquí? —Quiso sentarse, estaba débil.

—Deja, no te esfuerces. —La tomó por las axilas, sintió su cuerpo caliente, y la ayudó a sentarse. Después buscó unos almohadones y los colocó detrás de su cabeza.

—¿Qué hace aquí? —repitió.

—Estoy cuidándote, tenías fiebre.

—¿Y Lucía? —Se refería a su empleada.

Aitor hizo un gesto en señal de descontento.

—Se largó ni bien supo que tenías fiebre tifoidea.

—Vaya a casa, Aitor, puedo cuidarme, usted tiene que estar con Gaia.

—Ahora lo más importante eres tú, Purita, no te dejaré sola. —Ante sus palabras ella sintió más calor aún. Se miró, tenía puesto un camisón que dejaba al descubierto sus brazos y parte del pecho. Subió las sábanas en un intento de cubrirse—. ¿Quieres comer algo? Hace un día que estás durmiendo.

—¿Un día? ¿Y Gaia?

—Ella está bien, no te preocupes; además yo debo quedarme aquí para evitar el contagio.

—Lo siento, Aitor, no quiero complicar más las cosas. Debería ir a casa.

—Ahora me necesitas aquí, no seas terca. —Se puso de pie—. Iré a preparar algo para comer.

Al quedar sola Purita cerró los ojos, tenía jaqueca. Cuando los abrió al rato, él estaba allí con un plato de garbanzos y chorizos en salsa. Con esfuerzo sonrió, era demasiado suculento lo que le había traído y ella no tenía hambre.

—¿Lo hizo usted?

—Claro, ¿o acaso crees que no sé cocinar? Vamos, a comer. —Colocó una bandeja sobre su regazo—. ¿O quieres que te dé en la boca? —Lo dijo en un tono que no dejó dudas de que era una insinuación. ¿Qué le ocurría? Aitor Exilart era un hombre serio, nunca lo había visto así.

—Puedo hacerlo, me siento mejor. —Empezó a comer probando pequeños bocados—. Está delicioso, gracias. ¿Qué día es hoy?

—Martes.

—¿Quién está a cargo en la fábrica? —Se preocupó.

—Está todo bajo control —aseguró él.

—¿Cómo sigue lo de la huelga?

—Tú no deberías preocuparte por eso ahora.

—¡Cuénteme! ¿Qué quiere que haga aquí en cama?

Por la mente de Aitor pasaron muchas imágenes, aunque no permitió que se trasladaran a su rostro. Decidió que era mejor tenerla al tanto y desviar la atención a cosas cotidianas.

—Cuando parecía que todo ya estaba solucionado la CNT llamó a un paro a nivel nacional, como supondrás el Sindicato de Obreros Mineros de Asturias se sumó.

—¿Paro nacional? ¿Y por qué?

—Como protesta por la sangría de hombres en la guerra de Marruecos y también para denunciar la brutal actuación de las fuerzas de orden público en la represión de una huelga de carreteros en Bilbao.

—¿Cuándo acabará todo esto? ¿En la fábrica ha habido alguna protesta? —Hablar de trabajo la hacía sentir mejor.

—Esta vez nosotros no hemos tenido incidentes, otras empresas sí; hubo heridos por arma de fuego, y también revueltas en la cuenca de Nalón.

Omitió contarle que en Langreo una bomba de dinamita había destruido una parte del puente del ferrocarril Norte, cerca de La Felguera. Los obreros habían ocupado las calles y plazas, y tuvieron que enviar una compañía de infantería junto a una sección de la Cruz Roja. Corría el rumor en la población de que los huelguistas iban a interrumpir el servicio eléctrico, por lo cual se enviaron también cuadrillas de Guardia Civil. El tiroteo no tardó en llegar, aunque milagrosamente no hubo muertos.

Purita terminó de comer y Aitor se llevó la bandeja. La mujer aprovechó para levantarse, debía ir al baño, mas cuando lo hizo se mareó y cayó al suelo.

—¡¿Qué haces?! —exclamó Aitor que ingresaba al cuarto en ese momento. Enseguida estuvo a su lado y la alzó en sus brazos sintiendo el calor de su cuerpo y también su fragilidad.

—Déjeme, estoy bien. —A ella le quemaban sus dedos en su costado—. Quería ir al baño.

Sin prestar atención a sus palabras Aitor la llevó al lavabo y recién la bajó cuando estuvieron dentro del pequeño cuarto.

—Me quedaré aquí —dijo en el umbral—. ¿Te sientes bien?

Ella asintió y cerró la puerta. Se apoyó sobre la pared y cerró los ojos. Necesitaba reponer sus fuerzas y que Aitor volviera a su casa. No lo quería allí, tan cerca. Pensó en Olvido y se sintió en falta, estaba haciendo todo lo contrario a lo que su amiga le había pedido.

Al salir se había aseado y su rostro lucía mejor aspecto.

—Aitor, me siento mucho mejor, debería ir a casa.

—Hoy me quedaré contigo —declaró él con ese tono de voz que usaba cuando su decisión era inamovible—. Mañana veremos cómo amaneces.

—¿Podría enviar un mensaje a Leopoldo?

Aitor apretó las mandíbulas antes de responder:

—¿Qué debo decirle?

—Que no podré viajar este fin de semana. Quizá quiera hacerlo él, así usted se queda tranquilo de que alguien más me cuida.

—Como quieras.

Esa noche Purita durmió mucho mejor, la fiebre había remitido. Aitor lo hizo en el cuarto contiguo y su sueño fue intranquilo. Muchos eran los temas que lo desvelaban.

A la mañana siguiente, al ver la mejoría de la mujer, se fue a su casa, previa parada en la oficina de correos para echar un telegrama a Leopoldo.

# 32

*Gijón, julio de 1936*

A diferencia de lo ocurrido en Oviedo, que había caído rápidamente en manos de los rebeldes, los mandos militares en Gijón estaban divididos, y el intento de sublevación del coronel Pinilla se vio frustrado cuando advirtió que su jefe era leal a la República. Esa desinteligencia causó confusión en los mandos subalternos. Los partidos de izquierda, los sindicatos y las confederaciones anarquistas tomaron cartas en el asunto y se pusieron en alerta.

Las milicias de la UGT y la CNT estaban armadas, y los rebeldes, en inferioridad numérica, concentraron su resistencia en el Cuartel de Simancas y en el Cuartel del VIII Batallón de Zapadores.

María Carmen había salido. Una vecina de las afueras, al tanto de la situación de la familia y en especial teniendo consideración hacia la futura madre, le había ofrecido leche recién ordeñada de la vaca que tenía escondida en uno de sus galpones.

El calor apretaba y Marcia sufría en exceso. Impulsada por un repentino deseo, salió de la casa y se dirigió hacia el mar, que la llamaba detrás del médano. Se sentía pesada, pero el pensar en mojarse los pies y refrescarse el cuello le dio ánimo.

Bajó a la arena por el sendero que solía utilizar desde que vivía ahí y paseó la vista por la inmensidad azul. Amaba el mar, quizá porque su madre también lo adoraba y la había llevado desde temprana edad a sus orillas. Ese día estaba en calma, pequeñas olas rompían cerca dejando la espuma abandonada sobre la arena dorada.

Se quitó los zapatos y avanzó recogiéndose la falda. Al sentir el frío del agua en sus pies sonrió. Se agachó apenas y reunió en las manos el líquido salobre que después esparció generosamente entre su cuello y sus pechos. Su mirada se iluminó sin querer, por el solo placer de estar allí. Pensó en su vida y en su futuro, y la tristeza se hizo presente. Se sentía sola, lo único propio era el bebé que crecía en su interior. Se cuestionó por qué seguía ahí, esperando a un marido que no la quería y que Dios sabía cuándo regresaría. ¿Por qué extraña razón no volvía con su familia? No tenía respuestas, había algo que la ataba a ese lugar con un lazo invisible.

Con lágrimas acariciando sus mejillas caminó por la orilla alejándose de la casa, dejando que la brisa marina las secara. Cuando advirtió que se había distanciado demasiado giró para volver. Y allí lo vio. Bruno la seguía a distancia prudencial. Marcia frunció el ceño; por momentos le molestaba que fuera como un perro guardián, siempre tras sus pasos.

Avanzó con resolución hacia él y cuando lo tuvo frente a ella le lanzó al rostro:

—¿Es que acaso Marco te asignó el papel de carcelero?

Bruno apretó la mandíbula y reprimió la frase hiriente que tenía al borde de la lengua. Bien sabía él que a Marco poco le importaba su esposa.

—Vamos a casa —fue su respuesta antes de darle la espalda y caminar con trancos largos y enérgicos hacia el camino en medio de los médanos.

Marciana quiso seguirle el ritmo y se apresuró, lo único que logró fue agitarse. Tuvo que detenerse a causa de una puntada en el costado.

Como si lo hubiera presentido, Bruno se volvió para mirarla. Al ver su rostro pálido y el miedo en sus ojos se aproximó a la carrera. La poca alimentación se sumaba al sofoco, todo lo que hacía le requería sumo esfuerzo. Sin palabras, Bruno la alzó en brazos a pesar de sus protestas y caminó con ella rumbo a la vivienda.

—¡Bájame! Estoy muy pesada.

—Eres una pluma —replicó irónicamente.

—¡Déjame! —repitió Marcia, incómoda por la sensación que provocaban las manos de Bruno en su cuerpo. El olor a sudor de su cuñado se le impregnaba por las fosas nasales y lejos de disgustarle le generaba inquietud.

Al llegar Bruno abrió la puerta con el pie y la depositó en el medio de la sala.

—Vete a la cama —ordenó.

—No quiero pasarme todo el día en reposo —protestó Marcia, la voz temblorosa a causa de la turbación que aún sentía—. Quiero ayudar —dijo, aunque era una excusa.

—En tu estado es poco lo que puedes hacer —repuso el hombre con el tono que acostumbraba para ella.

—¿Por qué siempre me tratas mal? —De repente se sintió valiente y se animó a enfrentarlo.

—No digas niñerías. —Giró para salir y ella lo retuvo tomándolo del brazo, que sintió tensarse al instante.

Bruno se volvió hacia Marcia, que aguardaba su respuesta. Era bella aun con la panza apuntando al frente. No pudo evitar mirar su escote, que pese a ser discreto dejaba ver la unión de los pechos hinchados; después recorrió su cuello para concentrarse en sus ojos, tan grises como los de su padre, pero con una dulzura infinita en ese pozo de acero.

—¿Tanto me odias? —insistió ella.

Estaban frente a frente, a escasos centímetros.

—No sabes lo que dices, Marcia, yo no te odio.

—Entonces… —Sus ojos brillaban, estaba por demás sensible—. No me gusta cómo me tratas, Bruno, yo intento ser agradable contigo…

«Por Dios, qué inocente es», pensó el hombre. De súbito la joven dio un respingo y sonrió.

—Siente. —Tomó la mano de Bruno y la llevó hacia su vientre—. Siente cómo se mueve el bebé.

Un ligero estremecimiento atravesó al hombre, el niño que Marcia llevaba dentro daba breves golpecitos, anunciándose. La sonrisa se le instaló en la boca y los hoyuelos habitaron sus mejillas.

—¿Es normal que haga eso? —preguntó con una voz nueva.

—¡Claro que es normal! Lo hace todo el tiempo. —Elevó el rostro y lo miró. Bruno parecía un chico, sus ojos alumbrados por una ilusión; a Marcia se le cruzó por la mente que sería un buen padre. Ensimismados como estaban en esa mutua contemplación no escucharon la puerta que se abría ni los pasos pesados que se acercaban. Marco se perfiló en el umbral.

—Veo que me habéis echado de menos. —Había ironía en su voz y fuego en sus ojos.

—¡Marco! ¡Has vuelto! —Marcia se apresuró para correr a su lado y a Bruno se le borró del rostro la efímera felicidad.

—Os dejo solos. —Pasó al lado de su hermano, lo palmeó en el hombro y salió.

Marcia estaba frente a él sin saber qué hacer. Necesitaba un abrazo, un gesto de cariño, algo que la rescatara de esa soledad que sentía.

—Marco… estaba preocupada. —Dio un paso para abrazarlo, pero él se separó con brusquedad.

—No parecías muy preocupada cuando entré, tienes a mi hermano para consolarte.

—¿Qué estás insinuando? —Marcia levantó la voz, ignorante de que afuera estaban su cuñado y su suegra, a quien Bruno había alertado para que no entrase.

—No insinúo nada. Por lo que pude ver, Bruno te ha servido de abrigo durante mi ausencia. —Los celos de toda una vida afloraron de nuevo.

—¡No sabes lo que dices! —Marcia mostraba sus garras—. ¡Lo único que ha hecho tu hermano ha sido cuidarnos, a tu madre, a tu hijo y a mí, dado que tú nos abandonaste!

—¿Ya te metiste en su cama?

El sonido de la bofetada retumbó en la casa.

—¡Eres un desgraciado! —La muchacha corrió hacia su habitación, donde se encerró a llorar.

Afuera, Bruno se contenía para no ingresar y dar una lección a su hermano. Fue María Carmen quien tomó cartas en el asunto.

Al entrar vio a su hijo sentado a la mesa con la cabeza gacha y de inmediato supo que se había arrepentido de ir tan lejos.

—Marco. — El aludido se puso de pie y la abrazó.

—¡Madre! ¡Está en los huesos! —La mujer había perdido unos cuantos kilos.

—Tú te ves bien. —Se separó para examinarlo. Su muchacho estaba entero—. ¿Dónde has estado? Ni una noticia en todo este tiempo…

—He estado luchando, madre, tratando de impedir que los rebeldes nos dominen. —Buscó el morral que siempre lo acompañaba—. Traje comida. —Sacó de él una pata de cordero envuelta en trapos y algunas verduras—. También tengo un pedazo de queso de cabra.

—Hoy cenaremos como Dios manda, sabes que es difícil conseguir alimentos. —Palmeó a su hijo en el hombro—. Fuiste muy injusto con tu esposa, y también con tu hermano. Ella es una gran mujer. Podría haberse ido junto a sus padres y, sin embargo, se quedó aquí, esperándote. —Marco frunció el ceño—. Y Bruno ha estado cuidando de esta familia. Incluso herido, después del bombardeo nos ha procurado comida, mientras tú te has ido a luchar por tus ideales.

—No son mis ideales, madre, es nuestro futuro.

—Tu futuro inmediato es ese niño que está por venir, Marco. —Al hijo no le gustó oír el reproche en boca de su madre, menos aún que resaltara las acciones de Bruno—. Ve y pídele disculpas a tu mujer. Después arreglarás las cosas con tu hermano.

María Carmen se puso de pie, tomó la pata de cordero y fue con ella hasta la encimera. Marco se dirigió hacia la habitación. Halló a Marcia recostada en la cama, de lado, con los ojos cerrados. La miró al detalle. La belleza que lo había deslumbrado solo se conservaba en su rostro ahora redondo; el resto de su cuerpo no lo atraía, la panza le restaba sensualidad. Se acercó tras cerrar la puerta y se sentó al borde.

—Lo siento, Marcia. —La joven se incorporó con dificultad. Tenía la mirada acuosa, triste.

—¿Cómo pudiste dudar de mí?

—Dije que lo siento, fue por celos mi reacción. —Aunque bien sabía él que no eran los celos propios del amor, sino de la vieja competencia con Bruno.

—Tú sabes que te amo, Marco, ¿no te lo he demostrado acaso? —Asintió y recibió la caricia de su esposa en su rostro—. Abrázame.

El hombre obedeció y la estrechó contra su cuerpo. La muchacha buscó su boca y el beso le supo a vacío; Marco estaba tenso, quizá nervioso por el reencuentro y la discusión que habían tenido.

—Me pone feliz que hayas regresado para el nacimiento. —Marcia se acurrucó en su pecho.

—No he vuelto para quedarme. Solo me han dado tres días, se aproxima la guerra con toda su potencia.

—¿Qué dices? —Se separó y observó su bello rostro surcado por las indecisiones.

—Tengo que volver, me necesitan en el frente.

—¡No puedes abandonarme ahora! ¡El bebé está a punto de llegar y estamos en guerra!

—Lo siento, Marcia, mi deber me requiere. —Se desprendió de ella y se dirigió a la puerta—. Traje cordero para la cena.

Al quedar sola Marcia se desplomó sobre la cama y lloró su furia.

# 33

*Gijón, 1912*

Durante el gobierno de Canalejas se produjo en España un gran incremento de las huelgas, motivado por la expansión y fortalecimiento de las organizaciones obreras. La respuesta oficial fue alternar el arbitraje con la represión, procesando a dirigentes, pero también siendo indulgente y proponiendo al rey la conmutación de las penas de muerte de algunos condenados.

La epidemia del año anterior había dejado un saldo de doscientas treinta personas muertas en apenas tres meses, de las cerca de mil seiscientas infectadas. Purita se había repuesto totalmente, y se dividía entre la fábrica y Gaia, a quien visitaba entre semana, como antes.

Leopoldo, quien a fin de cuentas se había declarado y formalmente le había pedido que fuera su novia, viajaba todos los fines de semana para verla y se alojaba en un hotel céntrico. No habían tenido intimidad; pese a ello, el hombre había insinuado quedarse en su casa, a lo cual Purita se había negado; debía cuidar su imagen. Por ese mismo motivo habían tenido su primera discusión cuando el novio recibió el telegrama de Aitor Exilart anoticiándolo de su enfermedad.

En aquella oportunidad, Arias había viajado de inmediato y había pretendido instalarse en la casa de la mujer, sin embargo, ella le había puesto el freno aduciendo que debían guardar las apariencias.

—¿Y qué me dices de Exilart, que pasó aquí contigo dos noches?

—¡Lo dices como si hubiera dormido en mi cama! —se ofuscó Purita—. Además, él es como de la familia.

—Tú misma lo dijiste, es «como de la familia», y que yo sepa no es nada.

—No voy a discutir eso contigo, Leopoldo. —Purita parecía una leona—. Gaia y Aitor son mi familia aquí, te guste o no te guste. Si me quieres, debes aceptarlos a ellos también.

Arias era inteligente y no iba a estropear su relación con Purita, por lo cual intentó restar importancia al asunto. Por ello, cada vez que viajaba a Gijón acompañaba a Purita en sus paseos al carrusel junto a la niña, que seguía molesta ante su presencia. Por mucho que Purita le había hablado explicándole que Leopoldo era su novio, la jovencita no terminaba de aceptarlo. Leopoldo le llevaba de regalo los mejores chocolates de Oviedo, dulces, e incluso una vez le hizo una falda pantalón; nada lograba que Gaia se mostrara amistosa.

—Purita —dijo una tarde Leopoldo—, ¿podremos tener algún sábado para nosotros solos?

Estaban cenando en el restaurante del balneario Las Carolinas, con una maravillosa vista al mar donde se peinaba la luna. Purita lo pensó: su novio tenía razón. Viajaba cada semana únicamente para verla y apenas podían disfrutar a solas la noche del sábado y parte del domingo, porque él debía volver temprano a Oviedo.

—Además, deberías ir preparando a esa niña para cuando nos casemos —agregó Leopoldo para su sorpresa. Ella no había pensado en matrimonio, al menos no todavía.

—No entiendo —repuso mientras dejaba los cubiertos sobre el plato.

—Cuando nos casemos viviremos en Oviedo, y Gaia tiene que ir acostumbrándose a que te verá muy de vez en cuando.

—Leopoldo, yo no he dicho que iré a vivir a Oviedo, mi vida está aquí. —Cruzó los cubiertos, ya no tenía hambre.

—Mi amor, mi vida está en Oviedo, tengo las tiendas y el taller allí, y una mujer debe seguir a su esposo. —Estiró la mano por sobre la mesa y tomó la femenina—. Vamos, anímate, sé que te gusta trabajar, y podrás hacerlo allá. Serás la dueña de mis negocios y podrás tener un trabajo más femenino, rodeada de mujeres y buena vestimenta. ¿Es que acaso te gusta estar acorralada por obreros en la fábrica de tu padre?

Purita no dijo nada, pero su respuesta era que sí. Ella era parte de esa fábrica; había aprendido a amar su lugar de trabajo, la herencia de su padre. No le gustaba que Leopoldo tildara su empleo de poco femenino ni que quisiera imponerle un mundo tan distinto como era el de la moda. Ella tenía su propio negocio, rústico sí, mas era su mundo. Además, de solo pensar en alejarse de las personas que más quería se le oprimía el pecho. No iba a dejar a Gaia, tampoco a Aitor, se lo había prometido a Olvido.

Al volver a su casa del brazo de Leopoldo iba pensativa.

—¿Qué ocurre? ¿Estás bien?

—Sí, solo estoy cansada, fue un día largo.

—Vaya que si lo fue… esa niña y sus caprichos. —A Gaia se le había ocurrido esa tarde ir a juntar caracoles por la playa luego del carrusel, y Purita la había consentido. Después había pedido dulces y tuvieron que caminar hasta el puesto donde vendían sus turrones preferidos—. No deberías acceder a todos sus antojos, ¿qué hará cuando tú no estés? Su padre debería hacerse cargo de ella en vez de cruzarse de brazos y dejar que tú te ocupes.

—Leopoldo, no hablemos de Gaia ahora —pidió para no caer en una discusión.

Él entendió que quería aprovechar esos minutos en la oscuridad del portal y la apretó contra su cuerpo.

—Te deseo, Purita, ¿hasta cuándo me tendrás esperando? Fijaremos fecha si eso es lo que quieres. —Elevó una mano y la tomó del cuello para besarla con pasión. Con la otra rodeó su seno y ella dio un salto—. Lo siento —murmuró con voz grave—. Ya te dije, tengo ganas de ti.

—Mañana hablaremos —contestó antes de perderse en el pasillo que llevaba a su casa, dejando al hombre con una gran excitación que tuvo que aliviar una vez a solas en su hotel.

Esa noche Purita no pegó un ojo. Debía dar una respuesta a Leopoldo y sabía que tenía que tomar una decisión que venía postergando por cobarde.

Leopoldo era un buen hombre, atento, cariñoso y trabajador; actuaba como la gran mayoría de los hombres de la época, quería una mujer en su casa que oficiara de esposa y madre. Sabía que Arias hacía un gran esfuerzo tratando de entender su posición en la fábrica. Más de una vez le había insinuado que vendiera sus acciones a Exilart, que a su lado nada le faltaría. No obstante, ella no estaba dispuesta a dar ese paso, tampoco a irse de Gijón.

Purita sabía que, por muchas excusas que pusiera, no era ni la fábrica ni el trabajo lo que la ataba a esa ciudad; tampoco era el mar, con el que tanto había soñado de pequeña. No era la promesa que le había hecho a su difunta amiga, ni siquiera Gaia. Era algo mucho más poderoso que tenía nombre y apellido.

Se quitó la ropa y se tiró sobre la cama. Cerró los ojos y recordó la última conversación que había mantenido con Olvido.

—Cuida de ellos, Purita —pidió Olvido—, tú eres mi mejor amiga.

—No digas esas cosas, pronto te pondrás bien —mintió con la angustia atenazando su garganta.

—Ambas sabemos que no volveré a salir de esta habitación excepto para ir a un cajón.

—Olvido...

—Sé que lo quieres —dijo para su sorpresa—. Sé que estás enamorada de él, Purita, y no te lo reprocho; al contrario, agradezco que nunca lo hayas demostrado, poniendo por delante nuestra amistad.

—Olvido, yo...

—Calla, déjame seguir. Valoro tu gesto, y por eso te quiero tanto, Purita, porque podrías haberte aprovechado de tu cercanía con él en la fábrica, de su desamor por mí. —Hizo una pausa, estaba muy cansada, mas quería llegar hasta el final, necesitaba su promesa.

—¿Qué cosas dices? Aitor te ama.

—No, no, Aitor nunca me amó. Se casó conmigo porque yo lo amaba, y él ya estaba en edad de formar una familia. Jamás me amó y yo me conformé con su cariño y su respeto.

Purita estaba incómoda y a la vez sorprendida.

—Por eso te pido que los cuides, que no lo dejes solo con la niña. No sé qué siente él por ti, Aitor es impenetrable en sus sentimientos, pero, así como mi amor bastó para los dos, el tuyo también lo hará.

—¿Qué locura estás diciendo? —Purita se puso de pie y la enfrentó con los brazos en la cintura—. ¿Es que acaso estás volviéndote loca?

—No, mi querida amiga, no estoy loca, solo quiero irme en paz. Y para ello me gustaría tener tu palabra de que harás lo posible para que Aitor te pida en matrimonio.

—No, no, yo no haré tal cosa, no puedes pedirme eso.

—Quiero que tú seas la madre de Gaia, Purita, no quiero que ninguna otra ocupe mi lugar. ¡Por favor! Yo sé que tú los quieres bien.

Purita no aguantó más y se largó a llorar. Olvido extendió la mano. Las amigas se abrazaron y lloraron juntas.

—Prométeme que harás lo que esté en tu mano.

—Te lo prometo.


Los recuerdos, tan vívidos y a la vez tan lejanos, la hicieron llorar. Se durmió con el recuerdo de la promesa hecha.

# 34

*Gijón, julio de 1936*

Después de la cena en familia Marco y Bruno salieron a la noche. El menor ofreció un cigarrillo a su hermano.

—No fumo —dijo Bruno rechazándolo—. ¿Y tú desde cuándo?

—La guerra cambia a los hombres. —Aspiró el humo y luego lo soltó en volutas—. Lamento haber dudado de ti.

—Si me aceptas un consejo, no deberías irte ahora que el nacimiento está cerca, Marcia te necesita.

—No puedo quedarme, ya se lo dije.

—¿Qué puede ser más importante que tu hijo? —Había reproche y un enojo oculto en el tono de voz.

—El futuro de todos nosotros. —Marco lo miró y Bruno vio la pasión de sus ideales en sus ojos claros—. No podemos permitir que esos fanáticos nos doblieguen, el porvenir de toda España está en juego. ¿Es que acaso no lo entiendes?

—Somos distintos —reflexionó el hermano mayor—, para mí primero está la familia.

—Sé que tú puedes cuidar de ellas. —Se volvió hacia él—. Confío en que nada les pasará mientras tú estés aquí.

Bruno asintió. Quería preguntarle tantas cosas, y sin embargo calló. Él no tenía derecho a inmiscuirse en su vida privada, sospechaba que su hermano tenía otra mujer allá afuera a pesar de las escenas de celos.

—¿A dónde irás? ¿Cómo podemos hacer para comunicarnos contigo?

—Demasiadas preguntas. —Marco sonrió y apagó el cigarro en el suelo—. Queremos recuperar Oviedo e impedir que los nacionales se sigan expandiendo.

Marco le explicó a su hermano que Gijón tenía escasas defensas militares, dado que históricamente nunca se había pensado que la ciudad sería atacada por la costa. Por ello solo contaba con tres únicas zonas en todo el litoral en las que se instalaron fortificaciones llamadas casamatas; la de Campa Torres, que contaba con dos cañones; el cerro de Santa Catalina y el cabo de San Lorenzo.

—Puedes quedarte aquí y defender el puerto —opinó Bruno—, se corre el rumor de que nos atacarán por mar.

—No entiendes…

—Explícame entonces.

—Necesitamos cubrir todos los frentes, y mal que nos pese, estamos dispersos. No así los nacionales, que cuentan con una gran parte del ejército español y varios partidos y fuerzas políticas.

Bruno, siempre dedicado al trabajo, no estaba muy al tanto de la magnitud de lo que estaba ocurriendo, el bombardeo a la ciudad lo había puesto en alerta y quería saber. Ver a su hermano tan comprometido con esa causa que él juzgaba distante lo colmó de dudas.

—¿Y con qué fuerzas cuenta la República?

—Voluntarios, un ejército debilitado y nosotros, comunistas y anarquistas, que conformamos las milicias armadas.

Bruno intuyó que había mucho más que su hermano no le decía, pero prefirió dejar la conversación ahí: sabía que cuando a Marco se le metía algo en la cabeza no había manera de hacerlo cambiar de opinión.

—Vete al puerto, se formará una cooperativa de productores. Diles que eres mi hermano y al menos comida no faltará —informó Marco—. Por otro lado, hay rumores de que empezarán a reclutar hombres.

—¿Reclutar?

—Sí, de modo que ándate con cuidado, porque eres candidato a integrar las fuerzas.

—¿Y qué pasará con ellas? —Señaló hacia la casa.

—Que Dios las ampare. —Marco se puso de pie y se dirigió hacia el interior—. Me iré temprano.

En la habitación Marcia lo aguardaba despierta, ansiosa por esa primera noche con su marido. Quería conversar con él, elegir el nombre del bebé y recibir algo de cariño. Nada de eso ocurrió. Su esposo apenas le dirigió unas palabras informándole que se iría al alba. Marcia intentó un beso que él aceptó con desgano antes de girar para dormir, ajeno a los sollozos de la muchacha.

Por la mañana Marco ya no estaba, en su lugar habían quedado los víveres que había traído para la familia. Bruno tampoco estaba, había ido al puerto, donde la actividad era escasa. De las conserveras solo un tercio estaba activa, porque apenas había pescado dada la poca actividad de los barcos de altura. Marcia se levantó con ojeras, señal de una noche de insomnio.

—Mi niña —dijo María Carmen—, ¿qué ocurre? Mira qué cara traes…

—No he dormido bien. No me acostumbro a los disparos y bombardeos —se excusó.

El cuartel de Simancas estaba cercado por las fuerzas leales y por milicianos, la aviación republicana sobrevolaba y bombardeaba la zona.

—A mí no me engañas. Ven, siéntate. —Estiró la mano por encima de la mesa—. Sé lo que te ocurre, debes tener paciencia con Marco.

—Marco no me quiere.

—¿Cómo dices eso? Marco es especial...

—Por eso me enamoré de él. —Sonrió con pena—. Pero él no me quiere y debo aceptarlo. —El silencio de su suegra le confirmó que tenía razón—. Se casó conmigo para cumplir con su deber, yo sé que nunca me quiso.

—No digas...

—Es la verdad, María Carmen, no nos engañemos más. —Elevó los ojos donde ya no había lágrimas, las había llorado toda la víspera—. Es tiempo de que deje de suplicar por él y me ponga a pensar en cómo saldremos adelante. —Se llevó las manos al vientre.

—Estamos aquí para ayudarte, somos una familia.

—Lo sé, usted y Bruno siempre se han portado bien conmigo, aunque a él no le caiga en gracia.

—¡Ay, mis hijos!

Bruno ingresó en ese momento, traía cara de malas noticias.

—¿Qué ocurre? —quiso saber la madre.

—No he conseguido nada —anunció, omitiendo el resto de la información. ¿Para qué preocuparlas?

En ese instante se oyeron las sirenas que llamaban a los refugios y, pocos minutos después, un fuerte estruendo proveniente del puerto hizo a las mujeres saltar de sus asientos.

—Eso fue cerca —dijo María Carmen asomándose a la ventana. Llamas y columnas de humo iluminaban el cielo. El crucero Almirante Cervera, proveniente de la base naval de Ferrol, había cumplido la amenaza del coronel Aranda y atacado la ciudad.

Esa misma tarde el Ministerio de Marina anunció por radio que el crucero Almirante Cervera se había sublevado contra la República, declarándolo barco pirata. El saldo de ese ataque fueron una treintena de víctimas. La guerra estaba en pleno apogeo.

—Debo ir a la ciudad, quiero ver si mi familia está bien —dijo Marcia para sorpresa de todos.

—Tú no te moverás de esta casa. —Las palabras de Bruno la sublevaron.

—¡Y tú no eres quién para decirme qué debo hacer! —Por primera vez Marcia elevaba la voz delante de María Carmen.

—¡Calma! Por el amor de Dios —intervino la mujer—. Bruno tiene razón, no puedes salir en tu estado y con la guerra en medio de nosotros.

—¡Tengo que saber!

—Es una locura…

—Iré yo —decidió Bruno—. Iré a tu casa y traeré noticias de tu familia.

—Pero…

—Escucha, Marcia —Bruno estaba frente a ella mirándola con seriedad—, tienes que cuidar al bebé ahora. La ciudad se ha tornado peligrosa, hay enfrentamientos en cada esquina, espías y soldados.

—¿Espías?

—Sí, cualquiera es sospechoso de pertenecer al otro bando. Te prometo que traeré noticias de tu familia, ellos deben de estar preocupados por ti también.

Marcia bajó la cabeza y Bruno no pudo reprimir el impulso de tomarle la barbilla para que lo mirara.

—Confía en mí.

Ella asintió.

—Ten cuidado —advirtió la madre cuando él salió a cumplir con su promesa.

Volver al centro le llevó varios minutos a Bruno, todo era confusión. Milicias armadas, soldados y pobladores que se miraban con desconfianza.

Cuando arribó a la casa de Aitor Exilart fue recibido por Gaia, quien ni bien lo vio ante su puerta sintió que las piernas le flaqueaban y que sus mejillas se teñían de rojo.

—¿Marcia está bien? —Fue lo primero que le vino a la mente—. Lo siento, buenas tardes, pase, no se quede ahí.

—Su hermana está bien, muy preocupada por ustedes.

—Y nosotros por ella… —Avanzó hacia el comedor y él la siguió—. ¿Quiere algo de beber?

—No, gracias.

—No entendemos por qué no vuelve a casa; por lo que sabemos, su marido se ha unido a la milicia.

—Así es, y su hermana es muy testaruda y cumple a rajatabla su rol de esposa. —Gaia pensó que ella también lo haría si pudiera estar cerca de Bruno Noriega—. Aunque, dados los bombardeos a la ciudad, quizá esté mejor en nuestra casa de las afueras —reconoció.

—Ya no se está a salvo en ninguna parte.

—Quisiera ver a su madre, se lo prometí a Marcia.

—Mis padres salieron hace un momento. Fueron a la fábrica. —Bruno hizo un gesto de sorpresa—. Como sabrá, gran parte de la industria ha quedado bajo el control obrero, así que allí están los dos negociando con ellos todo el tiempo… Parece que les han encargado la fabricación de camiones blindados y proyectiles.

—No lo sabía.

—La situación es compleja para todos.

—Si pudieran visitar a Marcia —pidió—, ella está muy ansiosa.

—Gracias, Bruno, es usted un gran hombre. —No supo de dónde sacó el valor para decir algo semejante.

Cuando Noriega volvió a su casa se encontró con la madre de Marcia. La mujer se había hecho conducir por uno de los leales a su esposo; extrañaba a su hija. Le había llevado unas ropitas para el bebé. Desde el umbral vio a las tres mujeres soñando con el nuevo integrante de la familia y no pudo evitar la sonrisa.

## 35

*Gijón, 1912*

A la mañana siguiente Purita se levantó con la firme decisión de hablar con Leopoldo. No tenía sentido dilatar lo inevitable. Recordaba las palabras de Prudencia cuando le contaba cómo era su amor con Diego, puro fuego, un volcán a punto de estallar. Cuando pensaba en los besos de Leopoldo, los únicos que había recibido en su vida, no sentía más que un leve cosquilleo en la piel que no lograba encenderla ni que se evadieran sus pensamientos.

Más de una vez mientras él la besaba ella se encontraba imaginando qué le regalaría a Gaia para su próximo cumpleaños o en las cuentas de la fábrica. Tampoco sentía en el cuerpo esa urgencia que su hermana le había contado que la acuciaba cuando Diego estaba cerca. Por mucho que hubiera querido engañarse no estaba enamorada de Leopoldo, ni lo estaría. Había intentado caer en las redes del amor y no podía.

Mientras se vestía, un objeto sobre su mesa de luz captó su atención. Era el último regalo de Leopoldo, la crema Sirene, de pepinos perfumados, para tener una piel primaveral y lozana, como decía el anuncio. Sonrió con tristeza, sabía que le causaría una gran pena cuando le dijera que no podían seguir juntos. Pensó en sus amigos Ángeles y José Luis. A ellos también tendría que dar explicaciones porque tenían una gran expectativa en esa pareja.

Se reprochó haber dado alas a esa relación que ella sabía que no llegaría a buen puerto. Debía terminarla cuanto antes, doliera lo que doliese.

Había quedado con Leopoldo para almorzar, él se volvía temprano para Oviedo. Cuando el flamante novio llegó ella bajó de inmediato y le ofreció la mejilla, pero él tomó sus labios. Después le entregó una flor.

—Gracias, tú siempre tan galante. —Le hubiera gustado que Leopoldo se diera cuenta solo de su falta de pasión, que hubiera sido menos correcto o más perceptivo, sin embargo, el hombre no se la ponía nada fácil.

—Y tú siempre tan bella. —La tomó por los hombros y caminaron—. Podemos comer frente al mar, como a ti te gusta.

—Preferiría pasear un rato antes. —No tenía intenciones de ir a almorzar, quería hablar con él cuanto antes. De repente, le urgía saberse libre.

—Propongo ir a ver el Real Club Astur de Regatas. Ya va a hacer un año que inauguró y no lo conocemos.

El Club de Regatas había sido fundado el 10 de septiembre de 1911 y tenía origen real al haber aceptado su majestad Alfonso XIII asistir a las regatas inaugurales que se realizarían en julio. El club ocupaba un local de tres pisos donde tenían lugar las actividades sociales.

—Leopoldo, necesito hablar contigo —dijo Purita cuando llegaron a una plaza. Se sentó sobre un banco y juntó las manos sobre el regazo.

—¿Qué ocurre? ¿Estás bien? —El hombre se ubicó a su lado y le levantó la barbilla—. Dime, Purita, no me asustes.

Ella elevó su mirada, estaba brillante, al borde de las lágrimas.

—Leopoldo, no puedo seguir contigo, tenemos que terminar.

—¿Qué locuras dices? —Le tomó las manos, estaban frías pese al calor del mediodía—. Purita, mírame, entiendo que estés asustada. Anoche no debí hablar de matrimonio, ni siquiera nos hemos comprometido. Sé también que...

—Detente, Leopoldo, no es eso.

—Sí que lo es, tienes miedo por lo que dije. Anoche entendí que no puedo arrancarte de aquí, tu ciudad, donde están tus amigos y tu trabajo. Estuve pensando y mudaré mi taller, abriré aquí mis tiendas...

—¡No entiendes, Leopoldo! —interrumpió ella—. Yo no te amo —confesó al fin—. Lo siento, no puedo, Leopoldo, eres un gran hombre y...

—¡Calla! —ordenó él poniéndose de pie—. Calla, Purita, deja ya de humillarme.

Ella se incorporó a su vez e intentó tocar su brazo.

—Leopoldo, yo...

—¡Basta! No hace falta que digas más nada. —Sus ojos despedían llamas, su orgullo estaba herido—. Ambos sabemos de qué estamos hablando, siempre fuimos tres en esta relación. —Ella abrió la boca para objetar algo, pero él estaba enceguecido—. Tienes el camino despejado para ir corriendo detrás de ese hombre. —Se fue sin siquiera despedirse como dos buenos amigos.

Purita cayó sobre el banco y hundió la cabeza entre las manos. Quiso llorar y no pudo; era libre, como ella quería. Se puso de pie y caminó hacia la playa, donde el mar acariciaba la arena dorada. Fue directo hasta el paseo del Muro y allí se detuvo. Sentía que estaba frente a un nuevo comienzo. Se sentó con la espalda en el murallón, no había demasiada gente aún, y dejó que el sol resbalara por su piel. Cerró los ojos y pensó en sus sueños, que no eran muchos: quería una familia.

Esa familia que no había tenido de niña, con un padre ausente y una madre que lo único bueno que hizo fue dejarla en la casa de Jaime y su esposa, sus padres sustitutos, que la mimaron cuanto pudieron hasta que Prudencia dio con ella y la llevó a su nuevo hogar. Hogar que pronto fue el de su hermana con Diego y sus propios hijos. Reflexionó que ella nunca había tenido un sitio propio, siempre viviendo de prestado las vidas de otros, como cuando se quedó con José Luis y Ángeles en Oviedo, como habían pretendido Aitor y Gaia.

Eso tenía que cambiar. Ella merecía su propio nido, ser madre y tener un compañero. Había puesto los ojos y el corazón en un hombre que ya había hecho su camino. ¿Qué hacer? No quería resignar su amor, tampoco faltar a la palabra dada a su amiga. ¿Podría amoldarse?

Cuando el sol en lo alto del cielo le quemó la piel y los muchachos que bajaban a la playa la sacaron de sus pensamientos se puso de pie y volvió a su casa. Pasó el resto del domingo sola, meditando sobre su futuro. Aprovechó para escribir a Ángeles contándole lo ocurrido, no deseaba dilatar el tema con ellos; en sus letras le pedía que contuvieran a Leopoldo en caso de ser necesario.

El mes de julio se presentaba con rabioso calor alternando con tormentas. Los días de trabajo pasaron con velocidad y Purita no había hecho nada fuera de lo común. Decidió visitar a Gaia entre semana. La halló en el patio jugando al cascayu.

La niña arrojaba la tángana tratando de embocarla en uno de los rectángulos dibujados en el suelo cuando la descubrió en el umbral.

—¡Purita! ¿Quieres jugar conmigo? —Corrió hacia ella con alegría.

La mujer la acogió en un abrazo y luego avanzó hacia donde estaba el dibujo.

—Lo intentaré, hace años que no juego. —Arrojó el tejo y luego se dispuso a saltar.

Así pasaron el resto de la tarde hasta que se hizo noche y Aitor apareció en el umbral.

—Purita, qué sorpresa tú aquí.

—Los echaba de menos —dijo.

—¿Quieres cenar con nosotros? —ofreció.

—Acepto.

Durante la cena conversaron sobre las próximas regatas que se correrían y a las que asistiría el rey Alfonso XIII.

—Si quieres puedo conseguir localidades para que invites a Leopoldo —ofreció Aitor. Al oír su nombre la muchacha tensó la espalda y apretó los cubiertos. Gaia hizo una mueca de disgusto.

—Gracias, Aitor, Leopoldo y yo ya no estamos juntos —declaró para sorpresa de padre e hija. La niña dio un grito de júbilo recibiendo la reprimenda de su padre, quien a su vez murmuró: «Lo lamento»—. Me gustaría ir con usted a las regatas. —No supo de dónde sacó valor para tan osada propuesta; ya estaba dicho.

—Será un placer.

Esa noche Aitor acompañó a Purita hasta su casa y de nuevo el silencio incómodo se interpuso entre ellos. Al llegar se despidieron con el «hasta luego» acostumbrado y la muchacha se acostó con el alma en vilo.

Aitor era socio de la Junta Náutica del Club de Regatas y junto a Fernando Fernández Quirós, secretario de esta, había logrado el apoyo de los socios más entusiastas para organizar las primeras regatas en la bahía de Gijón.

Todavía no se habían cedido los terrenos para construir el pabellón de verano y tuvieron que ubicar a los asistentes en una improvisada terraza, donde se situó al jurado y se dieron las órdenes de salida a los balandros.

El día de la cita Aitor pasó a por Purita temprano, quería

que presenciara la llegada de la Giralda, el yate de Alfonso XIII, al puerto local.

El rey recibió en indumentaria deportiva al alcalde Dionisio Velasco y demás autoridades. Lo acompañaba su mayordomo mayor, el marqués de Viana, el ministro de Jornada Manuel García Prieto, marqués de Alhucemas, y el director general de Administración Local, Luis Bealúnde.

—Es impresionante todo este despliegue —dijo Purita mirando con ojos asombrados. Aitor sonreía al verla sonreír a ella.

—Ven, busquemos nuestros sitios, que en breve comenzará. —La tomó del brazo y se dirigieron hacia sus lugares.

Purita iba feliz, ajena a las murmuraciones de las esposas de otros empresarios que no veían con buenos ojos que aquella muchacha que semanas atrás andaba del brazo de otro hombre ahora se aparecía muy campante al lado de uno de los viudos más cotizados.

—Me apena que Gaia no haya podido venir —comentó en tono de reproche ante la negativa que había expresado Aitor el día anterior.

—Se hubiera aburrido. ¿O es que acaso no puedes disfrutar a solas conmigo?

—No sabe lo que dice —fue su respuesta, y volvió a concentrarse en la carrera.

Finalmente, el Premio de Honor Copa Gijón, tras un recorrido de doce millas, lo ganó Tonino, propiedad del rey Alfonso XIII, cuyo patrón fue Luis Arana, de Bilbao. También resultó vencedor el rey de las regatas de nueve millas, con el Giralda IV que patroneaba él mismo y por el que se llevó el Premio de Honor Copa del Rey, dotado de cuatrocientas pesetas.

—No me parece justo que el rey participe y gane en todas las categorías —se quejó Purita.

Aitor sonrió ante su comentario.

—Vamos, hay un banquete en la sede social, presidido por su majestad —anunció Exilart.

—¿Un banquete? —Purita se miró y dijo—: ¡Por qué no me avisó antes! —se quejó—. No estoy vestida para la ocasión.

—Estás hermosa, Purita, como siempre. —¿Era un galanteo? Ella se ruborizó y desvió la mirada. Esos ojos color acero parecían querer decirle algo más—. Vamos, no querrás perdértelo.

Caminaron hacia la calle Corrida, donde ya se amontonaba la gente para ingresar. Purita se sentía incómoda: las otras damas, esposas de socios y empresarios reconocidos de la ciudad, estaban vestidas a la moda y con vestidos de calidad; ella, en cambio, tenía un sencillo vestido de domingo. Sintió las miradas reprobatorias al verla junto a Exilart, que había trabado conversación con un importante empresario de la madera.

—Le presento a la señorita Purificación Fierro Rodríguez, mi socia.

—Usted debe de ser la hija de don Miguel —dijo el hombre extendiendo su mano—. Su padre era un gran hombre.

—Gracias.

—¿Cómo es que una mujer tan bella terminó en un mundo tan duro como la fábrica de aceros?

—Porque soy como él, resistente.

El hombre largó una carcajada.

—Vaya, además de bonita es inteligente. Lo felicito, Exilart, con mujeres así uno no necesita socios.

Mientras se acomodaban, los mozos sirvieron un aperitivo y algunos bocadillos. Todo era lujo y ceremonia, y Purita logró distenderse entre trago y conversación con gente del ramo metalúrgico, que, lejos de segregarla, la incluyó en su charla. Quizá su edad y el hecho de que aún permanecía soltera la volvían una mujer diferente a las demás.

Exilart se había enfrascado en una conversación con algunos patrones mineros y parecía haberla relegado, de modo que Purita continuó mezclándose entre el género masculino, olvidando su vestido poco adecuado, para terminar haciendo negocios con un empresario de Galicia que le encargó un importante pedido para su fábrica. Cuando Aitor volvió a su lado y ella le contó se sintió orgulloso.

—Vaya, tendré que llevarte más a menudo a las reuniones de los clubes.

Las celebraciones duraron hasta bien entrada la tarde. El rey paseó por el barrio de Cimadevilla, entre lluvia de flores y suelta de palomas. Después visitó la Fábrica de Tabacos, donde fue recibido por una trabajadora que al ser muda se comunicó con él por medio del lenguaje de señas. El monarca recibió dos cajas de plata con labores de la fábrica, envueltas con cintas con los colores de la bandera de España, para finalizar la jornada con un agasajo a las trabajadoras a bordo de su yate.

Luego de los festejos por la regata, Aitor acompañó a Purita a su casa.

—Deberé tomar un digestivo —dijo la mujer—, después de tanta bebida temo que mañana me sentiré fatal.

Estaban en la puerta, de pie, frente a frente.

—¿Qué pasó con Leopoldo? —disparó Aitor sin preámbulos.

—Terminamos, ya se lo dije.

—¿Hizo algo que te ofendiera? —De ser así ya se encargaría él de ajustar las cuentas.

—No, Leopoldo siempre fue un caballero, un buen hombre.

—¿Entonces? ¿No buscáis acaso las mujeres un buen hombre para formar una familia?

—Dicho así suena frío, Aitor. Yo no busco un marido, yo quiero vivir el amor.

—¡Ah, Purita! El amor… —Sonrió y ella sintió que el suelo se movía bajo sus pies—. Ojalá lo encuentres. Tómate esa tisana, mañana tendrás la cabeza más fría.

Exilart esperó que entrara y se perdió en el ocaso.

# 36

*Hijo del pueblo, te oprimen cadenas,*
*y esa injusticia no puede seguir;*
*si tu existencia es un mundo de penas*
*antes que esclavo prefiere morir.*

Fragmento de «Hijo del pueblo»,
canción anarquista

*Línea del frente norte, agosto de 1936*

E l golpe militar, pese a su rudeza, no pudo controlar toda la provincia de León, que quedó dividida en dos, manteniéndose leal a la República la parte norte y montañosa.

—Ha caído Villablino y el puerto de Leitariegos —anunció un campesino que llegaba con provisiones provenientes del pueblo cercano.

Los milicianos que pertenecían a esas zonas empezaron a planear que algunos fueran a ver qué había ocurrido con sus familias, frente a lo cual un teniente se opuso.

—Si cada uno de nosotros corre a ver qué pasó en su casa el frente quedaría desierto —declaró—. Somos soldados, y nuestro principal objetivo es defender la República.

Cuando el teniente se fue se generó una discusión, otra de las tantas que surcaban la línea de frente, dado que todos pertenecían a distintos sectores de lucha: había republicanos, anarquistas, comunistas y socialistas. No era igual el sentir de aquellos que se habían unido a la guerra de forma voluntaria que el de aquellos que venían huyendo del horror que se vivía en las ciudades tomadas; estos últimos no tenían ya nada que perder.

De las palabras se fueron a las manos hasta que Marco lanzó un disparo al aire para detener la contienda.

—Si seguimos peleando entre nosotros nunca ganaremos esta guerra —dijo con firmeza—. Todos queremos saber qué pasa en nuestros hogares; en mi caso, mi esposa está a punto de parir —expuso mirando a Blanca, esperando su reacción ante su declaración, pero la mujer no dio muestras de interés ni reacción alguna—, no obstante, estoy aquí, luchando para que las cosas cambien y de una vez por todas seamos libres.

Su discurso logró calmar los ánimos y todos volvieron a sus puestos. Él se quedó pensando en lo sucedido durante su visita a su casa. Seguía dudando sobre las intenciones de Bruno respecto de Marcia, aunque también sabía que siempre había sentido celos de su hermano.

Marco se acercó al paisano y le preguntó por qué había traído menos provisiones que en los viajes anteriores.

—Escasea el dinero y la comida —explicó—. Los comités locales de defensa de la República están pidiendo a los campesinos que recojan sus cereales y legumbres y los pongan a disposición del comité, bajo promesa de que se les pagarán. Sin embargo, ya no hay dinero y pronto comenzarán a requisar.

—¿Y la gente qué dice?

—Al principio aceptaron, por el bien general, mas el hambre comienza a sentirse. —Bajando la voz añadió—: Han florecido los estraperlos, y en contrapartida las multas para quienes pretenden sacar artículos fuera de la región con afán lucrativo.

El aldeano, antes de partir, les dejó el primer ejemplar del *Boletín de Guerra del Frente Popular*. Se imprimía en Busdongo, en la imprenta Audelita, y en él se informaba cómo iba la lucha y las disposiciones de los distintos comités creados. Era el único medio que cubría el vacío de comunicación entre los milicianos, los pueblos y los comités.

El ejemplar rezaba: «Compañero: procura que este boletín lo lean todos los camaradas».

Cuando Marco se hizo con él vio que su contenido era bastante variopinto: noticias del frente, en especial del de Pola, partes de guerra, disposiciones sobre abastos, llamamientos antifascistas, artículos moralizantes, avisos de reuniones de comités locales o de sindicatos, e incluso poemas. También los horarios y precios de las líneas regulares de autobuses de la provincia y del ferrocarril entre La Pola de Gordón y Gijón.

Se sentó de cara al sol y empezó a leer: «El fascismo con sus crímenes y horrores quería adueñarse de España, pero el proletariado revolucionario y consciente le ha cerrado el paso, ofreciendo el ejemplo al mundo civilizado».

Lejos de la realidad estaba lo que decía el artículo y Marco comprendió que era una distorsión de la verdad en procura de moralizar al pueblo español.

—¿Qué dice? —preguntó Diego sentándose a su lado—. No sé leer.

Marcó volvió a la primera página y leyó en voz alta el mensaje para los combatientes dirigido por el Comité Provincial de Milicias Antifascistas Leonesas:

—Hoy ya no debe, ni puede haber transacciones. Un único «arreglo» ha de haber en este duelo a muerte: el triunfo total sobre las facciones del pueblo en armas. Terminamos requiriendo a todos para que en el mismo ardor y la decisión que hasta aquí sigan combatiendo al fascismo. Nadie olvide que no es solo nuestra vida lo que en esta encarnizada batalla se ventila: es el porvenir de la Humanidad. Que el grupito de generales sublevados, marionetas de la teatralidad y cobardía, paguen con su vida la traición contra el pueblo.

Blanca también se aproximó, quería ver si había alguna noticia de sus pagos.

—Toma —dijo Marco—, hay un artículo para ti.

La muchacha tomó el boletín y luego de darle una ojeada se sentó sobre una roca a leer la gacetilla que les estaba dedicada a las mujeres. La misma anunciaba: «Un llamamiento a todas las mujeres antifascistas. Compañeras, vosotras que en todo momento habéis dado pruebas de abnegación y sacrificio, vosotras que supisteis luchar para arrancar a vuestros seres queridos de las cárceles y mazmorras en que la burguesía podrida los había metido, es necesario que sigáis dando pruebas de este espíritu de lucha en estos momentos en que la ayuda de la mujer es tan necesaria».

Cuánta razón en esas letras… Ella misma era un ejemplo de sacrificio y abnegación. No quería recordar, sin embargo, las imágenes eran inevitables, y una y otra vez se repetían en su mente llenándola de odio.

Estaban en su casa paterna, junto a sus primos, entre ellos, Fermín, de quien se había enamorado cuando era apenas una cría. Él era el mayor de todos, el encargado de cuidarlos y entretenerlos cuando la familia se reunía. En Fermín delegaban sus padres la tarea de lidiar con los más chicos mientras los grandes tocaban la guitarra y entonaban canciones. Solían ser una familia divertida y alegre.

Vivían en casas separadas por una verja, la familia Muño, a la cual Blanca pertenecía, compuesta por padre, madre y dos hermanos mayores, y la familia Reyes, conformada por Fermín, su hermana menor y sus padres.

Blanca y su prima tenían la misma edad y habían compartido infancia y amores cruzados, dado que su prima se había enamorado del hermano mayor de Blanca. Desde la infancia fantaseaban con casarse con sus respectivos primos y formar sus familias, que también vivirían verja por medio.

Los padres de ambas conocían de sus amores, que juzgaban platónicos y a los que restaban importancia. No obstante, cuando las niñas se transformaron en jovencitas y Blanca continuó embelesada con Fermín, tuvieron una charla con el muchacho:

—Es tu prima y no vas a desgraciarla. Si también la quieres, te casarás con ella.

Ante la amenaza, Fermín dijo que quería a Blanca, aunque para él sería siempre una cría. Él estaba más entretenido con las chicas del pueblo a las que cortejaba en las verbenas junto a su mejor amigo, Pedro Galcerán.

Con el correr del tiempo Fermín se cansó de las noches de juerga y bailes y empezó a prestar atención a su prima, que siempre se mostraba alegre y dispuesta con él. La incluyó en su grupo de amigos, que compartía con los hermanos mayores de Blanca. La familia no sospechó nada, era bueno que todos los primos salieran juntos.

Una noche, mientras volvían a la casa, algunos bebidos más de la cuenta, Blanca y Fermín se demoraron. Sin saber cómo iban de la mano, conversando y riendo con el recuerdo de esa velada. Al llegar al umbral de la casa de Blanca el beso fue espontáneo y a ninguno asombró, ya hacía días que ambos sentían esa corriente especial que a ella la atravesaba desde temprana edad. Después vino el abrazo caliente y el deseo.

Fermín la tomó por la cintura y sin palabras la condujo hacia los fondos, al cobertizo donde guardaban las herramientas. Allí, sobre un colchón de paja, se amaron por primera vez.

El recuerdo de aquella noche feliz iluminó los ojos de Blanca y le pintó una sonrisa a su boca.

Marco la observó, era más atractiva aún cuando dejaba ver sus dientes blancos. Ella sintió sus ojos asediándola, cerró el boletín antes de dejarlo sobre la roca, y se fue hacia su puesto.

# 37

*Puente Castro, antes del alzamiento, 1936*

Hacía tres años que Blanca vivía un amor clandestino con su primo Fermín. Lo ocultaban porque no querían el ojo vigilante de la familia encima, ni tampoco presiones para contraer matrimonio. Así estaban felices. Contaban con la connivencia de Pedro Galcerán y de la hermana menor de Fermín, quien había olvidado sus amores tempranos con su primo y estaba de novia con el hijo del dueño de una marmolería.

Aunque salían en grupo, las parejas siempre encontraban la manera de escaparse a solas, tenían sitios donde encontrar intimidad y que compartían por turnos.

Hasta que la política se metió en sus vidas y se mezcló todo. Cuando el Frente Popular ganó las elecciones por sobre la derecha, esta no perdió ocasión para sembrar malestar en España. Los vencidos contaban con poder económico, y así comenzó una ola sangrienta de atentados, huelgas y asesinatos políticos a manos de falangistas.

En la familia Muño también había divisiones: los dos hermanos mayores de Blanca simpatizaban con las ideas de la falange, también el padre de Fermín.

Los días previos a la sublevación militar en las dos viviendas linderas se vivió una guerra sin par. Discusiones, gritos, amenazas, llegaron al extremo de que el padre de Blanca echara a sus hijos de la casa. La madre, envuelta en llanto, no pudo evitar la decisión y vio partir a ambos, cargando sus morrales y un profundo odio en la mirada.

En lo de Fermín fue el padre quien lo echó, sin escuchar los ruegos de su esposa, que carecía de ideas propias y a quien lo único que le importaba era el bienestar de sus hijos.

Fermín se trasladó a la casa donde Pedro habitaba junto a su madre viuda, en las afueras.

Se acabaron las reuniones, las canciones y las verbenas. El padre de Blanca se resignó a no conversar con su hermana, que vivía verja por medio, y a perder la amistad con su cuñado, a quien apreciaba. Fermín, junto con Pedro y otros republicanos inflamados por la presencia de los mineros asturianos, se reunieron en patrullas armadas y empezaron a saquear y chantajear a los vecinos derechistas. También formaron barricadas porque se preveía que las tropas sublevadas iban a llegar.

Los milicianos obreros fallaron en su intento de reconquistar León y se instaló una calma relativa basada en el temor. Las fuerzas ultraderechistas fueron ganando adeptos, a las que se sumaron los hermanos mayores de Blanca, el novio de su prima y su tío.

Puente Castro distaba apenas tres kilómetros de la ciudad de León y pronto comenzaron a verse falangistas y requetés procedentes de Valladolid; incluso desfilaban por las calles de León algunas «Margaritas» —militantes femeninas carlistas—, cumpliendo funciones de enfermeras.

Pese a que continuaban las algaradas bélicas en los alrededores, la situación militar estaba controlada. El comercio y los establecimientos públicos volvían a abrir.

Blanca y su familia tenían miedo, en especial porque su tío y sus hermanos sabían de su apoyo a la República, temían la represalia.

A Fermín casi no lo veía, se habían acabado las salidas, el único que se aventuraba más allá de la casa era su padre, quien salía a buscar alimento y trataba de pasar desapercibido.

Los falangistas declarados antes del golpe que ejecutaban las fuerzas militares en la ciudad eran pocos, y muchos de ellos pertenecían a puestos de escalafón bajo, como bedeles, mozos, recepcionistas y aprendices. Sin embargo, tras el día veinte, el número de camisas azules fue en aumento.

—Estamos dominados por esos brutos que solo saben decir: «¡Viva la muerte!» —se quejó el padre de Blanca durante la cena, recibiendo una mirada de angustia y temor por parte de su esposa.

Estaban durmiendo cuando Blanca sintió el ruido. Primero fue un golpe a la puerta, luego otro más fuerte y después el estallido.

Sin pensarlo se levantó de un salto y se acercó a la ventana. Su dormitorio estaba en la planta alta y pudo ver que afuera había un grupo de hombres armados que enseguida identificó: falangistas.

Escuchó gritos en la planta baja, el llanto de su madre y luego los insultos de su padre. Un disparo de fusil quebró el aire y un cuerpo se desplomó en el suelo.

Blanca se llevó las manos a la boca para impedir el grito. De inmediato escuchó los alaridos de su madre y supo lo que había pasado. Más voces airadas, un nuevo golpe y el miedo corriéndole por la espalda.

Sin pensar tomó apenas unas pertenencias y se asomó por la ventana: no había nadie, todos estaban dentro de la casa, revolviendo el lugar. Se descolgó como solía hacerlo cuando escapaba para verse con Fermín y corrió amparándose en las sombras.

Sabía a dónde ir, anticipaba la desgracia que se cernía sobre ellos. No miró hacia atrás, no vio a su tío dando instrucciones hacia su casa, tampoco a su tía llorando al ver a su hermano muerto y a su cuñada salir a los empujones, ni a su prima dividida entre lealtades al observar que su novio formaba parte de la partida falangista.

Esa noche del viernes 24 de julio, León y su alfoz se vio sacudida por grupos de falangistas y otro tipo de derechistas como las carlistas, que ingresaron en los pueblos con fusiles y registraron las casas llevándose a la gente, en represalia por los abusos cometidos por los frentes populistas. Así, se llevaron a cualquiera que resultara sospechoso y a los que habían sido denunciados por algún vecino derechista.

La represión fue feroz. De un día para el otro las milicias crecieron inopinadamente y gente que había estado completamente disimulada hasta el 20 de julio empezó a portar fusil.

Las fuerzas falangistas admitieron sin escrúpulo a quien quisiera unirse, muchos llevaron sus odios personales para vengarse impunemente; se llenaron de indeseables y en algunos casos de verdaderos delincuentes.

Blanca corrió lo más veloz que pudo y llegó hasta la casa de Pedro. Allí estaban durmiendo, al estar más alejados, todavía no habían recibido la funesta visita.

Fermín la recibió en sus brazos y consoló su llanto ante la muerte de su padre y la incertidumbre sobre el destino de su madre. Sintió la furia crecer en su interior al imaginar que habría sido su propio padre quien los había llevado hacia esa casa.

A borbotones Blanca contó lo que había vivido y los tres supieron que debían huir. Ellos también sabían de los «paseos» y los cadáveres que estaban apareciendo en las orillas de las carreteras.

—La gente está desesperada —dijo Pedro—, hay muchos que ante el miedo pasaron de ser fervientes republicanos a nacionalescatolicistas.

—La condición humana es ante todo conseguir la supervivencia a cualquier precio —respondió Fermín sin dejar de abrazar a Blanca, que no cesaba de gemir y llorar.

—Tenemos que irnos —interrumpió Pedro—, los hermanos de Blanca saben que vives aquí y no tardarán en deducir que ella vino para esta casa. Hay que huir.

Blanca estaba aturdida y quedó de pie en medio del salón mientras Fermín y Pedro recogían lo necesario para subsistir un tiempo.

Cuando abrieron la puerta para salir se encontraron de frente con una patrulla falangista.

# 38

*Gijón, 2 de agosto de 1936*

L os dolores empezaron de madrugada y sacaron a María Carmen de la cama. Marcia se retorcía en el lecho sin saber qué hacer.

—Calma, respira hondo —dijo la suegra.

—Estoy mojada —balbuceó la joven entre contracciones—. Todavía no debe nacer... —Faltaba para la fecha prevista aún.

—¡Bruno!

En pocos minutos su hijo se asomó a la puerta; había escuchado los gritos de Marcia y se había vestido.

—Ve a buscar a la comadrona.

Todos conocían a la anciana que había ayudado a nacer a varios niños en la zona. Bruno partió en su búsqueda. La sirena sonó llamando al refugio y el hombre pensó que era mal día para nacer. Los aviones plateados de los nacionales surcaban el amanecer rumbo al centro. Enseguida se sintieron las bombas, por aire y por mar. Luego se sabría que una explosión había afectado a la estación de Langreo.

En la casa, Marcia sudaba y gemía sintiendo que su cuerpo

se abría en dos. La matrona tardó en llegar. No podía seguir los pasos largos de Bruno y este tuvo que esperarla.

Cuando ingresó al cuarto donde la parturienta padecía, María Carmen le informó del estado avanzado de parto.

—Ya casi tiene la cabecita fuera —dijo la abuela, emocionada.

—Traigan trapos y una olla con agua tibia.

María Carmen dio la orden a Bruno. Marcia estaba aferrada a su mano. El hombre se sentía extraño. Estaba de más en esa situación propia de las mujeres, pero no tuvo más opción que obedecer.

Con el recipiente caliente entre sus brazos debió entrar al cuarto. No quería ver a Marcia en ese estado, se sentía un invasor; también todo ello le causaba curiosidad.

La mujer estaba en la cama, bañada en sudor. Llevaba un camisón blanco que la matrona le había levantado por encima de la cintura. Bruno desvió la vista, depositó la olla y salió.

Una vez fuera se preguntó si debía avisar a su familia, aunque con el reciente bombardeo prefirió quedarse. Además, podrían necesitarlo.

Se sentó en la cocina, a esperar. Por debajo de la puerta cerrada se colaban los gritos de Marcia hasta que un llanto agudo, penetrante, se le sumó.

Bruno se puso de pie y se acercó. Apoyó el oído y distinguió las voces:

—Ya está, ya pasó. —La voz de su madre se oía emocionada y él mismo tuvo que contener las lágrimas.

La puerta se abrió y salió la comadrona cargando ropa ensangrentada, la olla y demás menesteres que se habían usado en el parto.

—Felicidades —le dijo—, su hija acaba de nacer.

Bruno quiso explicarle que él no era el padre, mas la mujer continuó su camino para llevar las prendas afuera.

Su madre se asomó. Estaba radiante, parecía haber rejuvenecido. Cargaba entre sus brazos un bulto hecho de trapos. Se acercó a él y le enseñó el bebé.

—Mira, así estabas tú cuando llegaste. Es una niña. —Apartó la mantilla y Bruno pudo ver el rostro pequeño y morado de esa criatura que arribaba al mundo en medio de un bombardeo.

—Es… muy pequeña.

—Así son los bebés —rio su madre.

—¿Y Marcia? ¿Ella está bien?

—Sí, aunque está cansada, y dolorida. Es una mujer fuerte. —Se asomó a la habitación, la muchacha dormitaba.

La partera volvió y se encerró en el cuarto con las mujeres. Ayudaría a la primeriza a darle de mamar a la recién nacida. Cerca del mediodía la situación en la casa se normalizó; no así en la ciudad, donde continuaban los estragos de las bombas.

—Deberás ponerle un nombre —la instó María Carmen.

—Quería elegirlo con Marco…

—No sabemos cuándo volverá, hija, habrá que llamarla de alguna manera.

—María de la Paz. —Los ojos grises miraron embelesados a la pequeña que dormía en sus brazos—. A ver si nos trae un poco de paz a los españoles.

—Es un nombre esperanzador. —La abuela se inclinó sobre la criatura y la besó en la frente.

Al rato madre e hija dormían. Marcia estaba agotada, había perdido mucha sangre. Cuando despertó, lo primero que dijo fue:

—Hay que avisar a Marco. —Su voz sonaba débil—. Y a mi familia.

—No sabemos dónde está Marco. —Fue la respuesta de la suegra—. En cuanto a tu familia, Bruno se ocupará.

—Bruno… ¿ha visto a la niña?

—Sí, en cuanto nació.

—¿Y qué ha dicho?

—Que era muy pequeñita. —La madre sonrió—. Estos hombres deben de creer que los bebés nacen como si fueran niños.

En ese momento el aludido se asomó al cuarto.

—¿Puedo pasar?

—Adelante, hijo.

Marcia se cubrió con las sábanas hasta el cuello.

—Iré a avisar a tu familia. —Omitió contarles que también iría a ver si conseguía algo del estraperlo. Venían alimentándose mal, el racionamiento era severo y ya escaseaban muchos artículos. Había que hacer largas colas para obtener los productos asignados en la cartilla; hacía tiempo que no comían carne.

—Gracias, Bruno —murmuró Marcia.

En la ciudad todo era caos. Hombres y mujeres salían de sus refugios y miraban el cielo con pavura, temiendo que en cualquier momento otro avión nacional lanzara sus bombas. Heridos eran socorridos por voluntarios y Damas Enfermeras que no daban abasto.

Bruno se abrió paso entre ellos y se dirigió hacia una vivienda donde sabía que funcionaba el mercado negro. No tenía mucho con qué negociar y llevó un cuchillo con mango de plata que le había regalado su padre años atrás. Le dolía desprenderse de él, pero había que comer. En especial Marcia, que debía alimentar a la niña.

Con la guerra, el comercio marítimo y la entrada de víveres se había interrumpido, entre los productos más escasos estaba la carne, controlada por los servicios de guerra.

El mercado ilegal crecía, así como las falsificaciones y fraudes en las cartillas de racionamiento.

Cuando lo hicieron ingresar negoció un trozo de cordero y unas bolsas de harina, con eso podrían hacer pan.

Salió con su carga y se dirigió a la casa de Exilart. Allí lo recibió el mismo Aitor. Se asombró al verlo; ya no era el hombre fuerte que imponía respeto con su sola presencia, parecía un anciano.

—¿Ha ocurrido algo? —preguntó luego de saludarlo con frialdad.

—Marcia ha dado a luz. —Los ojos grises, iguales a los de su hija, aunque con un fondo de dureza, parpadearon. Bruno advirtió el impacto que la noticia le causó.

—Pase, no se quede en la puerta. —Lo condujo hacia el comedor, donde estaban su mujer y su hija Gaia—. El señor Noriega trae una noticia.

Ambas damas se pusieron de pie y lo interrogaron con la mirada.

—Es una niña —dijo Bruno. Estaba incómodo, esa gente era muy distinta a él. Además, no le caían en gracia; se habían alejado de Marcia, a quien rara vez las mujeres visitaban.

—¡Oh! —exclamó la madre—. ¿Mi hija está bien?

—Sí, ambas están bien.

—Vamos a verla. —La madre se aprestó para salir y Gaia la siguió—. ¿Vienes? —preguntó a su marido.

Aitor vaciló, fue solo un instante.

—Id vosotras, no es conveniente que reciba demasiada gente —se excusó ante la mirada de reproche de su esposa—. Dile al cochero que os lleve.

Partieron los tres, las damas trataban de evitar el horror que invadía las calles, era imposible. Por doquier había heridos, sollozos, lamentos y miedo.

Bruno iba en silencio, no sabía de qué hablar con ellas. Gaia también se sentía turbada por distintos motivos.

Al pasar por el Hospital de la Caridad un cartel captó la atención de la más joven: «Hacen falta enfermeras». Pensó que podía ayudar, darle un sentido a esa vida vacía que llevaba encerrada entre las paredes de su casa. Tomó la decisión de ofrecerse, aun cuando no tenía conocimientos de enfermería, si hasta se descomponía al ver sangre…

María Carmen recibió con sorpresa y alegría a las visitas.

—Pasen, son bienvenidas. —Se besaron en las mejillas—. Disculpen que no tenga nada para ofrecerles… A no ser que Bruno haya conseguido algo…

—No, si no venimos a comer… Solo queremos verlas —explicó la madre, ansiosa por conocer a su nieta y verificar que su hija estuviera bien. Sentía culpa de no haberla acompañado en ese momento tan importante, esa culpa que no le permitía ser enteramente feliz. Estaba dividida entre dos amores: su esposo y su hija. Si bien esta había elegido mal, tenía que respetar su decisión de permanecer en casa de su marido.

—Vengan, Marcia se pondrá feliz.

Las recién llegadas siguieron a María Carmen e ingresaron en la habitación. Ambas fingieron no darse cuenta de la precariedad en que vivía la familia; lo importante era la bebé.

Marcia, que había escuchado las voces, se había sentado en la cama. Al ver a su madre y a su hermana sonrió y estiró los brazos.

—Las dejo, así hablan tranquilas —anunció María Carmen.

Al quedar solas las visitas se aproximaron a la cuna donde la pequeña dormía.

—Es hermosa —murmuró Gaia—. Tiene tu misma nariz.

La abuela empezó a lagrimear en silencio, incapaz de formular palabra.

—Tu padre envía saludos —dijo una vez repuesta—. Vendrá la próxima vez —mintió.

—Hemos traído unas ropitas. —Gaia sacó un paquete y lo posó en las manos de su hermana—. Las hice yo, con ayuda claro está.

Marcia abrió el envoltorio; eran unas batitas bordadas a mano y una mantilla.

—Gracias, son bellísimas.

—Marcia, ¿por qué no vuelves a casa? Tu marido se ha ido, no tiene sentido que permanezcas aquí.

—Madre, este es mi lugar; Marco regresará, vendrá a conocer a su hija. —Quería creerlo.

—Puede ir a conocerla a nuestro hogar —insistió la madre—. Allí estaréis mejor, mira este sitio… —Paseó los ojos por las paredes despintadas, los muebles de madera virgen, hasta la cuna era rústica, aunque se veía nueva—. Podrías usar tu cuna, ¿la recuerdas? Está intacta.

—Esta cuna la hizo Bruno especialmente para mi niña —explicó—. Y está hecha con cariño.

Recordó el día en que su cuñado la había llamado al taller para enseñarle algo. Parecía un niño grande, estaba ilusionado con su creación, era la primera que hacía con tanto esmero. Había torneado los barrotes uno a uno, dándoles forma pensando en ese bebé que llegaría a la familia. A Marcia le hubiera gustado que fuese Marco quien la hubiera hecho.

—Hija, entiendo que esta gente te aprecia, ¿cómo no hacerlo si eres un sol de persona? No obstante, debes pensar en tu hija.

—Y es lo que hago, por eso esperaremos aquí a su padre.

—¿Cómo se llama? —preguntó Gaia intentando cambiar de tema.

—María de la Paz.

—Es un bello nombre —dijo la madre con una sonrisa.

Al anochecer, luego de ver a la niña despierta y tomar la teta, madre e hija volvieron a su casa. Bruno, caballero, se ofreció a acompañarlas.

Durante el trayecto el hombre se mostró un poco más locuaz ante el elogio de Gaia respecto de la cuna. La madre, en cambio, iba callada, pensando en su propia infancia, llena de pobreza y carencias.

# 39

*Gijón, 1912, Semana Grande*

Agosto se presentaba con un sol rabioso y variadas tormentas eléctricas que alternaban con los días de playa. La principal atracción de esa Semana Grande giraba en torno a los toros de la feria de Begoña. Organizada por la sociedad La Chistera, en la plaza de toros se daban cita las niñas más bonitas de Gijón, los comerciantes, la burguesía alta, baja y moderada, y también los carteristas. No faltaban los muchachos de cara pecosa debajo de una raída boina que se llevaban a la boca las colillas recogidas del suelo. Todos querían ver el espectáculo que darían los toreros que venían del otro extremo de España, algunos incluso desde México.

Como si fueran una familia, Aitor había concurrido junto con Purita y Gaia, por más que la muchacha había insistido en que no era espectáculo para la niña.

—Purita, la corrida de toros es nuestra fiesta nacional —afirmó Aitor—; fíjate que está repleto de chiquillas por aquí.

—Mira, Purita —dijo la niña—, ¿cuándo podré usar una mantilla como aquella? —Sus ojos adoraban una hermosa mantilla española que llevaba una jovencita que caminaba por el paseo de la Begoña; más tarde irían a la plaza de toros, que quedaba algo alejada.

—Todavía te quedan algunos años por delante —contestó Aitor—, aún eres pequeña.

Hacía tanto calor que se hicieron llevar por un carro. En la plaza de toros el ambiente era excitante, los gritos y silbidos arengaban tanto a hombres como a animales.

—Hoy están Machaquito, Antonio Boto, Minuto y Luis Freg —explicó Aitor leyendo el folleto que había llegado a sus manos.

—¿Son los toros, padre?

—No, esos son los toreros.

Antes de comenzar el ruedo los toreros galanteaban a las niñas de Gijón y peloteaban a la presidencia con versos baratos y efectivos, como el que Minuto dedicó ese 18 de agosto:

> *Brindo a la presidencia, a la afición,*
> *a las niñas bonitas de Gijón*
> *y por todo el concurso soberano.*
> *Si la suerte esta tarde me acompaña*
> *¡ya veréis con qué arte y qué maña*
> *estoquea este exniño sevillano!*

Las risas de las muchachas se hacían oír con falso pudor y los hombres aprovechaban para sumarse a los piropos.

Después del paseíllo, todos los implicados en la corrida entraron al ruedo y se presentaron al presidente y al público. Dos alguacilillos a caballo miraron a la presidencia e hicieron un gesto.

—¿Qué hacen, padre? —quiso saber Gaia, para quien todo era novedoso.

—Piden la llave para que se abra la puerta por donde entrarán los toros.

En ese instante el primer toro hizo su aparición y el espectáculo dio comienzo.

—Son tres partes llamadas tercios —expuso el padre— y la separación de cada uno se señala con un toque de clarines.

Tanto la niña como Purita estaban asombradas, todo era nuevo para ellas. Purita no sabía si acabaría acostumbrándose a ese espectáculo que consideraba brutal y sangriento, nunca había presenciado una corrida, en la Argentina no existía eso.

—Ahora dará comienzo el primer tercio —continuó Aitor—, mira qué bella capa.

La niña posó sus ojos en la delicada tela rosada por un lado y amarilla por el otro.

—Fíjate que van a entrar los picadores. —En ese instante dos picadores a caballo hicieron su aparición armados con un tipo de lanza.

Gaia estaba obnubilada, apenas parpadeaba. Purita sudaba entre el calor y los sentimientos encontrados que la corrida le generaba.

En el segundo tercio aparecieron los banderilleros, que debían clavar un par de banderillas en el morrillo del toro. Purita cerró los ojos, no soportaba ver sufrir al animal. No pudo aguantar el tercer tercio, cuando el torero debía matar al toro. Sin pensar en lo que hacía se puso de pie, mareada, y quiso salir. Era tanto el bochorno y el gentío excitado que terminó en el suelo, desmayada.

Fue todo tan rápido que, cuando Aitor quiso reaccionar, la mujer ya estaba en el piso. La tomó en sus brazos y la sacó de allí seguido por Gaia, que solo atinaba a darle aire con un abanico que alguien le había puesto en las manos.

Se alejó del gentío buscando un sitio con sombra donde Purita pudiera volver en sí; era evidente que el calor y la impresión le habían jugado una mala pasada. Halló un lugar apropiado debajo de unos árboles, donde se sentó sobre un colchón de hojas y pastos, con la mujer desfalleciente en su regazo. Gaia estaba preocupada; no quería que Purita también enfermara y muriera, como había ocurrido con su madre.

—¿Se pondrá bien?

—Claro que sí, solo es el calor —respondió el padre mientras intentaba despertar a la joven con pequeños golpecitos en sus mejillas. Purita abrió los ojos, todavía tenía el pecho ahogado y una extraña sensación de liviandad, como si todo el cuerpo le pesara. Paseó su mirada alrededor y descubrió las piernas de Gaia; elevó la vista y se dio cuenta de que estaba en el suelo. Hasta ese momento no había advertido que se hallaba sentada sobre las piernas de Aitor y que este la sostenía por la espalda. Floja como estaba no pudo ni siquiera tensar su cuerpo para ponerse de pie.

—Tranquila —dijo él al advertir su incomodidad—, sufriste un desmayo. Gaia, dale aire, por favor.

La niña obedeció y blandió el abanico frente a su rostro. Purita aspiró y fue recuperándose, los movimientos de a poco volvían a ser suyos.

—Lo siento —murmuró—, les arruiné el espectáculo. —Hizo ademán para levantarse, sentir el pecho de Aitor, tan ancho y firme detrás de su espalda la ponía muy nerviosa. El calor la abrasaba por dentro y por fuera.

—A mí no me gustaba —aclaró la niña—, no me gustó ver sangre en esos pobres animales.

—Entonces, nunca más corridas de toros para vosotras —declaró Exilart ayudando a Purita a incorporarse. Una vez de pie la tomó por la cintura, su mano en lo más bajo de su espalda quemó la piel de la muchacha—. Vamos a tomar algo.

Buscaron un coche que los acercara al centro de la ciudad y durante el trayecto el cochero preguntó:

—¿Han matado algún caballo esos toros? —Era lo que esperaban algunos en las corridas.

234

—No pudimos quedarnos hasta el final —contestó Aitor deseando cambiar de tema, dado que las damas que los acompañaban eran demasiado sensibles para tanta brutalidad.

—Pues menuda suerte ha tenido el sirviente de los Gálvez —se refería a una familia rica de la zona—. Llevó un par de caballos a lavar al río Piles y pasó por un mal sitio; un toro lanzó una coz al aire y lo mató.

—¡Qué horror! —dijo Purita sintiendo que todo aquello la afectaba—. Por favor, no hablemos de muerte.

—¿Quieres volver a la casa o te apetece un paseo por los Campinos de Begoña? —preguntó Aitor a Purita—. Allí podremos beber algo fresco.

—¡Vamos a los columpios, padre! —pidió Gaia, y Purita, que aún no se sentía del todo recuperada, dio su asentimiento.

En los Campinos de Begoña se habían instalado columpios y casetas para practicar tiro al pichón. Había también pequeños puestos de bebidas y comidas; con el calor todos se volcaban al líquido.

Cuando descendieron del coche Purita se sentía mejor y la limonada terminó de recomponerla.

Gaia, luego de beber, se alejó en dirección a los juegos.

—¿Estás mejor?

—Sí, gracias, Aitor, lamento haber sido una molestia y que me haya tenido que coger en brazos para sacarme de la plaza de toros.

—Fue un placer, Purita. —Lo dijo con una extraña entonación y ella no se animó a decir más.

Cuando la pequeña volvió, sudada, con las mejillas rojas y feliz, emprendieron la vuelta.

—Padre, ¿cuándo podremos ir a la playa los tres juntos? Como una familia.

La frase los conmovió a ambos. A ojos de cualquiera parecían una familia normal y, sin embargo... no eran más que socios. Quizá alguna vez pudieran ser amigos.

—Veremos, tal vez el otro domingo, hija.

Se despidieron en la puerta de la casa de Purita.

—¿Estarás bien? —preguntó Aitor.

—Sí, vaya tranquilo.

—Me gustaría que vivieras con nosotros —confesó Gaia tomándola súbitamente de la mano.

—Vamos, Gaia —sermoneó el padre—. Purita tiene su propia casa, y su vida.

La niña hubiera querido contestarle tantas cosas, pero calló, no quería ofender a su padre.

Al cerrar la puerta, Purita se apoyó contra la pared. Había vivido muchas emociones ese día, desde el sangriento toreo hasta terminar en brazos de Aitor Exilart luego de su desmayo. De todo, eso era lo que más la desvelaba. Y tanto fue así que esa noche no pudo conciliar el sueño.

Al día siguiente, Aitor fue interceptado por Leandra, la maestra de Gaia, porque esta tenía malas notas en sus ejercicios.

—Señor Exilart, Gaia ha bajado muchísimo su rendimiento en los últimos meses. Creo que esa chiquilla necesita una madre, o al menos alguien que se ocupe de ella. —A Exilart no le gustó para nada que una empleada se inmiscuyera en su vida familiar.

Al llegar a la fábrica lo hizo de mal humor y contestó de malas formas a Purita, que le llevaba las cuentas para firmar. Ella tampoco estaba en sus mejores días y no se quedó atrás.

—Si tuvo una noche torcida no la tome conmigo —le espetó levantando la voz; después salió dando un portazo.

Aitor estaba nervioso, hacía días que algo lo atormentaba y no sabía qué hacer. Por primera vez en su existencia dudaba. Purita tenía razón, ella no tenía la culpa de sus conflictos internos. Además, solo había una manera de despejar el panorama.

Abrió la puerta del despacho que comunicaba ambas oficinas y la sorprendió en su escritorio. Ella dio un salto y no llegó a quitarse los anteojos. El gesto de sorpresa de la muchacha borró el enojo de Aitor, generándole una sonrisa.

—¿No le enseñaron a llamar antes de entrar? —dijo furiosa.

—¿Desde cuándo usas gafas? —Se acercó y la observó, estaba roja de ira—. Vamos, Purita, si eres hermosa igual.

Al oír sus palabras ella sintió que el calor la sofocaba por dentro.

—¿De veras lo cree?

—Claro que sí, y esas gafas solo aumentan tu atractivo. —Rodeó el escritorio y se situó a su lado—. Escucha, perdona si te contesté mal. Tú eres quien menos merece mi malhumor.

—¿Ocurre algo? —Ante su pedido de disculpas ella depuso su actitud hostil—. ¿Puedo ayudar?

—Sí, cena conmigo hoy.

—De acuerdo, iré a las ocho.

—No, quiero que cenemos fuera, solos tú y yo. Pasaré a por ti. —Aitor Exilart se había propuesto saber qué pasaba por la cabeza de Purita antes de cometer una locura.

Cuando él salió la muchacha se desplomó contra el respaldo de la silla. Quería que las horas se esfumaran para acudir a esa cena.

Una vez en su casa, nerviosa, se preparó para esa noche. Eligió un vestido color lavanda de talle alto y falda amplia, adornado con cintas cruzadas a la espalda. Tuvo la tentación de usar un sombrero que tenía un lazo al tono, mas desistió a último momento. Se puso agua de colonia detrás de las orejas y un poco de carmín en los labios. Sonrió frente al espejo, se veía bella.

Cuando Aitor llegó tuvo que disimular el impacto que le ocasionó verlo. Se había vestido con esmero y también se había perfumado. Era algo parecido a una cita y Purita se sintió nerviosa.

—¿Vamos? —dijo él ofreciendo el brazo, que ella tomó—. Hay una verbena en la playa, si te apetece podemos cenar allí, en alguno de los restaurantes.

Ella asintió en silencio. De repente no sabía qué decir. Avanzaron hasta llegar a la costa, que presentaba una gran novedad: la iluminación con focos eléctricos.

—¡Qué bonito que es!

—Sabía que te gustaría —respondió Aitor—. Ven, busquemos una mesa allí —señaló uno de los restaurantes—, más tarde habrá sorpresas.

Mientras aguardaban la comida, Aitor pidió un vino que enseguida subió a la cabeza de Purita, quien perdió la mudez que la había acompañado hasta ese momento.

—Esta vista es preciosa —declaró dirigiendo sus ojos hacia el mar, donde se bañaba la luna.

—Así es. —Pero él no miraba el mar, la miraba a ella.

Durante la comida conversaron de trivialidades y pidieron otra botella. A las once algo en la playa atrajo la atención de la concurrencia y dejaron la mesa para acercarse a ver de qué se trataba. Aitor la tomó de la mano y bajaron a la arena. Purita se quitó los zapatos y rio al sentir la humedad entre sus dedos.

De repente unas explosiones iluminaron el cielo: eran las bombas de traca del pirotécnico gijonés José Rubiera. Como hechizados, cientos de ojos se elevaron al firmamento y lanzaron promesas al aire.

Aitor se había situado detrás de Purita, cubriendo su espalda de la brisa marina. Como si fuera lo más natural, la envolvió con sus brazos y la atrajo hacia sí. Ella, sorprendida y a la vez emocionada, se dejó abrazar. El calor de ese pecho que se pegaba a su espalda la quemaba, sintió que las piernas se le derretían; cerró los ojos y acarició las manos masculinas que se cerraban sobre su cintura. Fue la señal que esperaba Aitor para apretar aún más el abrazo.

Cuando el cielo se volvió oscuro de nuevo y la multitud se disipó, ellos quedaron de pie en la orilla, sin querer despegarse ni moverse, temerosos de romper ese idilio. Fue Aitor quien se separó, apenas, para girarla y tomar su rostro con las manos. Le elevó la cara y la besó en la boca. Ella abrió la suya porque se ahogaba. Había soñado tanto con ese momento que temía largarse a llorar. La lengua de Aitor le dijo que era suya, buceó en ella como jamás lo había hecho Leopoldo y le arrancó gemidos que ni ella misma sabía que tenía.

Las manos del hombre la reclamaron con urgencia, la apretó acercándola a su centro. Ella notó su agitación y ahondó el beso y el abrazo; parecían dos adolescentes en su primera vez. Alguien que pasaba cerca silbando una canción los trajo de vuelta, a lo lejos se oía la música de la verbena que estaba en su apogeo. Aitor la miró y sonrió con esa sonrisa que tan pocas veces alumbraba su rostro; una sonrisa entre tímida y pícara.

—Vamos, estamos dando un espectáculo aquí. —La tomó de la mano y marcharon entre el gentío que bailaba.

Purita iba callada, inquieta, ¿qué ocurriría ahora? Aitor la llevaba por la calle, silencioso también. Al llegar a casa de ella se miraron en el umbral. Ninguno quería despedirse.

—Me gustaría subir contigo —anunció él.

Con dedos temblorosos Purita tomó la llave y abrió. Ingresaron en la penumbra del pasillo y él la detuvo:

—Sé que esto puede parecer precipitado, Purita, quisiera quedarme un rato a tu lado.

Ella asintió, incapaz de emitir palabra.

Al llegar al comedor se quedó allí, en medio de la sala, sin saber qué hacer. Fue Aitor quien tomó la iniciativa y la llevó hasta el sillón. Se sentaron. El reflejo de la luna apenas iluminaba la estancia; mejor así. Exilart le quitó un mechón rebelde de la mejilla y sus dedos le acariciaron el cuello. Ella gimió y echó la cabeza hacia atrás, otorgándole al hombre la ventaja.

Aitor se acercó más y le rozó la piel de la garganta con los labios, la chupó y la hizo estremecer como nunca. Después la tomó por la cintura y la sentó sobre sus piernas, quería tenerla cerca, muy cerca.

Se besaron con urgencia. Purita aún no podía creer que eso con lo que tanto había soñado estaba ocurriendo. Se había enamorado de Aitor Exilart casi instantáneamente, y había echado al fondo de su corazón ese sentimiento que la quemaba por dentro por lealtad a su amiga. Luego había sido la misma Olvido la que le había pedido que lo hiciera feliz.

Era tanta la pasión contenida por parte de ambos que ninguno se dio cuenta de que habían empezado a aflojarse la ropa. Aitor tenía la camisa abierta y ella tenía los lazos que cruzaban su espalda desprendidos.

—Te deseo, Purita, te necesito —dijo con voz ronca.

—Y yo a ti —murmuró ella.

Aitor la levantó en brazos y caminó hasta el dormitorio. Sobre la cama terminó de desvestirla y se despojó de sus vestimentas. Las caricias fueron en ascenso hasta que Aitor estuvo dentro de ella. La sintió contorsionarse por el dolor, y la sorpresa se manifestó en su rostro, mas ya no podía parar. Estaba al borde del placer.

Pasado el instante del desgarro Purita continuó disfrutando de todo lo que estaban haciendo, de sus besos y caricias que la llevaron a su primer orgasmo.

Cuando finalizó, Aitor se acostó a su lado y la abrazó sobre su pecho.

—Perdona, no quise hacerte daño, no sabía que…

—Que era virgen —continuó ella; de repente, se sentía una mujer nueva, liberada.

—Así es. Lo siento.

—No lo sientas —musitó—, me reservaba para ti, Aitor. Quería que tú fueras mi primer hombre.

Él se incorporó y la miró. Parecía un chico con un dulce, la felicidad le había rejuvenecido el rostro y le había borrado las finas arrugas de sus ojos.

—¿Lo dices en serio? ¿Y eso?

Purita ya no tenía miedos, se sentía fuerte y dichosa. Quería gritar a los cuatro vientos todo lo que sentía.

—Porque te amo, Aitor, te amo desde el día en que te conocí, amor que viví con mucha culpa. Porque Olvido fue una gran amiga para mí y no quería traicionarla. —Bajó la vista, evocando—. Ella lo supo, por mucho que intenté ocultarlo.

Aitor la miraba como si todo eso fuera nuevo para él, nunca se había dado cuenta de los sentimientos de Purita.

—¿Lo supo? ¿Es que acaso el único que no lo sabía era yo?

Ella sonrió.

—Al parecer, sí. —Aitor se recostó nuevamente y la abrazó, acariciando su costado y dominando la erección que se hacía presente otra vez.

—He sido un necio… Todo el tiempo estabas ahí, y yo sin verte… Hasta ahora, hasta este último tiempo en que me desvelaba pensando en ti, imaginándote… —Se colocó de costado y la besó en los labios—. Me estaba volviendo loco al no poder acercarme a ti, al no saber si sentías la misma urgencia por estar conmigo. Verte todos los días, en la fábrica, con Gaia… y que fueras intocable por ser la mejor amiga de mi difunta esposa. Me enamoré como un tonto… como nunca me había pasado. Dime, Purita, ¿hice mal? ¿Crees que a ella le molestaría que estemos juntos?

Ella elevó la mano y le acarició el rostro con ternura.

—Al contrario, ella misma me pidió que no te dejara solo, sabía de mi amor por ti —repitió—. ¿Recuerdas aquella vez que quiso hablar conmigo?

—Cómo no recordarlo.

—Fue allí cuando me lo dijo, me pidió que os cuidara, a ti y a Gaia. No quería que nadie más ocupara su lugar.

—Mi bella Purita… Olvido fue una gran mujer, mas nunca pude amarla, y ella lo sabía.

—Ella lo aceptó, Aitor, ella te amaba —lo dijo con lágrimas en los ojos ante el recuerdo de su amiga.

—Purita, sé que quizá pueda parecer apresurado, pero… ¿te casarías conmigo?

Purita se abrazó a su cuello y se echó a llorar.

—¿Eso es un sí?

Ella asintió entre llantos y risas.

# 40

*Puente Castro, julio de 1936*

Al ver a los falangistas Fermín empujó a Blanca hacia el interior de la casa, donde el resto de la familia se había reunido ante el alboroto.

—¿Qué es lo que buscan? —preguntó Pedro.

El que parecía el jefe de la patrulla lanzó una carcajada. Lo conocían, se trataba de José Serrano, a quien se le había puesto entre ceja y ceja conquistar a Blanca.

Todos se conocían en el pueblo y era lo que más dolía; que muchachos que habían compartido noches de juergas y verbenas estuvieran enfrentados por cuestiones políticas.

—Vaya, Pedro, sí que eres idiota —respondió mostrando su arma—. ¡Vamos, fuera todos! —ordenó.

—Volved por donde habéis venido —agregó Fermín.

—¡Tú, cállate! —dijo el cabecilla—. Si hasta tu propio padre te ha echado de tu casa. ¡Vamos, fuera todos! ¡Daremos un paseo!

Ante la resistencia de los dos hombres, Serrano golpeó a Fermín con el arma y este se dobló en dos. Pedro quiso defenderlo y también terminó en el suelo. Cuando ambos intentaron levantarse, recibieron tal golpiza que se desvanecieron en medio de vómitos y sangre.

Blanca había visto todo desde el interior de la vivienda y no pudo soportar la escena. Salió corriendo; llevaba un puñal que había tomado de la cocina y arremetió contra José. Al estar este desprevenido logró herirlo en el costado, aunque fue solo una herida superficial.

—¡Vaya, resultaste traicionera! —bramó Serrano tomándola de las muñecas—. Mejor, así me daré el gusto de domarte.

Los falangistas habían ingresado a la casa y se oían gritos, golpes y llantos. Blanca quiso desasirse para ayudar a la madre de Pedro, que estaba sola con su hija y su suegra, una anciana casi ciega, mas fue inútil.

Fermín estaba despertando y al ver el panorama se lanzó contra José. Ambos rodaron por el suelo, encarnizados. Pedro había ingresado a la casa para ayudar a su familia y la superioridad de los hombres le impidió hacerlo. Uno de los falangistas, al ver que Fermín había tomado el puñal de Blanca y que estaba a punto de matar a José, disparó sobre el republicano. Blanca lo vio caer hacia atrás mientras la sangre oscurecía aún más el suelo. Sin pensar se arrojó sobre él, pero los brazos de Serrano se lo impidieron.

El hombre la tumbó en el suelo con rudeza, le arrancó la ropa y sin importarle los testigos empezó a lamer su cuello y sus pechos. Blanca se debatía, no podía quitárselo de encima. Sus ojos miraban el cuerpo inerte de Fermín y las lágrimas le bañaban las mejillas.

José hizo lo que hacía tanto tiempo tenía en mente y, después de violarla, se la entregó a sus amigos. Estos rechazaron la ofrenda: Blanca había sido su amiga; también Fermín y Pedro.

—¡Vamos, cabrones! ¡Esta perra es toda vuestra! —gritó José, sediento de violencia.

—Ya está —dijo uno de sus compañeros—, ya te has quitado las ganas… —Lo tomó del brazo para alejarlo de la muchacha, que se removía en el suelo a causa de los golpes—. Vamos, hagamos lo que debemos hacer y marchémonos.

Serrano estaba enceguecido y le dio un empujón.

—¡Esto acaba de empezar! —Se acercó a donde Fermín volvía en sí y se retorcía de dolor y lo pateó en el costado, justo donde estaba sangrando. Después le escupió en el rostro—. ¡Linda tu puta!

Blanca había logrado levantarse, y pese al sufrimiento que sentía en todo el cuerpo se arrojó contra Serrano y empezó a golpearlo.

Uno de los falangistas la tomó de los brazos y la alejó de José, más para protegerla que para hacerle daño. Se habían criado juntos y él no iba a levantar la mano contra quien había sido su amiga.

Fermín se arrastró para defenderla. Le quemaba la herida, pero no dejaría que continuaran degradando a su novia. José no le permitió seguir; un nuevo disparo desgarró el aire y la pierna de Fermín. Blanca gritó y su aullido se unió al del herido, sin embargo, los brazos que la sujetaban le impidieron ir en su auxilio.

En el interior de la vivienda, Pedro se enfrentaba a puños con los nacionales, que querían llevarse «de paseo» a su familia. Estos, al ser superiores en número y en armas, hubieran podido matarlos a todos, aunque ninguno se atrevió a dar ese paso. Se limitaron a someter a Pedro y a empujar a las mujeres al exterior, donde Fermín continuaba retorciéndose en el suelo mientras Blanca estaba de rodillas, encañonada.

—¡Ahora, todos vamos a dar un «paseo»! —gritó Serrano empujando a la madre de Pedro con su arma.

Las mujeres empezaron a marchar, Blanca, no obstante haber sido golpeada en la espalda, se negaba a dejar a Fermín, a quien nadie brindaba asistencia.

—¿Quieres más? —José se acercó a ella y le manoseó los pechos, que sobresalían por entre la tela rasgada de su ropa.

—¡No! Déjame ocuparme de Fermín —pidió. La respuesta fue una sonora carcajada seguida de un puñetazo—. ¡Eres un mierda! —bramó Blanca mientras sentía el sabor metálico de la sangre en la boca.

—¡Y tú serás mi zorra! —La agarró por los cabellos y la obligó a seguirlo.

El resto de la comitiva avanzaba. A Pedro debían empujarlo y golpearlo porque él también quería volver con su amigo. De repente, otro grupo de falangistas apareció en el camino.

—¡Ahora mandan apoyo! —rio Serrano, y la sonrisa se le borró del rostro cuando descubrió que en el grupo venían los hermanos de Blanca.

Al ver el panorama el mayor de los Muño vaciló. Fue un segundo, porque de inmediato se acercó a su hermana. De solo verla el alma se le encogió: estaba hecha un guiñapo, se notaba que había sido sometida, sucia y golpeada por todos lados. El hombre apretó la mandíbula y la cubrió con su camisa. Luego se alejó unos metros llevando consigo a José Serrano.

—¿Qué has hecho?

—He hecho lo que había que hacer: son prisioneros.

—¡Blanca es mi hermana! —Lo tomó por las solapas y lo sacudió, preso de ira—. ¡No tenías que violarla!

—¡Oh! Vaya… ahora tenemos escrúpulos… Es lo mismo que has hecho tú en casa del ebanista. ¿O debo recordártelo? —El hermano de Blanca bajó la cabeza.

—Déjalos en libertad —ordenó.

—¿Qué dices? —José rompió a reír—. El hecho de que sea tu hermana no cambia las cosas, es una «roja».

—Me lo debes —recordó Muño—. Haz memoria. —El otro frunció el ceño y voló hacia atrás. Muño había callado un oscuro episodio del cual él habría salido con los pies para adelante, sin embargo, su amigo lo había cubierto—. Me lo debes, José —repitió—. Déjalos. —Le costaba olvidar que había violado a su hermana, aunque él había hecho lo mismo en otras casas que habían atacado—. Ya te has quitado las ganas.

—Está bien. Estamos en paz ahora.

Ambos sellaron el pacto y Serrano dio la orden de dejar a los prisioneros en libertad. Todos miraron asombrados ese cambio de actitud; en el fondo estaban aliviados, nadie quería dejar a Blanca muerta en un zanjón, tampoco a la familia de Pedro.

Al quedar en libertad Blanca se apresuró para volver a donde Fermín había quedado tendido. Pedro la secundó, las mujeres caminaban despacio a causa de la abuela.

Frente a la casa, en medio de un charco tan oscuro como el desconsuelo, Fermín agonizaba. Blanca desgarró el resto de su blusa y trató de cubrir sus heridas, ya había perdido demasiada sangre.

—¡Fermín, despierta! —Le sacudió la cabeza y trató de que volviera en sí.

—Hay que llevarlo adentro —dijo Pedro—, ayúdame a levantarlo.

Entre ambos lo cargaron y lo colocaron encima de la larga mesa del comedor. Blanca tomó una lámpara y lo examinó. Ambas heridas eran profundas y estaban sucias.

Al llegar la madre de Pedro, que tenía conocimientos de enfermería, las limpió y analizó con minuciosidad.

—Las balas salieron, eso es bueno. Debo coserlo, ¿podrás ayudarme, Blanca?

La muchacha asintió y entre ambas pusieron manos a la obra.

Esa noche se les hizo demasiado larga, solo la abuela cayó en un sueño profundo; a su edad ya no distinguía realidad de desvaríos y no recordaba lo que había ocurrido más temprano.

Recién al amanecer Fermín abrió los ojos y preguntó por Blanca. Esta se aproximó y le sonrió. Verla lo tranquilizó, y volvió a dormirse.

# 41

*Gijón, agosto de 1936*

Tras la sublevación militar Gijón se mantenía fiel a la República. Se había creado la Delegación de Movilización para organizar la defensa contra los militares rebeldes, además del Comité de Guerra. El Ayuntamiento seguía funcionando en manos anarquistas, que propiciaban mejoras urbanísticas, aunque también tomaron decisiones controvertidas.

—Han usurpado la iglesia —anunció Bruno a su madre al regresar de la ciudad.

—¿Cómo dices? —se asombró María Carmen.

—Lo que oye. La de San José la han hecho cárcel de prisioneros rebeldes.

—Dios me libre y guarde —dijo la madre, santiguándose.

María de la Paz había colmado de alegría la casa donde el hambre era el rey. La comida que Bruno había conseguido en el mercado negro se había acabado y lo poco que les daban en la ciudad no alcanzaba para saciarlos.

Bruno hacía lo que podía intercambiando pequeños trabajos para lograr algo que llevar a la olla y en vista de que no alcanzaba decidió tomar otro tipo de medidas.

Salía de noche, se metía en las granjas vecinas donde los perros, flacos también, lo conocían, y robaba huevos y hortalizas. Hasta que intentó robar una gallina, las de ellos ya las habían comido, y el dueño de casa lo corrió a los tiros. Tuvo suerte de que ninguno de los disparos le diera de lleno, solo uno lo rozó en la pantorrilla y regresó a la casa con las manos vacías y la pierna sangrando.

—¿Qué te ocurrió? —exclamó la madre al verlo ingresar renqueando; ella estaba desvelada y cosía en la cocina a la luz de la vela.

—Nada.

Al oír las voces, Marcia se levantó. Cargaba a la niña en brazos. Al ver a su cuñado herido corrió a dejarla en la cuna, lo que ocasionó su llanto.

—Ve a por algo para limpiar la herida —ordenó María Carmen a la par que examinaba la lesión—. Ha sido una desgracia con suerte, es poco profunda. ¿Te han disparado?

Marcia se aproximó y se agachó a su lado. Traía trapos limpios humedecidos. Con delicadeza quitó la sangre seca y después presionó sobre el pequeño agujero.

—Gracias —murmuró Bruno; estaba dolorido.

—Te vendaré bien apretado para que deje de sangrar.

—¿Vas a contarnos por qué te han disparado? —insistió la madre.

—Me pillaron robando, madre.

—¿Robando?

—Hace días que vengo haciéndolo —se excusó—. ¿De dónde cree que sale la comida?

—Creímos que...

—No soy un ladrón, madre y usted lo sabe. Aquí hay un bebé recién nacido que necesita a una madre fuerte para amamantarlo.

A Marcia la conmovieron sus palabras y salió en su defensa.

—Gracias, Bruno, has arriesgado tu vida por nosotras, jamás lo olvidaré. —En ese instante la joven reflexionó que tenía mucho que agradecer a su cuñado.

—¡Hijo! —María Carmen le acarició la cabeza—. Deberías descansar ahora.

Ayudado por ambas fue hasta su cuarto, donde se acostó.

Al día siguiente se produjo sobre Gijón el ataque más feroz desde el inicio de la guerra. El 14 de agosto sería recordado como un viernes negro.

Era mediodía; María Carmen había ido a la ciudad, la herida de Bruno se estaba infectando y debía conseguir algo para curarlo. Cuando estaba por llegar al hospital aparecieron sobre el cielo varios aviones procedentes de La Virgen del Camino. Las sirenas llamaron al refugio, pero ya era tarde.

El bombardeo duró pocos minutos y alcanzó al centro de la villa. Los aeroplanos arrojaron bombas sobre la estación de ferrocarril, en El Humedal, en la calle de Pi y Margall, en la cuesta de Begoña, en la calle de Jovellanos y en las proximidades del Hospital de la Caridad; allí cayó María Carmen, cuyo último pensamiento fue para sus hijos.

Recordó el día en que encontró a Bruno entre las rocas, casi muerto de frío, desnutrido y llagado; la desesperación por volverlo a la vida y hacerlo entrar en calor. Tanto le había pedido a Dios un hijo y este se lo había enviado. Esa jornada estaba cuidando al niño de su vecina, que había debido asistir a su padre enfermo. De repente en su casa había dos pequeños que necesitaban de su atención y ella se había sentido la mujer más feliz de la tierra. Evocó la cara de sorpresa de Francisco y tiempo después la felicidad de saber que estaba embarazada de Marco. Con el cuerpo destrozado por las esquirlas elevó una plegaria pidiendo que ambos fueran felices.

En la casa de las afueras, Bruno se levantó al escuchar el estallido de las bombas y halló a Marcia asomada a la puerta. La muchacha miraba el camino y las columnas de humo que se elevaban desde el centro. Tenía a la pequeña en brazos, que no cesaba de llorar.

—¿A dónde vas? —Él no respondió y pasó a su lado, alejándose por el sendero—. No puedes ir en ese estado, tienes la herida infectada.

—Mi madre está ahí. —Había desesperación en su voz.

—Iré contigo.

—¿Acaso estás loca? ¡No puedes arriesgar a la niña!

—¡Y tú no puedes ir solo!

—Escucha, Marcia: si hay alguien a quien debemos proteger es a la criatura, ¿lo entiendes? —La tomó por los hombros y vio el pánico en su mirada—. No temas, volveré con mi madre.

—¡Regresa pronto! —pidió. Y en un impulso se apretó contra su torso, abrazándolo con una mano; la otra sostenía a María de la Paz—. Si no regresas iré a buscarte.

Bruno apretó los puños y permaneció inmóvil frente a su demostración de cariño.

—No salgas de la casa —ordenó antes de partir, arrastrando su pierna.

A medida que Bruno se adentraba en la ciudad, advertía la magnitud del bombardeo. El miedo se hizo carne en él, veía cuerpos mutilados por doquier, heridos y desolación. Milicianos, voluntarios, Damas Enfermeras y mujeres de la caridad se afanaban para socorrer a quienes aún tenían una posibilidad.

Bruno preguntaba a todos por su madre, nadie sabía nada, no estaba entre los heridos. Alguien le dijo:

—Busque en la morgue del Hospital de la Caridad, allí llevaron a varios. —La crudeza de sus palabras lo golpeó en el pecho y sintió ganas de matar.

Con una furia ciega corrió hacia el nosocomio olvidando el dolor de su pierna y dejando a su paso el rastro de su sangre en el suelo. Al llegar no le permitieron el ingreso a la morgue;

eran muchas las personas que buscaban a familiares desaparecidos, y debió esperar su turno. El médico forense contaría el ingreso de noventa y un cadáveres al depósito en aquel día, en el que, como represalia por el raid aéreo, fueron fusilados decenas de prisioneros nacionalistas que estaban retenidos en la iglesia de San José, en El Humedal. Cuando finalmente lo hicieron desfilar entre las hileras de cadáveres su ánimo estaba devastado, producto de la certeza de que su madre estaba ahí, además de la debilidad por la sangre que había perdido. Al verla reducida a un guiñapo atravesado por las esquirlas se dobló en dos y lloró sobre ese cuerpo destrozado por la guerra, esa guerra entre hermanos tan injusta como incomprensible.

Después de un rato de respetar su tristeza, el encargado del sector le pidió que se retirase, a lo cual Bruno se negó.

—Quiero dar a mi madre cristiana sepultura.

—Todos quieren lo mismo, señor; sin embargo, hasta mañana no podremos entregar el cuerpo.

—Me quedaré aquí hasta mañana entonces.

—Señor, no ponga las cosas peor de lo que están —pidió el sujeto—. Toda esa gente de ahí afuera está por lo mismo que usted. Hágame el favor y vuelva mañana.

Bruno se puso de pie y su mirada otrora oscura era como dos carbones encendidos.

—¡No me iré sin mi madre! —Elevó los puños para pelear cuando una voz lo detuvo:

—¡Bruno! —Marcia corría hacia él. Al ver a su suegra en el suelo, apenas cubierta por un trapo, cayó de rodillas y rompió en llanto—. ¡No! ¡No! —gritó fuera de sí.

Al reconocerla, la cordura volvió a Bruno, quien se inclinó y la obligó a levantarse.

—¿Dónde está la niña? —Era su mayor preocupación en ese momento—. ¡Marcia! ¿Qué hiciste con la niña?

Marcia se puso de pie y lo miró, sus ojos estaban idos.

—Vamos. —Tomándola por los hombros salieron del recinto. Una vez en la calle se sentaron sobre una piedra.

—Lo siento —sollozó Marcia—. Lo siento… tu madre… era como una madre para mí.

—Marcia, dime qué hiciste con María de la Paz.

—¡Oh! Ella está bien, la dejé en mi casa. Estaba asustada, tú no volvías… temí que te hubiera pasado algo. No pensé que…

Bruno bajó la cabeza, incapaz de articular palabra. Por primera vez se sentía huérfano, solo.

El sonido estridente de las sirenas los alertó: un nuevo bombardeo se cernía sobre la ciudad. Desesperados, siguieron a la gente que buscaba los refugios y se metieron en uno de ellos. Apretados unos con otros, mujeres, ancianos y niños buscaban salvar sus vidas.

Marcia rezó para que su hija estuviera bien, sabía que en la casa paterna había un sótano donde esconderse durante los bombardeos y confiaba en que hubieran puesto a salvo a la niña.

Bruno estaba ausente y ella se conmovió. Lo tomó del brazo y trató de infundirle ánimo; él ni siquiera la miró.

Cuando las bombas cesaron salieron del escondite.

—Vamos a mi casa, Bruno, allí seguro hay algo para curarte.

Su cuñado no puso objeciones, Marcia ni siquiera supo si la había escuchado.

Del brazo avanzaron entre las ruinas de los sectores bombardeados y llegaron hasta la residencia de Exilart.

Al ver a su hija, Purita abrió enseguida y la abrazó. Después posó sus ojos en Bruno, el hombre estaba abatido.

—¿Qué ocurre? —Enseguida vio la herida sangrante y llamó—: ¡Aitor!

El aludido hizo su aparición. Traía en brazos a la pequeña, que emitía sollozos de hambre.

—Aitor, ayúdanos, el señor Noriega está herido.

Exilart entregó la chiquilla a la muchacha y ayudó a Bruno, que se sentía débil a causa del esfuerzo y el golpe que significaba la muerte de su madre. Mientras el matrimonio se ocupaba del herido Marcia se alejó hacia uno de los sillones para amamantar a su hija. Después relataron lo ocurrido y Bruno recibió las condolencias de rigor.

—Gracias por todo. —Se puso de pie, tambaleante, y anunció que se iba. Marcia se situó a su lado.

—Hija, quédate en casa —pidió Purita.

—Madre, ya hemos hablado de esto.

—Al menos quedaos a cenar. —Purita quería ganar tiempo para convencerla—. Gaia llegará en un rato.

—¿Dónde está Gaia? —quiso saber Exilart, quien al parecer no había reparado en la ausencia de su hija mayor.

—¿Acaso lo olvidaste? Se apuntó como voluntaria entre las damas de la caridad. Fue al hospital a ayudar con los heridos.

—Esa sí que es una sorpresa —dijo Marcia, que no imaginaba a su hermana cambiando vendajes ni curando heridos; era una persona impresionable.

Pese a que Bruno no tenía ánimos de hacer sociales, aceptó quedarse a comer porque llevaban días sin ingerir alimentos como la gente. En un aparte la madre quiso convencer a su hija para que desistiera de irse.

—No puedo dejar a Bruno solo, ¡acaba de perder a su madre!

—Por esa misma razón… ¿cómo vas a quedarte sola con él?

—Mi lugar está allí. Bruno ha hecho mucho por mí y por mi hija, no puedo abandonarlo ahora. Además, sé que Marco volverá cuando se entere de lo ocurrido.

Purita lo dudaba, ¡si ni siquiera había escrito para preguntar si su hijo había nacido!

—Aquí estaréis seguras; tenemos refugio propio, comida…

—Madre, respete mi decisión —Marcia se mostró inflexible.

—Diré a tu padre que os lleve en el coche.

—Gracias, madre. No se preocupe, estaremos bien.

El viaje fue silencioso, apenas interrumpido por los queji-dos de la pequeña, ajena a toda la desgracia que se cernía a su alrededor.

Aitor Exilart había depuesto su actitud hostil. Después de todo, Bruno Noriega no había hecho nada reprochable. Por el contrario, se había ocupado de cuidar de su hija y de su nieta. Pensó que quizá hubiera resultado un mejor yerno que su hermano. Tal vez, cuando la situación se normalizara, le ofreciera trabajo en la fábrica; confiaba en que la guerra ter-minaría y recuperaría el total control de sus negocios.

Al quedar solos en la casa Bruno se sentó y se llevó las ma-nos a la cabeza. Marcia se ocupó de la niña y después la acostó. La casa se percibía extraña, vacía sin la presencia de María Carmen. Ambos lo sentían, y ninguno se atrevió a hablar.

La medianoche estaba encima y Bruno seguía allí, tieso en la silla.

—Bruno, deberías acostarte y descansar la pierna —intentó.

El hombre la miró y recién en ese momento pareció salir del letargo.

—Tienes razón.

Se puso de pie con dificultad y se encaminó hacia su habi-tación sin siquiera despedirse.

# 42

*Arriba, parias de la Tierra.*
*En pie, famélica legión.*
*Atruena la razón en marcha,*
*es el fin de la opresión.*

Fragmento de «La Internacional», canción
anarquista, socialista, comunista

*Línea del frente norte, septiembre de 1936*

Marco solía conversar con Diego y con Pedro; los días en el frente servían para unir a los hombres y aflojar sus sentimientos, miedos y anhelos. Los enfrentamientos eran cada vez más violentos y la línea se movía hacia atrás con cada avance rebelde para volver a posicionarse con cada defensa. La moral no siempre estaba en alza, y se volvían necesarias la amistad y la camaradería.

Blanca, por el contrario, era más bien solitaria. Ni siquiera hacía rancho con las pocas mujeres que poblaban los campamentos. Con el único que se mostraba abierta era con Pedro, con quien solía conversar durante horas cuando la guerra hacía una pausa.

—Conoces bien a Blanca, ¿verdad? —Marco reincidía en preguntarle a Pedro.

—Desde que éramos niños. —Sonrió al evocar aquellos días de inocencia y felicidad en los que todos andaban juntos por el pueblo y sus alrededores cometiendo fechorías de chicos.

—¿Y qué hace aquí? Es decir… ¿por qué está peleando esta guerra en vez de estar en casa? Dijiste que tenía un novio, ¿dónde está él?

—Eso, amigo, tendrás que preguntárselo a ella.

—Tú lo sabes —afirmó Marco, para quien Blanca se volvía una obsesión cada día que pasaba.

—Sí, claro que lo sé, y no soy un bocafloja. Y tú, ¿por qué insistes con ella? ¿No tienes acaso una esposa a punto de dar a luz?

—A estas alturas el crío ya debe de haber nacido —respondió Marco con pesar.

—Lo dices como si fuera una carga…

—Es que así es, no voy a mentirte. —Marco cerró los ojos un instante y recordó a Marcia la primera vez que la vio. Aunque toda esa belleza se había acabado para él no más poseerla.

—¿Por qué te casaste, entonces? —preguntó Pedro.

—Era mi deber, iba a tener un hijo mío…

—Ya veo. —Pedro se puso de pie—. Entonces, deja en paz a Blanca, ella ya ha sufrido bastante. —Galcerán se alejó y Marco quedó solo, pensativo. A esa fecha él ya sería padre… Quizá debiera regresar, ver cómo estaba todo… Allí en la montaña solo llegaban noticias de los pueblos cercanos, hacía días que no sabía nada de Gijón, las comunicaciones se habían interrumpido.

El único lazo que tenían era el *Boletín de Guerra*, que anunciaba las penurias económicas. El dinero no alcanzaba y el Departamento de Hacienda del Comité para la Defensa de la República no podía pagar los productos a los agricultores, y había pedido a los comités locales que tuvieran dinero, productos de rentas de comestibles o personas con medios económicos suficientes, que lo pusieran a disposición. Había que sacrificar el interés privado por el colectivo.

—Ha comenzado la requisa —anunció Diego al grupo que se hallaba reunido alrededor de un fuego donde se calentaban trozos de pan duro—. Han ordenado a los labradores preparar sus tierras y sembrar como en tiempos normales. Para asegurar el abastecimiento y las existencias se han constituido comités en cada pueblo, presididos por hombres designados por el Comité Regional y con la colaboración de agricultores y ganaderos.

—Sí, ya me he enterado —agregó otro miliciano que había llegado recientemente proveniente de uno de los partidos aledaños—. Esos comités tienen que regular las entradas y salidas, además de asegurar el aprovisionamiento de cada localidad. Han preparado almacenes generales de víveres, con despachos públicos; también fabrican y distribuyen pan, sumado a lo que han requisado de cosechas y ganado.

—Está todo racionalizado, la situación es caótica. Han pedido a las mujeres que cosan ropa interior para los milicianos.

—Creo que pretenden engañarnos con estos partes de guerra moralizantes —dijo Marco blandiendo las hojas—. Si nos dejamos llevar por lo que dice el boletín, estamos ganando la guerra, aunque yo creo que la situación es otra. —Marco no se equivocaba, el cerco franquista era cada vez más estrecho.

Cada día aparecían fugitivos que escapaban de León y contaban los horrores del fascismo. Blanca se acercaba a cada uno que llegaba y, después de dar consuelo y algo de alimento, formulaba las reiteradas preguntas para saber algo sobre su madre y Fermín. Desde el día en que habían irrumpido en su casa asesinando a su padre y llevándose a su madre, no había noche que no se durmiera con la pregunta tallando en su cerebro: ¿qué habría sido de ella? ¿Y él?

Recordó con amargura los últimos momentos a su lado. La herida del costado había sanado; no así la de la pierna, que se había infectado y ocasionado una gangrena. Después de unos días tuvieron que tomar la decisión: si querían salvarlo a él debían sacrificar su miembro inferior.

Fue Pedro quien tuvo que ayudar al médico en semejante empresa. Ni Blanca ni la madre de su amigo pudieron soportar la escena. Tampoco los aullidos de Fermín, a quien emborracharon con lo que pudieron conseguir, ante la escasez de todo. Blanca jamás olvidaría ese día, tampoco la mirada de odio de Fermín al despertar a la mañana siguiente y encontrarse mutilado de por vida. Fue la única vez que discutieron y ella asumió las culpas: todo había ocurrido por ella, por la obsesión que José Serrano tenía por la muchacha. Por más que ambos sabían que eso solo era una excusa, una necesidad de hallar un responsable de todo lo ocurrido, Blanca se cargó al hombro la mochila llena de reproches y dejó que él descargara su frustración contra ella. Pedro trató de interceder, pero su amigo estaba fuera de sí.

Con el paso de los días el herido se puso peor, gritaba contra todos, incluso contra la madre de Pedro, quien, temerosa de que volvieran a buscarlos, les dijo que tenían que irse.

Pedro se hizo cargo del viaje, consiguió una carreta y, rezando para no cruzarse con una de las tantas patrullas de fascistas, partió hacia las afueras de Boñar, donde residían unos parientes lejanos de Fermín. Blanca insistió en acompañarlos y Galcerán le pidió que se quedara a cuidar a su madre. Además, Fermín no cesaba de maldecirla.

Con el pecho desgarrado, Blanca vio partir a su amor, quien la despidió con furia en los ojos antes amorosos.

Cuando Pedro regresó, una semana después, ella le anunció que se iba al frente. Un odio ciego la impulsaba. Deseaba tener un fusil para acabar con la vida de Serrano. Los tiempos de cacería junto a su padre le serían de ayuda a la hora de empuñar un arma. Solo tenía la esperanza de que sus hermanos hubieran tenido piedad de su madre y la hubieran puesto a salvo; sin embargo, no había logrado recabar noticias sobre su destino.

Galcerán no la iba a dejar marchar sola, y allí estaban los dos, en la línea del frente norte.

# 43

*Gijón, septiembre de 1936*

Luego de la muerte de María Carmen Bruno no volvió a ser el mismo. Estaba rabioso y, para no tomárselas con Marcia, se iba de la casa durante todo el día, dejándola sola con la criatura, que no hacía más que llorar. Cumplía con su rol de mantener el hogar. Siempre traía comida, a veces de la que le daban según la cartilla, otras, robada y las menos del estraperlo, porque no tenía dinero para comprar nada.

Como represalia por el bombardeo del mes anterior los republicanos habían asesinado a los presos que tenían alojados en la iglesia de San José, para luego prenderla fuego. La misma suerte habían corrido las de San Pedro y San Lorenzo.

La ciudad estaba dividida, eran hermanos peleando contra hermanos; todavía en manos de republicanos, resistía como podía. A los que se descubrían como nacionales se los detenía e interrogaba duramente para obtener información sobre los futuros movimientos de Franco. Nadie se sentía a salvo.

Las pocas veces que Bruno se dirigía a Marcia era para ordenarle que no se alejara de la casa.

—Quisiera ver a mi familia.

—Deberías irte con ellos.

—No quiero irme, este es mi hogar ahora. —Su voz sonó vacilante, ya no estaba tan segura.

—¿De qué hogar me hablas? ¡Por Dios, Marcia! Tu marido te abandonó hace tiempo y estás viviendo conmigo. ¿No te importa acaso el qué dirán? —A Marcia no le gustó que le levantara la voz.

—¡Pues no! No me importa el qué dirán, solo quiero cumplir con mi promesa de boda. —La muchacha se escudaba en sus votos matrimoniales, aunque en el fondo sabía que estaba engañándose. El amor que creía sentir por Marco se le había licuado en las esperas y de quien no quería alejarse era de su cuñado. Bruno salió dando un portazo y se perdió en la noche.

Ante las voces airadas de la discusión, María de la Paz empezó a llorar y la joven madre fue en su búsqueda. La niña estaba cada día más linda, la inflamación de los párpados, característica de los recién nacidos, había cedido y los rasgos iban tomando forma. Marcia la besó y apretó contra sí. Después descorrió el vestido y le dio de mamar. Tenía los pechos hinchados y necesitaba aliviarse.

A causa de la escasa dieta y del amamantamiento había recuperado su cintura en apenas unos días. Volvía a estar bella.

Cenó sola lo poco que había quedado del mediodía y se tiró sobre la cama. Todavía hacía calor y pensó que le gustaría meterse al mar que rugía cerca. ¡Qué lejos había quedado todo!

Evocó otros veranos, cuando iba con sus amigas a la playa y observaban a los muchachos. Recordó las verbenas y los bailes, y la noche en que por fin Marco Noriega le había prestado atención.

¿Qué hubiera pasado si en vez de irse de la mano con él se hubiera quedado conversando con Bruno? Ese pensamiento que le sabía a pecado la obligó a concentrarse en otra cosa.

Mas no había otra cosa linda en la que pensar. Su suegra muerta, su marido peleando en la guerra, su amiga Silvia comprometida con la causa trabajando para la milicia y su familia acorazada en su casa con sótano. Y ella, dividida.

Era casi madrugada cuando un ruido la despertó. Aguzó el oído y supo que era Bruno. Se levantó, se cubrió con una bata y fue hacia la cocina, donde él bebía agua.

—Vete a la cama —ordenó por todo saludo.

—¿Qué ocurre, Bruno? ¿Por qué me tratas tan mal?

—Ya te lo dije, tienes que irte. —La miró y sus ojos albergaban muchas noches—. No puedes quedarte, Marcia, mi vida es un infierno contigo aquí.

—No te entiendo… —Se acercó, estaban a escasos centímetros—. No quiero irme, Bruno, no quiero dejarte.

—¿Qué dices?

—Que no quiero irme de tu lado… —Bajó la mirada, avergonzada—. Sé que está mal, pero te necesito.

Sus palabras abrieron las compuertas al deseo de Bruno. No pudo seguir aguantando todo lo que le pasaba cuando la tenía cerca. La tomó por la nuca y la acercó a su boca. La besó como nunca la había besado Marco, como si quisiera comérsela.

A Marcia le temblaron las piernas y sintió que se mojaba por todo el cuerpo. Elevó los brazos y se aferró a su cuello. Él la apretó por la cintura y le hizo sentir su deseo. Marcia gimió. Sin separar su boca, Bruno la alzó y caminó con ella hacia su habitación. Cayeron en la cama enredados, desesperados, buscándose la piel hasta quedar desnudos. Bruno la acarició y besó por todos lados; ella exhalaba suspiros y jadeos, nunca había experimentado algo así con Marco.

Cuando la sintió lista el hombre entró en ella; Marcia no pudo evitar comparar cuánta dulzura había en todo lo que su cuñado hacía. Era todo tan distinto a lo que había ocurrido con Marco que cuando llegó el orgasmo no pudo sofocar el aullido que salió de su garganta. Bruno sonrió de felicidad, con esa sonrisa plena, de niño grande, y buscó su propio placer. Después, se taparon con la sábana y se durmieron abrazados. Ambos tenían en su rostro las marcas del amor. Marcas que la mañana borró.

Al despertar con Marcia apretada a su costado Bruno recordó el error. Se levantó y se vistió deprisa. La muchacha abrió los ojos y vio su gesto serio otra vez.

—¿Pasa algo? —Se incorporó y sus senos quedaron al descubierto; él desvió la mirada, no deseaba sucumbir otra vez.

—He tomado una decisión —dijo sin mirarla—. Me ofreceré de voluntario.

Ante su declaración Marcia saltó del lecho y sin importarle su desnudez lo enfrentó haciendo que la mirara.

—¿Qué locura es esa? ¿Acaso no significó nada lo que hicimos juntos?

—Marcia, por el amor de Dios, ¡eres la mujer de mi hermano!

—¡Tu hermano nunca me hizo sentir lo que sentí anoche, Bruno! Tu hermano no me quiere y yo… yo tampoco lo quiero como creí.

—¡Basta! No hables más. Me iré, es una decisión tomada. Y tú volverás con tus padres.

—¡No quiero que te vayas, Bruno! —Lo agarró del brazo e intentó retenerlo—. ¡No me dejes!

—Vendrán a buscarme en cualquier momento, están reclutando a todos los hombres en edad. Debo ir.

—¡Tú no sabes lo que es la guerra! ¡Te matarán como a un perro!

—Quizá sea esa la solución. Desde que te vi aquella vez en la verbena mi vida ha sido un infierno —declaró para su sorpresa.

—¿Qué dices?

Tenía que confesarle lo que le pasaba, después de todo. Si perdía la vida en la guerra, al menos le habría dicho la verdad.

—Que debiste elegirme a mí y no a él. —Estaba frente a ella, los ojos más furiosos que nunca—. Yo te hubiera hecho mi esposa por voluntad, te hubiera cuidado como te mereces y jamás te habría faltado mi amor. —Marcia abrió los ojos, que empezaron a llenarse de lágrimas—. Te quise desde el primer instante en que posé mi mirada en ti.

—¡Oh! —La muchacha se llevó las manos a la boca mientras sus mejillas se mojaban de llanto—. Siempre pensé que me odiabas...

Bruno sonrió con pena. Marcia lo abrazó por la cintura y lloró sobre su pecho.

—Lo siento, lo siento —repetía sin cesar—. Yo... estoy confundida, no quiero que te vayas, por favor, no me dejes.

Bruno bajó la cabeza y la besó sorbiendo sus lágrimas. La apretó contra su cuerpo queriendo fundirla en él y ella supo que se estaba despidiendo.

Se besaron largamente hasta que los quejidos de María de la Paz los trajeron de vuelta a la realidad.

—Adiós, Marcia. —Tomó un morral donde había guardado algunas de sus pertenencias—. Cierra la casa y vete con tu familia.

La muchacha cayó sobre una silla y con lágrimas lo vio partir.

# 44

*Madre, yo me voy pal frente*
*para las líneas de fuego.*
*Anda, jaleo, jaleo.*
*Suena una ametralladora*
*y ya empieza el tiroteo.*

Fragmento de «El quinto regimiento»,
canción socialista

## *Línea del frente norte, septiembre de 1936*

L os días que llegaba la correspondencia al frente eran una fiesta para todos los que aguardaban noticias desde sus hogares.

Marco no recibió nada, como de costumbre, y no sabía si alegrarse o preocuparse. Su hijo ya debería de haber nacido, era extraño que no lo hubiesen avisado. Había mandado un mensaje avisando de su posición, para que su familia pudiera estar comunicada con él; hasta ese momento el silencio era total.

Se obligó a no preocuparse. Las malas noticias solían llegar rápido, de modo que juzgó que todo estaba bien.

Con el cartero arribó también una corresponsal de guerra, lo cual asombró a los hombres; no era común que una dama tuviera ese empleo; a juzgar por sus nuevos derechos, como el sufragio y sus primeras representantes políticas, como Clara Campoamor y Dolores Ibárruri, ya nada podía sorprender...

Cecilia González de Adurza había nacido en Tolosa, Guipúzcoa, y era la mayor de dos hermanos. Su padre, militante de la CNT, era un hombre interesado por la cultura y la política, y Cecilia se hizo a su imagen, siendo él su principal referente.

Mientras todos leían sus misivas cayó en manos de Marco un ejemplar de la prensa controlada por los anarquistas en Gijón, titulado *Las milicias populares*; iba fechado el 29 de agosto y decía:

Nosotros somos un ejército irregular. Tenemos valor. Valor e ideales. Dos elementos indispensables, pero insuficientes. Estamos haciendo la guerra según los consejos y dictado de nuestro instinto. Y el instinto, como la mano que mueve una lima, necesita el cerebro que la conduzca ... Convertir las milicias en un ejército disciplinado es tarea difícil ... Pero la realidad va demostrándonos todos los días que, al ejército fascista, disciplinado, por lo regular, solo le batiremos cuando podamos oponerle una fuerza regular y disciplinada ... A la disciplina de los demás, opongamos la propia disciplina. De esa manera aproximaremos la victoria y ahorraremos sangre. El instinto de conservación lo demanda.

Tras un mes de guerra, todas las organizaciones encuadradas en el Frente Popular reconocían la necesidad apremiante de orden y mando único. Fue así como a lo largo de la última semana del mes de agosto, en las oficinas del Banco Asturiano, en Salas, se habían celebrado reuniones de mandos militares, milicias y políticos para analizar la marcha de la guerra en el frente occidental. En ellas cobró cuerpo la idea de que era necesario profesionalizar las milicias para poder ofrecer una respuesta conjunta y firme al ejército contrario.

Finalmente, el 3 de septiembre de 1936 se reunieron en Grado los representantes oficiales de todos los partidos políticos integrados en el Frente Popular, de las organizaciones sindicales, los miembros del Comisariado de Guerra y el comandante Gállego, el militar que ya había participado en la organización de las milicias en Gijón desde el primer momento. En esa reunión se llegó al convencimiento de que era imprescindible dar a las unidades armadas la necesaria consistencia y disciplina que exigía la guerra que se estaba sosteniendo y redactaron unas orientaciones generales que servirían de base para imponer sanciones de carácter disciplinario. Los miembros del Comisariado de Guerra, en el que estaban representados los socialistas, los anarquistas y los comunistas, fueron los encargados. En los días siguientes fueron redactadas las «Instrucciones para los jefes de columna» y unas «Instrucciones para el combate».

Dichas directrices pronto llegaron a la línea de frente. Se nombró como jefe de columna a un republicano proveniente de Riaño que reunió a todos y declaró:

—Mando único no significa solamente que haya una cabeza o un órgano visible que adquiera la responsabilidad de las acciones de guerra —pasaba la vista por cada uno de los hombres que estaban formados ante él—; para que exista el mando único, y este es el compromiso adquirido unánimemente por todas las fuerzas militares y políticas para sus afiliados, es indispensable que el órgano cabeza visible sea obedecido por todos.

No sería fácil poner orden en los milicianos, cuya inexperiencia se unía al fervor de los intereses de cada uno de los grupos que formaban parte de ese ejército singular.

—Nuestra falta de pericia quedó en evidencia en los enfrentamientos que sufrieron nuestros compatriotas contra las columnas gallegas que avanzaron por el oeste —continuó el recién estrenado jefe de columna—. El movimiento en campo abierto tampoco nos favorece y eso ha hecho que muchas veces se produjeran retiradas por miedo. —Un murmullo general se elevó en señal de protesta y una voz anónima gritó: «¡Oye, que no somos cobardes!»—. No he llamado cobarde a nadie —replicó haciéndose cargo de la queja—, solo soy realista con lo que ocurre. Debemos dejar de lado nuestra ideología personal —se refería a los anarquistas, que se oponían a todo lo que significaba disciplina— y unirnos en pos del bien de la República, acatando la escala de mando. Si así no se hiciere, se adoptarán las medidas del caso. —De nuevo se oyeron quejas—. La guerra la tienen que hacer soldados, con uniforme o sin él. Con un distintivo social al cuello o con un gorro, pero militar al fin. Recluta o miliciano han de significar una misma cosa: disciplina, obediencia a quien mande.

Solo unos pocos aplaudieron al jefe de columna mientras el resto murmuraba su disconformidad.

Días después el Ministerio de Guerra dictó varios decretos, entre ellos, uno por el cual las milicias se sometían al Código de Justicia Militar, que quedarían a cargo del Ministerio a través del Estado Mayor Central.

Cuando el jefe dio orden de disolver el grupo y tomar sus nuevas posiciones Marco y Diego se acomodaron en sus puestos.

—Mal que me pese, debo darle la razón al nuevo jefe —dijo Diego—. Solo somos un grupo de entusiastas, decididos, sí, aunque no dejamos de ser voluntarios sin instrucción militar.

—Nos enfrentamos a un ejército disciplinado, que se mueve con seguridad —acordó Marco—. Solo tenemos guerrillas, hasta ahora cada grupo ha hecho lo que ha querido. Debemos armar un ejército, y para ello deberemos obedecer al jefe de columna.

—Me sorprendes —repuso Pedro, quien se había acercado en medio de la charla—. Estoy de acuerdo.

Cecilia, la corresponsal, se movía entre los hombres con soltura y naturalidad; en cambio, las otras mujeres la miraban con recelo.

Blanca, que también prefería estar en el bando masculino, se sintió acompañada cuando la joven reportera se sentó junto a ella y la convidó a un cigarrillo. Pese a que no solía fumar, lo agradeció; aquello era la guerra.

Cecilia le contó que había sido periodista del semanario *Estampa* en Madrid y que había escrito y publicado varios libros. Algunos eran de cuentos, y tenía uno sobre la lucha de clases en Italia. Su afición por la historia desde pequeña sumada a las lecturas anarquistas que tenía su padre la habían llevado por ese derrotero.

—No sabía que las mujeres publicaban también —dijo Blanca.

—Las mujeres vamos ganando espacios que antes solo pertenecían a los hombres —respondió Cecilia con orgullo—, por eso nos temen —añadió en voz más baja y sonriendo. Blanca se unió a su sonrisa—. Todo nos cuesta más; sin embargo, el ser mujer no tiene que ser un escollo. Debemos vencer la resistencia social a que la mujer piense y ejecute planes.

Blanca la admiró por su fortaleza. Parecía realmente valiente y combativa, no como ella, que vestía una fachada de rudeza que no tenía porque estaba rota por dentro.

—Reconozco que tienes coraje al venir aquí por voluntad propia.

—¿Y tú acaso no vienes por propia voluntad? —preguntó Cecilia, clavando sus ojos verdes en su compañera.

—No tuve demasiada opción…, debí escapar de mi pueblo.

Por primera vez desde que había llegado al frente Blanca se sinceraba y bajaba la guardia. Solo se permitía ser ella misma con Pedro.

—A veces no queda otra que aceptar el destino y tratar de hallar la mejor salida. Siempre hay que mirar al frente. —Cecilia dio una calada a su cigarro—. Durante la sublevación estaba en Guipúzcoa sirviendo a la causa antifascista desde las páginas del periódico local. Decidí convertirme en corresponsal de guerra del órgano oficial de los anarquistas vascos, y aquí estoy.

—¿Tienes familia?

—Madre, padre y hermanos, ahora refugiados en Vizcaya, y un novio vasco con quien planeo casarme el año entrante. ¿Y tú?

—Mi familia es un desastre —dijo Blanca con pena—. Mis hermanos son fascistas. —Había vergüenza en su mirada—. Mi madre fue detenida, no sé nada de ella… y mi padre fue muerto.

—¡Lo siento tanto! —Cecilia extendió la mano y la apoyó en su hombro—. Si quieres puedo hacer que averigüen el paradero de tu madre.

—¡Gracias!

Marco observaba la escena de lejos, al fin Blanca encajaba con alguien.

# 45

*Gijón, septiembre de 1936*

Cuando Bruno salió de la casa para irse a la guerra, Marcia se desplomó sobre la cama donde habían hecho el amor. Lloró como jamás lo había hecho, ni siquiera el abandono de Marco la había entristecido tanto. Sin Bruno se sentía desamparada, más sola que nunca, aun cuando su hija estuviera llorando en el cuarto contiguo. «¿Cómo pude estar tan ciega? ¿Cómo no me di cuenta antes de los sentimientos de Bruno? ¿Por qué elegí tan mal?», se reprochaba. Al lado de su cuñado siempre se había sentido segura; él era un buen puerto donde anclar sus inseguridades y sus miedos. Bruno se había hecho cargo de ella y de su hija, incluso cuando esta aún no había nacido se había preocupado para que no le faltara una cuna ni telas para hacer los pañales. Tarde comprendía que su malhumor y su distancia se debían a que estaba enamorado de ella, y no porque la odiara como había supuesto.

Olió las sábanas donde habían dormido juntos y halló la última prenda que él había usado. Se la llevó al rostro y aspiró su aroma a hombre, a macho en celo, y todo su ser se estremeció. Bruno la había hecho gozar como nunca se había propuesto Marco, siempre pensando en su propio placer. Bruno la había hecho sentirse mujer.

El llanto cada vez más fuerte de María de la Paz la sacó de la cama en su búsqueda. La tomó en sus brazos y le ofreció su pecho lleno. Mientras su hija mamaba decidió que cuando Bruno regresara, porque tenía que volver, hablarían. No se le ocurrió pensar que estaba casada, era como si de repente Marco no existiera.

Cuando su pequeña estuvo satisfecha, la acostó en la cuna y empezó a preparar todo para ir a casa de sus padres como le había pedido Bruno. No tenía sentido quedarse allí sola con todos los peligros que se cernían a su alrededor.

Mientras los combatientes hacían frente a los mercenarios moros y legionarios, hombres disfrazados como el ejército de Pancho Villa asesinaban a derechistas, sin juicio. Por toda España se extendía una fiebre homicida. A un lado se mataba a curas y monjas, a tenderos y militares retirados, porque había desaparecido el Estado democrático; al otro, a jornaleros, a maestros, a militares leales y a poetas, porque los alzados querían construir un nuevo Estado nacionalcatólico.

Dejando el orgullo al margen, Marcia reunió las pertenencias más urgentes y cerró la casa. No sin miedo, se dirigió a su hogar primero. Se cruzó con algunas patrullas que la interrogaron, debió de parecerles inofensiva, porque luego de algunas preguntas le permitieron seguir. Cuando llegó a la ciudad todo le parecía diferente. Los estragos de la guerra llegaban a todos los sectores. La huella del bombardeo era visible por doquier. Llamó a la puerta y le abrió su propia madre, quien al verla se arrojó a sus brazos.

—¡Marcia, querida! Al fin has entrado en razón —dijo Purita—. Ven, pasa, déjame ver a la niña. —Marcia le entregó a su nieta, que dormía con placidez, ajena a todo lo que ocurría a su alrededor—. ¿Cómo estás?

—Estoy bien... He venido porque Bruno... —le costaba pronunciar su nombre sin que le temblara la voz— Bruno se ha alistado.

—Oh, ¡cuánta desgracia, hija! ¿Fueron a reclutarlo?

—No, fue por su propia voluntad... —dijo con pena.

—De todas maneras, no iba a pasar demasiado tiempo sin que fueran a buscarlo, Marcia, están llevándose a todos los hombres en edad.

—Lo sé, he visto la ciudad... ¡Es todo tan triste, mamá!

Purita se conmovió. Su hija era muy joven y estaba viviendo una tragedia, seguro que extrañaba a su marido. Si bien Purita sabía que Marco no era el hombre que Marcia necesitaba, lo hecho hecho estaba.

—Ven, vamos a la cocina, debes alimentarte. Si ya estás otra vez en los huesos...

Entre el amamantamiento y el racionamiento severo, la muchacha había perdido todos los kilos aumentados con el embarazo, y más también.

—¿Y papá?

—En la fábrica, tratando de sostener todo a pesar de la situación. —Mientras hablaba preparaba algo para que su hija comiera—. Ya sabes que los obreros en armas ocuparon las calles e intentaron tomar los talleres. Tu padre fue sabio y pudo negociar con ellos. —Un gesto de pesar oscureció su rostro—. Ha permitido que controlen la producción..., aunque es mejor que perder todo. Los empresarios más comprometidos con la ideología de los sublevados huyeron o se escondieron, al menos nosotros somos del bando republicano.

—¿Tan grave es todo? —se inquietó Marcia, advirtiendo que al estar en las afueras de la ciudad se había perdido muchas cosas.

—El ministro de Industria y Comercio decretó la incautación de las empresas abandonadas por sus propietarios, que pasarán a ser gestionadas por comités de obreros. Por eso tu padre está allí, casi ni duerme.

Marcia se conmovió; Aitor Exilart no era un mal padre. Quizá había sido duro con ella, pero debía reconocer que, en el fondo, él tenía razón. Marco Noriega no era el hombre para ella.

—Quieren implantar el control obrero porque desean fabricar material bélico —prosiguió su madre—. En Cataluña es peor, una treintena de compañías ya están en manos de los trabajadores, incluyendo empresas de transportes y servicios. —Purita meneó la cabeza—. Dicen que, desde finales de julio, comités de defensa y patrullas revolucionarias fueron ocupando torres y pisos de propietarios en barrios burgueses como Sarriá y San Gervasio. Muchas iglesias y conventos fueron desvalijados, y católicos destacados y empresarios perecieron bajo las balas de las patrullas revolucionarias.

—Tengo miedo, madre —susurró Marcia—. Temo que Bruno no regrese —lo dijo sin pensar.

—¿Bruno? —repitió Purita.

—Eh…, sí, Bruno…, él se ha portado muy bien conmigo, ha sido quien nos ha cuidado todo este tiempo… Además, no está preparado para la guerra.

—¿Y Marco sí?

—A estas alturas… supongo que sí.

Su explicación no logró convencer a su madre, que cada minuto que pasaba estaba más preocupada por su hija, a quien notaba perdida.

—¿Y Gaia?

Marcia quería cambiar de tema. Mencionar a Bruno la estremecía, recordaba lo que habían hecho la víspera y el calor la invadía.

—En el hospital, se pasa el día ahí dentro… —Purita se encogió de hombros—. Al parecer encontró su vocación.

Marcia se ubicó en su antiguo cuarto, donde ya había instalada una cuna para la pequeña.

—¿Sabías que vendría? —preguntó a su madre.

Purita sonrió y se acercó a ella. Le acarició los cabellos.

—Tenía la esperanza de que lo hicieras. —Madre e hija se abrazaron.

—Lo siento, mamá, perdona por todo lo que me he equivocado.

La madre sintió que las lágrimas quemaban sus ojos y se permitió llorar.

—Bienvenida a casa, hija.

Aitor arribó casi a la hora de la cena y se sorprendió al encontrar allí a su hija y a su nieta. Cuando se dirigió hacia ellas, Marcia no sabía qué hacer. La última vez que se habían visto fue el día de la muerte de su suegra, y todo fue tan precipitado y extraño… Su padre la sorprendió al tomar en sus brazos a María de la Paz y hacerle morisquetas.

—Es igualita a ti cuando eras una cría —dijo fijando en ella sus ojos grises—. Hermosa.

Marcia esbozó una sonrisa.

—Me alegra que estés aquí.

—¡Oh, papá! —La joven no aguantó la emoción y se arrojó a sus brazos. El padre la cobijó y besó su cabeza—. ¡Lo siento! ¡Lamento si os hice daño!

—Ya está, yo también he cometido mis errores. Ven, vamos a la mesa, esperemos que Gaia venga a tiempo y cenemos en familia.

Cuando su hermana llegó estaban a punto de sentarse. Al ver a Marcia y a la niña sus ojos enseguida recorrieron el lugar buscando a alguien más. Pero el objeto de su desvelo no estaba.

—¡Marcia! —Se acercó a ella y la abrazó—. ¿Has venido a visitarnos o te quedarás?

—Me quedaré, al menos un tiempo.

—Eres bienvenida, hermanita. Déjame ver a mi sobrina. —Caminó hasta donde María de la Paz dormía y la observó—. Es preciosa, tan igualita a ti…

—Papá dijo lo mismo…

—Es que lo es, será igual de guapa. —Gaia la tomó de las manos y volvió a sonreír—. Me pone feliz que estés en casa otra vez.

Mientras cenaban, y dado que nadie mencionaba a Bruno, Gaia se atrevió a preguntar:

—¿Y tu cuñado? ¿Lo has dejado solo?

—Se ha alistado —declaró Marcia con la voz quebrada; de solo pensar que podría morir en el frente se le helaba el corazón. A Gaia le ocurrió otro tanto, aunque disimuló el malestar que le causaba la noticia—. Decidió ir antes de que lo vinieran a buscar.

Esa noche las hermanas se quedaron conversando hasta altas horas de la madrugada; Gaia contándole su labor en el hospital y Marcia sobre el embarazo y el nacimiento que no habían podido compartir. Volvían a ser las de antes, pese a todo lo horrendo que ocurría más allá de las paredes de la casa.

# 46

*Adelante, valientes camisas azules,*
*salvemos a España del odio y traición,*
*y en la vanguardia, cara al peligro,*
*gritos de guerra nuestras canciones son.*

Fragmento del Himno de la Bandera
Gallega de Falange

*Línea del frente norte, septiembre de 1936*

L os ataques para vencer el cerco eran fuertes. El ejército fascista había atacado durante la noche y las bajas en la línea del frente aumentaban con el paso de las horas. Muchos habían caído presos del miedo. Ver la muerte cara a cara los había enloquecido; tantos días lejos de sus hogares habían hecho estragos en la entereza de muchos de los soldados que habían sido reclutados a la fuerza para defender la República.

Cecilia, si bien no participaba en el combate, estaba en el frente testimoniando todo. Blanca la observaba entre disparo y disparo; era una mujer admirable, segura y moderna, hasta su peinado a lo *garçon* le daba un aire sofisticado.

El sobrevuelo de los bombarderos enemigos captó la atención de Blanca. Vistos desde abajo parecían tiburones, con sus grandes aletas de plata y ese zumbido que erizaba la piel. Pasaron de largo, seguramente con destino a la ciudad.

Marco, que estaba en la trinchera contigua, intentaba calmar a su compañero, un jovencito leonés que sufría un ataque de pánico y deseaba escapar.

—¡Quiero irme a casa! —gritaba enloquecido con las pupilas dilatadas y un temblor en todo el cuerpo.

—Cálmate, no puedes irte ahora, estamos en medio de un ataque.

La línea de frente seguía moviéndose y cambiando de manos una y otra vez. Había costado cientos de hombres que caían, despedazados por las explosiones o por la bayoneta cuando la lucha era cuerpo a cuerpo.

Las trincheras quedaban inundadas de sangre y llenas de jirones humanos. Había que tener el estómago vacío para no vomitar y sucumbir. Más de una vez, tanto hombres como mujeres acababan desvanecidos sobre la humedad roja a causa del espanto.

El jovencito seguía gritando que quería irse y en un descuido de Marco, que tuvo que disparar al frente para resistir la ofensiva, el chico hizo lo que había visto en días anteriores: asomó sus piernas por la trinchera para ser mutilado y así volver a su hogar.

Fue Blanca quien lo vio desde la fosa vecina y, sin pensarlo, salió corriendo y se arrojó sobre él, salvándolo de perder uno de sus miembros. Cayó sobre el cuerpo del muchacho, quien empezó a insultarla y golpearla hasta que Marco intervino y lo tumbó de un puñetazo.

—¿Estás loca, mujer? ¡Podrían haberte matado a ti! —la reprendió.

Ella no respondió, tomó el arma del jovencito y concentró su vista en el frente.

Durante el asalto no volvieron a hablar. El chico volvió en sí cuando todo había terminado.

—Lo siento… —dijo al tomar conciencia de lo que había hecho—. Lo siento, señorita.

—La próxima vez que quieras morir, no lo hagas en mi trinchera —respondió Marco de malhumor, recibiendo una mirada de reproche por parte de Blanca.

Al día siguiente volvió el mensajero con las cartas de las familias y de las «madrinas de guerra», mujeres de todas las edades, solteras, casadas o viudas, que mantenían correspondencia con quienes estaban en el frente para mitigar al invisible enemigo que desmoralizaba a todos por igual: la soledad.

Las «madrinas de guerra» enviaban cartas y también regalos. Eran figuras clave para sostener la moral de los soldados. Para facilitar la labor de las madrinas, la correspondencia era gratuita y algunos periódicos publicaban las peticiones de los militares y los ofrecimientos de las chicas para mantener la relación epistolar.

Diego tomó la carta de su esposa, que le enviaba un dibujo hecho por su hija mayor donde podía verse a un bebé dentro de su cuna. Sus ojos chispearon y apretó el papel contra su pecho como si fuera un tesoro.

Algunos recibían paquetes con dulces; otros, ropa y fotografías. Mientras observaba a sus compañeros abrir regalos y emocionarse, Marco fue sorprendido por dos sobres. Uno de ellos era viejo. Miró su fecha, había sido enviado hacía más de un mes. El otro era más reciente. Se alejó del grupo para leer tranquilo. Abrió el primero y una caligrafía que no conocía le anunció que era padre de una niña. Miró la firma de la carta, la misma Marcia le había escrito. Después de la noticia su mujer le contaba pormenores de la vida cotidiana y le pedía que regresara al hogar.

Miró el cielo gris de esa tarde que anunciaba lluvia y pensó en su futuro. ¿Qué haría al volver? No quería a Marcia, no albergaba ningún sentimiento hacia ella, ni siquiera la conocía lo suficiente. Era una joven bella, de buena familia y le había dado una hija; sin embargo, nada de eso lo hacía feliz. ¿Sería la guerra y sus atrocidades lo que lo habían vuelto insensible?

No, estaba seguro de que no. Su atención estaba puesta en Blanca, la inaccesible y distante Blanca. Ella sí le despertaba el sentir, la pensaba todas las noches antes de dormir y cada mañana al despertar. Ni siquiera recordaba sus amores con la chica del pueblo vecino, a quien también había abandonado para ir a la guerra.

Abrió el otro sobre, la letra era también de Marcia. Suponía el contenido de la carta: más noticias sobre la bebé y el ruego final para que volviera. A medida que sus ojos devoraban las letras caía en el error de su prejuicio. Su madre había muerto en un bombardeo. Apretó el papel hasta hacerlo una bola y un grito de furia salió de su garganta quebrando la paz de ese atardecer. Después se dobló en dos y lloró como hacía años, con un llanto de niño abandonado por todos.

Desde la distancia sus amigos y Blanca lo observaban, ninguno osó acercarse; respetarían su duelo. Cuando finalmente se calmó, se puso de pie y se acercó al grupo, que fingía normalidad. Antes de que le preguntaran dijo:

—Mi madre ha muerto en un bombardeo. —Diego suspiró, no se atrevió a preguntar por el bebé—. Debo partir.

—No puedes irte sin permiso —indicó Pedro tomándolo del brazo al ver la furia en los ojos verdes—. Te acusarán de desertor.

—¡Tengo que irme! ¡Mi esposa ha dado a luz y mi madre ha muerto! —repitió—. Me iré esta noche.

Blanca, que estaba a unos metros, había escuchado la conversación. Se puso de pie y se acercó.

—No puedes fugarte —dijo con serenidad—, ya sabes que han puesto grupos de guardia de cuatro centinelas de los más confiables. ¿O acaso olvidaste lo que le ocurrió al último que intentó desertar?

Marco la miró. Blanca hablaba poco, pero cuando lo hacía sus palabras eran certeras como dagas.

—¿Y cuál es tu plan entonces? —respondió con ironía.

—Quizá te otorguen el permiso. Al menos deberías intentarlo antes de suicidarte.

—Blanca tiene razón —declaró Pedro—. Ve a hablar con el jefe, tienes motivos de sobra.

El jefe no se lo otorgó sino hasta dos días después. Se esperaba un fuerte ataque y necesitaba contar con todos los hombres disponibles.

Marco regresó a su casamata hecho una furia. Sabía que sus amigos tenían razón, escapar por entre los centinelas sería un imposible, además, luego sería castigado.

El enfrentamiento no se hizo esperar. El bombardeo de los nacionales sirvió a Marco para disparar su rabia hacia ese enemigo invisible que estaba detrás de la línea del frente.

# 47

*Gijón, septiembre de 1936*

A medida que Marco avanzaba por la ciudad se sentía como en otro sitio. Gijón había cambiado mucho desde la última vez que había estado. Los estragos de la guerra se veían en cada fachada y en los rostros de los que habían perdido a algún familiar.

Ante el sitio de Oviedo se había reestructurado el poder republicano en la ciudad, adonde se había trasladado el Comité Provincial del Frente Popular, que coincidía con el proceso de militarización de las milicias. Se creó el Tribunal Popular Provincial, reorganizándose la justicia, y se disolvieron cuantos comités venían actuando.

Mientras se adentraba en las calles que antes vestían alegría y jolgorio, Marco absorbía la tristeza de la guerra. Se percibía el interés de las autoridades republicanas por impedir las acciones de terror y la actuación de los incontrolados.

Se apenó al ver a la gente haciendo largas filas para conseguir alimentos según lo que tenían asignado en las cartillas. La cantidad de refugiados también complicaba la situación: los productos escaseaban.

Al llegar a la casa Marco advirtió desde lejos que estaba vacía. El abandono y la soledad se aspiraban en el aire salobre que venía del mar, en los yuyos altos y las ventanas cerradas. ¿Dónde estaría Marcia? ¿Y Bruno?

Ingresó y el frío de la ausencia le caló hasta los huesos. La cocina estaba limpia y ordenada, aunque sin vida. Fue a la habitación de su madre y se sentó en la cama. Aspiró su aroma impregnado en las cosas: la suave manta de verano, los almohadones que ella usaba debajo de sus piernas cansadas, las cortinas de tela liviana. Tomó la almohada y la acercó a su rostro; como un niño, lloró.

Se inclinó y se dejó llevar por la tristeza. En posición fetal descargó su pena y supo que lo había hecho todo mal. Quizá si él hubiera estado en la casa su madre no habría muerto. Quizá si él se hubiera quedado a cuidar de su familia... Pero había escapado, se había alejado por cobardía más que por ideales, tenía que reconocerlo. El desamor por Marcia lo había impulsado a buscar otro horizonte, y qué mejor que irse al frente, sin pensar en la magnitud de lo que se estaba gestando.

Lloró y dejó fluir su dolor y sus errores, a los cuales tenía que enfrentarse. Debía hacerse cargo de su mujer y de su hija. Eran su responsabilidad aun cuando no sintiera cariño por su esposa.

Se puso de pie y fue hasta el cuarto matrimonial. Todo estaba ordenado. Algunas ropas colgaban de los ganchos y una cuna vacía custodiaba la ventana. Se acercó a ella y acarició los bordes y los barrotes. Supo que tenía el sello de Bruno y una punzada de celos lo hizo apretar la mandíbula. Él debería haber hecho la cuna de su hija y había sido su hermano quien había ocupado su lugar.

Pensó en Bruno, por quien tenía sentimientos encontrados. Lo quería, también lo detestaba a veces. Siempre se había comparado con él, a quien pese a todo admiraba. Era tiempo de reconocer que su recelo venía de la envidia de no poder ser como Bruno, de carecer de su templanza y firmeza para todo. Él no poseía la integridad que iluminaba a su hermano.

Cuando terminó de recorrer la casa salió rumbo a la ciudad. Suponía que Marcia estaría con sus padres.

En el camino se cruzó con un antiguo compañero de la fábrica de aceros, un hombre que podría ser su padre.

—Muchacho…, lamento lo de tu madre —le dijo el viejo palmeándole la espalda.

—Gracias. Está todo tan cambiado…

—La mayoría de los hombres se han ido a la guerra; solo hemos quedado los viejos, las mujeres y los niños.

—¿Mi hermano también…? —No pudo continuar. Deseaba que Bruno no estuviera en el frente, no podía perderlo también a él.

—Supongo que sí, han reclutado a todos los hombres en edad. ¿Y tú qué haces aquí? ¿Te han dado permiso?

—Sí, por lo de mi madre, y el nacimiento.

—¡Claro, hombre! ¡Felicidades! —Volvió a palmearle la espalda.

Continuó su camino y arribó a la casa de Aitor Exilart. No sabía cómo sería recibido; estaba dispuesto a llevarse a su mujer y a su hija a su vivienda, al menos por el tiempo que durara su licencia.

Llamó y aguardó expectante. Fue una empleada quien abrió y al verlo su rostro hizo una mueca de sorpresa.

—Pase, señor Noriega, avisaré a la familia.

Marco se quitó la boina y aguardó en medio del salón. Unos pasos que se acercaban le indicaron que alguien venía. Miró hacia el umbral y vio a su esposa.

Marcia lo miraba sin expresar ninguna emoción; parecía de cera. Fue él quien se aproximó y se detuvo frente a ella. Por primera vez no sabía qué decir, se sentía turbado, estaba tan distinta… No solo físicamente; había recuperado la figura de cuando la conociera y lucía más bella, si es que eso era posible. Su mirada estaba cambiada, tenía una madurez desconocida y un velado reproche se colaba entre el gris acerado.

—Marcia…

—Lamento lo de tu madre. —Se apresuró a decir ella—. Fue una segunda madre para mí.

Marco bajó la cabeza y apretó los dientes, no quería llorar ante ella. Marcia sintió ganas de abrazarlo para darle consuelo, le dolía ver a ese hombre siempre tan seguro de sí mismo en ese estado de desolación. Marco enseguida se recompuso.

—Vine en cuanto me enteré… Recibí las dos cartas juntas. ¿La niña…?

—Ella está bien, duerme ahora. Ven, debes de tener hambre.

Marcia avanzó hacia el comedor y él la siguió. Sobre la mesa había dispuesta una breve merienda y la muchacha lo instó a sentarse.

—¿Dónde está Bruno? La casa estaba vacía.

Escuchar el nombre de su cuñado la estremeció y no pudo evitar que los colores se le subieran al rostro. Aún no podía quitarse de la mente lo que había vivido junto con él.

—Se fue a la guerra también. —Marco notó el temblor en su voz.

—¿Lo reclutaron?

—Fue voluntario…, cuando pasó lo de tu madre.

—Entiendo… ¿Has tenido noticias? ¿Sabes dónde está?

—No, no sé nada. Ya ha pasado casi un mes… —respondió con desazón, y Marco se preguntó por qué ella se ponía tan extraña al hablar de Bruno—. ¿Te quedarás?

—Solo unos días…, luego tendré que volver al frente.

A Marcia no le dolía la frialdad con que se trataban, ya no. En otro momento hubiera deseado un abrazo, un beso de su marido. Marco también advertía la distancia entre los dos; no sabía si prefería eso o a la mujer demandante de cariño que había dejado. Quizá se debía a que estaban en casa de sus padres..., quizá a su reciente maternidad.

—Quisiera ver a la niña —pidió—. ¿Cómo le has puesto?

—María de la Paz.

—Bonito nombre. —Marco terminó de comer y se puso de pie.

La casa estaba silenciosa y el hombre se preguntó dónde estaría el resto de la familia, aunque prefería no tener que verlos.

Siguió a Marcia hacia uno de los cuartos. Al ingresar, la penumbra del ambiente los envolvió. De a poco sus ojos se acostumbraron a la oscuridad y pudo divisar la cama y a un costado la cuna. Era antigua y lujosa en comparación con la que había hecho Bruno.

Dio unos pasos y miró en su interior. Un bultito pequeño dormía la paz de los inocentes. Apenas podía distinguir sus facciones, era menuda hasta el mínimo detalle.

Marco sonrió. La bebé pareció advertir sus presencias porque emitió un sonido de gatito y se movió. Un estruendo los sobresaltó y María de la Paz empezó a llorar.

—No se acostumbra a los disparos —comentó la joven madre al tiempo que la alzaba—. Ya, ya... —decía mientras iba meciéndola contra su pecho, logrando calmarla—. ¿Quieres cogerla?

Marco asintió y extendió los brazos. La tomó con miedo, como si fuera a partirse. La observó con detenimiento y sonrió.

—Es muy pequeña... —No sabía qué decir.

María de la Paz largó el llanto de nuevo, no conocía a su padre y se sentía insegura. Marcia volvió a cogerla y se sentó al borde de la cama para darle de mamar.

Marco, incómodo, caminó hacia la ventana y descorrió las cortinas.

—Debemos ir a casa —dijo—, al menos hasta que tenga que regresar al frente. Luego podrás regresar, estarás más segura.

—Puedes quedarte...

—No. —Su respuesta fue rotunda—. No dormiré en la casa de tu padre. Cuando me vaya podrás volver.

Marcia preparó algunas cosas y aguardó la llegada de su madre. No se iría sin avisar.

Purita se sorprendió ante la presencia de Marco, de inmediato una sombra cruzó sus ojos.

—Marco..., lamento lo de tu madre.

—Gracias, señora.

—Bueno..., entonces... ¿has venido para quedarte?

—Madre, Marco solo se quedará unos días. Volveré a la casa con él.

—Aquí estaréis más seguros, tenemos el sótano.

—En una semana Marcia y la niña regresarán, señora —intervino Marco.

Purita supo que no podría torcer la voluntad de su yerno ni tampoco la de su hija, a quien veía por demás extraña. Quizá el estar sola con su esposo le devolviera la normalidad.

48

*Nadie en el Tercio sabía*
*quién era aquel legionario tan audaz y temerario*
*que a la Legión se alistó.*

Fragmento de «Novio de la muerte»,
canción militar

*Septiembre de 1936, frente norte, río Nalón*

Alistado en las Milicias Antifascistas Obreras y Campesinas, Bruno hizo el viaje hacia su destino. Había partido de la casa en medio de la desazón y el dolor. No sabía a
lo que se enfrentaría, era tanta su necesidad de alejarse de
Marcia y la culpa que sentía por haber traicionado a Marco
que la posibilidad de la muerte en batalla no le quitaba el
sueño.

Amaba a Marcia, la mujer de su hermano, una mujer prohibida sobre la que nunca tendría que haber puesto los ojos,
menos el corazón. Era mejor estar lejos, aturdir hasta aniquilar ese sentimiento, y, si era necesario, morir.

Había recibido unas pocas directivas. Ni siquiera había practicado con las armas de mayor calibre. Era uno más de tantos que carecía de instrucción militar, solo lo alumbraban la culpa y la responsabilidad.

Las milicias del ejército hasta ese momento estaban organizadas a voluntad de sindicatos y partidos políticos, por lo cual carecían de coordinación eficaz entre sí. Cada soldado recibía diez pesetas mensuales, aunque el gobierno no tenía control real sobre el ejército. Recién en octubre se crearía el Comisariado de Guerra y se formarían las Brigadas, movilizándose a toda la población masculina entre veinte y cuarenta y cinco años.

—¿A dónde vamos? —le preguntó un jovencito de mirada asustada.

—Al frente del Nalón. —Bruno no tenía ganas de conversar con nadie.

—No sé qué es eso…

—Escucha, niño, no vine aquí a dar clases —respondió Bruno de mala manera.

Siguieron andando, cargados con sus bártulos, en filas de a dos o de a tres. La mayoría venía charlando, solo ellos dos permanecían en silencio. De reojo, Bruno miró a su compañero, no debía de tener más de dieciocho años.

—¿Te uniste como voluntario? —inquirió, arrepentido de haber sido tan hosco con él.

—Sí, no tengo a nadie, y me dijeron que aquí me pagarían y darían de comer.

Bruno sonrió con ironía y pensó que también le darían la muerte. Ese muchacho no estaba preparado para la guerra.

—El frente del Nalón es un enclave importante —explicó—, debemos impedir que los golpistas que tienen sitiada a Oviedo puedan unir sus fuerzas con las columnas gallegas que vienen avanzando.

El muchacho quedó pensativo y al momento declaró:

—No sé muy bien cómo va la guerra.

—La guerra acaba de empezar —dijo con pesar—. Los nacionales nos están aislando, debemos resistir y, si podemos, romper el cerco.

Formaban parte de la columna un grupo de mujeres que pertenecían a la agrupación Mujeres Libres (ML), de raigambre anarquista, y otras integrantes de la Asociación de Mujeres Antifascistas (AMA). A diferencia de lo que sucedió en el bando golpista, donde la actuación de las damas era exclusivamente en la retaguardia, la movilización femenina en la zona republicana estaba ligada también a la revolución social, además de a la guerra antifascista. Se las llamaba «las rojas», por su vinculación con la Unión Soviética, que al contrario que Francia y los países vecinos posicionados en la no intervención, sí enviaba ayuda a la República durante la guerra. Estas mujeres no solo defendían los valores democráticos sino también sus propios derechos.

Luego de unos días de viaje, durante el cual se iban sumando voluntarios, llegaron al sitio. El paisaje era bello y acogedor, acompañado por el canto de los pájaros que pronto callarían sus voces ante el sonido de las municiones que harían retumbar todo el paraje.

Se unieron a la tropa allí apostada, que ya ocupaba el campamento donde el bando republicano trataba de resistir. Sacos, trincheras y nidos de ametralladoras convivían en un espectacular entorno montañoso.

Esa misma noche una flotilla de bombarderos Heinkel asoló la zona. El zumbido primero y las descargas después azotaron el acantonamiento y dejaron un saldo importante de heridos y muertos. Había sido tan sorpresivo que no dio tiempo a nada.

Bruno salvó la vida de milagro, resguardando también la del jovencito que se le había pegado como cardo. Al sentir el rugido en el cielo el instinto lo arrojó dentro de una profunda hendidura entre las piedras, desde la cual llamó a su compañero para que se le uniera. La grieta era pequeña, pero los cobijó a ambos.

La luz del amanecer mostró el saldo del ataque. Hubo que ocuparse de los fallecidos y de curar a los lastimados. Solo había un médico que debió hacerse cargo, con la ayuda de las mujeres, que se afanaban para atender a todos. La vida allí era muy distinta a la que se imaginaban los ciudadanos. Era tanto el trajín que nadie tenía tiempo de pensar en lo que había dejado atrás.

Bruno pudo apreciar la inmensidad del lugar recién durante la tarde. La trinchera que ocupaban tenía una distancia de varios kilómetros y estaba llena de infraestructuras y elementos bélicos: nidos de ametralladoras, pozos, chabolas y depósitos.

La rutina se instaló en su vida y poco a poco fue integrándose a ese grupo de hombres tan dispares como el follaje que los circundaba.

Había de todo en cuanto a ideología. Los republicanos defendían la democracia parlamentaria multipartidista, mientras que los comunistas y socialistas aspiraban a un estado socialista. Estos, a su vez, estaban divididos entre trotskistas y estalinistas. Todos ellos eran llamados por el bando contrario, peyorativamente, como «rojos», por haber obtenido el apoyo de la Unión Soviética y el Partido Comunista.

Entre las mujeres también había diferencias en sus discursos. Bruno pudo oír una discusión entre Matilde, antifascista, y Pilar, anarquista.

—La prioridad aquí es defender la República —declaraba Matilde—, y ganar la guerra sin que los fascistas y los moros que los secundan nos sometan.

—¡Y luchar por nuestra independencia! —añadió Pilar, quien antes de la guerra trabajaba como costurera en una fábrica—. Nosotras no solo servimos para las tareas asistenciales, hemos demostrado que podemos luchar igual o mejor que el hombre.

—Somos conscientes de nuestros derechos —dijo Matilde, viuda de guerra—, de la igualdad de oportunidades que merecemos, aunque el objetivo de esta batalla está por encima de nuestros pensamientos individuales.

—No estoy de acuerdo —Pilar se manifestaba con ardor—: esta guerra tiene que dejar como saldo la abolición de nuestra esclavitud. Como mujeres libres que somos tenemos que salir de la ignorancia de las cocinas. ¡También tenemos derecho a educarnos y ser nuestros propios jefes!

—¡Vaya con estas damas! —exclamó un miliciano mientras liaba un cigarro—. Mejor no meterse con ellas.

En su gran mayoría eran trabajadoras de las fábricas. Había una taquígrafa, dos viudas y una prostituta, que había hallado en la guerra mejores condiciones que en el burdel donde trabajaba. Al menos allí podía cobrar lo que quisiera y todo sería para ella.

Durante la noche, detrás de las trincheras, se hacían fogones y se bebía, compartiendo las provisiones. Con el correr de los días se fueron formando algunas parejas, más por soledad que por cariño, y era común ver dormir a los hombres abrazando el cuerpo tibio de una mujer.

El cordón montañoso que separaba Illas de Candamo y Las Regueras fue una línea defensiva muy importante para el bando republicano, que resistiría hasta el 1 de agosto de 1937.

Había días en que atacaban a los nacionales y lograban diezmar sus fuerzas, otros en que debían resistir los embistes enemigos. Las batallas eran sangrientas y quienes no estaban preparados para la guerra preferían la muerte antes de seguir soportando ese infierno. Las distintas banderas ondeaban en los dos frentes; en el bando franquista podía verse la rojigualda con el águila de San Juan en el medio, homenaje a los Reyes Católicos, o la falangista, roja con el símbolo negro; en el republicano, la roja, amarilla y morada, más la negra y roja cortada en diagonal de los anarquistas, roja por la CNT y negra por el FAI, además de la roja y amarilla de los comunistas. Bruno se había convertido en el protector del jovencito, llamado Mateo, quien por momentos tenía la tentación de dispararse un tiro para salir de allí, como había escuchado que solían hacer los soldados que querían regresar a sus hogares.

Muchos también habían intentado desertar y habían sido castigados por ello. Solo los aliviaban un poco las cartas que recibían de sus familias o de las madrinas de guerra. A Bruno nadie le escribía, nadie sabía dónde estaba. Era mejor así. Tampoco deseaba recibir noticias, mejor olvidarse de Marcia y su hija.

Evitaba pensar en Marco, seguía sintiéndose en falta con él, y nada de lo que se dijera para justificarse era cierto. Se había acostado con la mujer de su hermano y eso no tenía vuelta atrás.

—¿Tienes familia? —le preguntó Mateo una tarde.

—¿Y a ti qué te importa eso?

—Es que eres uno de los pocos que no recibe cartas…

—¿A ti quién te escribe? —Mateo recibía de vez en cuando correspondencia y regalos.

—Una chica, se llama María, y vive en Avilés. —Al nombrarla sus ojos oscuros se iluminaron—. Me ha mandado una foto, es muy bonita.

—Me alegro por ti, quizá cuando la guerra termine puedas ir a conocerla.

—¿Crees que terminará pronto? Ya no quiero estar aquí, me equivoqué al venir —dijo con pesar.

—Igual habrías venido, están reclutando a todos.

La belleza del paisaje serrano, con sus brezos en flor y su fauna típica, donde no faltaban las ardillas ni los pájaros, convivía con el horror de la guerra. La armonía natural era interrumpida por obras militares, que menguaban su esplendor.

Las trincheras de combate alternaban con las de comunicaciones. Había casamatas de artillería, nidos de ametralladoras de una, dos y tres troneras. Lo que más llamaba la atención eran los emplazamientos tipo búnker para puestos de mando. También tenían refugios para las tropas.

La ofensiva republicana contaba con los Policarpov I-15 que surcaban los aires con gran protagonismo. Cuando llegaban los ataques, la zona más segura era bajo las paredes de hormigón del interior de los nidos, que aguantaban disparos e impactos de aviación.

Desde los pueblos llegaban provisiones y noticias de otros sitios: que tal ciudad había caído, o la cantidad de bajas.

En la retaguardia de las trincheras las mujeres que no empuñaban las armas eran las encargadas de cocinar, buscar el agua y curar las heridas del cuerpo, cuando no las del alma. Ese era el nuevo mundo para Bruno.

# 49

*Gijón, septiembre de 1936*

Ni bien ingresaron en la casa, Marcia se sintió incómoda. De nuevo estaba en el que había elegido como hogar, que de hogar no tenía nada sin la presencia de María Carmen, sin Bruno.

Durante el trayecto habían permanecido silenciosos, quizá debido a la presencia del chofer de Aitor, dado que este ordenó que los llevara hasta la casa de las afueras.

La despedida con su madre, si bien serían pocos días, había sido intensa, como si no fueran a verse durante mucho tiempo. Purita se había quedado preocupada, ¿desde cuándo Marcia daba signos de nostalgia?

¿Por qué no quería irse con su marido? Porque, por más que la muchacha no hubiera manifestado nada, ella bien sabía que algo angustiaba a su hija, algo que tenía que ver con su matrimonio. Desde que había llegado la notó extraña, entre ausente y triste. Se suponía que el regreso de su esposo, sano y salvo, debía alegrarla, y no era así.

Afuera estaba templado, en la vivienda anidaba el frío de haber estado cerrada. María de la Paz lloraba y la joven madre tuvo que hacerse cargo de ella. Se dirigió a la habitación y se sentó sobre el lecho para darle de mamar.

Marco se ocupó de abrir las ventanas permitiendo el ingreso del sol, luego se asomó al cuarto. La imagen de su esposa, cuyos pechos llenos alimentaban a la niña, lo impactó. Nunca había visto a una mujer amamantar y fue una visión demasiado fuerte.

Marcia tenía una belleza propia que volvía a encenderse, aunque su mirada era triste. El hombre se conmovió y se acercó. Ella se alteró ante su presencia, no le gustaba que la mirara de esa manera; la bebé debió de advertirlo porque se desprendió del pecho y empezó a berrear.

—Lo siento —murmuró—, esperaré afuera.

A Marcia también la sorprendió la actitud del marido. Él nunca había sido atento con ella, desde el forzoso matrimonio se había mostrado enojado.

Cuando finalizó, acostó a María de la Paz luego de sacudir sábanas y mantas, no fuera a ser que algún animalillo se hubiera instalado en su cuna. La arropó con una cobija ligera y salió.

Al verla ingresar en la cocina Marco se puso de pie. Quedaron ambos en silencio, mirándose, sin saber qué hacer.

—Esta casa sin ella —dijo Marcia mientras extendía los brazos abarcando todo— se siente vacía.

Marco le dio la espalda, las lágrimas asomaban a sus ojos y se resistió a dejarlas caer.

—Deberemos acostumbrarnos —fue lo único que pudo decir su esposo antes de salir. Necesitaba estar solo.

Por la ventana Marcia lo vio sentarse sobre un tronco y perder la mirada en el mar que rugía a lo lejos. La vista desde allí era preciosa, estaba manchada por el gris de la guerra.

Quizá debería ir a consolarlo, pero seguramente él prefería estar solo. Por algo se había alejado.

Empezó a buscar qué había en la casa para comer y solo halló unas papas húmedas y unas cebollas; deberían contentarse con una sopa. No había más provisiones. Se había olvidado en el automóvil de su padre los víveres que su madre le había empaquetado para salir del paso.

Los días junto a su familia había comido bien, allí había una reserva de alimentos. Ahora debía volver a pasar hambre.

Salió a buscar agua y se ocupó de preparar todo para la magra cena.

Cuando Marco regresó ya no había rastros de melancolía. Sentados frente a frente en la mesa no sabían de qué hablar. Eran como dos desconocidos que coincidían por primera vez. Ambos se daban cuenta, tardíamente, del error del matrimonio, pese a ello ninguno se atrevía a mencionar la palabra «divorcio». No era el momento para semejante planteo, en medio de la guerra y con una niña recién nacida. Marco intentó poner voluntad y empezó a contarle cosas del frente que, a Marcia, a quien la violencia la descomponía, no le interesaban. Al referir a uno de los ataques con su consiguiente saldo de muertos y heridos, la muchacha le pidió que se callara. De solo pensar que Bruno estaba en la misma situación se le encogía el alma.

—Lo siento —dijo él.

Llegó el momento de acostarse, Marcia hubiera querido que Marco durmiera en la habitación de su hermano, pero el esposo estaba dispuesto a ejercer sus derechos.

Sin hacer ruido, para no despertar a María de la Paz, quien al fin se había dormido, se metieron en la cama. Ella se había puesto un largo camisón, totalmente cerrado. El aroma a lavanda y leche que Marcia despedía agitó el sentir de Marco.

Sin siquiera un beso y con apenas un «hasta mañana», ella le dio la espalda y rogó para que él se durmiera cuanto antes. Podía sentir sus ojos atravesando la delgada tela del camisón, el calor que emanaba de su cuerpo, sus ganas de hombre que no ha estado con una hembra en largo tiempo.

Marco por su parte ardía. La visión de sus pechos horas antes, su olor y ese sentirla lejana, le avivaba el deseo. Se maldijo por lo contradictorio de sus sentimientos, hacía apenas unas horas estaba llorando a su madre.

Giró hacia el borde de la cama, no sucumbiría hasta estar seguro de lo que debía hacer con ella. Además, Marcia no daba muestras de interés en su persona, por el contrario, lo rechazaba, lo cual hería su orgullo de macho en celo.

Marcia fue la primera en levantarse, María de la Paz no la había dejado dormir mucho, todavía tenía el sueño interrumpido por el hambre. Marco, en cambio, no se había enterado de nada, hacía tanto que no descansaba en una verdadera cama que parecía que las sábanas lo habían atrapado.

Después de desayunar él se dispuso para ir de pesca, era necesario alimentarse bien, se aproximaba el otoño y los primeros fríos, no podían estar débiles.

—Es peligroso que te acerques a la costa —dijo Marcia.

—Es lo mismo aquí que allá —respondió Marco señalando las playas que veían por la ventana.

La muchacha se encogió de hombros y lo vio partir con su rudimentario aparejo. Puso orden a la casa y se ocupó de la niña. La soledad era inmensa, no soportaba el silencio de la ausencia de María Carmen. Pensó en Bruno. ¿Dónde estaría? ¿Cómo sería su vida de soldado? Necesitaba saber de él, de pronto se daba cuenta de cuánto lo extrañaba.

¿Y Marco? Marco estaba allí, a metros de distancia y, sin embargo, no sentía nada por él. Ni siquiera ansiaba un abrazo, ni una mirada de esas que antes buscaba, esperanzada, pasándole por delante de los ojos en cuanta verbena había. ¡Qué tonta había sido! Se le había regalado y ¿qué había conseguido? Un matrimonio por obligación, nada más.

Ya no había vuelta atrás, menos en ese momento. Solo quería volver a su casa, junto a sus padres y su hermana. Allí se sentía contenida y no la abrumaba tanto la soledad. Una vez su madre le había dicho que cuando tuviera sus propios hijos nunca más se sentiría sola; en su caso no había funcionado. La presencia de María de la Paz no lograba llenar ese vacío, esa sensación de añoranza, esa melancolía constante que no la abandonaba.

Cuando Marco regresó traía dos pescados. No era gran cosa, aunque serviría para llenar la olla. Comieron en silencio, casi sin mirarse. La tensión flotaba en el aire, era la incomodidad propia de dos personas que no se conocen y deben permanecer juntas.

—¿Tienes la cartilla? —preguntó el hombre luego del almuerzo—. Iré a la ciudad.

—No... no sé dónde está. Siempre era Bruno quien iba...

Marco hizo una mueca de disgusto. Bruno, otra vez Bruno ocupándose de todo.

—No era mucho lo que nos daban... —se excusó Marcia—, Bruno solía acudir al estraperlo.

—Veré qué más puedo conseguir.

Sin despedirse siquiera, Marco se fue. Cuando regresó era casi de noche. Traía un paquete con algunas hortalizas y unos garbanzos. Marcia no le preguntó de dónde lo había sacado; quizá era mejor no saber. Los días que Marco estuvo en la casa fueron rutinarios. Solo la presencia de la bebé interrumpía los silencios que se habían instalado entre ellos. Habían desistido en los vanos intentos de conversar y se habían resignado a los largos mutismos.

Tampoco Marco evidenciaba hondos sentimientos hacia la bebé. No sabía cómo tratarla y las pocas veces que la había alzado se había sentido incómodo, con miedo de que se le fuera a caer o quebrar, de tan pequeñita que era. María de la Paz lo advertía y rompía en llanto, regresando al pecho seguro de su madre.

Pese a ello seguían compartiendo la cama. La última noche Marco se acercó al cuerpo de su mujer, primero posó una mano sobre su cintura y ella pudo sentir todo su calor a su espalda. La joven se mordió los labios, no deseaba recibirlo. Su marido se aproximó y le hizo notar la dureza a la altura de sus glúteos. La mano subió a sus senos y se regodeó con ellos; estaban duros, hinchados. El aliento caliente le quemó el cuello y Marcia sintió el beso húmedo en la nuca.

—Te deseo, Marcia —gimió Marco—, date la vuelta.

Ella obedeció no sin dudas. Lo que antes tanto había anhelado se le presentaba ahora sin quererlo. Marco la besó, apasionado. Hundió su lengua en su boca, no logró despertarla. El recuerdo de los besos de Bruno esa única noche que habían compartido se le había quedado grabado a fuego en el alma; sus labios solo lo necesitaban a él.

Ajeno a la indiferencia de su esposa Marco siguió avanzando sobre su cuerpo. Le hizo el amor como nunca se lo había hecho, con verdadera exaltación, aunque en ningún momento se preocupó por darle placer a ella, como sí había hecho Bruno. Para Marcia eran inevitables las comparaciones, porque de ellas extraía una única conclusión: se había enamorado perdidamente de su cuñado.

# 50

*Gijón, octubre de 1936*

La situación era cada vez peor, el hambre se hacía sentir, así como la escalada de violencia en las calles y en las propias familias enemistadas por cuestiones ideológicas.

El gobernador general de Asturias y León declaró en el periódico *La Prensa* que estaba dispuesto a garantizar la seguridad personal de los presos dentro de las cárceles. «Se ha terminado eso de sacarlos de ellas cuando se quiera», dijo.

En consonancia se llevó a cabo unos meses después, ante el Tribunal Popular de Gijón, una causa contra cuatro miembros de las Milicias de Retaguardia, por la comisión de actos de terrorismo.

—Están todos descontrolados —comentó Aitor a su esposa una noche—; las milicias han practicado detenciones ilegales y de los detenidos no se ha vuelto a saber.

—¿Cuándo acabará esta guerra? —Purita se acurrucó a su lado y lo abrazó.

—Quizá cuando acabe sea aún peor…

—¿Qué dices?

—Nada, mujer, nada. —La besó en la frente y se dispuso a dormir. Purita se quedó despierta un buen rato. Eran muchas las preocupaciones que la desvelaban. Gaia, a quien amaba como una hija, de repente había salido del cascarón en que había habitado toda su vida y casi no le veían el pelo; dividida entre los hospitales y su participación en cuanto evento de ayuda hubiera.

Y Marcia, perdida en su melancolía y el aprendizaje a ser madre. Marco había vuelto al frente acabados sus días de licencia, y la hija había regresado al hogar. La presencia de María de la Paz era motivo de alegría, poco a poco la bebé comenzaba a identificar a cada uno y hacía muecas y gestos que ellos atribuían a risas, generándose una comunicación más fluida.

A Purita la apenaba enormemente la situación de sus amigos de Oviedo. Había recibido noticias de ellos y no eran las mejores. José Luis, a raíz de la toma de la ciudad y la violencia que se vivía en las calles, había sufrido un accidente cardíaco y había fallecido. Ángeles no la había pasado mejor. Sumida en una profunda melancolía, se había mudado a la casa de una de sus hijas, quien para su desgracia estaba casada con un fascista. Si bien el yerno se mostraba complaciente tanto con ella como con su hija, integraba las fuerzas que habían invadido la ciudad, algo que para Ángeles era imperdonable. Su marido había muerto por ello y, aunque ella no estaba en condiciones de discutir con nadie, sentía cierto resquemor hacia su hija, que había sido tan ciega como para enamorarse de un fanático.

Purita viajó hacia atrás en el tiempo, cuando había llegado a esas tierras hacía ya muchos años. Recordó la despedida en el puerto de Buenos Aires, junto a su hermana Prudencia. ¿Qué sería de ella y su familia? Hacía mucho que no recibía noticias, las cartas tardaban en llegar y con la guerra mucho más. Las promesas de viajar y visitarse se habían diluido. Por una cosa o por otra, ninguna había podido dar el paso y no habían vuelto a verse.

¿Por qué sus vidas eran tan difíciles? Desde su infancia de penurias hasta sus juventudes tormentosas. Y luego, cuando todo parecía haberse acomodado, la desgracia de la guerra.

Se durmió casi de madrugada y se levantó, cosa desacostumbrada en ella, cerca del mediodía.

En el comedor la esperaban su marido y su hija, la bebé dormía entre almohadones.

—Veo que fue una noche larga —dijo Aitor poniéndose de pie para saludarla. Miró su rostro, donde las ojeras maquillaban sus ojos—. Deberías detener esa cabeza tuya... —Le acarició los cabellos y Purita sonrió ante ese gesto de cariño.

Durante la víspera se habían escuchado disparos y corridas, ya se habían acabado las horas de descanso en silencio.

—¿Y Gaia?

—Salió temprano —contestó Aitor—, ha cambiado tanto esta hija mía...

—La guerra cambia a las personas, padre —intervino Marcia. De una existencia anodina Gaia había pasado a participar de todas las actividades que nucleaban a las mujeres. Por primera vez la muchacha se sentía feliz, completa, pese al horror de la guerra entre hermanos y vecinos.

Si bien Gaia no se había alistado en ninguno de los movimientos de mujeres que habían proliferado, como la Asociación de Mujeres Antifascistas o Mujeres Libres, entre otras, colaboraba en todas las tareas que podía. Su mayor actuación era en el hospital, donde pasaba horas atendiendo heridos. En sus momentos de descanso escribía cartas a los soldados en el frente a las que añadía alguna estampita o dulce cuando podía conseguir algo en medio del racionamiento.

Había hecho contacto con soldados de distintos frentes con quienes se carteaba todas las semanas, pero solo a uno le había enviado una foto, luego de varias misivas de insistencia previa. Se llamaba Germinal, era original de Riaño, estaba en el frente de resistencia de la zona de La Robla. Era soldado de artillería del ejército republicano. En la foto en blanco y negro que él le había mandado se veía a un hombre alrededor de los treinta, de cabellos oscuros y ojos claros. Gaia la llevaba consigo en un bolsillo, junto con las estampitas que tenía para meter entre las ropas de los heridos y en las cartas que escribía como madrina de guerra.

En esos tiempos las mujeres adquirieron un enorme protagonismo político y social, y Gaia se vio seducida por todo ese movimiento. Cuando podía escapar del hospital, en momentos de calma, se acercaba a los comedores y ayudaba a servir las magras comidas. Poco a poco iba tomando conciencia de la situación por la que habían atravesado las de su género y reivindicaba el derecho a la educación y a la participación política. Llegaba por la noche, cansada y desaliñada luego de todo un día de trabajo; así y todo, se sentía plena.

Pocas veces cenaba en familia, aunque ya no recibía las reprimendas de su madre, quien se había resignado a que esa hija había emprendido su propio vuelo. Purita solo rezaba para que no le ocurriera nada malo; el temor a los francotiradores y los fascistas camuflados flotaba en el aire.

Esa noche Gaia apareció a horario para comer en familia y disfrutó de la mesa y de la bebé, a quien pudo cobijar entre sus brazos dado que estaba despierta.

—¡Qué guapa es! —dijo mirando a su hermana—. Tiene la misma mirada que papá. ¿Lo ha notado, padre?

Aitor sonrió y asintió en silencio.

—Con el sitio de Oviedo —comentó Gaia—, se ha retrasado el inicio del curso, han depurado a los maestros apartando a quienes consideran simpatizantes del alzamiento. Con un grupo de mujeres estamos organizando clases en una de las fábricas abandonadas.

—¿Cree, madre, que podría colaborar con su presencia?

Purita miró a Aitor, si bien la mujer tenía su independencia, anticipaba la opinión desfavorable de su esposo.

—Gaia, no comprometas a tu madre en tus actividades, y menos ahora que está la niña en casa.

—Quizá yo podría colaborar —saltó Marcia—, no soy muy instruida, al menos en lo elemental...

—¿Qué dices, hija? —reprendió Purita—. Tu deber es hacerte cargo de María de la Paz, ¿o es que acaso piensas abandonarla?

—Pensaba llevarla... después de todo solo serían unas horas.

—¡Es una locura! —exclamó Aitor en tono más alto—. ¿No eres consciente de los bombardeos y el peligro que implica estar fuera de casa? Ya demasiado tengo que soportar que tú, Gaia, estés todo el día por ahí. Aquí están protegidas, tenemos el sótano.

—¿Pretende, padre, que vivamos recluidas hasta que finalice la guerra? La vida sigue. Mal que nos pesen los bombardeos y ataques, la vida sigue. —Era la primera vez que Gaia se enfrentaba abiertamente a su padre con un parlamento de ese tenor—. El horario y el calendario de las clases se adecuarán a la frecuencia de los bombardeos —explicó—. Hemos analizado el tema. No queremos arriesgar la vida de nadie, tampoco detenerla como si estuviéramos muertos.

Aitor se levantó de la mesa y se retiró, molesto frente a las mujeres de su familia que, de un día para el otro, se le habían rebelado. Purita las miró y reprendió con la mirada, para ir tras él.

—Iré contigo —dijo Marcia—. Me ahogo dentro de la casa todo el día, necesito algo que me inyecte vida.

—No pensaba en ti... En eso tienen razón nuestros padres. Tú debes ocuparte de la bebé.

—Y me ocuparé, jamás pensé en separarme de ella, pero debo hacer algo… —Bajó la mirada para ocultar sus lágrimas.

Gaia se puso de pie y se acercó a ella. La abrazó y Marcia apoyó la cabeza en el vientre de su hermana.

—Dime qué pasa. ¿Echas de menos a tu marido? Entiendo que debe de ser difícil estar lejos de él…

—No, no es eso.

Gaia le separó el rostro y la miró, intrigada.

—¿Entonces?

Nerviosa, Marcia se incorporó y caminó, no sabía si confesarle a su hermana la verdad.

—Dime, Marcia, ¿qué te ocurre? ¿Puedo ayudarte?

—Me avergüenzo de mí misma, Gaia… —Marcia volvió hacia ella, se acercó y le tomó las manos—. Prométeme que no vas a decir nada, que será un secreto.

—Lo prometo.

—Me enamoré de otro hombre. —Elevó los ojos grises buscando una respuesta, algo que le quitara la culpa que cargaba como una pesada cruz.

—¡Madre del amor hermoso! ¡Ay, Marcia, no te entiendo! Tanto que buscaste a Marco y ahora…

—Eso mismo, Gaia, yo busqué a Marco, él nunca me quiso. —La tristeza oscureció su mirada—. Solo se casó conmigo por obligación.

—¿Y…? ¿Y el otro hombre? ¿Él… él está enamorado de ti?

—Sí, lo está… Sin embargo, no puede ser, Gaia, lo nuestro no puede ser.

—¡Claro que puede ser, Marcia! —Gaia la tomó por los hombros. Amaba a su hermana y no quería verla tan triste—. ¿Te olvidas acaso de que ahora existe el divorcio? Cuando todo esto termine y tu esposo regrese de la guerra, podréis divorciaros… Si él tampoco te quiere, quizá…

—Quizá… —Marcia no podía decirle que el hombre de quien se había enamorado era su cuñado, era demasiada la vergüenza y la culpa como para poder confesarle tamaño pecado. Mejor que creyera que era alguien más.

—Ahora entiendo por qué quieres salir de la casa. —Gaia sonrió con picardía—. ¡Para encontrarte con él!

—No, Gaia. Él también se fue a la guerra.

## 51

*Por Dios, por la Patria y el Rey*
*lucharon nuestros padres.*
*Por Dios, por la Patria y el Rey*
*lucharemos nosotros también.*

Fragmento de «Oriamendi»,
canción carlista

*Frente norte, octubre de 1936*

Cada día se sumaban más voluntarios al frente para luchar contra el fascismo. Acudían de todos lados, principalmente de los sectores populares. La mezcla de republicanos, liberales, comunistas, anarquistas y marxistas no siempre era buena, porque ponía de resalto las grandes diferencias, lo cual arriesgaba algunas operaciones.

Había varios recién llegados que venían escapando del bando nacional, que en vez de desertar se unían al equipo contrario.

—Allá me maltrataban por mi ideología —declaró uno de ellos—, tuve suerte de que no me mataran.

—Aquí te matarán de hambre —expresó Marco, con furia en los ojos—. Pasamos días enteros con miserables raciones de pan y, si tienes suerte, te darán una sardina.

Los alimentos empezaron a escasear también en el frente, y aumentaron las epidemias de escorbuto y otras enfermedades carenciales.

—Pues allí tampoco sobraba la comida —afirmó el nuevo—, hemos luchado hasta tres días sin más alimento que agua o vino.

La preparación militar seguía siendo la pata floja de la mesa. Algunos reclutados apenas habían recibido instrucción; se los llamaba «la quinta del biberón». Incluso las Brigadas Internacionales eran lanzadas a las trincheras a pecho descubierto después de haber ensayado el tiro con solo un par de cargadores.

Las Brigadas Internacionales eran unidades militares de voluntarios extranjeros de más de cincuenta países; había hombres y mujeres, principalmente compuestas por unidades de rusos, norteamericanos y británicos.

—¿Cómo has hecho para escapar? —Marco desconfiaba del recién llegado, quizá era un espía del bando nacional.

—Tuve que sobornar al vigía. Le entregué una medalla de oro de la Virgen de mi pueblo, que mi madre me colgó al cuello al salir de casa. —Lo dijo con tal sentimiento que Marco quiso creerle—. De haber sido atrapado... no lo estaría contando. Esos fascistas son crueles con los desertores.

Ambos ejércitos estaban ávidos de reclutar el máximo de personal posible en las quintas llamadas a filas, incluyendo muchachos muy jóvenes y hombres maduros con familia y responsabilidades.

Marco tuvo ocasión de escuchar a un cabo de Infantería departir con un capitán de Ingenieros sobre los avances de la guerra. Así se enteró de que Oviedo había sido prácticamente reducida a escombros por los bombardeos de la aviación republicana y de la artillería que cercaba la ciudad.

—Las dos ciudades en poder de los sublevados más castigadas por nuestros bombardeos fueron Granada y Oviedo —declaró—, lo cual no deja de ser importante, dado que ambas están completamente rodeadas por las fuerzas leales.

—Ello ha tenido su costo —respondió el capitán—, han fusilado a civiles y también militares en represalia.

Marco se acercó a ellos y preguntó:

—¿Y qué represalia hemos tomado nosotros ante el bombardeo de Gijón del mes de agosto? —Sabía que era una impertinencia dirigirse a ellos en esos términos, pero los soldados estaban al tanto de la noticia de la muerte de su madre y la pasaron por alto.

—También hemos tomado medidas —informó el capitán—. Se han fusilado más de ciento cincuenta presos que estaban detenidos en la iglesia de San José.

Esa noche hubo un fuerte ataque que los tomó por sorpresa. Marco, el desertor recién llegado, y Blanca saltaron a su trinchera y empezaron a disparar a las sombras que acompañaban a los fogonazos del bando enemigo. El bombardeo dejó muchos cadáveres y las granadas, varios heridos. Los gritos de dolor se unían a los del miedo. La embestida era feroz.

En la trinchera contigua estaban Diego, Pedro y dos hombres más. Al caer allí una granada, seguida de disparos, Marco se puso de pie y quiso pasar. Blanca, creyendo que quería ser herido adrede para irse a casa, se arrojó contra sus piernas dispuesta a salvarlo. Lo derribó y ambos rodaron por el suelo dentro de la trinchera.

—¡Qué haces, mujer! —protestó Marco.

—¡Tú, qué haces! —reprendió ella por entre el silbar de las balas y las detonaciones que continuaban a ritmo.

—Creo que Pedro está herido, debo ver qué ocurrió. —Sin más explicaciones se soltó de los brazos femeninos y se arrastró hacia la trinchera vecina, donde Pedro se retorcía, con la pierna destrozada. Como pudo, Marco hizo un torniquete con su cinturón para detener la hemorragia, dudaba de que lo que quedaba de su miembro inferior pudiera servir para algo. Era tanto el dolor que Pedro se desvaneció.

El ataque finalizó cerca de la madrugada dejando un desparramo de cadáveres y cuerpos mutilados. Los camilleros no daban abasto para socorrer a los heridos, entre ellos, Pedro, que no cesaba de quejarse. Blanca estaba a su lado cuando se lo llevaron. Se despidieron con lágrimas en los ojos, no sabían si volverían a verse.

Al mediodía, bajo un cielo despejado y un sol que pegaba fuerte, los ánimos estaban en baja.

Marco se hallaba sentado sobre una roca cuando vio aparecer a la muchacha. Se puso de pie y se acercó a ella.

—Lamento lo de tu amigo —dijo, y ella respondió con un asentimiento, mientras su mirada se perdía en la lejanía—. ¿Por qué estás aquí?

—¿Y tú? Tú tienes una esposa y una hija, no te entiendo.

—Igual estaría aquí, me habrían reclutado. En tu caso es distinto…

—Por ser mujer —terminó ella la frase—. Lo sé, estoy aquí porque ya no tengo nada que perder.

—¿No tienes familia, acaso? ¿Un novio? —Marco quería saber.

La duda martillaba en su cabeza.

—Familia. —Blanca quiso alejarse y él la detuvo con otra pregunta:

—¿Por qué te arrojaste sobre mí allí dentro? —Miró las trincheras—. ¿Creíste que me iba a dejar herir adrede? —Ella asintió—. No soy tan cobarde, de todas formas, lo agradezco.

Al día siguiente, llegaron refuerzos al frente, con lo cual algunos hombres obtuvieron consentimiento para volver a sus hogares, solo por dos días.

Con los nuevos integrantes, que venían más frescos y sin recientes bajas, los ánimos mejoraron un poco.

Blanca y Cecilia solían pasar un buen rato conversando en la retaguardia, cuando el fuego de los ataques se suspendía y la calma invadía el lugar. Cecilia se aventuraba a menudo hasta el pueblo cercano, Blanca prefería quedarse allí.

—Ven, acompáñame —pidió Cecilia—. Debo llevar un reporte para que envíen a mis superiores, bebamos algo en alguna cantina y escuchemos la risa de los niños.

Cecilia conocía la historia de Blanca y se afanaba por devolverle la esperanza y sacarle el rencor que había anidado en su interior luego de todo lo que había pasado con su familia y con su novio.

—Vamos, que los soldados me acosan si me ven sola —lo dijo riendo y Blanca accedió.

En el pueblo, Blanca vio que todo había cambiado desde la última vez que había pasado por allí. Los estragos de la guerra se leían en los rostros demacrados de las mujeres y en la risa opaca de los niños. Había movimiento de soldados por doquier, camiones de guerra y provisiones.

La única iglesia de la aldea había sido tomada por completo por los anarquistas. Allí habían instalado su centro de operaciones. Nada quedaba de la cruz de madera que sostenía al Cristo, que había sido quemada en el medio de la calle. Todas las imágenes habían sido destruidas a golpes de fusil.

—¿Qué ha pasado aquí? —preguntó Blanca.

—Al haber colapsado el sistema republicano, tras la sublevación, junto con la decisión de armar a los civiles, se facilitó la revolución popular —explicó Cecilia—. Las milicias y los tribunales revolucionarios se hicieron con el control de los pueblos y aldeas de la zona republicana en sustitución del gobierno, que no pudo reaccionar y recuperar su autoridad.

—Pero la iglesia…

—La violencia los alcanzó también —contó Cecilia—. La han tomado contra todos aquellos a quienes identifican con la sublevación, los enemigos de clase.

De ambos bandos, sublevados y republicanos, partían ataques contra todo lo que tuviera olor a contrario. Los asesinatos y la destrucción de edificios de culto se habían sucedido inmediatamente a las noticias de la insurrección, sin que en ocasiones quedara en claro qué bando se haría con el control definitivo de la localidad.

—Al párroco de aquí se lo llevaron de «paseo» en cuanto comenzó todo; nunca más se lo volvió a ver.

Blanca pensó en su familia, en su padre muerto de un disparo en el frente de su casa; en su madre, a quien también se habían llevado y de quien no había tenido más noticias. A menudo prefería creer que estaba muerta, sabía de las torturas a que eran sometidos los prisioneros, lo cual ocurría en ambos bandos. A muchos los fusilaban sin juicio previo, otros eran objeto de crueles abusos antes de morir. Habían llegado a sus oídos casos de detenidas quemadas vivas, otros mutilados y aun enterrados con vida. Tanta crueldad no encontraba razón de ser, tanto republicanos, anarquistas y rebeldes recurrían a los mismos métodos brutales.

—La han tomado con los religiosos —continuó Cecilia—. En la diócesis de Barbastro se dio muerte a ciento veintitrés de los ciento cuarenta sacerdotes, incluyendo al obispo, además de frailes claretianos, benedictinos y escolapios.

—¿Cómo sabes todo eso? —preguntó Blanca. Estaban en una cantina, bebiendo.

—Es mi trabajo. ¿Y sabes qué? Varios dirigentes republicanos justificaron la violencia anticlerical desde la perspectiva de la política —expuso Cecilia—. Consideran que la Iglesia misma se ha posicionado como parte beligerante de la contienda, por su apoyo al bando sublevado, y, por tanto, enemigo de la República.

—¿Y tú qué opinas? —quiso saber Blanca.

—Son pocos los casos en que los religiosos empuñaron las armas, al menos de momento. Solo sé de un combate en

Navarra, donde algunos clérigos integraron las unidades de requetés.

La violencia contra la Iglesia católica era asumida también por los líderes obreros, entre ellos, el POUM. En un mitin llevado a cabo en agosto había proclamado que la «cuestión religiosa» había sido «resuelta» gracias a la acción revolucionaria de la clase obrera, dado que «sencillamente no ha dejado en pie ni una siquiera (iglesias) … hemos suprimido sus sacerdotes, las iglesias y el culto».

En el bar había milicianos y soldados del ejército que pretendían hablar con las muchachas, aunque estas estaban enfrascadas en su conversación y ni siquiera los escuchaban.

—¿Crees que ganaremos? —preguntó Blanca, deseosa de regresar a su pueblo y hallar a su madre. Quizá sus hermanos habían podido hacer algo por ella. ¿O serían tan inhumanos como para condenar a su propia sangre? Ese dolor la acompañaría por siempre.

—A decir verdad… lo dudo, Blanca. —Cecilia era frontal, una mujer dura—. Los nacionales vienen avanzando y tomando ciudades, cuentan con el apoyo de Alemania. Franco quiere tomar Madrid cueste lo que cueste. Además, se ha traído el ejército africano. Son tropas profesionales, habituadas a la guerra colonial. Arrasan con todo sembrando el terror.

Blanca palideció, ¿había algo peor aún?

—Los moros son famosos por su crueldad. Degüellan a punta de cuchillo, tienen derecho al pillaje.

—¿Por qué los moros apoyan a Franco? —Blanca se sabía ignorante de lo que pasaba en el mundo, su vida se había visto limitada a su pueblo.

—Las causas que mueven a los rifeños a alistarse son económicas, como las de todo ejército de mercenarios. —La mirada de Blanca evidenciaba su incomprensión—. Los marroquíes vienen de años de malas cosechas, hambre y miseria. Además, los caídes, siguiendo instrucciones de los mandos militares españoles que controlan el territorio, para hacer mérito ante estos, llevan a cabo una activa propaganda entre los cabileños, centrada principalmente en la guerra santa de Franco contra el *infiel*, en este caso, el *rojo*, y el imperioso deber sagrado de ayudarle en su lucha por librar tanto a España como a Marruecos de los *sin Dios*.

La realidad era distinta, los militares facciosos alistaban a los marroquíes a través de una red de caídes amigos que el Ejército de África había tejido durante los años anteriores. Los reclutados eran soltados en España bajo la orden de «a disparar o a morir», y aplicaron la misma brutalidad que habían aprendido pocos años antes luchando contra los españoles en las guerras de África: destripamientos, decapitaciones y mutilaciones de orejas, narices y testículos.

—No entiendo tanta saña —confesó Blanca.

—El mismo Queipo de Llano dijo desde la radio en Sevilla que prometía a las mujeres de los milicianos castrados que pronto conocerían la virilidad a manos de aquellas tropas —declaró Cecilia—. Les han prometido regresar a sus tierras con babuchas de oro, y cuanto todo esto acabe los echarán a patadas. Basta de cosas tristes, mujer, que hemos venido aquí para olvidar por un rato todo esto.

Blanca bajó la mirada ocultando su dolor. No quería que nadie, ni siquiera Cecilia, a quien consideraba su amiga, descubriera su verdadero ser, débil y desesperanzado.

—¿Ya has visto cómo te observa Marco? Mira que si tú no le das el dulce se lo daré yo —dijo en medio de una carcajada mientras se bebía de lleno su copa.

# 52

*En pie, camaradas, y siempre adelante*
*cantemos el himno de la juventud.*
*El himno que canta la España gigante*
*que sacude el yugo de la esclavitud.*

Fragmento de «Isabel y Fernando»,
canción falangista

*Frente río Nalón, 1936*

Ambos frentes de batalla estaban apenas distanciados por pocos metros. De trinchera a trinchera podían escucharse y más de una vez se hablaban a los gritos, desafiándose o argumentando los motivos de la rendición que se pretendía y no llegaba. Los enfrentamientos durante el día hacían impensables las negociaciones que se daban durante la noche.

—Hoy te toca a ti —dijo un miliciano anarquista mirando fijo al joven Mateo, mientras comían el magro guiso de papas que las mujeres de la retaguardia habían preparado. Desconcertado, el muchacho preguntó:

—¿De qué habla?

—Del tabaco.

—Yo no fumo —se excusó el jovencito recibiendo por parte del resto una sonora carcajada.

—Pues irás igual.

Bruno estuvo tentado de salir en su auxilio, pero era mejor que se hiciera hombre.

Les estaba totalmente prohibido interactuar con el enemigo de otro modo que no fuera la ofensiva, pese a ello, de ambos lados se saltaban la regla para hacer intercambios. Los rebeldes tenían tabaco de la zona de Canarias, aunque no tenían el papel de liar, que se fabricaba en Alcoy. Por el contrario, los republicanos tenían el papel, y necesitaban el tabaco.

Era durante la noche cuando se producía el trueque, y al que le tocaba la pasaba fatal, dado que sabía que había más de cien fusiles apuntándole ante la menor anomalía o sospecha.

Mateo asumió su responsabilidad, no sin temor. Ya no quería morir; la esperanza de conocer a María, su madrina de guerra, era su norte.

Ese día no hubo enfrentamientos y la noche cayó con su rotundidad. Llegada la hora Bruno, quien ya había participado de una entrega, le dio algunos consejos:

—Muéstrate tranquilo, ellos quieren lo mismo que tú: fumar en paz. —Sonrió ante la mirada de sorpresa del joven—. Vamos, ve a cumplir con tu deber, esta será una buena anécdota para tus hijos. —Al decirlo una sombra barrió con su sonrisa. Los hijos que él no tendría con Marcia le recordaron su destino.

Dueño de una valentía prestada Mateo se alejó del campamento llevando consigo la cantidad de papel acordada. Con la luna como guía, descendió la pendiente hasta la zona de olivos, adonde solían buscar leña, que estaba entre las dos líneas enemigas. Sin sucumbir al temblor del cuerpo, esperó la presencia de su contrincante.

El ruido de ramas al quebrarse le anunció su llegada. Mateo sudaba y sus ojos buscaban en la inmensidad de la noche. Temía que fuera algún moro que le arrancara el corazón. Su espanto se evaporó al ver frente a sí a un jovencito tan inexperto y asustado como él.

Se miraron y se descubrieron en la mirada del otro, ninguno de los dos quería ni debía estar allí. En silencio extendieron las manos y realizaron el trueque. Sin palabras y confiando en el otro, se dieron la espalda y cada uno regresó a su campamento.

Esa noche, Mateo fumó su primer cigarro, armado por él mismo.

Sus compañeros lo vivaron y palmearon su espalda. Para el día siguiente tenían prevista una ofensiva, debían derribar esa línea de frente y avanzar.

La luz del amanecer barrió de los jergones a los hombres que no montaban guardia y los posicionó a todos en la trinchera. A la orden de «fuego» empezaron a disparar, mientras una columna avanzaba hacia el enemigo. Los ruidos de los disparos se mezclaban con las explosiones; el humo y el fuego impedían ver qué estaba pasando del otro lado.

Bruno había permanecido en la barricada, fusil en mano, disparando sin ver; la orden había sido esa. A su lado, Mateo lo imitaba sin convencimiento. Esa guerra no era la suya, ni siquiera la entendía. Detrás, las mujeres se ocupaban de los heridos que iban llegando, arrastrándose por sus propios medios o rescatados por sus compañeros.

Al mediodía cesó el fuego. No habían logrado vencer la resistencia del contrario, apenas habían podido diezmar su tropa, el costo había sido alto: más de veinte muertos y unos cuantos heridos, muchos de gravedad. Los ánimos habían decaído, se acabaron los fogones entre barajas y cigarros. Había que ocuparse de los caídos y procurar la curación de los que podían salvarse para continuar en el frente.

El cielo era surcado por la aviación italiana. Mussolini había enviado a Franco más de cien bombarderos Savoia Marchetti SM79 y alrededor de quinientos cazas Fiat CR32, comúnmente conocidos como «chirris», que quebraban la paz del aire. Iban rumbo a las ciudades republicanas a sembrar terror. También Hitler apoyaba con el envío de aviones y barcos.

Bruno debió asistir al médico que había llegado del pueblo para atender a los heridos de mayor gravedad. Trasladarlos en tal estado sería acelerar su muerte, no podían perder más sangre. Entre ellos había un soldado de artillería del ejército republicano, a quien le había explotado una granada en la mano. Era necesario amputar lo que había quedado para evitar una infección que ocasionaría un desastre mayor.

Después de la operación, llevada a cabo con lo mínimo en cuanto a instrumental y asepsia, Bruno se alejó de ese campamento sangriento. Necesitaba vomitar. Los cuerpos destrozados, los gritos y aullidos de dolor lo habían vencido.

Frente a la arboleda vació su estómago y lloró. No entendía esa guerra entre hermanos. Muchos de los que estaban allí ni siquiera sentían odio hacia los que estaban en la trinchera de enfrente, estaban ahí porque los habían reclutado. Otros, en cambio, eran fanáticos y estaban dispuestos a pelear hasta el final.

Se sentó y recostó su cuerpo cansado y cubierto de sangre ajena, cerró los ojos y meditó qué hacía él allí. De una u otra manera lo habrían convocado al frente; ahora, al ver el rostro de la guerra, quería regresar. Aun si eso implicaba enfrentarse a Marcia y a ese amor prohibido. A su hermano y su traición. A esa niña que hubiera querido haber engendrado y que jamás lo llamaría padre.

Las horas pasaron y la noche trajo un nuevo día, que esparció su luz sobre el campamento de retaguardia.

Regresó a donde estaban sus compañeros. Mateo se estaba cambiando los zapatos por unos que estaban en mejor estado.

—¿Y eso? ¿De dónde han salido? —preguntó Bruno fingiendo naturalidad. Necesitaba recuperar la normalidad que la guerra le había arrebatado.

Mateo vaciló antes de contestar, bajó su mirada de ojos grandes y asustados:

—Se los quité a uno de los caídos —murmuró.

Para Bruno su respuesta fue una sorpresa. Después de todo, el muchacho se estaba haciendo hombre.

—Los míos estaban agujereados —se excusó.

—Ya.

Los heridos fueron evacuados, la tropa diezmada temía un ataque y no poder hacerle frente. Hasta las mujeres estaban silenciosas, ya no discutían sobre los distintos objetivos de cada facción política ni cantaban canciones de aliento. Ni siquiera Sonia, la prostituta, tenía ganas de ofrecer su cuerpo.

La noche formó parejas que buscaban calor y así fue como Pilar se metió en la trinchera que Bruno compartía con Mateo y un anarquista. La mujer se aproximó a él y le ofreció un trozo de chocolate que le habían regalado en el pueblo. Noriega saboreó ese manjar que hacía tanto no llegaba a su boca y Pilar agradeció esa media sonrisa que lo volvía tan atractivo.

—Ven —le dijo tomándolo de la mano, alejándolo del agujero.

—Tenemos que vigilar —intentó Bruno, sin convicción.

—¡Eh, tú! —ordenó Pilar a Mateo—. Cualquier cosa nos avisas, estaremos cerca.

Pilar lo condujo detrás de una de las casamatas, donde le ofreció su cuerpo.

# 53

*Gijón, noviembre de 1936*

L os primeros fríos ya se hacían sentir sobre la ciudad costera y el hambre arreciaba. Gaia y un grupo de mujeres había conseguido sillas, mesas y papel para impartir clases a los niños en la antigua fábrica abandonada. Con gran alegría habían descubierto que esta tenía un sótano, lo cual tranquilizaba a las madres que mandaban allí a sus hijos, también a Purita y a Aitor, que no habían podido impedir que Marcia colaborara en la enseñanza, acompañada de la pequeña María de la Paz.

Una vez organizado su funcionamiento según la frecuencia de los bombardeos, Gaia había vuelto al hospital, allí se sentía más útil, no tenía facilidad de palabra para impartir clases, sí fortaleza y buena predisposición para curar heridos.

Las autoridades de Gijón crearon también cantinas escolares para atender la alimentación de los niños, dando aproximadamente dos mil cuatrocientas comidas diarias.

Cuando las hermanas regresaban al hogar y compartían la cena con sus padres comentaban sobre las buenas nuevas.

—Se ha creado un nuevo orfelinato —dijo Gaia—, a más de los internados escuela que ya venían funcionando.

—Es pavorosa la cantidad de huérfanos que esta guerra está dejando —respondió Purita con pesar.

—Así es, madre. —Gaia estaba muy afectada por todo lo que veía en el hospital, adonde seguían llegando heridos de los distintos frentes de la zona—. El asilo Alfredo Coto está repleto de niños sin padres...

—¿Ese es el que funciona en el colegio San Vicente? —Gaia asintió. La toma de Oviedo había alterado la vida diaria de Gijón. Con los puertos asturianos bloqueados por los sublevados, todo escaseaba, desde armas, alimentos, calzado...

—Todavía me cuesta privarme de los paseos por la playa —admitió Marcia, a quien le gustaba caminar por la arena y desahogar su pena frente al mar, aun si el frío calaba sus huesos—. No me acostumbro a las ametralladoras que custodian el muro de San Lorenzo.

—Ya te he dicho que no debes acercarte a la costa —reprendió Aitor—. ¿Acaso olvidaste los ataques del pasado verano?

—¡Cómo olvidarlos, padre! —gimió Marcia ante el recuerdo de su suegra.

—Al menos tenemos los refugios —terció Gaia.

Con tanto bombardeo la Junta de Defensa Civil había habilitado una red de refugios, muchos de ellos en sótanos y portales seguros. Entre ellos estaba el túnel de Cimadevilla, con capacidad para mil doscientas personas, y el túnel de Begoña, donde cabían quinientas.

Luego de la cena, con la angustia como bandera, Marcia se retiró a su habitación. Se sentó sobre su lecho y se dispuso a amamantar a María de la Paz, con la esperanza de que durmiera un poco más de tres horas seguidas.

Al rato sintió los golpecitos en la puerta y de inmediato la figura de Gaia se recostó en el umbral.

—¿Puedo?

—Pasa —invitó Marcia.

—Estás triste. ¿Es por tu enamorado? ¿Has recibido noticias de él?

—¿Cómo se te ocurre? —Se molestó Marcia—. ¿Acaso crees que me enviará una carta?

—Pues… no lo sé. —Gaia se sentó a su lado y observó el pelito que le iba creciendo a María de la Paz—. Será guapa tu hija.

Marcia sonrió con pena.

—Espero que a ella la belleza le valga más que a mí.

—¡Ay, Marcia! Quisiera ayudarte… pero si no me cuentas…

—Ya te dije, ese amor no puede ser.

—¿Y Marco? ¿Has recibido noticias de tu esposo?

—Tampoco, ni una línea… —Marcia se cubrió los pechos y puso a la bebé sobre su hombro mientras le daba masajes circulares en la espaldita—. Quizá sea lo mejor… A veces pienso que sería una bendición que se enamorara en el frente. Hay mujeres, ¿sabes?

—Sí, lo sé. Germinal me cuenta en sus cartas.

—¡Ah! ¡Cuánta familiaridad con él! —Marcia sonrió—. Me alegro por ti, hermanita.

—Es un soldado más —minimizó Gaia—, sabes que no es solo con él con quien me escribo.

—¿A cuántos les enviaste una foto tuya? —Gaia se ruborizó—. ¿Ves? ¡Es lo que yo digo! Ese Germinal te tiene a maltraer.

—No quiero ilusionarme…

—Pues ya lo has hecho, hermanita, ya lo has hecho.

—En su última carta me dijo que cuando esta guerra termine vendrá a verme. ¿Crees que me verá bonita? —Gaia sabía que la belleza no era parte de su patrimonio, todo le había sido dado a Marcia; sin embargo, no la envidiaba.

—¡Ay, Gaia! —Marcia ya había dejado a María de la Paz en su cuna y fue a abrazar a su hermana—. Eres la persona más bella que conozco.

—Vamos, Marcia, sé sincera. Me he visto al espejo y…

—¡Y nada! Debes tener confianza en ti misma, Gaia.

—Tú lo dices porque eres hermosa, en cambio yo…

—A mí la belleza no me ha servido de nada. Mírame. —Abrió los brazos mostrándose—. Casada con un hombre que no me quiere, que ni siquiera escribe para ver cómo está su hija. Y enamorada de un imposible. Ten fe, seguro que tu Germinal vendrá por ti y seréis muy felices.

Un disparo quebró la armonía de la noche y ambas se sobresaltaron. María de la Paz, que se estaba por dormir, empezó a llorar.

—¡Malditos pacos! —protestó Marcia meciendo la cuna para que la bebé volviera al sueño.

Así se llamaba a los francotiradores. El origen del término venía de las guerras de África. Los soldados españoles utilizaban el sobrenombre de «paqueo» como sinónimo de tiroteo, debido al sonido de los disparos de fusil.

—Te dejaré dormir ahora que mi bella sobrina está a punto de caer en brazos de los ángeles —dijo Gaia acercándose a la puerta—. Descansa.

Al quedar sola Marcia se metió en la cama e intentó dormir, aunque el rostro de Bruno se interponía en su propósito. ¿Dónde estaría? ¿Estaría bien? Extrañaba su presencia, la seguridad que le otorgaba tenerlo cerca. Evocó su sonrisa; las pocas veces que lo había visto sonreír, parecía un niño grande. ¿Cómo se había equivocado tanto? ¿Cómo no había sabido ver la grandeza que se escondía detrás de su mirada? Bruno era un hombre bueno, íntegro, y ella lo había dejado pasar. Ahora era tarde. Ella tenía un esposo y una hija.

Se removió en la cama, necesitaba dormir, el día se le hacía largo y María de la Paz la extenuaba, le quitaba la poca energía que tenía a causa de las escasas horas de sueño y el amamantamiento. Cerró los ojos por quinta vez. No debía dejar que el recuerdo de su cuñado la alejase del descanso, y allí estaba él, con sus besos y sus manos, acariciándola, haciéndole el amor como esa última noche. Marco nunca la había tratado como lo había hecho él, con devoción, con cariño. Lloró. De pena, de miedo, de soledad, de culpa. Dejó fluir las lágrimas y maldijo a la guerra que le había arrancado de su lado al hombre amado. De no existir ese conflicto todo hubiera sido distinto. Marco y ella habrían podido separarse, María Carmen estaría viva y ellos tendrían una oportunidad. Cuando estaba por alcanzar el sueño, agotada de tanto sollozar, la bebé reclamó su alimento. Recién después de ocuparse de ella puedo cerrar los ojos un rato.

Al día siguiente, luego de desayunar en familia, Gaia salió rumbo al hospital y Marcia hizo lo propio hacia la fábrica donde impartían las clases. Hacía mucho frío y decidió dejar a su hija en la casa. Regresaría pronto para darle de mamar.

Al pasar por la calle de la tienda de Hammou Mohammedi vio que el tendero era sacado a la fuerza por un grupo de anarquistas. Se detuvo, ¿qué habría hecho el vendedor? Con su madre solían ir antes de la guerra a comprar telas; tenía unas sedas preciosas.

—¡Muerte a los moros! —gritó uno de los anarquistas, y a su voz se unió un coro afónico y desafinado.

—¡Muerte!

—¡No, por favor! —decía Hammou—. ¡Déjenme! Soy solo un vendedor de telas… —El hombre anticipaba su destino, veía en los ojos de sus captores la furia enardecida—. ¡Ayúdenme! —Pidió al ver los rostros de sus vecinos, que se habían amontonado para mirar.

Marcia se aproximó y vio que Mohammedi estaba golpeado. De su sien bajaba un hilo de sangre que le llegaba hasta el cuello.

—¿Qué hacen? —Se abrió camino a los empujones—. ¡Déjenme pasar! ¡Hammou es nuestro vecino! —dijo, colérica ante la injusticia.

—¿De qué lado estás tú? —Uno de los anarquistas la tomó del brazo y la sacudió con fuerza—. ¿También eres franquista, acaso?

—Suéltala. —Una voz grave dio la orden sin siquiera levantar la voz y de inmediato el hombre la soltó. Marcia elevó la vista para encontrarse con unos ojos color turquesa que la atravesaron como dagas.

—Será mejor que se vaya, señorita.

La turba empezó a gritar otra vez, pidiendo castigo para ese «moro amigo de Franco», y la multitud la fue alejando del espectáculo. Marcia supo que no podría hacer nada para ayudar al vendedor de telas y que si quería salvar su vida tendría que resignarse a la injusticia que se estaba a punto de cometer.

Con impotencia quedó fuera de ese círculo de violencia, y cuando el disparo puso fin a la agonía del tendero solo pudo apretar la mandíbula y los puños.

No era la primera vez que mataban a alguien en medio de una calle. Frente a la mínima sospecha de apoyo al bando enemigo, cualquiera hacía justicia por mano propia. Hermanos contra hermanos, vecinos contra vecinos.

# 54

*Con el rumor de la faena*
*ritmo febril de mi taller*
*formó el latido de la vida*
*a una nación que vuelve a ser.*

Fragmento de «Himno del trabajo»

*Frente norte, diciembre de 1936*

Nadie quería pasar Navidad y fin de año en el frente y la guerra no daba respiro. Los permisos para volver a casa eran escasos, solo cuando había motivos valederos: una muerte, un nacimiento o similar.

Cecilia, quien había cumplido con la mayor parte de su trabajo, se iría después de Navidad; quería reportar cómo serían los festejos en el frente, si es que se podía hablar de festejos.

—Vente conmigo —propuso a Blanca—. Este no es sitio para ti.

—¿Y a dónde iríamos?

—A donde el trabajo me lleve, no creo que vuelva al frente.

Blanca dudó. Quería volver a su pueblo y averiguar qué había ocurrido con su madre, pero sabía que allí no tendría escapatoria: caería en las garras de José Serrano. Tampoco sabía nada de Fermín, su novio, ni de Pedro, recientemente herido.

—Cuando todo esto acabe podrás volver a tu pueblo —insistió Cecilia.

—Lo pensaré.

Los soldados, con la cercanía de las fiestas, tenían poco ánimo bélico. Algunos habían descubierto algún vecino o amigo de la infancia en la trinchera de enfrente y el resentimiento por esa guerra que a muchos les era impuesta se iba licuando. La lejanía de los seres queridos, las pérdidas, la soledad y el hambre los volvían débiles.

Entre ambos frentes enemigos había una explanada circundada por árboles. De un lado estaban los defensores de la República y del otro se parapetaban los franquistas.

La víspera de Nochebuena, los soldados, desobedeciendo a sus mandos que los habían amenazado con castigo de deserción, lo cual podría acarrear la pena de muerte, decidieron «hacer una paella», como se llamaba en el lenguaje de las trincheras al confraternizar. Uno a uno, de ambos bandos, se fueron acercando a la explanada. Decenas de soldados salían de sus posiciones, aprovisionados con periódicos, tabaco y botellas de licor, para dirigirse al encuentro de sus enemigos sin la más mínima actitud combativa, sino todo lo contrario, bajo la mirada atónita de sus respectivos mandos.

La iniciativa había partido la noche anterior por parte de tres dinamiteros, dos cabos y un soldado, quienes habían hecho correr la voz entre ambos frentes y habían propuesto un intercambio a los franquistas. El primero en saltar el parapeto en dirección al campo enemigo había sido el cabo, quien sacando un pañuelo blanco hizo señales al adversario, el que le contestó de igual forma, saliendo ambos al centro del campo, donde el cabo clavó su cuchillo y el contrario su machete. Luego se pusieron a conversar. Uno a uno fueron apareciendo soldados de un lado y de otro.

Empezaron a formarse los grupos, había vecinos, conocidos y hasta parientes.

En el corro en que había quedado Marco el capitán de su unidad se abrazó a un capitán del bando contrario al advertir que habían sido compañeros en África, en la guarnición de Larache, antes de la guerra.

Actos de confraternización como ese se repetirían en varios frentes, llegándose a jugar hasta partidos de fútbol.

—Beba —ofreció un rebelde a Marco extendiendo una botella de coñac.

Marco en agradecimiento le obsequió un cigarro.

—Prefiero los puros. —Sonrió el enemigo al tomarlo—. Es una pena que siendo todos españoles nos estemos matando, ¿no cree?

Conversaciones de ese tenor discurrían en todos los grupos. La emoción estaba a flor de piel y al caer la noche todos seguían allí, comiendo lo que cada uno había llevado y brindando por la Navidad lejos de casa.

Marco se reencontró con un muchacho que había trabajado a su lado en la fábrica de aceros de Exilart, un joven callado que luego se había ido a vivir a León.

—¿Seguiste trabajando en la fábrica? —quiso saber el falangista.

—No, Exilart me echó…

—Creí que tendrías futuro allí.

—¿Y a ti cómo te ha ido?

—Hasta que estalló la guerra me iba bien… trabajaba en un banco.

—¿Por qué te alistaste?

—Me obligaron, Marco, no tuve opción. —El joven hizo un gesto de pesar—. Cuéntame algo bonito. ¿Qué pasó con la hija de Exilart? Recuerdo que te rondaba como mosca a la miel.

—Pues... me casé con ella.

—¡Vaya! ¡Esa sí que es noticia! De modo que Exilart es... ¡tu suegro! No comprendo por qué te echó si eres familia...

—Esa es otra historia. La cuestión es que tengo una hija... tiene apenas unos meses.

—¡Joder, tío! Demasiados cambios en poco tiempo... Dios quiera que esta tonta guerra termine pronto y podamos volver todos a casa.

—Que así sea.

—¿Podrías hacerme un favor? —pidió el falangista.

—Dime.

—Necesito que le hagas llegar esta carta a mi novia, ella vive en el pueblo que está en tu retaguardia... Quisiera tener los cojones para pasar, pero... me matarían. —Sacó del bolsillo de su chaqueta un papel doblado—. Se llama Rosa Gómez, trabaja en un almacén, seguramente darás con ella.

Marco tomó la nota y la guardó.

—Se la haré llegar, lo prometo.

Incrédulo ante lo que estaba viendo, un sargento de batería antitanque, republicano, preguntó a su capitán si aquello era un complot.

—Tranquilo —respondió el capitán—, todos somos españoles.

Advertidos los superiores de ambos bandos por medio de mensajes, un comandante franquista y un teniente coronel republicano dieron órdenes de volver a sus puestos de combate, sin resultado.

Tiempo después, en sus declaraciones, el teniente coronel diría: «Rápidamente llegamos allá y pudimos comprobar el caso bochornoso de que ambos bandos se abrazaban y se besaban. Lo sorprendente es que las mismas fuerzas se habían tiroteado con saña días atrás. Durante la confraternización, unos y otros se hicieron promesas de no tirar más».

Cuando dieron las doce, unos cuatrocientos combatientes se abrazaron y besaron olvidándose de la guerra, en la que estaban obligados a matarse. En ese momento, hasta las mujeres se acercaron a brindar, recibiendo silbidos de admiración e invitaciones de todo tipo.

Cecilia se dejó abrazar por todos. Recibió besos y también algunas caricias que iban más allá de un festejo navideño. Después, se fue de la mano de un miliciano de su bando y se perdió entre los árboles.

Blanca quedó en medio de esa muchedumbre emocionada, lo único que quería era volver a casa para recibir el nuevo año en familia. La joven sintió el peso de la tristeza doblándole la espalda y sus ojos se llenaron de estrellas. Marco captó su desolación y se acercó.

—Toma —le ofreció un pedazo de chocolate que le habían regalado—. Es lo mejor para levantar el ánimo.

Ella elevó la mirada y sin decir palabra se lo llevó a la boca.

—Ven. —Marco la tomó de la mano.

La muchacha se dejó conducir hasta unas rocas desde donde podía verse el cielo estrellado y la noche de luna creciente. Se sentaron y se dedicaron a observar el firmamento. Hacía frío y soplaba un leve viento que mecía las copas de los árboles. Blanca levantó el cuello de su chaqueta, que no era muy abrigada. Marco sacó de uno de sus bolsillos una petaca y le dio de beber.

—Te aliviará el frío. Ten cuidado, que es fuerte.

Blanca bebió y el alcohol le quemó la garganta, tosió apenas y le devolvió la bebida.

—Sé que no es la mejor Navidad y me alegra celebrarla contigo —dijo Marco—. Me gustaría besarte.

Ella lo miró, nunca antes se había dirigido a ella de esa manera; la fecha los volvía especiales a todos.

—Hazlo.

Marco la tomó de la nuca y la acercó a sus labios. La besó suave, dispuesto a sentir. Hacía tanto que no sentía nada con ninguna mujer… Todas habían sido caprichos para él y ninguna se había resistido a su atractivo. Blanca era la única que no había caído a sus pies y por eso era para él un desafío.

Ella abrió la boca y lo recibió. Era tal su congoja que todo lo que tuviera olor a cariño, aun si era falso, serviría para aliviar el momento. Para Marco ese beso fue un antes y un después. Todo lo que había a su alrededor quedó reducido a esa boca, que al principio se le ofreció vacilante, luego sin barreras.

A Blanca también la sorprendió la profundidad de ese encuentro, que iba más allá del deseo. Parecía como si ambos quisieran sustraerse del mundo y esa unión fuera la única vía de escape.

Marco apretó el abrazo y ella lo acarició a su vez. Ya no sentían frío, todo era liviano y tibio. Se deslizaron por la roca y se recostaron sobre la hierba, donde había anidado el invierno que sus cuerpos convirtieron en primavera.

Cuando Marco deslizó una mano debajo de su camisa y rozó su piel, ella se estremeció y gimió. Los dedos fueron más allá y tocaron sus pechos acariciando sus pezones.

—Lo siento, no puedo. —Blanca se sentó de repente y se apretó la ropa contra el cuerpo—. Vete.

—No, no me iré. Me quedaré contigo. —Pasó un brazo por sus hombros y la apretó contra él—. Perdona, no quise asustarte. Creí que tú también lo querías, está bien así. —La recostó contra su pecho y se tumbó de nuevo, sin dejar de acariciar sus cabellos—. Solo quiero dormir contigo, así, abrazados. No quiero estar solo.

Blanca notó la sinceridad de sus palabras. Nadie quería estar solo esa noche, ni siquiera ella. Aflojó sus músculos en tensión y se dejó abrazar. Cerró los ojos y la respiración de Marco la arrulló, mientras a lo lejos los oficiales republicanos salían a la explanada en vanos intentos de hacer regresar a sus tropas a las trincheras.

# 55

Marcia aún no podía olvidar el asesinato del tendero Hammou Mohammedi. La guerra había trastocado todos los valores y ya no se sabía quién era amigo y quién enemigo. Cualquiera podía caer en manos de fanáticos; de un lado y del otro se acababa con la vida en un abrir y cerrar de ojos.

Purita se afanaba para armar una cena de Nochebuena con comida decente, cada vez costaba más conseguir alimentos, incluso en el estraperlo. Todos habían perdido peso y la preocupaba Marcia, que tenía que amamantar. Su joven hija parecía consumida por dentro y por fuera, la tristeza anidaba en sus ojos y no había manera de devolverle la alegría. Marco no daba noticias, ni una carta habían recibido. Comprendía la desazón de Marcia; imaginaba el derrotero de sus pensamientos, y no había discurso ni palabras que la sacaran de ese luto que la vestía anticipadamente.

—¿Has intentado hablar con tu hermana? —Purita se dirigió a Gaia en un aparte.

—Sí, lo hago todo el tiempo… Sigue sin soltar prenda.

—¿A qué te refieres? Creí que estaba así por Marco...

Gaia cayó en su error y enseguida lo enmendó:

—Claro, ¿por qué otra cosa iba a ser? Encima, el malnacido no le escribe...

—No hables así de él... quizá... quizá le haya ocurrido algo —justificó Purita.

—Sea como sea... entiendo a mi hermana. Ya casi no quiere salir de casa, lo de Hammou la dejó muy mal.

—No es para menos, hija. De todas formas, prefiero que se quede aquí; no estaré tranquila si anda en la calle, y menos con la niña a cuestas.

Desde el fusilamiento de Mohammedi Marcia no había vuelto a salir, ni siquiera preguntaba cómo iban las actividades en los comedores y en los improvisados colegios. Gaia, por el contrario, no paraba en la casa excepto para dormir. Pasaba sus horas repartida en el hospital y en los refectorios, siempre al servicio de los demás, y en las pausas escribía infinitas cartas a Germinal, que continuaba con sus promesas de visitarla cuando la guerra acabara, y otras no tan largas a sus ahijados de guerra.

La cena de Nochebuena fue sombría. Marcia permanecía ausente, Aitor preocupado por todos los cambios y problemas que tenía en la fábrica y Gaia pensando en el nuevo sitio del hospital, y en Germinal. La única que intentaba poner una nota de color era Purita, que hablaba más de lo habitual y nadie le prestaba atención.

—Escuché que la Gestora Municipal sigue propiciando cambios para reordenar la ciudad —comentó.

La ciudad estaba en continua transformación. Se intentaba reconstruir el Estado y sus órganos, por lo cual se sustituyó el Comité de Guerra por la Gestora Municipal, a cuyo frente nombraron un alcalde.

—No le encuentro mayor sentido —respondió su esposo—. Con tanto bombardeo, no me parece atinado.

—Además, van a demoler el Hospital de Caridad —se quejó Gaia—. Es inconcebible que pretendan trasladarlo, con todo lo que ha hecho desde su fundación.

El hospital se había nutrido de forma casi exclusiva de la generosidad propia y ajena. A los enfermos nunca les había faltado nada, ni la ración de alimentos ni medicamentos, todo ello gracias a las limosnas, donativos, legados y el trabajo de hermanos y hermanas de la institución.

—Dicen que nos van a trasladar al antiguo convento de las Madres Adoratrices y que van a tirarlo abajo —continuó Gaia.

—Lo siento, hija —dijo Purita con pesar—, entiendo lo que significa para ti. Lamentablemente hay una larga lista de demoliciones… Los balnearios de la Playa de San Lorenzo: Las Carolinas y La Favorita, que están en un total abandono y suponen un riesgo.

—El hospital es necesario, las playas ahora no, ¿quién iría con este frío? —Gaia se resistía a ese cambio abrupto—. ¿Qué sucederá con los enfermos y heridos? No es conveniente trasladarlos en su estado.

—Lo sé, lo sé.

—También van a demoler las estructuras que impiden el ensanchamiento de las principales vías de comunicación —añadió Aitor.

Marcia seguía ajena, ausente de las conversaciones. Ni siquiera escuchó el llanto de María de la Paz y fue Gaia quien tuvo que levantarse a asistirla.

—Toma. —Se la puso en los brazos—. Tiene hambre.

Marcia volvió en sí y se alejó con la pequeña hacia un sillón para darle de mamar.

—¿Qué es lo que tiene? —preguntó su padre, ignorante de las cuitas de amor de su hija menor.

—Extraña a su esposo —contestó Purita, frente a lo cual Aitor meneó la cabeza en señal de descontento.

A las doce brindaron sin mayor algarabía que el llanto de la bebé, que tenía cólicos y no dejaba de quejarse.

—Marcia, ¿por qué no me acompañas mañana al comedor? —pidió Gaia—. Haremos una merienda de Navidad para los niños y llevaremos regalos.

—Lo pensaré.

—Vamos, ven conmigo —insistió—. Debo llevar unos cuantos paquetes que estuvimos recolectando. No podré hacerlo sola. —Ambas sabían que era una excusa, Marcia finalmente aceptó.

Cuando salieron al día siguiente, Marcia notó que la ciudad seguía mutando, día a día, como si cambiara la piel. Entre los bombardeos y las demoliciones, casi no la reconocía.

—Ni siquiera las iglesias siguen en pie —dijo mientras avanzaban por las calles, apretando los cuellos de sus abrigos.

—Así es —convino Gaia—, derribaron la de San Pedro y la de San José, y las demás sufrieron graves daños, cuando no se las ha usado de cárceles. ¿Sabías que el Sagrado Corazón fue cárcel en 1934?

—No, no lo sabía.

—Y ahora otra vez es cárcel. Quizá por estos usos profanos no haya sido destruida, como las otras.

—No entiendo por qué las toman con las iglesias —confesó Marcia.

—Porque creen que la Iglesia apoya a Franco, y en parte es así. De todas formas, eso no justifica la destrucción. Me apenó mucho ver desmontada la imagen del Sagrado Corazón. —Las hermanas avanzaban rumbo al comedor, cargaban algunos paquetes—. Han destrozado todas las estatuas de santos y han hecho grava con ellas, ¿puedes creerlo?

Marcia observaba a su hermana. Estaba tan cambiada, llena de energía y propósitos, y en cambio ella, quien siempre había sido la chispa de la familia, se encontraba apagada y opaca.

—Arrancaron los bronces de los púlpitos y para paliar el frío hicieron astillas del resto, prendiendo fuego. Es muy triste ver cómo ha quedado todo.

Ya estaban cerca del comedor al que iban cuando Marcia se detuvo.

—¿Qué haces?

—Olvidé algo —respondió—. Ve, enseguida te alcanzaré. Gaia la miró y vio la mentira en su mirada.

—Marcia…

—Ve tranquila, te prometo que no haré ninguna locura. —Le tomó las manos—. Necesito estar un rato sola, quiero ir a ver la iglesia, o lo que queda de ella.

—Está bien, vuelve pronto.

Se despidieron y Marcia partió rumbo a los restos del templo. Un viento helado se levantó y le congeló las manos: había olvidado los guantes. Los paquetes que llevaba le impedían refugiarlas en los bolsillos. Sintió pequeñas gotas mojando sus mejillas y sus dedos. Apuró el paso y al llegar al sitio experimentó frío en el alma. Era peor de lo que había imaginado. Solo había paredes y techo. El viento y la lluvia entraban por las vidrieras destruidas, los muros y bóvedas estaban sucios y ahumados. No había una sola imagen en los retablos ni en los altares. De momento, tampoco había nadie.

Marcia se abrió paso entre los restos y se paró frente a lo que había sido el altar. La marca de la cruz aún se evidenciaba en la pared. Cayó de rodillas y bajó la cabeza. Hacía mucho que había dejado de rezar, por momentos perdía la fe en Dios. Aunque en ese instante en que se sentía tan desdichada recurrió a la plegaria. Rezó para que esa maldita guerra acabase y volvieran a ser todos hermanos españoles. Rezó para que Bruno diera señales de vida y regresara, aun si nunca podía ser suyo. Rezó para que Marco estuviera bien y la perdonara algún día. Estaba dispuesta a confesarle la verdad, quería separarse.

Estuvo tanto tiempo de rodillas orando frente a una pared desgastada y sucia que cuando quiso ponerse en pie no pudo, tenía las piernas acalambradas. Debió recostarse entre los escombros hasta que logró moverse otra vez.

El ruido de pasos y voces airadas la impulsaron a incorporarse.

—¿Qué hace aquí? —le dijo un hombre vestido con el uniforme de los anarquistas—. Tendrá que acompañarme. —La tomó del brazo con violencia y la arrastró hacia una de las puertas laterales.

—¡Déjeme! —pidió Marcia—. ¡Me hace daño!

—¡Cállese! ¡Está detenida por ser enemiga de la República!

—¡Qué estupideces dice! —Marcia se deshizo del amarre con fiereza y lo enfrentó—. ¡Soy republicana! ¡Mi esposo está prestando servicio en el frente! —Fue lo primero que le vino a la mente.

El griterío atrajo la atención de más milicianos y anarquistas que se habían instalado en las dependencias de la iglesia.

—Eso lo veremos. —El hombre volvió a tomarla del brazo y la introdujo en una sala donde solo había un escritorio, detrás del cual se hallaba el mismo sujeto de ojos color turquesa que estaba en el fusilamiento de Mohammedi.

—Volvemos a encontrarnos, señorita...

—Señora de Noriega —repuso Marcia levantando la barbilla y soltándose de su captor—. Marcia Noriega Exilart.

—¿Exilart? ¿De la fábrica de aceros?

—Así es, mi padre es Aitor Exilart y se pondrá furioso al saber que me han detenido sin derecho. —Los ojos azules la escrutaban, se deslizaban de su rostro a su pecho que se notaba inflado debajo de la ropa.

—Su padre ha colaborado con nosotros. Y dice usted que su marido está en el frente.

—Así es, Marco Noriega.

—¿Y qué hace usted aquí, rezando? ¿Acaso comulga con las ideas enemigas?

—No sabía que creer en Dios era estar del lado del enemigo. —Marcia lo miró, altiva—. Ni usted ni nadie va a evitar que yo tenga fe en Dios. —Giró, dispuesta a salir—. Aunque parece que tendré que rezar en mi casa, dado que han destruido este templo.

—Su Dios debe escucharla en todas partes —lo dijo con sorna en la voz—. Vaya, señora de Noriega, y evite meterse en líos. Ya es la segunda vez que la salvo. La próxima... deberá pagarme el favor.

Marcia le dirigió una mirada de odio y salió rauda. En la entrada, vio a su hermana sentada en una de las piedras, custodiándola como un ángel. Marcia se abrazó a ella y lloró sobre su pecho.

—Gracias. Lamento haber echado a perder tu día de trabajo.

—No digas tonterías —minimizó Gaia—. Ven, vamos a casa.

—¿Y los regalos de los niños?

—Tranquila, ya están entregados.

—Mis paquetes... —Miró a su alrededor—. Quedaron dentro.

—Ya los recogí, una de las mujeres los llevó —tranquilizó Gaia.

—Me hubiera gustado ver la cara de los niños...

—Tenemos Reyes todavía.

Al llegar a la casa había una carta para Marcia, era de Marco. La muchacha la tomó y corrió con ella hacia su habitación.

Marcia, es mi deseo que tanto tú como la niña os encontréis bien. Sigo en el frente norte. No he tenido noticias tuyas, tampoco sé nada de mi hermano. Escríbeme y cuéntame si tienes novedades de él.

Después le contaba algunas anécdotas del frente, más bien por llenar espacio en el papel que por verdadero interés en comunicárselas. Finalizaba con un «feliz año nuevo» y saludos para su hija. Nada más, ni siquiera una palabra de cariño, ni un beso.

Qué triste era reconocer que ese matrimonio tenía fecha de caducidad ni bien acabase la guerra. Triste por la hija que crecería con sus padres separados, a quienes ni siquiera vería juntos en la primera etapa de su vida.

Apretó la carta contra su pecho. Le hubiera gustado recibir unas líneas de Bruno, nada sabía de él. Decidió que recorrería cuantas oficinas y escritorios estuvieran a su alcance para conocer el paradero de su cuñado. Quería enviarle al menos una carta, mandarle su amor en letras.

Marcia advirtió la desazón de su esposo y sintió pena. Sabiendo dónde se encontraba no le había enviado ni una sola carta. Se sentó sobre su escritorio, tomó un papel y se dispuso a escribir. No sabía cómo empezar ni qué decirle. Después de todo, Marco era poco menos que un extraño para ella.

Decidió contarle sobre la niña, el único nexo que los unía. Empezó refiriéndole sus sonrisas, cuánto dormía y la cantidad de veces al día en que requería alimento. Las voces que reconocía y los gases que la afectaban. Llegado el momento de escribirle sobre Bruno, le dijo que se ocuparía de ir a la oficina de reclutamiento para averiguar sobre su paradero. Sí, eso haría.

## 56

*Hay un valle en España llamado Jarama.*
*Es un lugar que todos conocemos bien,*
*fue allí donde dimos nuestra hombría*
*y donde cayeron nuestros valientes camaradas...*

Fragmento de «Jarama Song», de la
Brigada Internacional Lincoln

*Frente del río Nalón, febrero de 1937*

Hacía frío, mucho frío. A Bruno lo habían asignado a un puesto de observación al abrigo de un foso de hormigón, similar a un nido de ametralladora, aunque sin boca de fuego; en cambio, disponía de un hueco en su techo, donde habían colocado un periscopio de trinchera. Su objetivo, vigilar al enemigo por si se decidía a atacar.

En septiembre las «columnas gallegas» habían llegado a la desembocadura del río Nalón, en auxilio de los sublevados cercados en Oviedo. Las milicias republicanas, que hasta entonces ocupaban las poblaciones de la margen izquierda

—San Esteban de Pravia, Muros de Nalón, Pravia, Grado—, se replegaron a la margen derecha. Pero las columnas habían logrado abrir una brecha en Peñaflor y desde allí un corredor de comunicación con Oviedo, rompiendo el cerco.

Ante el temor de que los rebeldes iniciaran una ofensiva mayor sobre Avilés y Gijón, el III Cuerpo de Ejército de Asturias, republicano, fortificó todas sus posiciones a lo largo del curso del río, en su margen derecha. De ese modo partía una línea de fortificaciones que llegaba hasta donde el río ya no era obstáculo, quedando las posiciones enfrentadas por unos pocos cientos de metros. Una segunda línea defensiva partía de Santa María del Mar y llegaba a la sierra por el extremo opuesto.

Luego de los magros festejos de fin de año, en cada oportunidad que tenía, Pilar lo buscaba para compartir encuentros sexuales. Ambos tenían en claro que solo eran eso, un rato de cariño y satisfacción que no iba más allá de acompañarse y sacarse las ganas, además del frío que empezaba a incomodar a todos.

Con el correr de los días las mujeres de esa posición se habían acercado a algún soldado y eran pocos los que dormían solos. Las necesidades de la guerra eran diversas y nadie era quien había sido antes de ingresar a una trinchera.

Solo Mateo continuaba fiel a esa novia que se había hecho por correspondencia, ansiando el final de la contienda para correr a su encuentro. María había hablado con su padre, quien aguardaba al candidato para ponerlo a trabajar en su granja, luego del casamiento con su hija.

Las batallas eran cruentas, a veces debían enfrentarse cuerpo a cuerpo con el enemigo; otras, los enfrentamientos eran a distancia, con granadas y fusiles.

Una vez Bruno había participado de la voladura de un puente sobre el río, para impedir el avance de los nacionales, avance que finalmente habían logrado por otro sector. Los rebeldes estaban mejor adiestrados para la guerra, además de contar con el auxilio alemán. Cuando lo reemplazaban en su puesto e iba a la retaguardia, tenía oportunidad de conversar con sus compañeros. Allí se enteró de la batalla de Jarama, en la cual los rebeldes intentaban hacerse de Madrid, venciendo su resistencia.

—Las Brigadas Internacionales fueron en auxilio —dijo uno de los soldados—. Pese a ello, veinte mil hombres, apoyados por la Legión Cóndor, obligaron a los republicanos a replegarse al otro lado del río.

—Hay que estar loco para unirse a una guerra que no te pertenece —opinó otro—. Mira que dejar todo, tu casa, tu familia, tu país seguro, para venir aquí a matar españoles...

Desde octubre de 1936 habían ido llegando a España numerosos voluntarios que se enrolaban en diferentes unidades por su afinidad ideológica —anarquista, socialista, comunista, etc.—. Algunos ya residían en España, por estudios o por exilios políticos de países fascistas o autoritarios. También había participantes que habían llegado a Barcelona para las Olimpíadas Populares de julio de 1936. Lo cierto era que por todas partes se expresaba la firme voluntad de prestar ayuda a la agredida República española.

—Dicen que han enviado también víveres, medicamentos y ambulancias —desveló el primero que había hablado de las Brigadas.

—Por lo que escuché, ahora están organizadas a instancias del Partido Comunista francés, que estableció una sede de reclutamiento en París, desde donde se envían voluntarios, con papeles y todo.

—¿Nos mandarán aquí alguna brigada? —quiso saber Bruno.

—No lo creo. Seguramente defenderán Madrid. La lucha allí se lleva a cabo desde principios de mes, en la zona de Jarama, a frente abierto.

Esa noche Bruno pudo ir al pueblo de retaguardia. Necesitaba alejarse un poco del frente, ver algo de vida fuera de las trincheras. La situación en la aldea no era muy distinta, había uniformados y armas por todos lados y en los bares no se hablaba de otra cosa que del asedio a Madrid. Las noticias que llegaban eran de bajas; se hablaba de alrededor de diez mil muertos, aunque la capital aún resistía.

Al día siguiente llegó el correo y Bruno recibió una carta. El sobre, manoseado y sucio, todavía conservaba el tenue aroma de un perfume de flores. Creyó que se trataría de otra madrina de guerra, ya había recibido algunas cartas de mujeres desconocidas. Giró para ver el remitente y al leer el nombre su corazón se agitó. No le había dicho a nadie dónde estaba, era evidente que Marcia lo había averiguado.

Se alejó de los soldados y fue a sentarse debajo de un árbol. Aproximó el sobre para olerlo mejor y la sintió cercana: era su perfume, el mismo que lo había vuelto loco durante su corta convivencia. Revivió la única noche que habían estado juntos y una puntada de dolor le nubló el razonamiento y empañó sus ojos. ¡Cuánto la extrañaba! Sabía que no podía ser suya, era la mujer de su hermano. Pensó en romper la carta sin leerla y la curiosidad fue mayor.

Rasgó el papel y se concentró en las letras:

No sé cómo empezar esta carta pese a que mil y una vez repetí en mi mente las palabras que quería decir. Te echo de menos, Bruno. Sé que está mal, que es incorrecto, pero es lo que siento. Te necesito como el aire mismo y muero cada día sin tener noticias de ti. Tarde me di cuenta de que hice todo mal, de que mi capricho con Marco ocasionó todo esto. Porque Marco no fue más que eso, una luz brillante que me cegó, una luz que me hipnotizó y terminó apagándome con tanto brillo. Nuestra boda fue un error y los tres lo estamos pagando, porque Marco no me quiere. En cambio, nosotros nos amamos y nos he condenado a ser unos desgraciados. Sueño con el día en que esta guerra termine y te traiga de vuelta. Escríbeme, Bruno, necesito saber de ti, que estás bien, y que sigues pensando en mí; yo no hago otra cosa que recordar esa única noche que estuvimos juntos. No me arrepiento, sí me avergüenza haber fallado como esposa, aunque creo que para Marco será un alivio saber que cuando todo esto acabe será libre de nuevo.

María de la Paz crece ajena a todo el horror que estamos viviendo, qué te voy a contar a ti las penurias de esta guerra, en el frente debe de ser peor y solo rezo para que te devuelva a salvo.

Te quiero, Bruno, no me niegues tu palabra. Escríbeme. Tuya siempre. Marcia.

P. D.: Marco escribió y preguntó por ti.


Al finalizar la lectura, Bruno apoyó la cabeza contra el tronco y cerró los ojos. Era demasiado intenso lo que Marcia le decía. Ella era lo prohibido y, a la vez, lo anhelado. Saber que ella lo amaba era la mejor noticia y, a la par, la peor. Nunca podrían estar juntos: era la mujer de su hermano. Jamás lo hubiera traicionado, y lo había hecho al acostarse con ella, al amarla como nunca había amado.

Estrujó la carta entre sus dedos y estuvo tentado de romperla y dejar que se la llevara el viento; desistió. Sabía que volvería a leerla mil veces más, que sería su amuleto, su alimento cada día para no morir. Comparó lo que había vivido con Marcia al sexo sin cariño que compartía con Pilar. Las últimas noches ni siquiera se habían besado, solo el acto animal los había reunido, y luego el dormir juntos para espantar el frío que se colaba por entre la escasa ropa. Vacío, eso era lo que sentía luego de cada encuentro.

Como cuando niño, quiso tener la máquina del tiempo y volver todo atrás, a esa noche en que había conocido a Marcia y había permitido que cayera bajo el influjo de su hermano, bajo su atractivo y carisma. Si en aquella oportunidad él hubiera actuado, si la hubiera retenido con su conversación... Sin embargo, se había mantenido al margen, quizá por protegerlo como había hecho siempre, por querer para él lo mejor, por ser el menor. O quizá por esa culpa que sentía, muy en el fondo, al saber que Marco sentía celos de él, como si sospechara la verdad, esa que sus padres nunca les habían dicho y que él había descubierto sin quererlo.

Evocó esa madrugada, cuando se levantó con dolor de panza y los escuchó hablar. Ellos no oyeron sus pasos descalzos acercándose al dormitorio matrimonial y siguieron hablando en murmullos. Como todo niño, Bruno se aproximó y pegó la oreja a la puerta entreabierta, olvidó su dolor de panza y quiso saber de qué hablaban sus mayores cuando estaban solos. Su madre decía:

—¿Crees que deberíamos decírselo?

—No hace falta, ¿para qué?

—Porque Bruno tiene derecho a conocer su origen, su historia...

—¿Qué sentido tiene, mujer? —había replicado su padre—. Solo le causará tristeza saber que su verdadera madre lo abandonó y lo dejó entre unas rocas... Esta es su familia ahora, nosotros lo amamos.

—Claro que sí, Bruno fue nuestra bendición.

El pequeño de entonces sintió que los ojos le dolían, como si miles de agujas lo pincharan por dentro. Los apretó, no quería llorar, su fuerza no fue suficiente y las lágrimas bañaron su rostro.

Deshizo sus pasos y volvió a su cuarto. Se metió en la cama y se tapó, de pronto tenía frío, aunque era pleno verano. Los retorcijones de estómago volvieron con más fuerza, no se animó a levantarse. Miró a su hermano, tan rubio y distinto a él, y entonces supo el porqué. Siempre se había preguntado el origen de sus ojos oscuros cuando sus padres y Marco los tenían tan claros. Su piel también era un poco más cobriza, y su madre siempre le decía que era porque se había quedado unos días más adentro de la panza.

Lloró en silencio. Era una dura verdad para un niño de ocho años, pero luego de desahogarse contra la almohada se sintió dichoso de tener una familia que lo amaba y para la cual era una bendición. Nunca olvidaría esa frase de María Carmen: «Bruno fue nuestra bendición».

Al día siguiente se mostró como siempre. No perdía detalle en la observación de los gestos y rasgos de cada uno de los integrantes de la casa. Y decidió que, así como ellos lo habían elegido a él, él los elegiría siempre. Prometió cuidar de su hermano y protegerlo. Él era el hermano mayor.

La llamada de su superior interrumpió sus evocaciones. Olió nuevamente la carta de Marcia y la guardó cerca de su corazón.

Reunidos los soldados, recibieron las buenas nuevas: se esperaba una cruenta ofensiva.

# 57

*Gijón, marzo de 1937*

G aia estaba triste. Hacía más de dos meses que no recibía carta ni noticias de Germinal, su novio por correspondencia. La última había sido para Año Nuevo; en ella le había declarado su amor y le había pedido que lo esperara para comenzar un noviazgo con todas las de la ley. Luego, el silencio se había interpuesto, apenas interrumpido por los disparos y las bombas.

La muchacha pasaba sus días entre el nuevo hospital y las demás obras de beneficencia. Sus padres la dejaban hacer sin quitarle ojo a sus actividades; no querían que Gaia cayera bajo el influjo de las anarquistas, que, además de luchar por la República, lo hacían, con verdadero fervor, por sus propias libertades e igualdad de género. Lo que no sabían Purita y Aitor era que, por mera curiosidad, Gaia había asistido a dos reuniones. Una de AMA, que correspondía a las mujeres antifascistas, y a otra de Mujeres Libres, las anarquistas. Allí Gaia había podido apreciar las diferencias, y le había contado a su hermana:

—Las antifascistas surgieron en el Partido Comunista, aunque le dan poco espacio a la agenda feminista. Solo les

351

preocupa que las mujeres asistan en la guerra, pero en beneficio de la situación global, ¿entiendes? No luchan por la emancipación.

—Veo que no te agradan —dijo Marcia con una media sonrisa.

—Ellas solo defienden la República. No digo que esté mal —continuó Gaia—, solo que siguen pensando que su función es en casa, detrás del marido, o en su caso, del padre. Debo reconocer que algunas también hablan de los derechos civiles, lo cual ya es mucho.

—¿Y las anarquistas?

—Ellas son de armas tomar. ¿Y sabes quién lidera uno de los grupos? Silvia, la que trabajaba contigo en la fábrica de sombreros.

—¡Cómo no imaginarlo! —Sonrió Marcia—. Ella sí que tenía agallas… —agregó al recordar la última vez que la había visto en la calle, empuñando un arma.

—Si debo elegir, me gusta más la propuesta de Mujeres Libres —declaró Gaia—. Las anarquistas reivindican todo el tiempo sus derechos. ¿O debería decir nuestros derechos? Hablan de emancipación, de libertad. No obstante, siempre hay alguna que no está del todo convencida y sigue atada al yugo masculino.

—¡Has cambiado tanto!

—Esta guerra nos ha cambiado a todos, Marcia.

—Me gusta oírte hablar así. Parece que esta guerra te hubiera revivido. Antes… antes eras una sombra, Gaia.

—Lo sé… Quizá era el miedo.

—¿Miedo? ¡Ahora es cuando deberías tener miedo! Y, sin embargo, estás todo el día fuera de casa.

Gaia se acercó y se sentó a su lado, sobre la cama.

—Mi miedo no era al afuera, Marcia, sino a mí misma. Siempre me sentí en desventaja, el patito feo de la familia.

—¿Qué dices?

—La verdad. Tú siempre brillabas, siempre fuiste hermosa, y a tu lado yo me sentía poca cosa. Y, aunque tu madre siempre me trató como a una hija, en el fondo yo siempre tuve temor.

—¡Gaia! —Marcia la abrazó con ternura—. Bien sabes que mamá nos ama a las dos por igual y que jamás ha hecho diferencia alguna.

—Lo sé, lo sé, y eso me hace sentir culpable a menudo. Siempre fui yo, que me minusvaloraba, era mi problema. Esta guerra me hizo ver que podía ser alguien más, ser útil, que alguien me necesitara.

—Todos en esta familia te necesitamos, Gaia.

—Por si fuera poco… me enamoré de un hombre que jamás me miró como si yo fuera una mujer…

—¿Un hombre? ¿Y Germinal?

—Antes de Germinal, que por cierto… me tiene preocupada.

—Ya llegarán noticias, ya verás que está bien y pronto vendrá a darte una sorpresa.

—Dios te oiga. —Gaia elevó los ojos al Cristo que tenía colgado sobre la cabecera de la cama—. No me refería a él. Cuando te diga… ¡no te rías!

—Cuéntame.

—Me enamoré como una boba de tu cuñado, de Bruno.

Al oír su nombre Marcia se tensó.

—¿Puedes creerlo? ¡Poner mis ojos en Bruno Noriega! Como si ese hombre me fuera a prestar atención a mí… —Al ver que su hermana no respondía la miró—. Estás pálida, ¿te sientes bien?

—Sí, sí, fue solo un sofoco.

—Marcia, a mí no me engañas… ¿Qué ocurre?

—Nada, nada, sigue contándome. —No podía decirle que ella también se había enamorado de su cuñado.

—Marciana Exilart —la conminó—, no me tomes por boba. Te pusiste así cuando nombré a Bruno. ¿Es que acaso…

acaso es lo que estoy pensando? —Gaia se llevó las manos a la boca y contuvo el aliento—. ¡Es él! —Se puso de pie y caminó por la habitación, incapaz de permanecer quieta.

—Gaia, por favor, no vayas a decir nada. —Marcia corrió a su lado, la tomó por los hombros y la detuvo—. Por favor, no me juzgues. —Sus ojos brillaban a causa de las lágrimas que peleaban contra su entereza.

—¡Ay, Marcia! No soy quién para juzgarte… ¡Te entiendo, hermana mía! Convivir con ese hombre no debe de haber sido fácil, ¿cómo no ibas a enamorarte de él? Él sí es un hombre con todas las de la ley… —suspiró.

—Yo…, yo no quise, Gaia, sucedió. Bruno siempre se ocupó de mí, de nosotras. —Señaló la cuna donde dormía María de la Paz—. Al principio creí que me odiaba, porque su trato era distante y seco, luego descubrí que debajo de esa coraza anidaba su amor, su amor por mí. —Marcia empezó a llorar—. Por eso se fue a la guerra, porque mientras estuvo su madre no había peligro… y… al quedar solos…

—Marcia, ¿vosotros acaso…? —Al ver la expresión en el rostro de su hermana volvió a taparse la boca para hablar—. ¡Madre del amor hermoso!

—Por favor, Gaia, no digas nada —suplicó.

—¡A quién voy a decir yo semejante cosa, Marcia, por Dios! Ahora entiendo todo… Sí que lo tienes difícil, hermanita mía. —La abrazó para consolarla.

—Le escribí, ¿sabes? Y no respondió ninguna de mis cartas… Ni siquiera sé si está con vida.

—Estamos igual, yo tampoco sé si Germinal está vivo o si ya se olvidó de mí.

—No digas eso.

—Lo mejor que podemos hacer es estar ocupadas, así el tiempo no pasa tan lento.

—Tienes razón —dijo Marcia, aliviada al poder compartir su secreto. Ahora podría conversar con su hermana sobre

Bruno y el corto amor que habían vivido—. Si quieres, mañana te acompañaré al hospital, quizá pueda servir de algo.

—Claro que sí. Además, las mujeres anarquistas están organizando talleres y charlas para que podamos acceder a la educación. Si quieres, puedes apuntarte a algunas de las clases; hay de cultura general, puericultura, enfermería, formación social y hasta mecánica y electricidad.

—¿Te imaginas lo que diría papá? —Ambas empezaron a reír.

—Yo creo que padre ya está curado de espanto. La primera transgresora fue mamá, cuando se le instaló en la fábrica nada más llegar aquí. ¿Te han contado esa historia?

—Sí, la conozco. Madre también se enamoró de un hombre prohibido, el marido de su amiga.

—Pues viene de familia —rio Gaia—. Sigo contándote los planes de Mujeres Libres. Emplean los «clubes de fábrica» para acercar sus proyectos al lugar de trabajo de las obreras, y también «bloques móviles», para poder acceder a las campesinas.

Las organizaciones femeninas actuaban en todos los sectores. También participaban en tareas encaminadas a la ayuda al ejército y al gobierno, como la petición de donativos y la confección de ropa; celebraban homenajes a los soldados en batalla y de la retaguardia, se ocupaban de comedores sociales, lavanderías y toda la asistencia posible a los heridos y familiares de los combatientes.

—Germinal me dijo que hay mujeres en el frente también, mira que hay que ser valiente…

—¿Las alistan? —Eso sí que era una sorpresa para Marcia.

—No, al menos de momento no existe una política de alistamiento para mujeres —explicó Gaia, que sabía todo eso por el intercambio epistolar con Germinal y sus ahijados de guerra—. Ellas van voluntariamente, aunque son minoría. Una de ellas, de origen argentino, alcanzó el grado de capitana.

—¡Vaya! —exclamó Marcia.

—Sí, todo un ejemplo Mika Etchebéhère. Por lo que sé, luchó a la par de su marido, a quien mataron en la toma de Atienza; ella ocupó su puesto.

—Estoy impresionada… Yo no me animaría a empuñar un arma.

—¿Sabías que también hay mujeres que conducen? —dijo Gaia—. Son las que llevan los camiones con suministro de productos a los soldados que están en el frente, como ropa, papel, jabón y tabaco.

—¿A dónde llegaremos? —respondió Marcia, entusiasmada.

—A donde queramos.

# 58

*Cataluña triunfante*
*volverá a ser rica y llena*
*detrás de esta gente*
*tan ufana y tan soberbia.*

Fragmento de «Los segadores»,
canción catalana

*Frente norte, abril de 1937*

L a línea de frente seguía moviéndose por las distintas ofensivas. A principio de año las fuerzas republicanas habían
avanzado bastante sobre la zona de La Robla, llegando a escasos kilómetros de León. Sin embargo, la alegría duró poco
y tuvieron que replegarse nuevamente.

—Han llegado órdenes de fortificar aún más —dijo Marco
a sus compañeros—. Debemos reforzar con fortines y casamatas en los altos.

Todo esfuerzo era poco. La dureza del invierno, que había
sorprendido a muchos con alpargatas en lugar de las botas de

campaña, y el material viejo, de la Gran Guerra, en contraste con el de la zona franquista, que tenía fusiles alemanes nuevos, hacía predecir el final.

—Debemos prepararnos para tomar Tarna y San Isidro —continuó Marco, a quienes los superiores habían dotado de voz de mando—. No nos podemos dormir en el reciente triunfo. —Los republicanos habían tomado Montuerto, junto a las Caldas de Nocedo, y planificaban otro ataque.

Fue ese mismo día cuando trajeron a los prisioneros; venían con el desgaste de la guerra grabado en el rostro, sucios, maltrechos y algunos heridos. Era una fila de hombres entre los que alternaban soldados y oficiales, todos uniformados por la tragedia.

El capitán fue quien interrogó a los superiores, sin obtener información alguna. Esos hombres estaban entrenados y no soltarían prenda con facilidad. De nada valieron los golpes ni los simulacros de fusilamiento, no lograron arrancarles ni una palabra que delatara los planes de los nacionales.

Amarrados a la espera del camión que los trasladaría al campo de trabajo, los prisioneros pasaron la noche, hambrientos y doloridos. Algunos se quejaban. Tenían heridas de bala que se iban infectando, pero nadie hizo nada para aliviar sus quejas.

Cecilia ya se había ido. Finalmente, Blanca no había querido acompañarla; por más que la corresponsal había insistido, se había quedado. No se sentía capaz de alejarse quién sabe por dónde, necesitaba estar cerca por si llegaban noticias de su familia.

Blanca estaba alejada de la rueda de prisioneros, ocupada en alimentar el fuego donde se cocía un guiso, aunque visible a causa de la poca distancia.

—¡Blanca! —La voz de uno de los detenidos se elevó por entre las demás y la muchacha sintió un escalofrío recorriendo su cuerpo. Miró en dirección a donde estaban los enemigos y algo en la fisonomía de uno de ellos captó su atención.

—¡Blanca! Soy yo, Luis.

La mujer se puso de pie y avanzó como un autómata hacia esa voz y ese nombre familiar. Le costó reconocer a su hermano, tenía la cara tiznada y los labios partidos. Uno de sus ojos parecía haber perdido la visión y el corazón de la chica se estrujó de dolor.

—¡Luis! —Se acercó rauda al grupo y se detuvo a unos centímetros: había miradas de asco y amenaza.

—¡Ayúdame, Blanca! —pidió su hermano—. No dejes que me lleven, me fusilarán.

Blanca quería decirle tantas cosas… Su garganta estaba cerrada.

Quería saber de su madre, ¿qué había ocurrido con ella?

—Mamá… —alcanzó a balbucear, presa de la emoción. Luis bajó el rostro, avergonzado.

—Madre murió. Se la llevaron y… murió en prisión.

El grito desgarrador de Blanca asustó a los prisioneros. Era un aullido, todas sus voces se habían unido para elevarse al viento clamando por su madre.

—¡No! —Fuera de sí Blanca arremetió a puños contra su hermano, lo golpeó con toda su furia y este lo permitió. El cuerpo ya no dolía, era carne muerta, como sus almas.

Marco se acercó y pensó que alguno de ellos la había atacado.

Sacó su arma y apuntó al hermano de Blanca en la cabeza.

—¡Déjala en paz, malnacido!

Blanca cayó de rodillas y se aferró a las piernas de su hermano, quien se desplomó a su lado y, como pudo, dado que sus manos estaban atadas, la abrazó.

Marco no entendía qué estaba ocurriendo y permaneció expectante.

—Lo siento, Blanca, lo siento —se lamentó Luis.

—¿Por qué no la salvaste? ¿Por qué? ¿Por qué? —gritaba la joven, vencida ya.

—No pude, no estaba allí cuando ocurrió… Lo siento.

—¿Dónde está Juan? —Se refería a su otro hermano.

—Está en el frente, iba para Madrid.

—No es justo, no es justo, Luis…, madre era inocente. Todos somos inocentes.

Luis no respondió, él tenía sus ideales, distintos a los de su hermana; no por eso dejaba de dolerle la muerte de sus padres.

—Vamos —dijo Marco al verla en ese estado.

La tomó de la cintura y la hizo poner de pie. La alejó de allí y la llevó a un aparte. Sentados entre las rocas Marco la abrazó. La joven no dejaba de gemir y sollozar.

—Mi madre… han matado a mi madre.

Marco pensó en la suya y en tantas otras madres que habían corrido igual suerte. Quizá era lo mejor, que no presenciaran esa guerra entre hermanos, entre primos y vecinos, unos matándose a otros.

—Y mi hermano… del otro bando. No puedo sentir odio por él, ¡es mi hermano!

—Entiendo, Blanca, no tienes que explicar nada.

—Esta guerra nos está quitando lo poco que teníamos. —Pensó en su novio, en su padre, en sus amigos, entre ellos, Pedro, y en su propio cuerpo ultrajado—. Ni siquiera la dignidad nos ha dejado.

Marco la apretó contra su pecho. No tenía palabras de consuelo, ¿qué decirle? Si tenía razón en todo lo que sentía. Él también era un huérfano, y todavía le pesaban en la conciencia los hombres que había matado.

—¿Qué pasará con él? ¿Lo matarán también? —planteó mirando en dirección a donde estaban los prisioneros.

—No somos asesinos, Blanca —lo dijo sin certezas—. Los llevarán a un campo de prisioneros.

Blanca elevó los ojos y leyó su duda.

—No me mientas.

—Es lo que escuché.

—Ayúdame a darle algo de comer —pidió—, se nota que ha pasado hambre, quién sabe desde dónde viene andando.

—Haré lo que pueda, tampoco podemos exponernos nosotros.

—Por favor.

Cuando cayó la noche, Marco hizo llegar a Luis una barra de chocolate. No había podido conseguir otra cosa sin llamar la atención. Además, temía que los mismos prisioneros fueran los que lo delataran.

Después Marco buscó a Blanca, hacía varias lunas que dormían juntos, aunque entre ellos no hubiera ni siquiera un beso; solo se abrazaban para espantar el frío y las pesadillas.

Al amanecer el camión se llevó a los prisioneros, Blanca dijo adiós a su hermano y se despidieron entre lágrimas. Nunca más volverían a verse.

En enero el ministro de Justicia de Largo Caballero había declarado que resolverían el gran problema de la delincuencia político-fascista con campos de trabajo. «No hay razón humana por la que soldados, sacerdotes e hijos de millonarios no trabajen como el resto», había dicho. La idea era transformar a España en un frondoso vergel por medio del trabajo de los prisioneros, y así se abrió el primer campo de trabajo republicano en Totana, Murcia, sobre cuyas puertas un cartel anunciaba: TRABAJA Y NO PIERDAS LA ESPERANZA.

Luego de la partida de los prisioneros el frente volvió a la normalidad y no faltaron las discusiones sobre el destino de estos. Los anarquistas propiciaban el fusilamiento de los nacionales bajo la voz de ser traidores a la República. En cambio, los republicanos izquierdistas, partidarios de Manuel Azaña, propiciaban su ingreso en los campos de trabajo.

—El servicio los va a rehabilitar —dijo uno de ellos—, tal como propuso Manuel Azaña con la ley de vagos y maleantes de 1933.

—¿Dices que los campos son una prolongación de aquella? —intervino otro.

—Pues claro que sí. Hay que aprovechar esa fuerza laboral y ponerla a disposición de la República.

—Si los llevan a Totana los pondrán a drenar marjales —rio uno de ellos.

—Los campos son para la redención y el castigo —intervino un capitán que había escuchado las conversaciones—. No pretendemos exterminarlos, solo volver al rebaño a las ovejas descarriadas.

Lo cierto fue que, más allá de los buenos propósitos, los prisioneros vivían hacinados, sin las mínimas condiciones de higiene, malnutridos. Eran sometidos a un fatigoso ritmo de trabajo, por lo cual muchos enfermaban y luego morían.

# 59

*Somos combatientes vascos*
*para liberar Euskadi,*
*generosa es la sangre*
*que derramamos por ella.*

Fragmento de «Combatientes vascos»,
canción vasca

*Frente del río Nalón, mayo de 1937*

B runo seguía recibiendo cartas de Marcia y no las respondía. En cada una de las misivas ella le ratificaba su amor, su dolor por la distancia y el miedo ante su silencio. Pese a sus súplicas para que le escribiera, él no lo hacía. ¿Qué le diría? Él ya había hablado una vez, había desnudado su alma, no había más que decir. Era un amor prohibido que no podía ser, aunque ellos lo hubieran alimentado con leños candentes de pasión.

Sin quererlo, empezó a recordar momentos que habían vivido juntos y su mente se fue hacia la orilla de las playas de

Gijón que estaban frente a la casa. Había sido antes de su herida en la pierna, recién comenzaba el verano. Su madre había insistido en caminar con Marcia hasta la costa, para que la joven hiciera algo de ejercicio; ya estaba bastante avanzado su embarazo y eso le facilitaría el próximo parto.

Hacía calor y las dos mujeres partieron caminando al rayo del sol. Las seguían los perros guardianes. María Carmen llevaba una canasta con unos bocadillos y refrescos, y Marcia un parasol que las cubría a ambas.

Él se había quedado trabajando en la cuna. Aprovecharía que ellas no estaban, quería que fuera una sorpresa. Había hecho varias cuando trabajaba con su padre, pero, como esa, ninguna. Esa llevaba tallado el amor incondicional que sentía por esa mujer prohibida. Había elegido la mejor madera que había podido conseguir en esos tiempos funestos y la había moldeado con dedicación. Noche tras noche se había encerrado en el establo para cincelar uno a uno los barrotes que protegerían al bebé de una caída.

El tiempo pasó y, como las mujeres no regresaban, intranquilo, decidió ver qué ocurría. Dejó las herramientas y tapó la cuna con una sábana vieja. Se mojó el cuello y, con prisa y preocupación, caminó hacia la playa. Subió algunas dunas y bajó otras antes de llegar a la orilla. Sus ojos oscuros divisaron dos figuras allá a lo lejos, sentadas debajo del parasol. Sonrió. Allí estaban las dos mujeres que más amaba, lástima que una de ellas no fuera suya.

Avanzó bajo el sol abrasador y se aflojó la camisa. A mitad de camino se detuvo y se mojó el cuello; las gotas de agua descendieron por su pecho y le hicieron cosquillas.

Al llegar a donde estaban ellas las miró, se las veía contentas, Marcia tenía las mejillas coloradas.

—Hijo, ven, siéntate —animó María Carmen—. ¿Comiste? ¿Quieres un bocadillo? Acabamos de sentarnos, estuvimos caminando por la orilla. ¿Verdad que hace un bonito día, Marcia?

Ella miró a su cuñado y lo descubrió sin esa expresión ceñuda que lo caracterizaba; se alegró.

—Sí, es un día muy bonito —coligió.

Bruno se sentó al lado de su madre, apoyó las palmas en la arena caliente y estiró las piernas. Observó el mar: estaba calmo, aunque algunas olas rompían cerca de la orilla. Comió el bocadillo que le dio su madre y luego cerró los ojos, echando la cabeza hacia atrás. El gran lunar de su cuello destacaba a la izquierda de su nuez.

—Iré a refrescarme los pies —anunció Marcia, incorporándose con dificultad.

—Ten cuidado, no vayas a caerte —aconsejó la suegra. Si bien la panza no era muy grande, la fecha de parto estaba cerca—. ¿Crees que el niño nacerá en medio de la guerra? —preguntó a su hijo.

—Esperemos que no, que todo esto acabe cuanto antes.

Ambos observaron a Marcia, que caminaba por la orilla mojándose los tobillos. Se había levantado la falda y se veían sus piernas y por momentos sus rodillas.

—Es una cría aún —comentó María Carmen—. Marco no debería haberse ido.

—Marco no debería haberla preñado —lo dijo sin pensar, con enojo en la voz, y de inmediato se arrepintió. Su madre no dijo nada, ella sabía.

En la orilla, Marcia se adentró un poco más, sentía el sofoco en la piel y quiso mojar su garganta.

Bruno, alerta, se puso de pie, allí donde estaba las olas podían voltearla. No acabó de pensarlo que la joven ya estaba en el suelo.

El hombre corrió hacia ella y en dos zancadas estuvo a su lado. La tomó por las axilas y sintió la redondez de su busto de madre.

De pie frente a frente la miró a los ojos y se hundió en ese gris platinado por el reflejo del sol en el mar. Sintió impulsos de besarla y los contuvo. Su madre ya estaba allí, preguntando si estaba bien.

—Gracias —alcanzó a decir la joven, atribulada. Aún podía sentir el calor de las manos de Bruno apretándola tan cerca de sus pechos.

—Mejor vamos a casa —propuso María Carmen sosteniéndola por la cintura—, deberías descansar un rato.

Bruno quedó en la orilla poniendo a raya su excitación.

Ahora, apostado en su trinchera, recordaba cada uno de los momentos vividos junto a Marcia. El frío del invierno iba remitiendo, no así el de su alma. El cansancio en el cuerpo luego de tantos días de batalla se acentuaba. Había dejado de compartir noches con Pilar. Ya no podía mantener relaciones con ella, el recuerdo de Marcia lo había incapacitado; la muchacha no había perdido el tiempo y se había acomodado con otro soldado.

Las discusiones en el frente eran de tono variado: por un lado, estaban los anarquistas que no se ponían de acuerdo con los republicanos, y por el otro, las mujeres, cuyos máximos exponentes en cada uno de los bandos eran Pilar y Matilde; mediando entre ellas, Sonia, la prostituta.

—No entiendo cómo aceptan seguir siendo controladas por los hombres —afirmó Pilar, integrante de Mujeres Libres, el único grupo de todas las organizaciones femeninas dirigido por mujeres—. Así nunca podrán desarrollar de forma significativa sus propios objetivos, porque han nacido sujetas a las necesidades de los partidos políticos que las respaldan.

—¿Y qué pretendes que hagamos? —respondía Matilde.

—¡Pues que seáis libres! Que os independicéis, como lo hacemos nosotras, las anarquistas. —Pilar era una gran oradora—. Nuestra labor no se acaba en la guerra —continuó—, ya nunca más quedaremos recluidas en los hogares. Hemos demostrado nuestras capacidades, hemos abierto nuevos espacios y oportunidades. Cuando la guerra finalice verán quiénes somos.

La guerra civil supuso una ruptura con la tradicional reclusión de las mujeres en los hogares y les permitió visibilizarse públicamente como colectivo.

Además de la participación en la guerra, estas organizaciones se ocupaban de la educación de la mujer, el trabajo en las fábricas, el cuidado de los desplazados; también tuvieron iniciativas como los «liberatorios de prostitución» para reinsertar a las mujeres a una vida más digna.

En lo que sí coincidían las féminas era en la admiración por la capitana argentina Mika Etchebéhère. Mika había llegado a España junto a su marido con el triunfo del Frente Popular; ambos tenían la convicción profunda de abolición del sistema capitalista, por eso habían viajado por varios países, llevando sus ideas y poniéndolas en acción. Al estallar la guerra se había alistado con su marido como militante del POUM. Tras la muerte de su esposo en una de las batallas, Mika ocupó su puesto y obtuvo, por su valor, las estrellas de capitán.

—Su condición de mujer no le impidió estar al frente de los hombres —decía Pilar, ferviente admiradora de la argentina—. Y en la columna a su mando las obligaciones se repartían entre todos por igual, nada de mandar a las mujeres a barrer y guisar.

Se había vuelto famosa una frase que decía: «Yo no he venido al frente para morir por la revolución con un trapo de cocina en la mano».

Bruno las escuchaba hablar y a menudo sonreía. Si bien las admiraba por la fuerza y valentía él seguía creyendo que el mejor sitio para ellas era la seguridad del hogar.

Hacía unos cuantos días que había calma en el frente, una calma que se tornó sospechosa. Era de madrugada cuando se inició el ataque. Primero fueron unos disparos aislados, luego el avance enemigo trepando por las lomadas, arrojando granadas y disparando sin cesar a todo lo que se moviera. El ininterrumpido sonido de las ametralladoras Hotchkiss invadió las sierras.

Bruno alcanzó a meterse en uno de los refugios y desde allí comenzó a disparar. Al sentir al enemigo tan cerca empezaron a arrojar granadas para alejarlos, el avance era cerrado y firme. Parecía que los rebeldes se multiplicaban con cada baja. El ruido de los motores llevó la vista al cielo, y allí estaban, los bombarderos alemanes. El fuego cruzado duró varias horas y el saldo fue un centenar de muertos de ambos bandos. El estampido de la explosión los dejó sordos por un instante, después vinieron los aullidos y los gemidos.

Bruno se sintió pesado. No podía abrir los ojos, todo el cuerpo le dolía. Su último pensamiento fue para Marcia.

# 60

*Gijón, junio de 1937*

La guerra avanzaba y Franco consolidaba posiciones. El devastador bombardeo sobre Guernica en abril había sido un duro golpe para la República, no solo porque había aterrorizado a toda una población, sino porque se habían vulnerado sus símbolos. Al enterarse, Aitor se había exaltado. Allí había pasado parte de su infancia, en casa de sus abuelos vascos.

—¡Atacar la Casa de Juntas, uno de los emblemas esenciales del nacionalismo vasco! ¡Vaya osadía! —había dicho.

—Lo lamento —respondió su esposa—. Habría que llamar y ver si tus primos están bien.

—Iré a la fábrica. —Aitor se puso de pie y se dispuso a partir, no tenían teléfono en la casa—. Vendré para la cena.

—¿Quieres que te acompañe?

—No, quédate mejor con la niña.

La ciudad seguía sufriendo ataques y transformaciones. Algunas de las demoliciones ordenadas a fin del año anterior habían sido paralizadas por el veto de la Consejería de Obras Públicas del órgano político regional, por estar en contra de la forma de realizar las ocupaciones de fincas urbanas, por no atenerse estas a la legalidad republicana anterior a la sublevación militar.

Aitor caminó sin dejar de observar cuánto había cambiado todo. Se había perdido la alegría y la espontaneidad, la poca gente civil que se cruzaba en la calle tenía miedo, la presencia militar por todos lados asustaba.

En la fábrica también los ánimos eran diversos. Los anarquistas compartían la dirección con Exilart, quien a regañadientes permitía su presencia. En aquella oportunidad había llamado a su familia en Guernica y se tranquilizó al saber que estaban todos a salvo. Eso había ocurrido dos meses atrás, luego no había vuelto a tener contacto con sus primos. Durante la cena Aitor refirió a su esposa:

—Han lanzado un ambicioso Plan de Reformas, ¿puedes creer? En medio de esta guerra que no tiene fin pretenden una estación centralizada y única para trenes y autocares.

—Quizá sea bueno tener esperanzas y proyectar —repuso Purita.

—Vamos, mujer, si los nacionales avanzan devorando territorio.

—Aitor meneó la cabeza—. Quieren demoler el Club de Regatas también, para hacer una vía costera.

—Aún recuerdo aquella vez, cuando fuimos juntos… —rememoró Purita evocando esos días de ensueño.

—Yo también lo recuerdo, en especial tu expresión cuando te dije que el rey daría un banquete. —Purita rio—. Ese día descollaste entre todos los hombres que había allí. Debo reconocer que me sentí un poco celoso.

—¡Y yo sufriendo por amarte en silencio!

Ambos sonrieron al evocar de qué manera finalmente habían terminado juntos.

Afuera, los disparos y corridas eran habituales. Ya se habían acostumbrado a las calles llenas de soldados, a las detenciones sin motivo, a las irrupciones en las casas buscando a algún sospechoso de pertenecer al bando nacional. No era la vida soñada, era la vida que les tocaba.

—Como te decía, el Plan de Reformas es bastante ambicioso —continuó Aitor—, quieren hacer una ronda de circunvalación para desviar el tránsito pesado de la ciudad, además de crear zonas verdes en los barrios obreros.

El llanto de María de la Paz interrumpió las conversaciones. Purita se puso de pie y la alzó.

—Iré a preparar su biberón.

—¿Y Marcia? —preguntó el padre, quien todavía no se acostumbraba a que sus hijas estuvieran todo el día fuera de la casa y su esposa tuviera que ocuparse de la bebé.

—En el comedor, ya sabes… Ayudando a los huérfanos.

—Es muy loable su tarea, aunque debería recordar que tiene una hija.

Gaia y Marcia se repartían las horas entre el hospital, los comedores y los asilos. Había días en que ninguna de las dos aparecía en la casa hasta la noche, lo cual generaba malestar en Aitor, y era Purita quien debía poner paños fríos a la situación. Ella hubiera preferido que sus hijas pasaran más horas en la casa y que Marcia se hiciera cargo de María de la Paz, pero también sabía que ambas buscaban aturdirse para paliar sus cuitas de amor, y qué mejor que ayudando al prójimo. Ella también había sido joven y se ponía en su lugar. Gaia esperando esa carta de Germinal que no llegaba, y Marcia aguardando el regreso de su esposo, de quien recibían escasas noticias.

En el hospital, Gaia, convertida en una experta enfermera a fuerza de ver horrores, atendía a un soldado que habían mandado desde uno de los frentes. El hombre deliraba en sus fiebres. Tenía heridas en todo el cuerpo, le había estallado una granada a pocos metros. Gritaba el nombre de una mujer y no había manera de calmarlo. La sangre manaba de sus cortes y debieron llamar al médico porque la hemorragia era impresionante.

Con las manos y el delantal manchado de sangre Gaia se acercó a uno de los ventanales. La tarde moría, así como sus esperanzas de ver a Germinal, ese novio de papel que se había desvanecido. Ni siquiera podría reconocerlo si alguna vez lo veía. La foto que le había mandado estaba borrosa de tanto que la había manipulado. Todo tipo de ideas se deslizaban por la mente de Gaia, quizá el hombre se había arrepentido al ver con detenimiento las imágenes que ella le había enviado, o tal vez tenía una esposa a la cual había regresado. Por momentos pensaba que Germinal había muerto en algún enfrentamiento y que ella no tendría modo de enterarse. ¿Quién le avisaría si no era más que otra madrina de guerra?

Triste y desconsolada salió al atardecer, aspiró el aire tibio y el olor de las flores que seguían naciendo pese al horror de esa guerra entre hermanos.

Se deslizó por la pared y se sentó sobre una piedra. Cerró los ojos justo en el mismo momento en que la sirena de alerta empezó a sonar. Estuvo tentada de quedarse allí y que el bombardeo la sorprendiera. Quizá fuera mejor morir, estaba cansada.

Permaneció tiesa, con la espalda apoyada en el muro que empezaba a temblar cuando sintió que la tomaban del brazo y la obligaban a ponerse de pie.

—¡Vamos! —la instó una voz desconocida.

No prestó atención al hombre que la llevaba casi corriendo en busca de un refugio, solo se limitó a sentir su mano firme apretando su brazo.

Cuando llegaron a uno de los abrigos que ofrecía la ciudad, se metieron en él. Estaba lleno de gente: madres con sus hijos que lloraban, hombres y ancianos. Todos habían sido sorprendidos en la calle, la tarde estival invitaba a estar afuera.

Se apretujaron como pudieron en la oscuridad de ese sótano, donde se mezclaban olores y miedo. Desde arriba se sentían los bombardeos, gritos de quienes no habían hallado resguardo, golpes y destrucción.

Gaia miró a su salvador, en la penumbra no pudo distinguir sus facciones; solo presentía que el hombre tenía clavados sus ojos en ella.

—¿Pretendía quedarse allí? ¿En medio del bombardeo? —dijo la misma voz desconocida. Había un tono de reproche que disgustó a Gaia. ¿Quién era él para reprender sus acciones?

—Eso a usted no le importa.

—Vaya, vaya... Después de todo no es usted tan dulce como se mostraba en sus cartas.

—¿Cartas? —Sus ojos ya se habían acostumbrado a la oscuridad del sótano, volvió a observar a ese hombre, no lo conocía.

—Las que me escribió.

—Escribí muchas cartas —replicó airada—, soy madrina de guerra.

—Pues yo creí que era especial para usted.

Un nuevo estruendo sacudió el suelo y los gritos se hicieron sentir. Un bebé lloraba y un niño gemía. Gaia sintió que el calor subía por su espalda, ¿quién era ese sujeto? No osó a emitir sonido, aguardaba que el bombardeo finalizase para salir y correr de nuevo al hospital, adonde seguramente llevarían más heridos.

Alguien avisó que ya había pasado el peligro y, paso a paso, todos salieron a la noche. Una vez en el exterior, el hombre se puso frente a Gaia y ella pudo verlo. Llevaba ropas de civil, era alto y delgado. Su rostro era atractivo y una sombra de dolor apagaba sus ojos claros. En su observación descubrió que le faltaba un brazo, la manga vacía de la camisa terminaba en un nudo. «Otro mutilado de guerra», pensó.

Gaia elevó los ojos de nuevo hacia su rostro y él sonrió.

—¿No me reconoce? Quizá me imaginaba de otra manera. Soy yo, Germinal.

Ante su declaración ella se llevó las manos a la boca y reprimió un gemido.

—Dije que vendría a buscarla, y aquí estoy. —El hombre dio un paso y la tomó por la cintura con su única mano—. ¿Puedo besarla?

Recuperada de la emoción, Gaia asintió y dejó que los labios masculinos se apoderaran de los suyos. Ese primer beso le supo a gloria y, sin importarle lo que pensaran las personas que había a su alrededor, se colgó de su cuello y se apretó contra él.

Cuando se separaron Gaia sentía la boca roja y dolorida por su incipiente barba.

—Vino… —atinó a decir.

—Soy un hombre de palabra, Gaia, y aquí me tiene, aunque me falte un pedazo mi corazón es suyo.

—Creí que… Nunca más me escribió… Ahora entiendo.

Se habían sentado en un banco de piedra.

—Fui herido en un ataque y ya ve… Intenté escribirle con la otra mano, fue imposible. —Germinal sonrió con pesar—. Mis compañeros en su mayoría fueron lacerados, algunos ni siquiera se recuperaron… —Esquivó la mirada, no quería que ella lo viera lagrimear, el horror de la guerra aún lo abofeteaba—. La recuperación llevó su tiempo, me trasladaron a una ciudad cercana… —Como ella lo observaba con pena en los ojos Germinal dijo—: No hablemos de tristezas, estoy aquí ahora.

—¡Oh, Germinal! ¡Lamento tanto todo lo que le ocurrió!

—No lo lamente, Gaia, de no ser así tendría que haber esperado a que la guerra terminara para venir… Vea el lado bueno.

Ella sonrió.

—¿Siempre es tan optimista?

—Solo cuando estoy con una bella mujer. —El sonrojo femenino lo devoró la noche.

—¿Dónde se está hospedando? ¿Tiene familia aquí? ¿Alguien...?

—Solo la tengo a usted. —Germinal le tomó el rostro y besó su frente—. Usted, mi ángel guardián. De no haber sido por sus cartas... no sé si hubiera resistido. No me gusta la violencia, Gaia, y el saber que usted me esperaba fue lo mejor que me pudo pasar para poder resistir.

Las lágrimas caían por el rostro de la mujer, que se desbordaba en felicidad. Por más que Germinal estuviera lisiado, ella lo amaba y lo cuidaría.

—Estoy en una pensión, acabo de llegar.

—¿Le gustaría venir a mi casa a cenar?

—Quizá debería consultar con sus padres primero...

—No hará falta, lo esperamos... ¡En un rato! Debo ir a cambiarme, mire, si estoy llena de sangre...

—La acompañaré y contaré los minutos para volver a verla.

Del brazo, Germinal la acompañó hasta su casa.

# 61

*Adelante, pueblo, a la revolución,*
*bandera roja, bandera roja.*
*Adelante, pueblo, a la revolución.*

Fragmento de «Avanti popolo»,
Brigada Roja

*Frente norte, agosto de 1937*

Todos recibían cartas, aunque más no fuera de madrinas de guerra, y a Marco empezaba a afectarle la parquedad por parte de su esposa, que era la única que podía decirle dónde estaba Bruno. Había intentado averiguar en el pueblo de retaguardia, en el Ayuntamiento; eran tantos los destinos y los listines que había sido imposible dar con su hermano.

Marcia le escribía muy de vez en cuando, las últimas cartas solo se limitaban a contarle de María de la Paz: que ya se mantenía sentada y empezaba a querer gatear. Imaginó a la pequeña, incapaz de sentir algo por ella, si apenas la había visto una vez.

Se sentía tan extraño y ajeno a esa hija... ¿Qué haría cuando acabara la guerra? Por si fuera poco, cada día que pasaba se sentía más ligado a Blanca, a quien deseaba demasiado, sorprendiéndose por respetarla.

Blanca seguía durmiendo con él, pese a que no le permitía ni siquiera un beso. La joven era esquiva cuando de intimidad se trataba y él no podía entender qué era lo que le ocurría. Decidido a tomar al toro por los cuernos una noche la encaró:

—Escucha, Blanca, tú bien sabes lo que siento por ti. ¿O necesitas una declaración formal?

Ella lo miró, estaban ambos en la trinchera que habían compartido toda esa tarde.

—Debo recordarte que tienes esposa, y una hija —respondió.

—Ya te he dicho... no siento nada por ella. Cuando esta guerra termine arreglaré la situación.

—¿Vas a divorciarte?

—Sí, lo haré. No sé cómo será eso, existe el divorcio y lo voy a obtener. —Marco se mostraba seguro y Blanca sintió que una pequeña hendija se abría en su corazón—. ¿Vas a darme la oportunidad?

—Quisiera hacerlo —dijo en voz baja, rendida—, esta guerra me ha cambiado tanto... Ya no soy aquella muchachita inocente de meses atrás, ahora soy una mujer con cicatrices.

Blanca pensó en Fermín, su primer amor, y la imposibilidad de estar juntos. La última mirada que él le había dirigido era de odio, odio por haber sido violada frente a sus ojos, odio por haber permitido que le cortaran la pierna. Ni siquiera sabía si él estaba vivo.

—¿Por qué no me dejas curar esas cicatrices? —Se acercó a ella y la tomó por los hombros—. Yo tampoco soy el mismo... pero qué mejor que yo para entender por todo lo que pasaste.

—Es que... —El recuerdo de la violación la atosigaba—. Hay cosas que... Me han hecho cosas feas.

Marco tragó saliva, siempre había imaginado que había algo más que su esposa y su hija detrás de sus excusas.

—Tú no tienes la culpa de nada, Blanca, nada de lo que haya pasado es tu responsabilidad, ¿entiendes eso?

Ella bajó la cabeza y cerró los ojos, no deseaba que las imágenes de José Serrano mientras la violaba se interpusieran entre ellos.

—Ven, déjame abrazarte. —Al ver que ella no ofrecía resistencia, Marco la atrajo hacia él y la apretó contra su cuerpo—. Yo te cuidaré, nunca nadie más te hará daño.

Marco no pudo cumplir su promesa porque esa madrugada fueron atacados por una columna nacional. Fue sorprendido en el campo de batalla, en la lucha cuerpo a cuerpo fue vencido a punta de cuchillo y cayó, herido en el costado. Cuando creyó que sería asesinado, sintió que alguien lo levantaba y lo llevaba a la rastra hacia donde estaban sus compañeros, sentados, con los brazos atados. Desesperado buscó a Blanca entre los detenidos y al no hallarla tuvo la esperanza de que se hubiera puesto a salvo.

Los dejaron todo un día al rayo del sol, que caía perpendicular sobre sus cabezas. Algunos se desplomaban, deshidratados; otros se hacían sus necesidades encima. Por más que se quejaron, nadie les brindó atención ni consuelo.

Su herida no era de gravedad y había dejado de sangrar, aunque dolía. La posición en que había quedado dejaba la lesión expuesta y en cada roce involuntario con su compañero le quemaba.

Por la noche les dieron agua, que bebieron como pudieron, ya que continuaban atados. Un soldado nacional era quien les ponía el pico de la botella en la boca y decía cuánto podían tomar. Al día siguiente los subieron a un camión. Iban apretados unos contra otros, eran alrededor de treinta los capturados. Marco se adormeció y soñó que estaba en la playa junto a su madre y su hermano. Ellos eran niños y mojaban los pies en el agua bajo la mirada atenta de María Carmen. Hacía calor, mucho calor, y los pequeños se metieron más adentro, riendo y saltando. De repente, una ola gigante se levantó para engullirlos y Bruno desapareció debajo del agua. Marco nadó para ayudarlo, desoyendo los gritos de la madre, y también fue devorado. Voces de mando y un brazo zamarreándolo; abrió los ojos, estaba en el camión. Sus compañeros ya habían descendido, era el único que faltaba. El soldado que lo había despertado lo apuntaba con un arma.

Marco bajó del vehículo y miró a su alrededor, estaban en una ciudad, no sabía cuál, había un ferrocarril cerca.

—¡Vamos, en marcha! —gritó un nacional, y la fila de hombres empezó a caminar en la dirección indicada.

Los prisioneros percibían los ojos curiosos que los miraban desde las ventanas de las casas. El sol estaba cayendo, debían de haber viajado bastante. Marco sentía que las fuerzas lo abandonaban, su andar era lento y pesado.

Los metieron a todos en un edificio que parecía un colegio y los encerraron junto a otros detenidos. No todos eran soldados: había civiles también, mujeres y niños. Permanecieron hacinados, compartiendo miseria y piojos. Pasadas unas horas les dieron una magra comida consistente en berzas con patatas, nada de líquido, por lo cual muchos empezaron a manifestar malestar. La herida había comenzado a doler y Marco temió que se infectara.

Los gemidos y las quejas iban en aumento. Enseguida fueron reprimidos por la guardia interior, formada por falangistas reclutados entre la gente de los pueblos vecinos; la exterior la hacían los soldados.

Marco perdió la noción del tiempo y cayó en un sueño liviano, apoyada su espalda sobre la de otro prisionero. Después, aún sin identificar, los detenidos fueron organizados por centurias al frente de las cuales se puso a un responsable encargado del recuento. La suya estaba a cargo de Tom, un campesino de Covarrubias, quien había sido tomado prisionero mientras asistía a los heridos del bando republicano.

A partir de ese momento empezó una rutina de formar dos o tres veces al día en el patio para efectuar el control.

Los reclusos provenían de todos los sectores. Había soldados, voluntarios, jefes anarquistas y miembros de las Brigadas Internacionales. También había mujeres y algunos niños que no habían sido separados de sus madres.

A los pocos días empezó a funcionar la Comisión Clasificadora de Prisioneros y Presentados, encargada de identificarlos y clasificarlos. Primero se tomó declaración a los que acudían de forma voluntaria, que eran los que no estaban comprometidos; luego serían liberados al corroborarse que no habían prestado ningún servicio de armas ni ocupado puestos, habiendo además recibido dos avales de las autoridades de su lugar de residencia.

Marco, por su pertenencia al comunismo, no estaba en ese grupo. Cuando llegó su turno, fue conducido al pabellón de tortura, donde fue interrogado. Querían sacarle información sobre su batallón y demás movimientos de las tropas a las que pertenecía. Pese a los golpes y suplicios, Marco no abrió la boca, hasta que cayó en el desmayo. Inerte, fue arrojado junto a los otros.

Allí pasó varios días recuperándose de los golpes, hacinado y en condiciones infrahumanas. El calor no ayudaba, algunos sufrían vahídos a causa de la falta de aire y el amontonamiento. Hubo soldados que habían llegado con heridas de gravedad que terminaron muriendo ante la desatención de sus lesiones.

Marco resistía, comía lo poco que le daban y trataba de reunir fuerzas para cuando las necesitara. Pensaba en Blanca, ¿qué habría sido de ella? ¿Estaría todavía peleando en el frente? Se consolaba imaginando que la posición había aguantado y que los únicos detenidos eran los que habían ido a luchar cuerpo a cuerpo, como él. Después de unos días alojados en el colegio, fue trasladado junto con algunos prisioneros a la plaza de toros, donde las condiciones eran las mismas, solo que debían aguantar también el rayo implacable del sol.

—Van a matarnos —dijo uno de los milicianos que había sido detenido con Marco—. Van a matarnos —repitió presa del miedo.

—Calla, será mejor no llamar la atención.

En la plaza de toros había miles de soldados y cientos de detenidos civiles y huidos, a quienes al principio de la guerra se fusilaba; luego se decidió usarlos como mano de obra para levantar los campos de trabajo.

Tras elegir a los hombres que parecían más fuertes dentro de ese amasijo de seres sin sombra, un comandante los hizo formar cerca de una de las puertas de salida.

—¡Estos, a levantar muros! —ordenó a un subalterno.

Marco iba entre los elegidos y fue conducido hacia el exterior de la plaza y subido a otro camión.

Después de tanto tiempo en el frente, Marco había aprendido a distinguir a los militares de carrera de aquellos que solo se habían sumado a las filas por apoyo a un proyecto político. Así, el ejército de Franco estaba compuesto por tres estamentos diferenciados: los militares que se habían sublevado contra la República, los que habían entrado como voluntarios al ejército durante la guerra civil y los provenientes de las academias militares.

En el primer grupo estaban los tenientes generales y generales de división, fuertemente politizados; en el segundo estaban aquellos civiles que se habían incorporado como voluntarios al bando rebelde, donde había algunos generales, coroneles y comandantes; eran el grupo más numeroso, muchos jóvenes lo conformaban, y estaban al corriente, aun antes de su alistamiento, de la conspiración contra la República; eran falangistas, requetés o personas muy politizadas cuyo fin único era derrocar al gobierno legalmente constituido e instaurar la dictadura. No eran militares profesionales, eran verdaderos milicianos, pero se quedaron en el ejército. Su nivel cultural y profesional era bajo y eran los peores a la hora de la violencia. A su vez, este ejército no profesional, aunque numeroso, impedía el ascenso del tercer grupo que integraba el ejército de Franco, los procedentes de las academias militares, causando frustración y caldo de cultivo.

El viaje fue corto, Marco pudo leer algunos carteles y supo que se hallaba en Miranda de Ebro, un municipio Burgos, en Castilla la Vieja.

# 62

*Junio de 1937*

—Al fin despierta. —La voz de una mujer le llegó desdibujada y lejana como si algo la distorsionara—. ¿Me escucha?

Bruno se movió apenas, sentía el cuerpo pesado. Quiso abrir los ojos y no pudo.

—¿Qué... —Las palabras le quedaron atoradas en la garganta.

—Chiss... no se esfuerce. —Sintió que una mano tibia se posaba sobre su frente—. Ya no tiene fiebre —dijo la misma voz—. Descanse un rato más mientras le traemos algo para beber.

Estaba acostado sobre un colchón, podía sentir la blandura debajo de sus huesos. ¿Qué había pasado? Lo último que recordaba era que se había iniciado un ataque, una fuerte explosión en su trinchera y después... la oscuridad total.

Quiso mover las piernas, no le respondían. Sintió miedo, ¿y si no las tenía? Levantó una mano, pesaba demasiado, el sueño lo enredó de nuevo.

Cuando volvió a despertar, sintió el calor del sol en el costado de su rostro. Seguramente había una ventana, venían voces desde algún lugar afuera. Escuchó pasos que se acercaban y se puso en alerta. Parecía que todos sus sentidos lo habían abandonado, menos el oído.

—¿Cómo se siente? —Era una mujer desconocida quien le hablaba—. ¿Puede oírme?

Bruno asintió con un ligero movimiento de la cabeza, no le salían las palabras.

—Soy sor Viviana, estamos en el convento de Nuestra Señora de la Perseverancia.

—¿La guerra…? —balbuceó.

—La guerra sigue ahí afuera. No debe pensar en ello ahora.

—No puedo moverme. —De a poco las palabras iban saliendo de su boca—. ¿Por qué no puedo ver?

—Tiene los ojos vendados, por eso no puede ver. —La mujer posó su mano pequeña sobre la frente del herido—. Al menos ya no tiene temperatura. Poco a poco.

—¿Mis piernas?

—Sus piernas están ahí, descansando. —Todos preguntaban lo mismo cuando despertaban luego de varios días de inconsciencia.

—¿Por qué no las siento?

—Porque lleva casi un mes dormido. Le traeremos algo para que beba. Trate de no volver a dormirse, debe reponer fuerzas.

Testarudo, al sentir que estaba de nuevo solo, Bruno intentó incorporarse, no lo logró. Estiró una de sus manos y tocó sus mulsos. La mujer no había mentido, allí estaban sus piernas. Después, con sumo esfuerzo, elevó la mano hacia su rostro. Palpó su piel y descubrió que tenía barba. Sus dedos siguieron trepando hasta que se toparon con la venda que cubría sus ojos. La deslizó, esperando ver la luz y todo seguía a oscuras.

—¡Qué hace! —lo reprendió otra voz desconocida, más joven quizá. Sintió los dedos maniobrando sobre su cabeza, examinando y volviendo a cubrir—. Debe esperar a que lo vea el doctor antes de quitarse los vendajes —advirtió.

—¿Por qué? ¿Por qué no puedo ver? —Presentía que algo no andaba bien con sus ojos. En ese pequeño instante en que se había quitado el vendaje esperando ver la luz no había visto nada, solo oscuridad.

Sor Viviana regresó e intervino:

—Señor... —Se detuvo para ver el papel donde decía su nombre— Noriega, si quiere curarse e irse a casa cuanto antes, deberá obedecer.

—¿A casa?

—Sí, a casa. —Y antes de que Bruno cuestionara el porqué, lo ayudó a sentarse y le indicó que abriera la boca para comer—. Tome, disfrute de esta exquisita sopa.

El hambre atrasada hizo que Bruno se callara y empezara a comer. Al principio le costó tragar y al rato ya había vaciado el plato.

—Supongo que quiere más —dijo sor Viviana—. No debemos sobrecargar su estómago después de tantos días de ayuno. Volveré más tarde con un té.

—Hermana —interrumpió Bruno su salida, presintiendo que la mujer ya se iba—. ¿Cuándo podré quitarme la venda e irme de aquí?

—Cuando lo vea el doctor. Ahora está atendiendo a los últimos heridos que llegaron anoche, un espanto.

—¿Hay alguien más aquí, de mi columna?

—No lo creo, los heridos fueron desparramados por toda la zona. Usted llegó solo. —Omitió decirle que dos cuerpos sin vida habían viajado con él en el camión sanitario.

Bruno quedó a solas, escuchando los sonidos que venían desde otros sectores del convento. De vez en cuando algún lamento se colaba por las hendijas y se le metía por los oídos. Estaba sentado, el cuerpo no le pesaba tanto. Movió los pies y estos respondieron; sintió que sus tobillos giraban y se tranquilizó. Después dobló las rodillas y, al ver que estas también respondían, una sonrisa alumbró su boca.

Por momentos perdía la conciencia y volvía al sueño, que lo envolvía y lo llevaba por espejismos pasados. En uno de ellos estaba Marcia, con un vestido blanco y un velo cubriendo sus ojos; él la esperaba en el altar de la catedral y llevaba de la mano a una niña. María de la Paz sonreía y vivaba a los futuros contrayentes, pero algo inesperado interrumpía la boda, una bomba explotaba y todo volaba por los aires.

—¡Calma, calma! —decía la voz de un hombre mientras lo sujetaba por los hombros—. Fue una pesadilla, señor Noriega.

Bruno se tranquilizó, aunque la oscuridad lo estaba matando.

—¡Quiero ver —bramó fuera de sí—, quiero ver!

—Escuche, soy el doctor que lo atendió cuando llegó a este improvisado hospital.

—Entonces dígame por qué no puedo ver. ¿Qué les pasó a mis ojos?

—Hubo una explosión muy cerca de usted y le entraron esquirlas. Tuvimos que operarlo, uno de sus ojos estaba destrozado, no pudimos salvarlo.

—¿Estoy ciego?

—No, todavía tiene un ojo. —Hizo una pausa, no era fácil dar esa noticia—. El otro tuvimos que sacarlo.

Bruno tragó saliva. Era espantoso lo que acababa de oír.

—El ojo que me queda… ¿está sano? ¿Por qué llevo este vendaje?

—Por la herida, no fue una operación fácil y quise evitar una posible infección. Ya ha pasado casi un mes, veremos su evolución ahora.

Bruno aspiró profundo, todos sus miedos a flor de piel. ¿Y si nunca más volvía a ver? ¿Y si quedaba lisiado? ¿Qué sería de su vida? «¡Maldita guerra!», pensó.

Sintió que el médico llamaba a alguien, seguramente una enfermera. Escuchó que traían una mesa y ruidos de metales.

—Ahí vamos. —Unas manos frías le quitaron la venda—. Abra el ojo, lentamente.

No había dolor, solo un ligero escozor del lado izquierdo. Dedujo que era donde había quedado la cicatriz. Con lentitud y temor elevó el párpado. Un suave destello se coló entre sus pestañas, una nube de luz, densa y húmeda. Un paño frío le limpió una lágrima y despegó sus pestañas luego de tanto tiempo de permanecer unidas.

—¿Puede verme, señor Noriega?

Bruno hizo el esfuerzo, quería enfocar.

—Sí —asintió con vacilación—, distingo el contorno de su figura.

—Eso es normal, tenga paciencia. —Se aproximó y con una lupa lo examinó—. Aparentemente está todo bien, deberá acostumbrarse a su nuevo estado. El ojo se esforzará por ver, quizá los primeros días le duela la cabeza. Todo está dentro de las posibilidades.

—¿Cuándo… cuándo podré irme?

—Debería reponer fuerzas antes de partir, y acostumbrarse a su media visión. Le recomiendo que empiece a dar paseos por aquí, las monjas tienen un parque muy bonito.

—¿La guerra…?

—La guerra sigue, no por mucho tiempo.

Al quedar solo, Bruno pensó en su suerte. Estaba vivo, aunque mutilado para siempre. ¿Qué sería de él ahora? Así ya no lo querrían en el frente, lo habían dado de baja. Debía volver a su casa y a la posibilidad de encontrarse con Marcia. No, no estaba en sus opciones, no quería verla y menos que ella lo viera así. ¿Cómo sería su aspecto?

La puerta volvió a abrirse y una mujer se asomó.

—¿Puedo pasar? —preguntó.

Bruno la miró. No era monja, al menos iba vestida con ropa de calle. No distinguía bien su rostro, su ojo se estaba acostumbrando al mayor esfuerzo que requería una visión plena. Pudo ver que estaba próxima a su edad.

—Adelante.

Se acercó, era alta y delgada, tenía un gesto nervioso en la cara.

—¿Cómo se siente?

—Extraño.

—Es normal, todos experimentan lo mismo. ¿De dónde es usted? ¿Tiene una familia que lo espere?

A Bruno le pareció llamativo que esa desconocida indagara tanto y retaceó la información.

—Soy de Gijón. —Y para darle a entender que quería estar solo añadió—: Me gustaría descansar un rato.

—Claro —dijo la mujer—. Me llamo Alina y estoy a su disposición para lo que necesite.

Antes de partir Alina le dirigió una mirada colmada de un cariño incomprensible.

Al quedar solo de nuevo, Bruno esperó un rato antes de intentar salir del lecho. Con esfuerzo bajó los pies de la cama y se puso de pie. Tambaleante, por la debilidad y por no acostumbrarse a ver de un solo lado, caminó hacia la puerta.

El pasillo era estrecho y largo, varias puertas lo acompañaban. Al fondo se veía una luz proveniente de alguna ventana, y hacia allí avanzó Bruno, sin reparar en que iba vestido solo con una camisa que apenas le cubría las nalgas.

—¿Qué hace? —Una monja le salió al encuentro—. ¡Vístase, hombre! Que este es un lugar decente.

Recién en ese momento Bruno advirtió su estado y se sonrojó.

—Lo siento… no tengo ropa. —Cayó en la cuenta de que no tenía nada suyo. ¿Y las cartas de Marcia? El resto de sus pertenencias no le importaba, solo quería recuperar las misivas que siempre llevaba encima.

—Venga. —La religiosa lo tomó del brazo y lo acompañó hasta su habitación—. Enseguida le traeré algo para que se cubra las partes... —El gesto de la mujer era de desaprobación.

Al rato regresó con un pantalón y una camisa. Lo ayudó a vestirse, Bruno estaba endeble todavía.

—Póngase estas alpargatas, le van a quedar pequeñas, es lo único que hay.

Al finalizar Bruno salió de la habitación y caminó lentamente hacia la luz. El ventanal estaba en lo alto y se continuaba en ventanas más chicas hacia la izquierda. Siguió avanzando hasta encontrar una puerta vidriada. Detrás, un enorme jardín albergaba árboles, bancos y convalecientes.

Salió. Hacía calor. Notó que varias miradas se posaban en su rostro y enseguida se desviaban. Llevó una mano hacia su cara, hacia donde había estado su ojo, y tocó la cicatriz. Un estremecimiento le recorrió el cuerpo; causaba impresión esa costura grosera y rugosa. Debía de parecer un monstruo.

Siguió avanzando hasta un banco, donde se sentó. Un hombre sin una de sus piernas leía a escasos centímetros. Al verlo, el sujeto cerró el libro.

—Bienvenido a esta fábrica de lisiados. —Extendió una mano que Bruno tomó—. Teniente de caballería Díaz Honores.

—Bruno Noriega. —Le dio el nombre y número de su batallón.

—Parece que se ha recuperado, lo vi cuando lo trajeron.

—¿Hace mucho que está usted aquí? —quiso saber Bruno.

—Va para dos meses. Estoy a la espera de que mi hijo venga a buscarme, es capitán.

—Me gustaría saber qué pasó con mis compañeros.

—Por lo que escuché, siguen resistiendo, aunque aquí a veces maquillan las noticias. ¿Se irá a casa?

—Así parece... —El gesto de pesar acompañó a sus palabras.

—No se atormente, usted es afortunado. Daría cualquier cosa por tener las dos piernas.

—¿Dónde estamos? —quiso saber Bruno.

—Cerca de Burgos, zona controlada por los nacionales —explicó Díaz Honores—. Es una suerte que todavía no nos hayan bombardeado.

Bruno quedó pensativo ante tal declaración.

Los días que siguieron las monjas lo cuidaron con esmero; aunque quien más se ocupaba de él era Alina. La mujer era locuaz, le había contado que su marido también estaba en la guerra y que ella se había refugiado allí cuando tomaron la ciudad. A su vez, no perdía ocasión de indagar sobre Bruno y su familia, lo cual lo irritaba. Este no soltaba prenda, su humor era de perros y no tenía ganas de confraternizar con nadie. Pese a su reticencia, la mujer se mostraba como si fuesen buenos amigos.

Bruno se quedó dos semanas más en el convento de Nuestra Señora de la Perseverancia, al cabo de las cuales emprendió el largo regreso hasta Gijón. Se fue sin despedirse de Alina, sus preguntas lo incomodaban.

Cuando la mujer apareció y preguntó por él, recibió la respuesta que le llenó el rostro de congoja. Al menos, había podido dejar la nota en el bolsillo de su pantalón.

# 63

*Gijón, agosto de 1937*

—Deberíamos enviar a las niñas a Argentina —dijo Aitor a su esposa. Estaban en la cama. Se habían enterado de la caída de Santander a manos de los rebeldes. Ese mismo día se había impuesto el toque de queda en la ciudad a partir de las diez de la noche.

—¿Temes que tomen Gijón? ¿Y todas esas fortificaciones que hicieron? —Se había construido alrededor de la ciudad un cinturón de hierro, similar al de Bilbao.

—Si cayó Santander... poco nos queda a nosotros. Son superiores, Purita, cuentan con la aviación alemana... y la italiana.

—Pero nosotros tenemos las Brigadas Internacionales... y los rusos.

—¿Te ha contestado a la carta tu hermana? —insistió Aitor.

—Si lo ha hecho no ha llegado... con esta guerra...

—Deberías irte tú también, con ellas.

—¡Ni se te ocurra, Aitor Exilart, querer separarme de tu lado!

—Es por tu seguridad. —Le acarició el rostro, aún era bella pese a que ya había pasado los cincuenta.

—¡Vámonos todos juntos! —Purita se abrazó a su esposo y le hundió la cabeza en el pecho—. Vamos a Argentina, conocerás a mi familia.

—Ya soy un viejo, Purita, no voy a irme.

—Pues yo tampoco. —Se acomodó contra él sin dejar de acariciarlo—. Deberíamos convencer a las chicas para que se vayan…

—Mañana hablaré con ellas.

Gijón había sido desde el inicio de la guerra una buena retaguardia, donde se producía para el frente a la par que se disfrutaba de lo mínimo en la ciudad. Había que abastecer al ejército y a la población civil, que seguía recibiendo refugiados de guerra. También se procuraba una mejor siembra y cosecha, dado que la región estaba aislada entre enemigos y necesitaba autosustentarse.

Marcia había vuelto a trabajar en la fábrica de sombreros, donde ahora se fabricaban uniformes para el ejército, y recientemente se había instalado una fábrica de calzado como complemento.

Al día siguiente no pudieron hablar con Gaia. La mujer pasaba gran cantidad de horas en el hospital y cuando salía de allí se iba para la pensión, donde la esperaba Germinal. El hombre se había unido al Partido Comunista y colaboraba con lo que podía aun con su incapacidad a cuestas. A menudo el toque de queda sorprendía a Gaia en el cuarto de su novio y allí se quedaba, incluso a riesgo de mancillar su buen nombre. En vista de las circunstancias, ya nada importaba. Había conocido las mieles del amor en esa estrecha cama de pensión. Cuando llegó Gaia, luego de dos días de ausencia, fue su padre quien la encaró sin delicadeza. Purita permanecía en silencio, sentada en uno de los sillones.

—¡Cómo se te ocurre desaparecer así! ¡Estábamos preocupados! —reprendió.

—Lo siento… el toque de queda…

—¿Estuviste con Germinal? —Lo habían conocido en la cena y Aitor había dado el visto bueno. Además, no deseaba que su hija quedara solterona.

—Padre… vamos a casarnos cuando todo esto termine…

—¡No pregunté eso! A estas alturas tu moral es lo de menos. —Aitor caminaba de un lado a otro, no le agradaba tener ese tipo de conversación con su hija mayor.

—Estuve con él. —Gaia bajó la cabeza—. Lo siento, padre. Le repito que cuando todo esto acabe nos casaremos.

—Ya. No es eso lo que importa ahora. Tu madre y yo hemos pensado que tanto tú como tu hermana deberíais iros.

—¿Irnos?

—Sí, a Argentina, allí estaréis seguras, con tu tía Prudencia y su familia.

—¡No! —No era la primera vez que Gaia lo enfrentaba abiertamente—. No iré a ningún lado, padre, mi lugar está aquí. —Bajó el tono de voz, no deseaba faltarle el respeto.

—Gaia, es lo mejor —intervino Purita—. Allí estaréis, al menos hasta que termine la guerra.

—¿Hablasteis ya con Marcia? —quiso saber.

—No, aún no; quisimos plantear el tema primero contigo.

Gaia presumía que su hermana no se iría tan fácilmente, sin saber de su esposo, sin saber de Bruno. Hacía meses que no tenían noticias de ninguno de los dos y Marcia se aturdía entre el trabajo y los comedores en su afán por no pensar.

—Yo… lo pensaré. —Hablaría con Germinal, quizá no fuera tan mala idea alejarse de allí y pisar nuevo suelo, un suelo donde reinara la paz.

En esos meses miles de niños abandonaban España. Algunos lo hacían cruzando los Pirineos, perseguidos por la aviación fascista, para caer en campos de concentración. Otros salían por el puerto de El Musel, en Gijón, rumbo a Leningrado, pasando por Francia e Inglaterra, soportando las bombas del bando contrario que intentaban hundirlos.

Gijón era uno de los últimos bastiones que resistía el avance de los rebeldes. Se convirtió en el soporte moral de la Asturias republicana, no solo era sede del gobierno y de las máximas autoridades militares: era el cordón umbilical que alimentaba al territorio y sostenía el esfuerzo bélico. Los escasos barcos que eran capaces de forzar el bloqueo al que la escuadra franquista sometía a las costas recalaban principalmente en el puerto de El Musel, protegido por baterías costeras construidas por la República en la Campa Torres y La Providencia, junto a las de Santa Catalina.

Esa noche, luego del hospital, Gaia corrió a la pensión. Germinal no había llegado aún, seguramente se había demorado en el mitin. Esperaba que no lo sorprendiera el toque de queda en la calle. Cansada tras todo un día de arduo trabajo, se recostó sobre la cama y se dejó llevar por el sueño. Despertó cuando unos dedos recorrían su mejilla y acariciaban su cuello. Abrió los ojos y vio a Germinal. Qué bello era, todavía no podía creer que ese hombre fuera suyo.

Germinal se aflojó la camisa; cada día su única mano adquiría más habilidades. Después se recostó a su lado y la abrazó.

—Te he echado de menos —murmuró mientras la besaba.

Lentamente se fueron desnudando y acariciando, disfrutando cada centímetro de la piel, como si fuese la última vez que estarían juntos. El miedo de la guerra siempre estaba presente y por eso cada encuentro era único.

Después de hacer el amor Gaia le habló de la propuesta de su padre.

—Mi mundo eres tú, no tengo a nadie más. Si quieres partir, iremos a donde tú quieras.

—¡Oh, Germinal! Creí que dirías que no.

—Nada me ata a este país que se desangra, Gaia… solo estoy atado a ti. A tu amor, que es lo único que me importa.

Mientras ellos se amaban en el pequeño cuarto de pensión Marcia era sorprendida en la calle en pleno toque de queda.

Ese día la fábrica había extendido el horario. Hacían falta más uniformes y vituallas, y nadie había reparado en el horario.

Como una sombra se deslizó por los portales, espiando, evadiendo los controles y los pacos que poblaban los tejados. Los del gobierno tenían salvoconductos para la noche, ella no, y el miedo le trepaba por las rodillas. Debía llegar a la casa. Se reprochó su irresponsabilidad: tenía una hija a quien amaba, por más que no pasara demasiado rato con ella. María de la Paz se criaba prácticamente con su abuela.

Marcia fue sorteando calles y zaguanes, ocultándose cuando era necesario, corriendo cuando se sabía a solas. Al pasar por uno de los mercadillos vio que alguien se escabullía dentro tras forzar una puerta. Algo en esa silueta la hizo estremecer y se detuvo en plena calle. Un disparo lejano la alertó y buscó escondite. Agazapada en un rincón oscuro aguardó hasta que la figura salió. Llevaba unos paquetes en las manos. No pudo ver su rostro, sin embargo, ella conocía ese andar. Lentamente se puso de pie y aguzó la vista mientras el hombre se alejaba. Tenía que ser él, nadie más caminaba de esa manera, con pasos largos y firmes, con los hombros rectos y la cabeza en alto aun cuando debía de estar ocultándose por el toque de queda.

Marcia quiso gritar, correr detrás de esa figura, pero una patrulla de vigilancia dobló la esquina y el hombre emprendió la fuga. Era él, podía reconocerlo entre cientos de personas. Era Bruno Noriega.

## 64

*Campo de trabajo Miranda de Ebro,*
*agosto de 1937*

Marco ya se había habituado a la vida en el campo de trabajo, que los mismos prisioneros habían ayudado a levantar, junto con los mirandeses, cuya ciudad había caído bajo el mando nacional. Se había recuperado de su herida e intentaba tener la moral en alza. Cuando la nostalgia lo invadía, buscaba en sus recuerdos momentos de bonanza y seguía adelante con la ilusión de revivirlos.

Pensaba en Blanca con asiduidad y lamentaba no haber tenido más tiempo para enamorarla y quitarle la pena de los ojos. También pensaba en Marcia y su hija, que ya tendría un año. ¿Caminaría?

¿Qué habría pasado con ellos? ¿Y Bruno? Tantas preguntas y ninguna respuesta.

El campo de concentración de Miranda de Ebro estaba muy bien comunicado, tanto por caminos como por el nudo ferroviario; se había convertido en el más importante centro de detención, por su volumen y también como centro clasificador de prisioneros.

De un lado estaban las vías del tren Castejón-Bilbao y, del otro, el río Bayas. Se había situado en los terrenos de la fábrica Sulfatos Españoles S. A. y, como también se habían requisado otros terrenos de cultivos, tenía una superficie total de unos cuarenta y dos mil metros cuadrados.

Los mismos presos habían debido alambrar el contorno e instalar las garitas de vigilancia. La dirección se había instalado en las oficinas de la antigua fábrica. Entre el material requisado para levantar el centro figuraban los carromatos de un circo, el American Circus, que se había parado por la guerra. Con ellos los presos hicieron los primitivos barracones y edificios del campo. Había también barracones auxiliares y lavaderos. La vida allí no era fácil, no faltaban los castigos ni los fusilamientos sin motivo.

Marco había trabado amistad con Tom, el encargado de su centuria, quien lo puso al tanto de las clasificaciones.

—No tengo afiliación política —le contó el hombre— ni entiendo esta guerra, mi vida es el campo. Me uní a las milicias populares porque veía que llevábamos las de perder.

—Como decía mi madre —respondió Marco—, a veces pagan justos por pecadores.

—Dicen que estos campos se crearon por la crítica internacional, eso es lo que oí.

—¿Crítica internacional?

—Sí, por el fusilamiento de tantos «rojos» en la plaza de toros de Badajoz, el año pasado.

—No lo sabía —confesó Marco.

—¿A ti te han clasificado? —quiso saber Tom.

—No, tampoco sé en qué consiste bien eso —dijo Marco.

—Escuché que clasifican a los presos por sus delitos —explicó—. Están los criminales comunes, los no hostiles al Movimiento Nacional, que son los que luchan en el bando republicano por hallarse allí cuando explotó la guerra; los desafectos sin responsabilidades, que vendrían a ser los voluntarios republicanos, y los desafectos con responsabilidades, es decir, los voluntarios con mando.

—Pues no sabía todo eso…

—Cuando se enteren de mi condición —continuó Tom—, me harán formar filas para ellos.

Sin embargo, pasaron algunas jornadas y Marco no volvió a ser llamado para prestar declaración, por lo que pasó a formar parte de los obligados al trabajo, que a su vez eran sometidos a las más crueles humillaciones y castigos. Dormían en el suelo y convivían hacinados y en condiciones de salubridad pésimas, contrayendo enfermedades como sarna, tifus y contagio de piojos. A veces, como escarmiento, eran atados a las alambradas o junto al mástil de la bandera fascista, además de las constantes amenazas de muerte y falsos fusilamientos.

Con el correr de los días Marco perdió la noción del tiempo, solo sabía cuándo era día y cuándo noche. Aprendió a diferenciar el trato que les prodigaban y así asistió a la liberación de una de las categorías de presos: los criminales comunes. Como el sitio estaba saturado, a ellos se les otorgaba la libertad. En cambio, a los desafectos se los obligaba a trabajos forzados.

Tom, como había predicho, fue reclutado por el bando nacional y de un día para el otro lo vieron dando órdenes. El hombre cumplía a rajatabla lo que a su vez le ordenaban a él y todos comprendían que le costase impartir penitencias a quienes habían sido sus compañeros hasta hacía poco. Pero había que salvar la vida y cada cual tenía que cumplir con su misión.

Los prisioneros eran también obligados a cantar y alabar a Franco, mientras que las creencias republicanas eran ridiculizadas. No solo había republicanos sino también integrantes de las Brigadas Internacionales.

Una noche tuvieron que presenciar un horrendo castigo a un par de sacerdotes vascos. Después de haberlos tenido todo el día sin comer y tirando del rodillo durante horas, los hicieron desnudar frente a todos, incluso frente a las mujeres. Bajo amenazas e insultos los obligaron a bailar en un tablado, coreados con gritos de «¡Bailen, curas rojos!». Luego, les afeitaron los genitales, sin importarles los cortes y heridas que provocaron infecciones. Una de las mujeres acabó vomitando y uno de los sacerdotes se desmayó mientras lo rasuraban. Nadie osó intervenir, lo que vendría podría ser incluso peor. Los presos vivían atemorizados y algunos empezaron a planear cómo salir de allí.

Un día los hicieron formar filas y un médico los revisó. Luego, un oficial decidió quiénes eran los más fuertes para salir a trabajar a las obras públicas. Así, munidos de ropa militar usada y botas, los subieron a un camión y los llevaron a hacer túneles.

Marco ya se había habituado a la rutina de trabajar de sol a sol a pico y pala, casi sin alimentación y recibiendo palizas constantes. La represión no era solo física sino también psicológica. Parecía haber envejecido diez años, su piel estaba arrugada y el rubio de su cabello había sido invadido por unas canas prematuras.

Con materiales muy rudimentarios, los presos eran obligados a excavar y remover toneladas de tierra para obras públicas. Cuando esa obra se acababa, los llevaban para realizar tareas similares con fines de agricultura. Muchos morían de hambre, pese a ello había que seguir y Marco solo pensaba en una cosa: escapar.

# 65

*Gijón, agosto de 1937*

Marcia no podía dormir. Había podido sortear la vigilancia y había llegado a su casa a salvo. Su madre la había reprendido mientras comía las sobras de la cena.

—No puedes regresar tan tarde, Marcia, estábamos preocupados —dijo mientras la observaba comer con fruición—. Además, ahora eres madre, debes ocuparte de tu hija.

—Y me ocupo, madre, si estuve toda la mañana con ella. Me emociona ver cómo camina por toda la casa… —Al evocar la imagen de ese cuerpo pequeñito y tambaleante los ojos le brillaban.

—¿Has sabido de tu esposo?

—Nada, en el Ayuntamiento no tienen novedades, tampoco en Comandancia. Estuve en todos los sitios y es como si se lo hubiera tragado la tierra.

—Tengamos fe, hija.

—Es lo único que nos queda.

Luego Marcia se había ido a su cuarto y se había metido en la cama. Estaba cansada pero su mente no podía detenerse. Llevaba días caminando por toda la ciudad rastreando a

Marco y a Bruno, nadie le daba información, no figuraban en los listados que los oficiales manejaban. Después concurría a su trabajo en la fábrica, donde los pedidos habían disminuido a causa de la cantidad de bajas entre los soldados republicanos.

En todos lados corría el rumor de que la guerra estaba por llegar a su fin; ya habían caído Bilbao y hacía días Santander. Estaban cada vez más aislados y muchos habían emprendido la vía del exilio.

No obstante, no era eso lo que la desvelaba, sino ese hombre que había visto hacía unas horas. Era seguro que estaba robando, ¿qué más daba? ¿Quién no había robado algo para comer? Ella misma había pasado hambre el año anterior, durante su embarazo. ¿Tanto tiempo había pasado ya? Si parecía que había sido ayer…

Dio vueltas en la cama. Tenía que asegurarse de que ese hombre no era Bruno, o más bien, asegurarse de que era él, que había regresado y estaba con vida. Pensando en eso logró dormirse, su sueño fue intranquilo, la pequeña estaba inquieta y se quejó durante esa larga noche. Al día siguiente, después de desayunar y ocuparse de María de la Paz, adujo que se iba para la fábrica.

—¡Si es domingo! —dijo Purita, sospechando que algo andaba mal.

—Tiene razón, madre… ¡Qué tonta soy!

—Quédate en casa —ordenó Aitor—, no están las cosas para andar saliendo sin sentido.

Hacía apenas unos días que se había reestructurado el gobierno haciéndose con competencias pertenecientes a la República. El Consejo Soberano de Asturias y León tenía su capital en Gijón, y Berlamino Tomás era el presidente.

—La reciente proclama de soberanía no sentó muy bien al gobierno republicano —continuó Aitor—. Azaña llegó a calificarnos como «gobierno extravagante», y va a llamar a consulta.

¡Lo que nos faltaba ahora! Enfrentarnos entre los mismos republicanos.

—Tu padre tiene razón, mejor quédate en casa.

—No sé a qué viene toda esta aventura independentista —dijo su padre, y Marcia no supo si se refería a ella o a la ciudad.

Marcia aguardó a que sus padres le quitaran los ojos de encima y buscó apoyo en su hermana.

—Gaia, ¿puedo pasar? —Se asomó a su cuarto, donde la muchacha estaba inclinada sobre su escritorio—. ¿Qué escribes?

—Una carta, no quiero que mi noviazgo con Germinal ponga fin a mi madrinazgo —respondió—, todavía hay muchos soldados en el frente que esperan unas líneas.

—¡Eres tan buena...! —Marcia se acercó y se sentó sobre la cama—. Necesito que me cubras, tengo que salir.

—¿Salir? —Gaia dejó lo que estaba haciendo y clavó en ella sus ojos—. Mmm, ¿qué te traes entre manos? Conozco esa mirada.

—Ayer... me pareció ver a Bruno.

—¿Bruno? ¿Aquí?

—Sí, estoy convencida de que era él. Tengo que ir a la casa, Gaia, por favor.

—¿Quieres que te acompañe? —ofreció, solícita como siempre.

—No, tú tienes que cubrir mi ausencia... Inventa algo por las dudas. Además de cuidar a la niña.

—¡Ay, Marcia! ¿Y qué harás si es él?

—Pues no lo sé, necesito saber que está vivo.

—Ve. —Le tomó las manos y se las apretó—. Yo me ocuparé de entretener a nuestros padres.

Marcia la besó con cariño y luego se aprestó a salir. Lo hizo por los fondos, no quería que nadie la viera.

Se deslizó por las calles semivacías a la hora de la siesta; además, el calor era sofocante.

Caminó la distancia que la separaba de las afueras y cuando estuvo casi en el límite de la ciudad corrió como una niña. En la carrera perdió el lazo que sujetaba su cabello y se sintió libre por primera vez en mucho tiempo.

Cuando tomó el sendero que la llevaría hacia la casa donde había vivido, el corazón se le agitó. Subió la leve colina y divisó la construcción: todo estaba igual. La nostalgia de haber estado alejada esos meses le anudó la garganta y quiso volver el tiempo atrás, a esa noche en que conoció a Marco. De haber podido elegir otra vez, hubiera posado sus ojos en Bruno y no en su hermano.

Avanzó a paso rápido. Había unos perros, no los de antes, que salieron a recibirla. «Si hay perros, hay gente», pensó.

La puerta estaba sin traba, empujó y entró.

—¡Hola! ¿Hay alguien? —El eco de paredes vacías le devolvió su propia voz.

Avanzó y se internó en los dormitorios, primero el de Bruno. No había signos de que alguien lo hubiera habitado en meses. Después fue al que había sido suyo, y allí, sobre la cama, halló la huella del hombre que amaba: una de sus camisas estaba sobre el lecho.

Marcia se acercó y la llevó a su rostro, tenía su olor, un olor que ella extrañaba y quería llevarse para siempre. Se restregó la tela por la cara y luego la apretó contra su pecho.

No se había equivocado, Bruno estaba ahí. Y había elegido su cuarto, quizá buscando su aroma en las sábanas.

Salió de la casa y caminó hacia la costa. Tenía que hallarlo. Subió el pequeño médano y agudizó la vista. En la orilla desierta una figura se recortaba en el horizonte. Era él, no tenía dudas.

Corrió desesperada sin importarle perder uno de sus zapatos en la arena. Cuando estaba llegando, no pudo reprimir gritar su nombre. Bruno se volvió en su dirección y creyó que era un espejismo. Nadie sabía que había vuelto, no podía ser ella. Quizá el sol le jugara una mala pasada, quizá era el hambre de días.

—¡Bruno! —repitió ella cada vez más cerca.

No pudo detenerla cuando ella se le abalanzó encima y se abrazó a su cuerpo. Marcia lo apretaba entre sus brazos como si temiera que se evaporara. Bruno dejó de resistirse y la fundió en su pecho. Ella elevó el rostro y le ofreció la boca. Loca por besarlo, no advirtió su cicatriz. Él la besó con la pasión postergada de meses; la besó con los labios y con el alma.

Cayeron a la arena y continuaron besándose y acariciándose, explorándose con todos los sentidos. Cuando las bocas se les secaron, ella se apretó contra él y se largó a llorar. Eran tantas las emociones contenidas que necesitaba aliviar todo el miedo de ese tiempo de separación. Mientras ella derramaba sus lágrimas él la acariciaba.

—Tenía miedo de no verte nunca más —gemía entre sollozo y sollozo—. Te necesito, Bruno, no vuelvas a dejarme —pidió.

Bruno no decía nada, era como si hubiera enmudecido de repente.

—¿Qué ocurre? —Ella levantó la cara y recién ahí lo vio—. ¡Oh! —Un grito de horror interrumpió el idilio. Él se tensó y la soltó—. ¡Oh, Bruno! ¿Qué te hicieron? —Sus ojos grises escrutaban ese rostro distinto y desfigurado, con esa horrenda cicatriz y ese hueco por donde se había colado la muerte.

Él permanecía callado y tenso, no hubiera querido que lo viera así, tenía un parche que usaba cuando sabía que vería a alguien, aunque no esperaba encontrarse con Marcia.

Esta elevó la mano y le acarició la mejilla.

—¿Te duele?

—Ya no. —Fueron sus primeras palabras y ella sintió que hasta su voz era nueva.

Marcia volvió a apretarse contra él, pero Bruno ya no era el del momento inicial y la rechazó. Se puso de pie.

—Debes irte, Marcia.

—¿Irme? ¿Acaso es una broma? No me iré, Bruno, me quedaré a tu lado, para siempre.

—¡Estás loca! —Giró para juntar sus cosas de pesca—. Eres la esposa de mi hermano.

Marcia lo tomó del brazo y lo forzó a mirarla.

—¿Acaso ya no me amas?

—Siempre te amaré, Marcia, nunca dejé de hacerlo. —Estaba tan extraño así. Dolía verlo mutilado, mas la muchacha se recompuso.

—No nos prives de este amor, Bruno. Ahora que has vuelto, no me condenes a no estar contigo. Ven a casa, diré a la familia que has regresado, debes comer. Mira cómo estás.

Bruno sonrió con pena y su sonrisa fue extraña en la nueva geografía de su rostro.

—No eres mi madre.

—No, no lo soy, soy tu mujer. Tuya, y de nadie más. Cuando Marco regrese nos separaremos.

—¡Lo dices tan suelta de cuerpo! ¿Sabes dónde está Marco? ¿Te importa acaso lo que haya ocurrido con mi hermano?

—¡Claro que me importa! No he parado de recorrer oficinas buscando su nombre en un listado, su nombre y el tuyo, y nadie supo darme explicación.

—¡Puede que mi hermano esté muerto! Claro, eso a ti no te importa, ¿verdad? Pues así tendrías vía libre conmigo. —Sabía que con eso la lastimaría, era lo mejor. Mejor que se fuera, que lo odiara y olvidara. Él no podía traicionar a su hermano.

—¡Eres cruel! ¡No sabes lo que dices! —Marcia dio la vuelta y empezó a correr en dirección a la ciudad.

Bruno la vio partir y apretó la mandíbula. La amaba, y no podía ser suya. Recogió sus cosas y subió el médano. Allí encontró el zapato de la joven, lo tomó y siguió su camino.

## 66

*Frente norte, agosto de 1937*

Cuando Marco fue capturado por el bando enemigo, Blanca y el resto de sus compañeros no tuvieron mejor suerte. Al quedar la tropa diezmada, la muchacha logró escapar, junto con Diego y otros integrantes del batallón.

Los primeros días anduvieron vagando por la zona, esquivando patrullas nacionales, evitando los poblados que también habían caído. Estaban sucios, cansados y con hambre de días. Venían caminando desde hacía varias noches, escondiéndose en las horas de luz. Además del cansancio estaban desmoralizados, presentían que el fin de la guerra estaba cerca y ellos no estaban del lado vencedor. Al cabo de varias jornadas de andar hallaron una granja abandonada, que les sirvió de refugio y que fueron acondicionando a modo de hogar. De vez en cuando lograban cazar algún animalito que no alcanzaba a saciar el hambre de ninguno y terminaron comiendo pasto, soportando las descomposturas posteriores; era preferible a morir de hambre.

La camaradería inicial se vio fracturada a causa del malestar que todos sentían y se generaron peleas entre los hombres, hasta el límite de amenazarse a punta de cuchillo.

—¡Basta! —gritó Blanca fuera de sí—. ¿Es que lo único que conocéis es la violencia? Debemos procurar subsistir y no matarnos entre nosotros.

Los hombres depusieron su actitud hostil, avergonzados, y luego de disculparse mutuamente salieron en busca de algo para comer. En los pocos momentos en que Blanca se encontraba a solas pensaba en todo lo que había vivido en esos meses. ¡Cómo les había cambiado la vida en un abrir y cerrar de ojos! Huérfana de padre y madre, con sus hermanos quién sabía dónde... ¿Qué habría sido de Luis, preso a manos de los republicanos? ¿Y Juan? Lo último que sabía de él era que iba camino a Madrid. Pensó en Pedro, ¿se habría reunido con Fermín, ambos mutilados en las piernas? Qué macabro destino el de los amigos. Después pensó en Marco, que había caído también como prisionero de los nacionales. ¿Estaría con vida? Se le estrujó el alma al pensar en un mal final para él. Después de todo lo que habían pasado juntos le había tomado cariño, un cariño que a menudo le hacía preguntarse si no era algo más. Marco la había tratado bien, la había respetado y había sabido llegar a su alma, sin pretender invadir su oscuro secreto. Había sabido esperar. Por las noches extrañaba su cuerpo para dormir, su respiración acompasada, sus brazos alrededor de su cintura, su olor. Ya no importaba si era amor o qué tipo de sentimiento, lo cierto era que lo necesitaba.

Quizá si se hubiera ido con Cecilia todo hubiera sido diferente.

¿Dónde estaría ella? Le hubiera gustado tener un trabajo independiente que le permitiera viajar y buscar su destino. Pero a ella le había estado vedado todo eso, era una chica de pueblo que de un día para el otro había terminado en un frente de batalla, con el alma hecha jirones y un pasado para olvidar.

Cuando la vida en la granja se tornó insoportable a causa del hambre, volvieron las discusiones. Algunos querían irse aun a riesgo de caer en manos del enemigo, otros preferían resistir y morir de inanición en el peor de los casos. Fracturado el grupo, dos hombres y una mujer decidieron partir.

Blanca se quedó con Diego y otros soldados. Aguantarían hasta que pudieran reunir fuerzas para viajar a algún poblado republicano, sabían que la zona era prácticamente nacional.

La debilidad trajo enfermedad y con ella vino la desesperación. Uno de los soldados deliraba y volaba de fiebre, alguna infección lo estaba devorando por dentro. Ninguno sabía qué hacer, aunque intentaban aliviarlo sin resultados. Hasta que el enfermo se tornó peligroso y en uno de sus delirios empuñó un arma y disparó contra Blanca. A causa de su debilitada visión el tiro fue a parar a una de las paredes del granero y Diego logró reducirlo. Al advertir lo que había hecho el hombre rompió en llanto.

Pasados unos minutos se durmió y el resto decidió atarlo para evitar que cometiera otro acto de locura. Lo que ninguno pensó fue que ese disparo causaría alarma en los alrededores, por donde circulaban patrullas nacionales.

Estaban durmiendo cuando un estruendo los sacó del sueño. La puerta del granero que ellos aseguraban con un palo cruzado había sido destrozada y un blindado estaba en el interior. De él descendieron varios soldados empuñando armas y apuntándolos.

—¡Todos arriba! —gritó uno de ellos.

Blanca y sus compañeros no tuvieron tiempo de nada, de inmediato les quitaron los fusiles y, al descubrir al herido, atado y mirándolos con cara de pánico, sin mediar palabra un soldado le disparó a quemarropa.

—Ese loco ya no molestará —rio mientras disfrutaba del gesto de odio que Blanca le dirigió—. Tú tranquila, que el próximo es para ti —añadió dirigiendo el caño de su pistola a su frente.

—Vamos, niñas, que no tenemos todo el día.

Una vez fuera los ataron con sogas uno detrás del otro y los hicieron marchar. El día acababa de amanecer, de modo que aún no hacía demasiado calor; con el correr de las horas el sol sobre sus cabezas, la falta de alimento y de agua ocasionaron que tanto los hombres como Blanca empezaran a tropezar y caer. Y al caer uno, como un efecto dominó, caían los otros.

Entre amenazas y golpes en las piernas y espaldas, los prisioneros avanzaron hacia su incierto destino. A su paso veían diversos batallones de tropa enemiga apostados en puntos estratégicos de los caminos o accesos a pueblos y ciudades. Toda la zona estaba tomada por nacionales y las esperanzas decaían.

A media tarde hicieron un alto y les dieron agua y trozos de pan duro, que devoraron como si fuera un manjar, antes de emprender de nuevo la caminata. No sabían a dónde iban, seguramente a algún campo de trabajo, como les llamaban. Soportaron jornadas viajando; a veces los subían a algún camión, otras debían caminar, siempre atados y con escaso alimento, hasta que llegaron a uno de esos campos.

Si bien en los primeros tiempos en la retaguardia franquista se fusilaba a los enemigos, pasados unos meses, la violencia había adquirido nuevas formas, más útiles para la victoria. Y así habían comenzado las clasificaciones, los campos de concentración y el trabajo forzoso en favor de los intereses económicos y políticos del movimiento.

Ni bien llegaron a su nuevo destino, Blanca y sus compañeros fueron empujados a un recinto pequeño, donde los dejaron encerrados. La luz era escasa, y tantos días de hambre y cansancio les impidieron ver, en un primer momento, que no estaban solos. Fue Blanca quien advirtió que en un rincón yacía un hombre recostado sobre el ángulo que formaban las paredes. Se acercó a él y se agachó, estaba tan inmóvil que quizá estuviera muerto. Pero el sujeto abrió los ojos causando que ella diera un salto.

—No me tenga miedo —dijo con voz apenas audible—, es a los de afuera a quien debe temer.

Blanca quiso preguntarle tantas cosas, mas el estado del hombre era calamitoso, casi no podía hablar y menos moverse.

—Ahora vendrán a clasificarlos, de eso dependerá su suerte. —Dichas esas palabras cayó en la inconsciencia de nuevo.

A los prisioneros se los clasificaba según los cuatro grados que se habían estipulado en la Orden General del 11 de marzo de 1937. Los datos e informes eran enviados por las llamadas entidades patrióticas —el clero, la Guardia Civil y la Falange local— a las comisiones de clasificación apostadas en los mismos campos de concentración.

Sin embargo, esas clasificaciones dejaban zonas fuera de la legalidad. Los que eran encontrados afectos, eran remitidos a las trincheras del ejército franquista. Los desafectos se sometían al juicio militar sumarísimo y eran condenados a penas de cárcel o de muerte. En el medio quedaban todos aquellos a quienes no podía instruírsele causa por falta de datos. Por ello, a esos dudosos se los condenaba a trabajos forzosos e iban a parar a los Batallones de Trabajadores bajo la Jefatura de Movilización, Instrucción y Recuperación del ejército franquista.

Pasaron muchas horas hasta que la puerta se abrió y entró un uniformado del ejército nacional.

—Arriba todos —ordenó apuntando con su arma y obligándolos a salir.

Los condujo hacia una estancia mejor iluminada donde se los puso en fila junto a otros detenidos. Al fondo había un escritorio, donde un subalterno tomaba nota mientras un coronel vigilaba con ojo de halcón.

A medida que iban avanzando se les preguntaba nombre, ciudad de origen y filiación política. La mayoría balbuceaba a causa del miedo y del hambre, la debilidad era tremenda.

Cuando llegó el turno de Blanca, esta dijo su nombre con dignidad. Al oírlo el coronel se acercó y le clavó los ojos.

—¿Muño, dijo?

Blanca no sabía si reiterar el apellido o negarlo. ¿Por qué ese hombre la miraba de esa manera? Decidió sostener lo que había dicho y que fuera lo que Dios quisiera.

—Sí.

—¿Conoce al comandante Juan Muño?

Al oír el nombre de su hermano, Blanca sintió que sus piernas se aflojaban y las tensó para no caer. Quizá era su día de suerte.

—Es mi hermano —respondió sin osar mirarlo al rostro.

El coronel la tomó del brazo y la sacó de la fila.

—Su hermano Luis fue un héroe, lamentamos su pérdida.

La muchacha no pudo evitar que las lágrimas cayeran por sus mejillas, aunque permaneció tiesa, con la vista clavada en el suelo.

—Dígame una cosa, señorita Muño, ¿qué hacía usted con esos rojos? —Blanca levantó la mirada y vio que el hombre le estaba dando una oportunidad. Él sabía que ella estaba en el bando equivocado y que por portación de apellido estaba dispuesto a salvarla.

—Era su prisionera. —Al decirlo se enfrentó al coronel elevando el mentón y enderezando los hombros—. Me tomaron cerca del frente norte y me arrastraron con ellos durante un buen tiempo.

El hombre sonrió, ambos sabían que mentía.

—Lamento mucho la confusión, señorita Muño. —La empujó suavemente por la cintura y salieron del recinto. Hizo señas a un teniente para que ocupara su lugar y se alejó con ella por el pasillo. Blanca no sabía a qué atenerse, tampoco sabía dónde se hallaba, parecía un colegio o un convento.

—Estamos en el antiguo Colegio Apóstol Santiago de los Padres Jesuitas —develó el coronel como si leyera su mente—. La finca está rodeada de altos muros —añadió con la intención de desmoralizar su fuga llegado el caso—. Y hay grandes edificios separados por extensos patios. Le gustará.

Se hallaba en Camposancos, una población pontevedresa, con el río Miño a sus faldas y frente a la localidad portuguesa de Caminha. Blanca intentaba seguir sus pasos largos y enérgicos, mas las fuerzas le fallaron y terminó en el suelo.

—¡Lo siento, señorita! —dijo el coronel con falso sentimiento—. Debe usted de tener hambre y ganas de descansar. —La sostuvo por las axilas y la levantó sin esfuerzo—. Pero ¡si es una pluma! —Al decirlo rozó sus nalgas delgadas y sonrió—. Venga, dejaremos el paseo para después.

Cambió la dirección que llevaban y Blanca se encontró en una cocina luminosa, donde varias mujeres trajinaban. Todas llevaban un pañuelo en la cabeza y tenían tallado el miedo en el rostro.

—La señorita es mi invitada y necesita alimentarse bien —ordenó con voz de mando. E inclinándose sobre ella agregó—: Más tarde vendré por usted.

Al sentirse liberada de ese hombre, Blanca se desplomó sobre un asiento y dejó caer la cabeza sobre la mesa. Una de las mujeres se acercó y le levantó el rostro.

—Está deshidratada —dijo mientras iba en busca de algo con que llenarle la panza.

Le dieron una sopa que le pareció exquisita luego de tantos días de comer porquerías, cuando quiso repetir el plato la falta de costumbre le ocasionó vómitos y terminó recostada en un rincón.

Cuando el coronel regresó y la vio en el suelo se las tomó con la mujer que estaba a cargo de la cocina, a quien después de gritarle le cruzó el rostro con la mano, de frente primero y de revés después.

Blanca quiso salir en su auxilio y las palabras no acudieron a su mente; cayó en el desmayo. Apenas sintió cuando unos brazos la levantaron del suelo y la sacaron de la cocina.

# 67

*Gijón, agosto de 1937*

Después del rechazo de Bruno, Marcia regresó a su casa hecha un manojo de llanto. Tuvo que entrar por la puerta trasera rogando que nadie la descubriera. Logró escabullirse en su cuarto sin ser vista y se arrojó sobre la cama.

Gaia, que la había estado esperando, ingresó ni bien escuchó la puerta. Al verla en ese estado supo que algo no andaba bien.

—¡Marcia! Dime, ¿era él?

Marcia se incorporó a medias y su hermana pudo ver sus hermosos ojos más grises y tristes que nunca.

—¡Dime!

—Sí, era él.

—Entonces ¡no llores! Sea lo que sea que te haya dicho, está vivo y eso es lo que importa.

—¡Oh, Gaia! ¿Por qué todo es tan difícil? Bruno no quiere verme, dice que lo nuestro no puede ser, hasta me ha acusado de desear la muerte de su hermano para poder correr a sus brazos... ¡Ha sido cruel conmigo!

—Marcia, cálmate, es normal su reacción. ¡Marco es su hermano! ¿Qué harías tú en su lugar?

—Nos amamos…

—Debes mantener la calma ahora. No debe de haber sido fácil todo lo que le pasó… —De repente una pregunta se deslizó por su mente—. ¿Por qué volvió? ¿Acaso ha desertado?

—No, no ha desertado. Le han dado la baja, Gaia… —Al recordar la gravedad de la lesión, las lágrimas que había dominado empezaron a caer otra vez—. Lo han herido de una manera espantosa… Ha perdido un ojo.

Gaia se llevó las manos a la boca y calló la exclamación.

—¡Pobre Bruno! Y el otro ojo… ¿puede ver?

—Supongo que ve a medias… no hablamos de ello. Ni siquiera sé cuándo regresó. Al parecer vive oculto en la casa, solo se acerca a la ciudad para conseguir alimento.

—Escúchame bien, Marcia, ahora es cuando debes obrar con inteligencia.

—¿A qué te refieres? ¡Yo lo amo! ¿De qué hablas? Quiero estar con él, cuidarlo… —Calló porque lo que le venía a la mente no era para compartir con su hermana.

—Por mi experiencia con heridos en el frente, ninguno vuelve bien, Marcia… —La menor no la dejó continuar.

—¿De qué hablas?

—Algunos vienen… distintos. Su carácter cambia, a veces deliran o se tornan violentos… No sabemos qué le ocurrió a Bruno allí.

—Por eso mismo, debo estar a su lado.

—Solo podrás acompañarlo si él te lo permite. Imagino que ahora deberá recuperar fuerzas y acostumbrarse a su nuevo estado.

—Sí, tienes razón. Además, no sabemos dónde está Marco… Eso lo tiene mal también.

—A veces, querida hermana, debemos ser más astutas y dejar de actuar con el corazón.

—¡Ay, Gaia! ¿Cuándo cambiaste tanto? Me asustas…

Gaia la abrazó y la acunó en su pecho.

—Sé lo que sientes, Marcia. Entiendo tu desesperación por estar con él porque es la misma que yo siento por Germinal. Bruno no está bien, aún está atado a las secuelas de esta guerra incomprensible.

—¿Entonces?

—Sugiero que domines tu ansiedad, que no lo fuerces a lo que no desea. Que vuelvas a ser su cuñada, manteniendo distancia.

—¡No puedo mantener distancia! —se quejó Marcia.

—¿Acaso crees que para él fue fácil cuando vivías en su casa?

Marcia bajó la cabeza, su hermana tenía razón. Bastante habría sufrido Bruno al verla todos los días y saberla un imposible.

—¿Te das cuenta? —insistió Gaia.

—Sí, estás en lo cierto.

—Deja pasar unos días y luego llévale a María de la Paz. Seguro que querrá ver a su sobrina.

Marcia sonrió y se abrazó de nuevo a su hermana.

—¿Te dije alguna vez que te quiero?

—Creo que es la primera vez.

Al separarse, el rostro de Marcia estaba en calma.

—Debes contarles a nuestros padres, Bruno necesitará ayuda —dijo Gaia.

—No creo que acepte nada de papá… es muy orgulloso.

—Sea como sea, ellos tienen que estar al tanto, no podrás escaparte de casa con la niña tan fácilmente. Sería mejor que ellos te apoyaran; después de todo, es parte de la familia.

—Tienes razón.

En los días que siguieron, Marcia se contuvo de ir corriendo al encuentro de Bruno. Quería que él reflexionara, y tomar distancia era lo mejor. Habló con su madre primero y le contó del estado de su cuñado. Purita de inmediato se puso en marcha para organizar el envío de unos paquetes con víveres;

había vendido algunas joyas en el estraperlo y tenían algo de reserva; no imaginaban el hambre que vendría.

Al enterarse Aitor también demostró una actitud colaborativa. Los estragos de esa guerra habían distraído su atención a cosas verdaderamente importantes; además, reconocía que Bruno Noriega era muy distinto al irresponsable de su hermano.

Exilart puso el coche a su disposición, luego cayó en la cuenta de que había despedido al cochero, la mala situación económica lo había obligado a tomar esa decisión.

—Padre, quizá podría enseñarme a conducir —se atrevió a decir Marcia.

—Hija, las mujeres no…

Por primera vez su hija no lo dejó concluir la frase:

—Padre, el mundo está cambiando. ¿Sabía que hay mujeres luchando en el frente?

Aitor le dirigió una de sus miradas intimidatorias, aunque solo duró un instante que ella aprovechó.

—¡Enséñeme, padre! ¡Por favor! —Acompañó sus palabras con un abrazo que Aitor no pudo rechazar.

A principios de septiembre, Marcia estaba conduciendo el automóvil de la familia con destino a la casa de la playa.

# 68

*Camposancos, septiembre de 1937*

Hacía una semana que Blanca estaba alojada en el Colegio Apóstol Santiago de los Padres Jesuitas, en el ala destinada a los superiores. Le habían dado una habitación, pequeña y pulcra, y el coronel se ocupaba de que no le faltara nada.

—En unos días llegará su hermano y él sabrá qué hacer con usted. —El coronel desconfiaba de que hubiera estado prisionera de los republicanos, pero era más poderoso el magnetismo que ella despertaba en él que su deber de fidelidad.

—Gracias —murmuró la muchacha. Quería saber qué había ocurrido con Diego y el resto, mas no se atrevía a preguntar.

Se le permitía salir a los patios, limitada a determinados sectores, custodiada por guardias. Desde donde estaba no tenía acceso a los presos, ni tampoco oía sus tormentos. Era como vacacionar en un hotel modesto y sin mucho que hacer.

Las mujeres de la cocina se afanaban en atenderla. Temían una nueva reacción del coronel Isidro Plasencia.

Una noche estaba recostada en su cama cuando llamaron a su puerta. Blanca se cubrió antes de abrir, creyendo que sería su hermano. Ante su umbral se encontraba el militar, que la miraba con ojos de cansancio. Traía dos vasos y una botella.

—¿Puedo invitarla a una copa? —Sin esperar respuesta ingresó en la habitación y cerró.

Se sentó en la cama y apoyó su carga sobre la mesilla.

—Cuénteme de usted —pidió mientras servía los vasos.

Blanca se sintió incómoda ante esa invasión, no sabía dónde ubicarse ni qué hacer. Él lo advirtió y le acercó una silla frente a la cama.

—Disculpe mis modales, Blanca, esta guerra… me ha hecho olvidar que soy un caballero.

Silenciosa y sin dilucidar qué se esperaba de ella, Blanca se sentó. Tomó el vaso que él le ofrecía y le siguió el juego en el brindis. ¿Qué otra cosa podía hacer?

—¿Cómo era su vida antes? —quiso saber el hombre.

—Antes… —Blanca buscó en su mente qué contarle—. Como la de cualquier muchacha de mi edad, supongo.

—Tendría usted un novio…

—Murió —lo dijo apresurada, no deseaba más preguntas ni hablar sobre la guerra—. Prefiero no hablar de ello, por favor, coronel.

—Isidro, llámeme Isidro.

—Isidro —repitió, buscando su reacción. A él pareció gustarle su nombre en su boca, porque sonrió y se le formaron arrugas alrededor de los ojos—. ¿Y usted? ¿Qué otra cosa le gusta?

—Lo dice como si la guerra me gustara… —Meneó la cabeza y bebió hasta acabar el contenido del vaso—. Es un trabajo, como cualquier otro.

Blanca quería gritarle a la cara que matar no podía ser un trabajo. Después recordó que ella también había matado; había empuñado un arma y, cada vez que disparaba, veía el rostro de José Serrano. Se contuvo.

—No siempre quise ser militar —continuó a la par que servía más vino en ambos vasos—. Es tradición familiar, todos los Plasencia han sido militares, no tuve opción —culminó, resignado.

Blanca descubrió que ese hombre decía la verdad, sus ojos todavía conservaban la esperanza.

—¿Qué le hubiera gustado ser?

—Pintor —contestó para sorpresa de la muchacha—. ¿Se imagina a mi padre, quien llegó a ser capitán general, descubriendo que su hijo mayor quiere ser pintor? —Largó una carcajada y Blanca sonrió—. Me hubiera fusilado él mismo.

Continuaron conversando y bebiendo hasta que se acabó la botella. Blanca se había relajado y le había contado algunas cosas de su infancia, omitiendo toda referencia a la guerra y sus derivaciones.

Finalmente, Isidro se puso de pie y juntó los vasos.

—Hubiéramos podido ser amigos, usted y yo —dijo en la puerta—. Aunque los amigos no deberían mentirse. —Sonrió con picardía y Blanca supo que entre sus palabras cuidadas se había deslizado la verdad.

Al día siguiente llegó su hermano Juan y, al enterarse de que ella estaba allí, acudió a su encuentro de inmediato.

Blanca estaba sentada en un banco, en el patio trasero, a la sombra de un arbusto. Leía un libro de poemas que había hallado en la habitación. Al verlo llegar, se puso de pie como un resorte. Se miraron a los ojos buscando la respuesta a cómo debían actuar. No había testigos, podían ser libres.

La guerra también había pasado por el cuerpo de Juan; una cicatriz cruzaba su rostro desde la frente y se perdía en su pecho. Llevaba un brazo en cabestrillo y Blanca tuvo la impresión de que era un accesorio permanente.

Él también la estudió y leyó en ella toda la tristeza del mundo. Recordó el día que la habían encontrado, violada y sucia a manos de José Serrano, y se dijo que, por más guerra que hubiera en medio, Blanca seguía siendo parte de su sangre. Se apuró hasta llegar a ella y la fundió en un abrazo.

Lloraron como nunca se habían atrevido a hacerlo y se abrazaron con miedo a lo que sucedería después.

Más tarde, calmados, se sentaron, las manos unidas, las miradas bajas, y hablaron todo lo que tenían para decirse.

Ella le contó de su paso por el frente, de la gente que había conocido y de su captura.

—Isidro cree que eres de los «rojos» —comentó Juan—. Parece que le has pegado duro…

Blanca bajó la mirada.

—Yo no hice nada… mentí para salvar mi vida. ¿Vas a delatarme?

El rostro de Juan se tornó serio.

—Es mi deber… —Ahora formaba parte de la oficialidad franquista. Ella sintió un sudor frío recorrer su espalda—. Sin embargo, no lo haré. Eres la única familia que me queda.

Con los ojos llenos de lágrimas, Blanca lo abrazó de nuevo.

—Tengo que pedirte un favor —murmuró sobre su hombro.

# 69

*Campo de trabajo Miranda de Ebro,*
*fines de septiembre de 1937*

M arco continuaba prisionero, ya no podía trabajar en las obras públicas a causa de sus fiebres. El hacinamiento era extremo, apenas tenía centímetros para ocupar en la estrecha celda en la que estaba. Tom, quien ahora formaba parte del otro bando, no por placer sino por supervivencia, se apiadó de él, y cuando podía le llevaba comida que ocultaba en los bolsillos de su uniforme.

—Tienes que resistir —le decía en voz baja a la vez que pasaba un paño fresco por su frente—. Tu hija te necesita.

La falta de higiene era total. No había duchas, solo retretes precarios incapaces de contener los desechos de toda esa masa humana. A veces había baldes que permanecían allí durante horas, si no días. Las chinches y los piojos eran plagas; escaseaba el agua y, cuando había, su potabilidad era dudosa. En algunas oportunidades, para hacerlos padecer aún más, se ordenaba que las pocas ventanas que había permanecieran cerradas, por lo cual el aire se tornaba irrespirable.

Muchos presos morían como moscas, Marco sobrevivía gracias a la ayuda de Tom.

Las condiciones de vida en los campos de concentración y en los batallones de trabajadores dependían del director o mando superior de estos, también del capellán, y en menor medida de los jefes y guardianes. Había superiores que permitían que se robase o estraperlase con el presupuesto o la comida, beneficiándose los detenidos. Otros imponían un régimen severo y vengativo, donde las palizas eran moneda corriente. Este era el caso de Miranda de Ebro; el terror y la muerte sobrevolaban.

En sus delirios, Marco también era asistido por otro de los reclusos, quien no estaba en mejores condiciones pero que no padecía fiebre. Era él quien le tapaba la boca para que no gritara durante las noches; cualquier cosa que atrajese la atención de los carceleros era mejor evitarla, para no terminar en una cuneta o en la pared de cualquier cementerio.

Dos semanas estuvo Marco enfermo, hasta que la temperatura empezó a ceder y abrió los ojos. Al principio no sabía dónde estaba ni qué había pasado, era como si su mente se hubiera quedado en blanco. Después empezó a recordar, lentamente y mediante preguntas de sus compañeros.

Estaba más delgado que nunca, era todo hueso y pelo, la barba le había crecido en ese tiempo, así como sus cabellos.

—Al fin despiertas, tío —dijo quien lo había cuidado—. Tu familia debe extrañar el dinero.

—¿De qué dinero hablas? —preguntó Marco.

—Del que pagan por tu trabajo.

—¿Acaso pagan? —quiso saber, incrédulo.

—Así es, han aprobado una ley por la cual se reconoce a los prisioneros de guerra y los presos políticos el derecho al trabajo —explicó su compañero.

—¡Vaya ironía! ¡Como si estuviéramos aquí voluntariamente! —se quejó Marco.

—Dicen que, si estás casado y tienes familia en zona nacional, tu mujer recibe dos pesetas diarias y otra por cada hijo menor de quince años —continuó—, aunque también hay descuentos.

—No creo que me paguen nada —aseveró Noriega luego de recibir la explicación—. Además, Gijón es republicana.

—Marco todavía no estaba al tanto de lo que estaba sucediendo en su ciudad.

Cuando volvió al trabajo aún estaba débil, por lo cual no podía cumplir el ritmo que le era exigido, recibiendo castigos y más palizas. El dolor era insoportable, pero al menos podía salir de esa celda infecta y tomar un poco de aire puro. Disfrutaba del frío que traía el próximo invierno. En mente solo tenía una idea: escapar.

La nostalgia por los afectos lo impulsaba a mantenerse sano y cuerdo. Pensaba en Marcia, por quien había empezado a sentir algo parecido al cariño, y en su hija, y se preguntaba si la vería crecer. No sabía qué había ocurrido con Bruno y esa duda era una herida abierta; era su único lazo de sangre. El último pensamiento antes de dormir era para Blanca, ¿qué suerte habría corrido ella?

A medida que las ciudades iban cayendo a manos de los nacionales se incrementaba el número de reclusos que se echaban a las cárceles y campos de concentración, superpoblándolos.

Hacía poco había caído Santander y se habían capturado cincuenta mil prisioneros, ocasionando dificultades al jefe de la Inspección de los Campos. Debieron crearse varios campos más: en Santoña, Laredo, Castro Urdiales…

Marco no había sido clasificado aún. Quizá por algún error su nombre se había traspapelado, dado que todos habían pasado por la Comisión Clasificadora; él prefería estar trabajando antes que quedar a disposición de las autoridades judiciales y terminar fusilado.

Todas las actas de clasificación tenían que ser remitidas a la Auditoría de Guerra correspondiente, que podía aprobarlas u ordenar que se practicasen diligencias escritas sobre aquellos casos en los que se discrepara de la clasificación propuesta por la Comisión. El flujo de gente era llamativo. Muchos pasaban directamente del «pabellón de tortura» a los consejos de guerra de Oviedo; otros no eran vueltos a ver con vida. Y siempre llegaban nuevos que seguían alimentando ese sistema perverso.

Cuando Marco se sintió más fuerte empezó a pensar de nuevo en su fuga y, para ello, se volvió más observador. Tomaba nota mental de los cambios de guardia, de las inspecciones, de los tiempos que los superiores demoraban en cenar u otros recreos.

Alguien le ganó de mano y al advertirse la huida se aumentaron las medidas de seguridad. Dos milicianos, uno de Langreo y otro de Gijón, que había estado destinados en Carros Blindados, a quienes Marco conocía del puerto, lograron evadirse vistiendo ropas falangistas. Fue evidente que alguien había colaborado con ellos. El responsable de esa centuria fue convocado al «pabellón de tortura» y nunca más se volvió a saber de él.

—No se dan las condiciones ahora —le susurró Tom en una de las inspecciones.

Marco lo miró y fingió no entender, por lo cual Tom agregó:

—Yo te ayudaré a escapar, aunque debemos esperar un tiempo.

No volvieron a hablar durante varios días. Marco temía que fuera una trampa, no sabía si podía confiar ciegamente en un hombre que había cambiado de bando de la noche a la mañana.

Tom no era el único, había varios en su misma situación que por salvar la vida simulaban ser nacionales. Tenían una familia que alimentar y no podían darse el lujo de dejarla morir por una idea. Y menos en el caso de Tom, un hombre de campo que no estaba contaminado por la ideología.

Las noticias del exterior llegaban por medio de los que iban cayendo en el campo. Los de afuera tenían necesidad de contar lo que estaba ocurriendo, y los de adentro querían saber qué pasaba en sus lugares de origen. Así se enteró Marco de los constantes bombardeos a Gijón por parte de los nacionales. ¿Qué habría ocurrido con su familia? ¿Su hija estaría viva? ¿Su esposa? La incertidumbre lo desgarraba por dentro, así como las heridas lo hacían por fuera. Pensó en su hermano, en Blanca, en todos sus apegos. Ahí encerrado se había vuelto sentimental.

Una noche, Tom se acercó a él y le dijo al oído:

—Mañana será el día. —Le deslizó un papel con las indicaciones y un reloj.

Al mirarlo a los ojos Marco supo que no era una trampa. Apretó su mano mientras sus ojos se llenaban de lágrimas.

# 70

Marcia era un manojo de nervios. Luego de varios días de práctica, su padre finalmente le había prestado el coche para ir a visitar a Bruno. Su madre había planeado acompañarla y a último momento había decidido quedarse en casa.

—¿Te arreglarás bien? —preguntó—. Me duele mucho la cabeza y prefiero recostarme.

—No se preocupe, madre, que se mejore.

—¡Cuida a mi nieta! —dijo Purita cuando Marcia ya estaba casi en la puerta.

La joven cargó en el automóvil los bártulos con víveres que habían preparado la víspera: un pedazo de queso, panes, algunas latas de sardina, entre otros alimentos. No era mucho, pero de seguro a Bruno le serviría. Marcia se preguntaba cómo hacía su cuñado para subsistir. De repente una duda asaltó su pecho: ¿y si él no estaba en la casa? ¿Y si se había marchado?

Se apuró para salir cuanto antes. Metió, no sin dificultad, el moisés de la niña en el asiento trasero. Después la subió y le ordenó que se quedara quieta allí. María de la Paz se resistía a permanecer sujeta en ese capullo que le quedaba pequeño, sin embargo, la mirada firme de su madre logró hacerla callar.

Encendió el motor y avanzó por la ciudad devastada, donde las bombas habían dejado su huella criminal. Se le encogió el alma al pensar en tantos mutilados; Bruno era uno más. ¿Qué sería de Marco? No tenía noticias de él hacía tiempo.

Al pasar por el puerto vio las filas de desahuciados que buscaban escapar del país. Gijón había sido en un principio el refugio de los exiliados que aguardaban el fin de la guerra. Ahora la situación era inversa: por El Musel salían los niños, las viudas y los incapacitados. En agosto, cuando su hija había cumplido ya un año de vida, se había anunciado el inicio de los trámites de pasaportes y fichas para poder evacuar. El panorama era desalentador, todo indicaba la próxima toma de la ciudad.

Mientras promediaba el verano habían salido de El Musel dos barcos, uno con miles de exiliados vascos y otro con seiscientos niños de Moreda, Turón, Sama y Mieres. Marcia y Gaia habían asistido llevando obsequios para los pequeños. Las caritas de susto y el desamparo pintado en la mirada dejaban sin recurso al corazón. Del brazo, bajo el sol de un mediodía rabioso, las hermanas imaginaron lo duro que sería para esas criaturas emprender ese viaje, hacinados en las bodegas de los cargueros, sin asistencia alguna. Por mucho que rezaran por el fin de la guerra, su peor faceta parecía no haber llegado.

Cuando tomó el camino que iba a la casa de la playa intentó recomponer su ánimo; de nada serviría presentarse ante Bruno en tal estado. Debía mostrarse fuerte y segura, ocultando su íntimo propósito.

En la última curva sintió que el corazón se le aceleraba y sujetó sus riendas. Respiró hondo y le dirigió unas palabras a la niña, a quien no le gustaba sentirte atada y se quejaba:

—Ya, pronto te sacaré de ahí.

Detuvo el motor frente a la casa. Observó que las cortinas estaban abiertas, señal de que estaba habitada. Descendió intentando serenar su temblor. Aspiró el aire de mar, olor que identificaba ese hogar que tanto extrañaba pese a carecer de lujos y de seguridad. Abrió la puerta de atrás y alzó a María de la Paz, quien sonrió al sentirse libre del moisés.

Con ella en brazos avanzó. Dudó. ¿Debería llamar? Así lo hizo. No quería incomodar a Bruno, sabía que su visita no le caería del todo bien. Al no recibir respuesta, abrió.

Recorrió el interior: estaba vacío. Se detuvo unos instantes en el cuarto de Bruno y no pudo resistir la tentación de oler la ropa de cama. Allí estaba él, su olor a sudor y hombre. Apretó la prenda contra sí y sonrió. ¡Cuánto lo amaba!

Sobre la mesilla de noche, como si fuera un altar, el zapato que había perdido la última vez que lo había visitado reinaba encima de un pedazo de diario viejo. Evocar ese encuentro la colmó de tristeza.

Había dejado a María de la Paz en el suelo y sintió que la niña se movía con dificultad dentro de la casa. Estaba en esa edad en que las criaturas son peligrosas. Para no perderle ojo volvió a la cocina.

—Tranquila, pequeña traviesa, que tu tío el gruñón se enfadará contigo. No queremos eso, ¿verdad?

Como si la comprendiera la chiquilla empezó a reír.

Marcia salió y empezó a bajar del coche las cosas que había traído. Estaba por finalizar cuando la figura de Bruno se recortó en el camino. La muchacha se detuvo y se dedicó a contemplarlo mientras él se aproximaba. En los últimos metros pudo advertir el cambio en su mirada, cómo tensaba los músculos de la cara y apretaba los puños. El hueco de su ojo en el rostro lo volvía extraño y por un momento Marcia desvió la vista. Tendría que acostumbrarse a su nueva imagen.

La joven dominó el orgullo. La última vez él le había dicho cosas horrendas; se forzó a olvidar y entender.

Bruno apuró los últimos metros y se plantó ante ella con postura intimidatoria. Causaba miedo. Estaba demacrado, los huesos de los pómulos eran demasiado notorios y una barba de varios días le cubría medio rostro. Sus cabellos estaban largos y hebras de plata los adornaban.

—¿Qué haces aquí? —gruñó—. Ya te he dicho que no quiero verte.

Marcia aspiró profundo y aguardó, no quería responderle hecha una furia.

—Mi madre te mandó algunas provisiones, no pudo venir porque está enferma. —Sabía que la mención de Purita y una posible enfermedad lo ablandaría. Se odió por manipularlo, pero era lo único que se le ocurría.

—¿Qué le pasa? —preguntó entre malhumorado y preocupado.

—Una gripe —mintió.

—¿Tu padre está aquí? —añadió al caer en la cuenta del automóvil estacionado.

—No —respondió triunfal—, he aprendido a conducir. —Caminó hacia la casa como si fuera dueña y señora y agregó—: Traje una sorpresa.

Desapareció dentro de la vivienda dejando a Bruno estupefacto. Al poco salió cargando en brazos a una niña de cabellos cobrizos y piel blanca que lo miraba entre asustada y fascinada.

—Él es tu tío Bruno —dijo mientras bajaba a la pequeña al suelo. El rostro del hombre se transfiguró. La barba ocultó el hoyuelo y en su único ojo se leyó una sonrisa. Se agachó y se puso a su altura. Incapaz de pronunciar palabra aguardó a que la chiquilla se acercara, tambaleante. Era Marcia en miniatura, aunque en sus ojos verdes llevara la marca de su hermano.

—Hola —susurró, debido al nudo que atenazaba su garganta. Ella contestó con un sonido indefinido y le extendió los brazos.

El apretón le hizo trizas la falsa fortaleza, apretó los dientes para no llorar. El cuerpito regordete y blando se entregó sin reservas y Bruno supo que esa criatura lo había atrapado para siempre.

Sin saber qué decir la alzó y se incorporó. María de la Paz se entretenía tirándole de los pelos de la barba.

La aparición de la temible y venenosa Legión Cóndor en el cielo interrumpió el idilio. La flota pasó a vuelo rasante en dirección a la ciudad y empezaron a caer las bombas.

Bruno tomó a Marcia del brazo y corrió con ambas hacia el granero.

—Baja —ordenó señalando un agujero en la tierra.

Marcia dudó y Bruno repitió la orden. La muchacha obedeció y descendió sujeta a una escalerilla de madera. Las paredes del foso estaban sostenidas por un armazón hecho con fierros y palos cruzados, para que no se desmoronase. Se preguntaba en qué momento habría hecho Bruno ese refugio cuando una luz iluminó su espíritu: si él había construido eso era porque quería vivir. Durante mucho tiempo había temido que Bruno se viera afectado, como tantos otros, por la locura que dejaba la guerra.

Cuando llegó al fondo vio que el sitio era pequeño, apenas cabía una persona boca abajo. Enseguida apareció Bruno con María de la Paz y se apretaron como pudieron.

Escuchaban las explosiones que venían de la ciudad y el miedo por su familia tiñó de palidez el rostro de Marcia. Desde el verano de 1937 la Legión Cóndor descargaba su violencia sobre la ciudad de Gijón, que era retaguardia.

Los ataques a la población y al puerto eran casi diarios. Franco, Hitler y Mussolini ensayaban en el cielo español la estrategia de destrucción aérea que poco después ejecutarían en la Segunda Guerra Mundial.

Gijón se había convertido en un campo de prueba.

La oscuridad asustó a la niña, que empezó a llorar, y pasó a brazos de la madre.

Sentados en el fondo de la tierra, hombre y mujer se miraron. Ella quiso que la abrazara, aunque sabía que no era momento para acercársele. Debía jugar sus cartas pese a que la angustia le mordiera las entrañas.

Permanecían callados, no sabían de qué hablar; de pronto, esa forzada intimidad barría con las decisiones de Bruno.

Cuando las explosiones finalizaron la ayudó a subir. De pie frente al mar miraron en dirección a la ciudad, que se deshacía en humo y llamas.

—Debo volver —anunció Marcia—. Necesito saber que mis padres están bien… Te dejé comida en la casa. —Mientras hablaba metía a la niña en el coche.

Bruno vaciló y no pudo evitar decir:

—Iré contigo.

Sin darle tiempo, se subió al automóvil y se situó detrás del volante. Juntos emprendieron el retorno a la ciudad.

# 71

*Miranda de Ebro, octubre de 1937*

Marco sudaba, pese al frío de esa oscura noche del primer día de octubre. El reloj que había escondido entre sus ropas marcaba la hora indicada. Aguzó el oído y esperó. En cualquier momento la puerta se abriría y se pondría en marcha el plan de Tom.

Cuando sintió el débil sonido de los goznes y una tenue luz se filtró por la hendidura, Marco se puso de pie y avanzó. El pasillo estaba desierto, aunque sabía que sería por pocos minutos, la ronda del carcelero de turno cumplía una frecuencia exacta. Se deslizó por la pared como una sombra. Cuando llegó a la bifurcación tan conocida, uno de cuyos extremos conducía al pabellón de tortura, echó un vistazo de despedida con el firme convencimiento de que no volvería a pasar por allí. Después apresuró sus pasos en dirección contraria, en busca del escondite que Tom le había indicado en la nota, donde estaría el uniforme que usaría para disfrazar su condición y escapar.

Marco saboreaba de antemano la sensación de libertad, ya no tendría que escuchar nunca más la moralina falangista ni asistir a misa para oír al capellán intentar salvar sus almas. Además de la explotación laboral a que eran sometidos los prisioneros, los sublevados, convertidos en la verdadera nación, tenían como objetivo aniquilar a ese enemigo interno, someterlo y reeducarlo. Y en caso de no ser ello posible, exterminarlo.

Por ello los detenidos eran obligados a reeducarse políticamente, a la eucaristía y a la delación. Cuando no trabajaban, el personal encargado de los prisioneros velaba para que observaran un régimen interior de tratamiento moral, con lecturas, cantos, ejercicios, audiciones, todo ello con el fin de encauzarlos en el nuevo sentir de la patria. Una patria que lo único que hacía era esclavizarlos.

Sin bajar la guardia, Marco soñaba con la libertad, al menos de ese campo de concentración. Todavía quedaba encontrar a su familia, saber qué había sido de ellos en la bombardeada ciudad de Gijón. Su paso por Miranda de Ebro lo dejaría marcado de por vida; el hambre, la mugre, el hacinamiento, el estreñimiento que obligaba a que muchos, desesperados, usaran las varillas para abrir las latas como doloroso «laxante». Nunca más volvería a ser el mismo, ni él ni ninguno de ellos, pero debía sobrevivir.

Se fortalecía pensando en que ya no sufriría más «las parrillas», cuadriláteros de alambre de espino al sol donde los prisioneros indisciplinados eran sometidos al ayuno, o a disparos nocturnos sobre los detenidos. *Nunca más.*

Cuando halló el paquete oculto en un hueco de la pared con el uniforme de falangista que le abriría las puertas a su libertad, vaciló apenas un instante. Después se vistió deprisa y disfrutó, mal que le pesare, de la textura de la ropa limpia. Ocultó sus trapos en el mismo agujero y caminó, con paso firme y espalda recta, hacia la salida. La noche sin luna le era propicia; sin embargo, el miedo le corría por la columna como una araña venenosa. Cuando llegó a la puerta que conducía al patio aspiró profundo antes de asomarse. Sabía que ese era el momento crucial, debía atravesar esa larga extensión que conectaba con la última salida. Libertad o muerte.

Evocó el rostro de su madre y una lágrima se escapó de uno de sus ojos. Apretó fuerte los párpados, no debía perder la frialdad. Su último pensamiento antes de dar el primer paso fue para Bruno, su hermano, su único lazo de sangre además de su hija, esa niña a quien todavía no podía amar y a quien había visto solo durante horas.

Salió a la noche. Un paso, luego otro, la vista al frente, los hombros cuadrados. Aguardaba el disparo que, de un momento a otro, lo dejaría desangrándose en el suelo. Ya estaba a la mitad y todo seguía igual; el cielo oscuro, apenas unas estrellas. La garita de control a la derecha, la silueta del vigilante aparecía recostada sobre el asiento. Quizá estuviera durmiendo, era poco probable; parecían perros de presa.

Marco se había calzado la gorra casi hasta las cejas y avanzó como lo había visto hacer a sus carceleros. A medida que se acercaba a la cabina adoptaba una seguridad que no sentía. El miedo le chorreaba por el cuerpo en forma de sudor helado. Cuando estaba por alcanzar la salida hizo lo que le había escrito Tom y golpeó, apenas, el vidrio que lo separaba del vigía, quien con una leve inclinación de cabeza lo saludó y le franqueó el paso.

Los segundos que la puerta tardó en abrirse fueron eternos. Cuando finalmente la libertad estuvo frente a sí la acarició con sus ojos. Se bebió el aire, y sin mirar hacia atrás movió un pie. Luego el otro y así continuó, paso tras paso, hasta alejarse de ese sitio de opresión y muerte.

Nunca sabría si el vigía había sido engañado o si era cómplice de Tom. Jamás olvidaría a ese hombre que había arriesgado su vida por él. Le debía todo a Tom Castro.

Pleno de una renovada energía, Marco se dirigió hacia lo que creía las afueras. Todavía no se ubicaba bien, solo sabía que quería volver a su ciudad y corroborar que su familia estuviera con vida. Después… no tenía planes para el después. Por su mente desfilaban los rostros de los seres queridos: Bruno, sus padres, Marcia, su hija… y Blanca, siempre Blanca cerraba la lista de sus anhelos, aunque fuera la primera en su corazón.

Los últimos días pasados en el frente la había sentido. Sabía que debajo de esa coraza ella también experimentaba algo por él. Quizá no fuera amor, ¿qué era el amor después de todo? Junto a ella había aprendido que era posible amar sin tener sexo, querer cuidar del otro, entrar en sus pensamientos y ser parte de sus sueños. Eso era Blanca para él. ¿Dónde estaría? ¿Habría podido salvarse?

Al oscuro de la noche caminó y caminó siguiendo su instinto. Cuando el hambre lo atacó, comió lo que le había dejado Tom en el bolsillo del uniforme y que venía reservando para cuando no aguantase más. Era un pedazo de queso duro que le supo a gloria.

Al alba ya se había alejado varios kilómetros. Estaba en un monte. El cansancio le dijo que era hora de detenerse y buscó refugio. Halló un hueco donde acomodarse y eligió ramas y hojas para cubrirse. No debía quedar expuesto a que una patrulla falangista lo descubriera.

Se camufló con la naturaleza y se echó a descansar. El sol otoñal calentó sus huesos y el canto de los pájaros fue su canción de cuna.

# 72

A medida que el automóvil, conducido por Bruno, se acercaba a la ciudad, podían ver los destrozos del bombardeo. La Legión Cóndor se había ensañado con Gijón, y el puerto lloraba su desgracia. Junto a los barcos mercantes averiados o hundidos se iba la esperanza del exilio. El aullido de las sirenas y el humo indicaban dónde había ocurrido el último ataque. La ciudad era un descontrol, patrullas por todos lados, gente llorando buscando desesperada entre los escombros.

Para alivio de Marcia las bombas no habían sido cerca de su casa, no pudo evitar sentirse egoísta ante tal sensación. Bruno detuvo el coche frente a la vivienda de Exilart y ayudó a bajar a la pequeña, que, ajena a lo que ocurría a su alrededor, seguía tendiéndole los brazos, fascinada con ese ser extraño que la miraba desde su único ojo. Marcia se disponía a entrar cuando él le entregó a la niña, inequívoca señal de que se iba.

—Acompáñame —pidió Marcia, los ojos implorantes. No quería que se fuera. Necesitaba tenerlo cerca un poco más, aunque no pudiera saciar su deseo de abrazarlo, al menos quería compartir unos minutos—. Mis padres querrán verte.

—Dales mis saludos. —Dio la vuelta para irse, pero ella no iba a dejarlo tan fácilmente.

Lo tomó del brazo en su afán de detenerlo y ese contacto fue como un fuego para él. Giró con violencia.

—No me toques, Marcia. No quiero verte.

—No me hagas esto, Bruno —rogó aun cuando no le gustaba ese papel—. Sabes que te amo...

—¡Nunca más vuelvas a decirlo! Ten respeto por mi hermano —lo dijo con tal furia que la muchacha se asustó. María de la Paz empezó a llorar al percibir la tensión de la madre y Bruno maldijo en voz baja. Le dio la espalda y se alejó. Sin embargo, alcanzó a escuchar la voz desgarrada de Marcia:

—¡No te librarás de lo que nos pasa!

Siguió caminando, los puños apretados, la mandíbula tensa. La piedra en que había convertido su corazón empezó a resquebrajarse y se odió por eso.

Al llegar al sitio donde habían caído las bombas se mezcló entre los voluntarios y ayudó a rescatar heridos. Sucio y manchado con sangre se ofreció para asistir en el traslado; el ataque había sido feroz y había dejado un reguero de muertos y mutilados.

Cargando improvisadas camillas, porque las verdaderas no alcanzaban, realizó varios viajes hacia uno de los hospitales que se había instalado en una capilla cercana, compartiendo espacio con anarquistas, donde integrantes de Mujeres Libres oficiaban de enfermeras, a escasez de las profesionales.

Las horas que pasó ayudando al menos no pensó en Marcia. Aprovechó que estaba en la ciudad, o lo que quedaba de ella, y se acercó a un puesto a averiguar sobre su hermano. Quizá alguien supiera de él.

—Estaba en el frente norte —dijo al soldado que lo atendió.

Después de un rato de buscar en los listados, nadie supo darle información sobre su paradero.

Bruno emprendió el regreso a la casa pensando en que quizá hubiera sido mejor morir en combate. Maldecía su suerte, estaba enojado con el mundo. Nada había salido bien.

Cuando llegó vio sobre la mesa la mercadería que Marcia le había dejado. Todo le recordaba a ella. Ni siquiera se había atrevido a tirar el zapato, que, cual Cenicienta, ella había perdido. Lo guardaba cerca de sí, al lado de su cama, como si en algún momento la princesa pudiera reencontrarse con el príncipe para vivir el amor y ser felices por siempre.

Su reflejo en el espejo del baño le hizo pensar que él no era ningún príncipe, sino que se parecía más a la Bestia. ¿Qué extraño maleficio había caído sobre él? Irritado con su destino, dio un puñetazo y su imagen se multiplicó mientras algunos vidrios se estrellaban en el piso. La sangre corriendo por sus nudillos y el ardor a causa de un trozo que se le quedó clavado le hicieron tomar conciencia de lo que había hecho. Se quitó el fragmento y fue a buscar agua para limpiarse. Mientras la sangre aguada corría por sus dedos, se preguntó dónde estaría su origen. ¿Quién sería su verdadera madre? No tenía vínculos sanguíneos, estaba solo. Ni siquiera podría plantar su propia semilla porque se había propuesto no volver a traicionar a su hermano. Y, después de Marcia, no habría mujer en la tierra en la que posaría los ojos y menos el corazón. Con la mano vendada se tiró sobre la cama que una vez había compartido con ella y lloró su desazón hasta que el sueño fue su alivio.

En la ciudad, Marcia disimulaba frente a su madre. Purita quería saber cómo estaba Bruno y cuándo iba a ir a visitarlos.

—No es el mismo de antes, madre —explicó Marcia—. La guerra cambia a los hombres… Está extraño.

—¿Quieres decir que… tiene alguna secuela además del ojo?

—Espero que no —lo dijo con tal angustia que Purita se puso de pie y se sentó a su lado. María de la Paz dormía en uno de los sillones.

—Hija… ¿qué ocurre? ¿Te sientes bien?

—Sí, madre, es esta guerra que no entiendo, que nos hace tanto daño a todos los españoles. —Sabía que si dejaba entrever sus verdaderos sentimientos debería llegar hasta el final. Y nadie debía saber lo que había nacido entre ella y su cuñado.

—Pronto va a terminar —murmuró Purita como si hablara para sí.

—Lo dice con pena, madre…

—El fin de la guerra implica otro comienzo, hija, y no será mucho mejor, te lo aseguro.

—¿Es lo que dice papá?

—Es lo que se siente en el aire. Los nacionales nos están cercando, en breve estaremos bajo su mando.

—¿Y qué vamos a hacer? —Había temor en su voz.

—Quizá deberíais iros…

—¿Deberíais? ¿Quiénes? ¿A dónde?

—Vosotras, tú y Gaia… —Purita hizo una pausa y miró a la niña que dormía su inocencia—. A Argentina, con mi hermana Prudencia.

Marcia conocía la historia de su tía, un personaje que despertaba su curiosidad y admiración, una mujer que en su juventud se había hecho llamar Victoria y se había inventado un pasado para ocultar un asesinato por el cual había estado presa. Prudencia había protagonizado una gran historia de amor y le hubiera gustado conocerla.

—¿Y ustedes? —Marcia abrió los ojos, no era capaz de irse tan lejos sin sus padres.

—Tu padre no va a dejar la fábrica, hija… sabes que es su vida. —Miró el reloj y añadió—: Mira la hora que es. Y todavía no ha vuelto… Ni siquiera el bombardeo lo trae a casa.

—Teme que le quiten lo que tanto esfuerzo le ha costado —reflexionó la hija.

—Lo sé, estuve a su lado en tiempos difíciles, pero esto se salió de cauce. Detrás de los sindicatos vendrá el nuevo gobierno para adueñarse del acero.

—¡Madre! Lo dice como si fuera un hecho.

Purita se acercó a su hija y la miró a los ojos.

—Sabes cuánto os quiero, a ti y a Gaia. —Le acarició el rostro y le quitó un mechón que se le había ido a la cara—. Temo por vuestra seguridad si os quedáis aquí. Es inminente la toma de la ciudad por los nacionales... ¡y Dios sabe lo que va a ocurrir con todos nosotros!

—¡No sea fatalista, madre!

—Marcia, tenemos puesto el sambenito de «rojos». Cuando caiga la ciudad, no tendrán contemplación con nosotros. —Pensó en lo que había ocurrido en Oviedo y en el resto de la República, donde familias enteras había sido víctimas por su condición de republicanas—. Y ni tu padre ni yo consentiremos ser lo que no somos.

—No entiendo, mamá.

—Pues que no nos convertiremos, no pagaremos ese precio para sobrevivir.

Marcia se conmovió por su madre, tan fiel a su padre y a sus convicciones.

—Quizá no sea tan así, esperemos...

La semilla de la duda ya había sido plantada.

—Hablaré con Gaia cuando regrese —continuó Purita—, seguramente Germinal estará de acuerdo en partir.

## 73

*Alrededores de Burgos, octubre de 1937*

L uego de descansar Marco continuó viaje, siempre vigilante y atento a las posibles patrullas de nacionales. Pese a estar vestido como uno de ellos, temía ser descubierto. Además, ¿qué hacía un soldado vencedor viajando solo?

Si bien su primer plan fue escapar a Francia, necesitaba saber de su familia. Iba directo a la boca del lobo, porque Gijón estaba a punto de sucumbir a manos de los rebeldes. Necesitaba ver a su hermano, a su hija.

Una vez en el hogar, porque los horrores de la guerra y la distancia lo habían hecho reflexionar sobre el vínculo con Bruno, idearían el plan que seguir; ya sabía él cómo se vivía durante la guerra. No había previsto la posibilidad de que su hermano no hubiera regresado del frente. También estaba Marcia, ¿qué haría con ella?

Su cabeza era un manojo de dudas, donde las convicciones iban perdiendo fuerza en pos de la supervivencia. Los ideales que en un principio lo habían motivado se veían cada vez con menor claridad, solo había que sobrevivir.

El primer día pudo avanzar sin sobresaltos. No se cruzó con nadie ni atravesó pueblo alguno. Era mejor evitar los poblados. Racionaba el escaso alimento que llevaba en los bolsillos, que seguramente Tom se había ocupado de fraccionar para que no hiciera bulto. El cansancio y la debilidad no le impedían seguir. Se guiaba por el sol y por la intuición, sabía que aún le quedaban varios días de caminata antes de alcanzar Gijón.

Cuando sentía movimientos cerca, se ocultaba. Temía que los republicanos lo lincharan al verlo con un traje de falangista y, a su vez, sabía que los rebeldes lo descubrirían si se cruzaba con ellos, de modo que lo mejor era permanecer solo.

Al amanecer del segundo día divisó una granja aislada. Salía humo de la chimenea, señal de que estaba habitada. Se acostó entre los pastizales y se dedicó a espiar. Unos perros tan flacos como él dormitaban debajo del alero; no había ni vacas ni gallinas. Aguardó. A media mañana la puerta se abrió y salió una niña, no tendría más de ocho o nueve años. Arrastraba una muñeca que a la distancia parecía de trapo. Detrás de ella apareció una mujer; cargaba una olla de hierro con la cual se dirigió a los fondos.

Marco permaneció mirando durante más de dos horas. No había hombre en la casa y decidió arriesgarse. Tenía hambre. Se puso de pie y caminó en dirección a la vivienda, sin dejar de prestar atención al entorno. Cuando estuvo cerca aplaudió para hacerse notar. En el umbral se divisó la figura de la niña, enseguida apareció la madre, quien, al ver al desconocido la empujó hacia dentro; el gesto atravesado por el miedo.

—No tema, señora —dijo Marco—, no les haré daño. —Elevó las manos para mostrar que estaba desarmado—. Solo necesito algo de comida.

—¡Váyase! —ordenó la mujer—. Mi marido volverá enseguida y no le gustará verlo por aquí.

Marco dio un paso más, sabía que en esa morada no había hombre desde hacía rato, la decrepitud de la casa lo decía a gritos.

—Deme algo para comer —pidió—, y me iré.

La mujer volvió a mirarlo, con duda esta vez. ¿Qué hacía un falangista vagando por los caminos y muerto de hambre?

—Espere aquí. —Había amenaza en su voz.

Regresó a los pocos minutos, llevaba una escopeta en una mano y un trozo de pan que dejó en el suelo a prudente distancia; después retrocedió. Marco dio unos pasos y lo tomó.

—Gracias, señora. —Sin importarle los modales empezó a comer bajo la mirada atenta de la dueña de la casa. Cuando finalizó elevó la mirada. Descubrió en su interlocutora pena e intriga.

—¿Quién es usted? —quiso saber la dama.

—Me llamo Marco Noriega, disculpe mi mala educación.

—¿Qué pasó con su ejército?

—Yo... —Marco se miró y después elevó los ojos—. He escapado de un campo de concentración. No soy falangista.

—Ya me parecía... Igual tiene que irse, andan por todos lados cazando «rojos» —respondió la mujer—. No quiero tener problemas.

—Entiendo. Solo le pido una cosa más... —Ella lo interrogó con la mirada—. Necesito ropa, seguramente su esposo tendrá algo para prestarme. Y algo de comida para el viaje... Tengo que llegar a Gijón, necesito saber sobre mi familia.

La señora le indicó que esperase y se introdujo en la casa. Regresó al rato con un atado de telas y otro envoltorio más pequeño.

—Aquí tiene, no es mucho lo que puedo darle... Nosotras también tenemos hambre.

—Gracias, señora, rezaré por ustedes —dijo, aunque hacía rato que había dejado de creer en Dios.

Marco volvió sobre sus pasos y retomó el camino que lo llevaría a Gijón. Una vez lejos de esa granja se cambió la ropa, prefería que si se cruzaba con alguien lo creyeran un campesino sin distinción de ideología.

Caminó durante horas hasta que el cansancio lo venció y terminó recostándose contra un árbol con intención de descansar apenas un rato. El sueño fue más poderoso y cayó en la inconsciencia.

No escuchó los ruidos ni las voces que se acercaban. Despertó cuando el caño frío se posó sobre su sien. Al abrir los ojos se encontró con una patrulla de falangistas. A punta de escopeta lo obligaron a ponerse de pie y lo interrogaron. Primero por las buenas, pero como Marco no soltaba prenda, empezaron los golpes.

Cuando volvió a despertar estaba encerrado en un cuarto pequeño y oscuro. El olor a sangre se mezclaba con el de las heces y demás desechos humanos. Quiso moverse y le dolía todo el cuerpo. Intentó hablar, necesitaba saber si había alguien más, pero la boca no le respondió. Otra vez el sueño lo cobijó.

Padeció las secuelas de la golpiza recibida durante tres días en los cuales todo había transcurrido como en sueños. De vez en cuando alguien le daba de beber y limpiaba sus desperdicios, nunca supo de quién se trataba. Cuando finalmente recuperó la conciencia, estaba solo en la celda.

La puerta se abrió y lo obligaron a salir. Le costó ponerse en pie y avanzar; la amenaza de nuevos golpes lo instó a caminar.

Le informaron que estaba en la cárcel de Tui, antes de ser interrogado por la Guardia Civil. Marco advirtió que ya conocían su identidad, sabían que se había fugado de Miranda de Ebro; el perverso juego parecía gustarles. Ante sus negativas, dado que no tenía la información que sus interrogadores buscaban, volvían los castigos. Así estuvo más de una semana durante la cual perdió la noción del tiempo y la movilidad de dos dedos; pudo haber sido peor. Después, fue subido a un camión y trasladado al campo de concentración de Camposancos, como paso previo a su destino final: el consejo de guerra de Gijón.

Los consejos de guerra formaban parte del proceso represivo. Estaban conformados por jueces y fiscales ordinarios que habían traicionado la Constitución republicana. Sin embargo, dichos funcionarios actuaban bajo las órdenes de los jefes y oficiales sublevados. Las detenciones venían de la mano de los cuerpos policiales franquistas y de agentes de la Falange.

Los procesos ante dichos consejos de guerra vulneraban todas las garantías y derechos fundamentales, y hacia allí iba Marco Noriega.

# 74

Si bien Gaia y Germinal habían aceptado irse a la Argentina, aún faltaba ultimar detalles, y lo peor, convencer a Marcia, que no quería dejar España sin saber qué había sido de su esposo. En el fondo, el verdadero lazo que la unía a su tierra era el amor que sentía por Bruno. Mientras tanto, Gaia y su novio asistían a los mítines políticos y cuanta reunión organizara el partido comunista, siempre moviéndose con la más absoluta discreción y casi clandestinidad. Una nube de terror se suspendía en el aire.

Aitor Exilart intentaba por todos los medios retener su empresa, que había pasado de compartir el control con los sindicatos a la requisa llevada a cabo por el reciente nombrado presidente Juan Negrín, del PSOE, considerado fiel servidor a la causa republicana, aunque también se lo tenía como un comunista a sueldo de Moscú.

La ley dictada por el gobierno autorizaba a requisar todo tipo de material necesario para la guerra. Para ello había que realizar un inventario sobre el contenido de las fábricas sometidas a la expropiación.

Aitor temía estar en la mira.

Desde principios de octubre venían pasando a manos de la Subsecretaría de Armamento empresas siderometalúrgicas y metalmecánicas de Cataluña, y Aitor sabía que en cualquier momento le llegaría el turno.

—La línea del frente norte está cediendo —dijo a su mujer una tarde—. La aviación alemana continúa bombardeando sin tregua las posiciones republicanas.

—Ni siquiera el mal tiempo los detiene… —acotó Purita.

—No. —Aitor meneó la cabeza y el gesto de su rostro fue de cansancio. Purita se puso de pie y se sentó a su lado en el sillón. Apoyó la cabeza en su hombro y se tomaron de la mano.

—¿Qué haremos? Tengo miedo, Aitor.

—Es la primera vez en la vida que no tengo una respuesta, mi amor.

Los frentes venían desangrándose. Las fortificaciones de la Maginot del cantábrico, que esperaban ataques desde abajo, fueron sorprendidas por el avance de medio millar de hombres desde las cimas de las montañas. Era la misma táctica que habían usado los romanos contra los astures.

Además, la resistencia republicana estaba mal equipada, con reclutas jóvenes y sin preparación. La derrota era inminente.

—Hemos quedado aislados —continuó Aitor—. Las tropas franquistas avanzan desde Galicia, sin olvidar el cerco de Oviedo. —Purita pensó en su amiga, ¿qué sería de Ángeles?—. La caída del País Vasco y de Santander fue un golpe casi definitivo para nosotros. Ya están aquí, mujer. Han atacado Cangas de Onís con más de cuatrocientas bombas… Es el Guernica asturiano —lamentó Exilart.

Por mucho que se había intentado ampliar las fortificaciones con la construcción de búnkeres, casamatas y líneas de trincheras, el frente norte tambaleaba.

—¿Y la ayuda soviética?

—Está concentrada en Madrid, según he leído —respondió Aitor—. Y, como te he dicho, estamos encerrados, atacados por aire y cercados por este y oeste. El puerto está cada vez más debilitado.

—¡Escapemos, Aitor! Vamos a Argentina —insistió Purita—. Aún hay tiempo.

—No dejaré mi patria, Purita, que también es la tuya. ¿O acaso no la sientes? —La esposa leyó el reclamo en los ojos de acero.

—¡Claro que sí! Pero siento más nuestras vidas, mi amor, y la de nuestras hijas.

La puerta se abrió e ingresó Marcia, que llegaba de la fábrica de sombreros. Su rostro era la desazón en persona.

—¿Qué ocurre? —preguntó su madre yendo a su lado.

—Estoy harta de tanta violencia. —Se abrazó a Purita—. Han matado a un hombre delante de mis ojos… Alguien que se pronunció en favor de Franco, y le han disparado, así, sin más. —Se largó a llorar.

—Cálmate, hija —consoló—. No querrás que la niña te vea así.

Marcia elevó los ojos, enrojecidos y tristes.

—¿Dónde está?

—Se durmió, luego de jugar un buen rato con su abuelo. —Dirigió una mirada de cariño hacia Aitor.

—¡Gracias por ocuparse de ella!

Marcia se quitó el abrigo y de uno de sus bolsillos sacó un envoltorio.

—Me han regalado chocolate —dijo—. Un compañero de la fábrica —elevó los hombros en gesto de incomprensión—, parece que no recuerda que estoy casada y que soy madre. No pude rechazarlo, con lo que hace que no comemos chocolate.

Purita sonrió.

—Ven, vamos a ver a María de la Paz.

Salieron en dirección a la habitación y, en el pasillo, una vez solas, Marcia detuvo a su madre.

—¿Qué ocurre?

—Quiero ir a ver a Bruno —disparó sin más.

—¿Le ocurrió algo?

—No lo sé, desde que volvió de la guerra está muy extraño... Me preocupa.

—¿Por qué mejor no esperas hasta mañana? En un rato oscurecerá —aconsejó la madre—. Sabes que es peligroso, hija, tú misma acabas de presenciar algo...

—Lo sé. Necesito ir, por favor. —En sus ojos la madre leyó un secreto y no se atrevió a avanzar—. Cuide de la niña un rato más, volveré antes de la cena.

—Está bien. No sé qué te traes entre manos, hija, ten cuidado.

—Llevaré el coche.

Al otro lado de la ciudad, casi en las afueras, Bruno rumiaba su enojo. No tenía noticias de su hermano, nadie sabía nada de él, y eso lo perturbaba. Por primera vez en su vida no sabía qué rumbo tomar. Estaba allí, solo, viendo cómo su ciudad era destruida entre tanto bombardeo; cómo hermanos, vecinos, amigos se enfrentaban unos con otros a punta de sangre por ideas políticas. También estaba Marcia. La mujer que amaba, la esposa de su hermano.

Sabía que la caída de la ciudad era inminente. Franco, conociendo que lo que quedaba de la República había concentrado su escasa aviación en Gijón, se había ensañado con la región. Y por eso atacaba constantemente la zona por medio de bombardeos.

Los Junkers de Hitler y los Savoia italianos se habían adueñado de los cielos asturianos y dejaban caer sus bombas sobre las distintas poblaciones que aún resistían.

La casa vacía y el frío del invierno que se acercaba volvían el panorama aún más desolador. Ya se habían acabado los alimentos que Marcia le había llevado la vez anterior y carecía de recursos para procurárselos. Había recorrido los muelles ofreciéndose para cualquier trabajo; ni siquiera su antiguo empleador tenía algo para él. La pobreza lo ahogaba casi tanto como la soledad. ¿Qué hacer? Calentó agua en una olla para meter en ella lo poco que podía arrancarle a la tierra y acalló el ruido de sus tripas con un trozo de pan viejo, sobre cuya corteza se insinuaba ya el verde del moho.

El ruido de un motor lo llevó a la ventana y reconoció el automóvil de Exilart. No estaba preparado para recibir a Marcia, y menos aún para mostrarle su indigencia. Ella ya estaba golpeando su puerta. Como él no abría la muchacha empujó y entró.

—Hola —dijo con timidez al verlo como un guerrero enojado en medio de la estancia, observándola con frialdad por ese único ojo. El otro lo llevaba cubierto, parecía un pirata—. Perdona la hora… —No sabía qué decir—. Traje algo, lo manda mi madre. —No quería ofenderlo. Avanzó hasta la mesa y depositó el paquete. De él sacó un pedazo de queso, unas latas de sardinas y un envoltorio de garbanzos—. Puedo cocinar si quieres, veo que ya tienes la olla puesta.

Bruno permanecía callado, observándola sin decidirse a echarla o tomarla en sus brazos para acallar su angustia. Como él no hacía nada Marcia fue hasta la cocina y se puso a trajinar, nerviosa, sintiendo la fuerza de su mirada quemando su espalda. La incomodaba que Bruno ni siquiera la hubiera saludado, no había dicho ni una palabra, se limitaba a mirarla. De pronto el temor se abrió camino: ¿y si había perdido el juicio? Muchos soldados quedaban con secuelas luego de la guerra. Ante ese pensamiento giró con fuerza y se topó con su pecho, no lo había escuchado acercarse.

—Bruno... —alcanzó a decir, pero él la silenció con su boca.

La tomó por la cintura y la apretó contra sí. Marcia pudo sentir el deseo que los envolvía a ambos; ascendía desde el centro de sus cuerpos y explotaba en miles de estrellas. Bruno la alzó en brazos y la llevó hasta la cama, la misma donde se habían amado por única vez. Sin palabras, continuó besándola mientras la iba despojando de su ropa y se desnudaba a su vez. Marcia lo acariciaba y besaba por todos lados. Quería mimarlo y sanarle todos los dolores. Se hicieron el amor, primero con urgencia, después con devoción. Cada gesto, cada beso, cada palabra susurrada encerraba una ternura inusitada que ninguno le había obsequiado jamás a nadie. Al finalizar, se abrazaron y se cubrieron con una manta. Silenciosamente, Marcia empezó a llorar y sus lágrimas mojaron el pecho que la abrigaba.

—¿Por qué lloras?

—No lo sé... de felicidad quizá, de pena también. —Marcia elevó los ojos y lo miró—. Te amo, Bruno. Te amo, y pase lo que pase quiero que nunca olvides este momento.

—Calla. —Su cuerpo se tensó y ella lo notó.

—Bruno, por favor... No me rechaces, no podemos tapar esto que nos pasa. Sé que también me amas.

—Claro que te amo —reconoció—. Nunca debiste elegir a mi hermano.

Marcia bajó los ojos y se apretó contra él, la magia se había esfumado.

—Tienes razón. ¿Podrás perdonarme algún día?

—Ya te perdoné, eras una cría. —En su voz había resignación—. Pero él sigue siendo mi hermano y tú su mujer.

—Eso no es cierto; soy su esposa, no su mujer. —Se incorporó y le volvió el rostro hacia ella—. Yo soy tu mujer. Y eso no lo cambia un papel. Cuando Marco regrese, nos divorciaremos...

—Calla —repitió—. ¿Ni siquiera te preocupa lo que pueda haberle pasado? ¡No sabemos si está vivo!

Marcia rompió en llanto de nuevo y se desplomó sobre su cuerpo.

—¡No puedes culparme también por eso, Bruno! Yo no lo obligué a ir a la guerra, él se fue por su propia decisión.

—Lo sé.

—Recuerda que fue él quien me dejó aun estando embarazada... Y sé que lo hizo para no verme, porque él tampoco me ama.

—Será mejor que te vayas.

—No quiero irme, Bruno, déjame quedarme contigo esta noche.

—¿Qué dices? No puedes quedarte, ¡tienes una hija! ¿O acaso también te has olvidado de ella? —Bruno salió de la cama y empezó a vestirse. Marcia lo imitó.

—Claro que no, mas no quiero dejarte solo. Déjame venir aquí, con la niña. Viviremos los tres juntos.

Bruno giró como si hubiese estallado una bomba en medio de la habitación.

—¡Estás loca! Decididamente, estás loca. ¿Qué les dirías a tus padres? ¿Y a Marco?

—Que he vuelto a la casa de mi esposo... Es aquí donde debo estar.

—Vete, Marcia, ambos sabemos que eso no es cierto. Vete y no vuelvas.

Sin prestarle atención Marcia caminó hasta la cocina, donde la olla hervía desde hacía rato. Metió en ella lo poco que había y revolvió.

Bruno fue tras ella y al verla meneó la cabeza en señal de desaprobación. ¿Qué hacer?

—Escucha, Marcia, debes irte antes del toque de queda —habló en otro tono, quizá así lograra convencerla.

—Terminaré la comida...

—Yo puedo hacerlo. —Se acercó y le quitó la cuchara de la mano—. Vete, es por tu seguridad.

Al verlo más tranquilo, Marcia sonrió. Le acarició el rostro y lo besó en los labios.

—Me iré y volveré mañana con tu sobrina. —Él asintió.

# 75

*Camposancos, octubre de 1937*

Blanca continuaba viviendo en un ala destinada a los superiores del Colegio Apóstol Santiago de los Padres Jesuitas. Pasaba muchas horas sola, porque todo el tiempo arribaban prisioneros de todos lados, por lo cual su hermano y el coronel Plasencia tenían mucho de qué ocuparse.

La muchacha vivía en una contradicción constante. Sabía que estaba siendo desleal tanto consigo misma como con su gente. ¿Qué diría Fermín, su novio? Aunque hacía rato que había dejado de ser su novio. ¿Y Pedro, su gran amigo? Su padre y su madre habían sido asesinados por los falangistas, y allí estaba ella, disfrutando de su hospitalidad. Se daba asco, aun cuando sabía que era la única manera de salvar la vida.

Tampoco sabía qué había ocurrido con Diego y el resto de sus compañeros, se sentía una traidora. Los días se le hacían interminables y las noticias no llegaban. Le había pedido a su hermano Juan que rastreara a Marco Noriega. Necesitaba saber de él.

—¿Quién es?

—Un amigo... Alguien a quien conocí en el frente.

—¿Solo un amigo? —Blanca le había dado la espalda. Ni siquiera ella sabía lo que significaba Marco en su vida—. Vamos, mujer. Si voy a ayudarte, necesito al menos saber por quién voy a arriesgar el pellejo.

—¿Vas a ayudarme, entonces? —La muchacha le había tomado las manos e implorado con los ojos.

—¿Es importante para ti?

—Sí, lo último que supe es que fue tomado prisionero... Es un buen hombre, él se ocupó de mí allí.

—Está bien —había dicho Juan—, haré lo que esté a mi alcance.

—Gracias.

Desde esa conversación habían pasado algunos días y su hermano no tenía noticias. Ella tampoco se atrevía a preguntar. No quería estropear la situación. Todo el tiempo temía que un revés complicara las cosas, incluso para ella misma.

Por la noche solía cenar sola, a veces Juan se hacía con unos minutos para visitarla. Otras, aparecía Isidro en su cuarto con la excusa de tomar una copa, y se quedaba un rato conversando con ella. Blanca se daba cuenta de la atracción que ejercía sobre el coronel y no quería alentar sus sutiles avances; tampoco podía repelerlo. El miedo regía su vida.

Rara vez se aventuraba fuera del ala que le habían asignado. Era como estar presa. Sin embargo, la curiosidad se impuso una tarde y fue más allá de lo permitido. Justo coincidió con la llegada de nuevos prisioneros. Desde lejos pudo ver cómo los hacían descender del camión a los gritos, cuando no a los golpes. Había hombres de todas las edades, todos estaban uniformados por el hambre y el dolor. Ropas sucias y ajadas, rostros desolados y barbas y pelos crecidos. Era imposible distinguir entre uno y otro.

La angustia le aflojó las lágrimas; sabía que esos hombres serían encerrados y sometidos a interrogatorios y torturas. No entendía el porqué de tanta saña.

Deshizo sus pasos a la carrera y se refugió en su cuarto. Se echó a llorar sobre la cama hasta que cayó en el sueño.

Unos golpes a la puerta la despertaron. Se acomodó la ropa y abrió: era Juan.

—¿Qué te pasa? —dijo el hombre al ver su rostro, donde el llanto había dejado su huella.

—Solo un poco de tristeza. —Se abrazó a su hermano, sorprendiéndolo. Blanca no solía ser demostrativa.

—Vaya, vaya... —La separó y la llevó hasta la cama, sobre la que se sentaron—. Hoy ha llegado un nuevo contingente de prisioneros. —Blanca quiso decirle que los había visto, mas prefirió callar—. Y entre ellos está tu amigo, ese Marco Noriega.

—¿Marco está aquí? ¿Lo viste? ¡Dime que está bien! —La ansiedad de Blanca brotaba por sus poros.

—Está vivo, es lo que cuenta, ¿no?

—¿Qué quieres decir?

—Eso. Su situación no es la mejor, Blanca, escapó de un campo, en Miranda de Ebro.

—¿Está herido? Quiero verlo.

—¡Eso es una locura! ¿Quieres que mi cabeza ruede? No puedes verlo.

—¡Por favor!

—He dicho que no. —Juan se puso de pie y encendió un cigarro—. No me obligues a denunciarte, Blanca.

—¡Por favor, Juan! ¡Te lo ruego! —insistió.

—No puedo; es muy arriesgado, para ti y para mí.

Blanca caminaba por el reducido cuarto. Su cabeza funcionaba a mil.

—Dime que está bien...

—Está... como están todos. —No se animaba a decirle que había sido torturado y que había perdido la habilidad de una

457

de sus manos—. Estará aquí por poco tiempo. Será conducido a Gijón, para ser juzgado por el consejo de guerra.

—Entiendo... —Blanca suspiró—. Dime, Juan, ¿estoy prisionera aquí?

—¿Qué dices? Tú eres libre. Es más: si te vas, me haces un favor. No quiero tener problemas por tu causa. —La miró. No quería ser duro con ella; sin embargo, vio un brillo especial en su mirada.

—Entonces me iré. Iré a Gijón.

—¿Vas a ir detrás de ese tipo?

Blanca asintió.

—¿Es tu amante, Blanca? ¿Y Fermín?

La muchacha bajó la cabeza, avergonzada. Habían pasado tantas cosas en ese tiempo... Sabía que su relación con Fermín había terminado, ninguno de los dos podría sobreponerse a la violación que ella había sufrido y que él había presenciado. Además, la guerra y sus miserias la habían cambiado. Ya no sentía nada por su primer amor, solo la pena de saberlo marcado de por vida. ¿Qué habría sido de él? Ni siquiera sabía si estaba vivo. No había vuelta atrás. En su norte ahora estaba Marco, por quien sus sentimientos eran confusos y a la vez poderosos, tanto como para arriesgar su vida por él.

—No, no es mi amante, es alguien importante para mí. ¿Puedes entender acaso que, excepto tú, no me queda nadie? ¡Esta maldita guerra se ha llevado a mis seres queridos! —Blanca estaba furiosa—. ¡Tuve que escapar de casa sabiendo que habían matado a papá, dejando a mamá sola en manos de esos desalmados!

—¡Cállate! ¿Quieres que nos escuchen? —Se acercó y la abrazó—. Cálmate. Veré qué puedo hacer.

Ella elevó el rostro, suplicante.

—¿Me ayudarás?

Juan la soltó y dio unas vueltas por el reducido cuarto.

—Es difícil lo que me pides… ¡Pueden matarme si descubren que estoy ayudando a un traidor!

—Yo te ayudaré, si es necesario, dime qué debo hacer.

—Déjame pensar. —La miró y ella vio la duda en sus ojos—. Volveré mañana.

## 76

*Gijón, octubre de 1937*

Luego de la caída de Cangas de Onís, las Brigadas Navarras siguieron avanzando en dirección a Gijón. Los batallones republicanos estaban diezmados y poco podían hacer.

Superada la línea divisoria del Cantábrico los franquistas llegaron a Campo de Caso.

El frente republicano se empezó a desmoronar por diversos puntos. Las tropas nacionales avanzaron sin dificultades mientras la aviación seguía bombardeando la ciudad de Gijón, atestada de refugiados. Y uno de ellos, oculto en la casa de Aitor Exilart sin que este lo supiera.

Gaia había recogido a una chiquilla que, si bien había llegado en compañía de su padre, que venía huyendo de los nacionales, había quedado huérfana al morir este de una gran infección a causa de una herida de bala. La pequeña tenía alrededor de diez años y el miedo le había robado el habla. Gaia la había conocido en el hospital, mientras asistía a su padre, y al saberla sola en el mundo no tuvo mejor idea que llevarla a su casa.

La ingresó por la puerta trasera y la ocultó en su habitación, adonde solo ingresaba su hermana y Purita. La niña estaba muerta de hambre, los huesos se le salían por la piel y su rostro era todo ojos.

—Te traeré algo para comer —le dijo antes de salir en busca de algo para darle, pensando que otra boca para alimentar no era lo más conveniente en ese momento.

En el pasillo se cruzó con Marcia, que salía de su cuarto en compañía de María de la Paz. La pequeña iba vestida de domingo, preciosa con sus bucles y sus zapatitos de charol, que la abuela había comprado antes de que se desatara lo peor de la guerra.

—¿Vas a salir? —preguntó con asombro Gaia al verlas tan arregladas; Marcia llevaba un mantón que no le había visto antes.

—Iremos a ver a Bruno, ¿verdad, mi cielo, que tienes ganas de ver a tu tío?

—Ten cuidado —aconsejó Gaia— y no te demores, que enseguida será noche.

Marcia la besó y se fue con la niña.

—Padre, iré a ver a mi cuñado, ¿puedo llevar el coche?

—¿No es tarde para salir, hija? —intervino la madre.

—Llegué hace un rato de la fábrica. Por favor... Bruno necesita que alguien se ocupe de él... en su estado —maximizó las secuelas que la pérdida de su ojo le había ocasionado.

—Está bien, no vuelvas tarde —dio su permiso Aitor. Purita meneó la cabeza en señal de desaprobación—. No olvides llevar el permiso —añadió el hombre.

El Consejo Soberano de Asturias había impuesto una disciplina férrea. Se habían cerrado cafés, bares y tabernas. Y al toque de queda se sumaba la prohibición de tener armas, aparatos de radio, así como el traslado en vehículo por carretera sin el correspondiente permiso.

Cuando la puerta se cerró detrás de la muchacha, la madre comentó:

—No entiendo qué le pasa a esta hija nuestra... Debería estar en casa, cuidando de María de la Paz... y sale corriendo para asistir a su cuñado, quien, por si fuera poco, es demasiado parco, al punto de parecer desagradecido.

—Me cae bien Bruno Noriega —declaró Aitor—, todo lo contrario de su hermano.

Una vez en el automóvil Marcia condujo hacia la casa de la playa como si mil demonios la persiguieran. Ansiaba llegar y ver al hombre que amaba; sabía que tendría que disimular delante de la niña. Estacionó y lo vio asomarse a la puerta antes de que ella descendiera. Tomó a su hija y de la mano se acercaron a él. Bruno se agachó a la altura de su sobrina y le sonrió.

—Eres muy bonita. —Le corrió un bucle del rostro y la niña le tiró los brazos al cuello.

El tío la alzó y la besó, haciéndole cosquillas con su barba. María de la Paz empezó a jugar con él y a Marcia se le llenaron los ojos de lágrimas. ¡Qué distinto hubiera sido todo si lo hubiera elegido a él! Ingresaron a la casa y Marcia dejó la comida que le había llevado.

—No quiero que traigas nada más, Marcia. —Su voz tenía un matiz imperativo—. Puedo arreglarme solo.

—Lo siento, no quise ofenderte, pero…

—Sin peros.

—Está bien.

—Estuve en la ciudad hoy —empezó Bruno—. Marco está en un campo de prisioneros. —Los ojos de Marcia se abrieron como platos y se llevó las manos a la boca.

—¿Está bien?

—Solo me dijeron que está en Camposancos, es lo que pudieron averiguar a través del partido.

—Marco no formaba parte del PCE, ¿o sí?

—No lo sé. Quizá no, aunque lo conocen. Marco nunca pasó inadvertido. —Un velado reproche llevó la noche a sus ojos.

—No sé qué pasa en los campos de prisioneros, Bruno. —Había angustia en su mirar.

—Ni yo —mintió. Él sí sabía. A sus oídos habían llegado conversaciones sobre lo que les ocurría a los detenidos. Muchos morían a causa de las torturas o de enfermedades contraídas por las pésimas condiciones—. Habrá que esperar.

El silencio y los sentimientos negativos se interpusieron entre ellos. Solo la niña parecía feliz de poder jugar con la barba de su tío, mientras intentaba, por todos los medios, quitarle el parche del ojo.

Un estruendo proveniente de la ciudad los impulsó a las ventanas. Las llamas se veían incluso en el mar. Enseguida las sirenas se dejaron oír.

—Tengo que volver —dijo Marcia tomando a su hija en brazos.

—Iré contigo, es peligroso que vayáis solas. —Terminó de decir la frase y otra bomba cayó sobre Gijón.

María de la Paz empezó a llorar. Intuía que algo grave pasaba.

A medida que el coche avanzaba veían que los estragos eran mayúsculos, todo el puerto parecía arder. Luego se enterarían de que los depósitos de CAMPSA, la compañía que monopolizaba el suministro de petróleo, situados junto al puerto de El Musel, habían sido alcanzados por las bombas. El perfil de la ciudad aparecería durante toda la noche recortado por las luces trepidantes del fuego, que ofrecían un espectáculo dantesco. La gente corría de un lado a otro buscando refugio, los ataques eran sostenidos y la sirena sonaba de manera casi constante.

Llegaron a la casa de Exilart, que todavía se mantenía intacta, y los hallaron a todos reunidos en el comedor. Después de los saludos Aitor ordenó ir al sótano. Recogieron lo esencial por si debían mantenerse ocultos durante largas horas y hacia allí se dirigieron, las mujeres primero, los hombres cerrando la marcha. La única que permanecía de pie en el centro del salón era Gaia. No podía dejar a la niña sola.

—Vamos, hija, no te quedes ahí.

—Padre... —Se acercó a él—. Tengo algo que decirle... no va a gustarle.

Aitor elevó la vista al techo. ¿Qué más podría hacer Gaia para disgustarlo? Ya había tirado su reputación a la basura al pasar noches fuera de la casa para dormir con su novio en una pensión. Gaia leyó sus pensamientos y se atajó.

—Esta vez no tiene que ver con Germinal, padre... Le pido que entienda la situación. —Lo tomó del brazo y lo llevó en dirección a las habitaciones. Al llegar a su puerta se detuvo—. Por favor, no haga que se asuste aún más. —Sin más explicaciones abrió. El cuarto estaba en penumbras, Gaia avanzó a tientas hasta llegar al ropero—. No te asustes, soy yo. —Su padre la miró pensando que su hija se había vuelto loca. Del mueble salió una niña esmirriada y de ojos saltones—. Ven —animó Gaia—. Él es mi padre, y ella es Mara.

Aitor se quedó sin palabras, atónito frente al cuadro que su hija le presentaba. Una nueva detonación lo trajo de vuelta.

—Vamos —ordenó.

En el sótano los miraron con extrañeza, aunque no era momento de reclamos. Gaia resumió la explicación y tanto su madre como su hermana aceptaron la situación. Mara enseguida se acercó a María de la Paz, al fin alguien más cercano a su tamaño. Bruno y Aitor, al principio callados, empezaron a conversar. Cuando el peligro pasó, casi a medianoche, pudieron salir del sótano. Las niñas se habían dormido y Bruno ayudó a llevar a Mara a la cama que le improvisaron en el cuarto de Gaia.

—Es hora de irme —anunció luego Bruno.

—No puedes salir, hay toque de queda. —Marcia quería retenerlo a toda costa.

—Sé moverme en las sombras, Marcia.

—¡Por favor! —pidió ya en el umbral—. ¡Quédate!

Bruno se fue sin siquiera despedirse.

Esa misma noche del 18 de octubre llegó a Gijón el vapor Reina, que transportaba un cargamento de armas solicitado el mes anterior, ansiosamente esperado. El envío llegaba tarde, dado el estado de situación.

Bruno, que pasaba por allí, al ver el movimiento y la agitación entre los soldados se ofreció a ayudar. Al principio lo miraron con resquemor y estuvo a punto de ser detenido por violar el toque de queda. Mas cuando Noriega se identificó y explicó que había luchado en el frente para el bando republicano, a falta de brazos lo dejaron colaborar. Pese al incendio en el puerto, la descarga se logró en esa velada.

## 77

*Camposancos, noviembre de 1937*

Blanca estaba cada vez más nerviosa, los días pasaban y no había novedades. Apenas veía a su hermano y suponía que su ausencia era para evitar que ella lo atosigara respecto de Marco Noriega.

Isidro la visitaba todas las noches y ella se había acostumbrado a esperarlo. Él siempre aparecía con una botella de vino, era un hombre de conversación interesante. Pese a la amistad que compartían Blanca no se animaba a sincerarse con él y hablarle del prisionero. Además, de saberla interesada en otro, seguramente se ofendería, y no sabía qué tipo de reacción podría desencadenar. De modo que debía seguir esperando.

Hasta que una tarde Juan se acercó a ella mientras estaba leyendo en uno de los salones, cerca de un hogar, dado que el frío era cada vez más intenso. Su hermano se sentó a su lado y estiró las piernas.

—Solo se me ocurre una cosa, Blanca —dijo sin introducción. Ella era toda ojos y oídos—: Cambiar su expediente —susurró.

—¿Y cómo harías eso?

—Tendrás que hacerlo tú.

—¿Yo? Yo no tengo acceso a esos sectores.

—Yo tampoco, Blanca. Los archivos están en el dormitorio del coronel Plasencia. —Su mirada fue más que insinuante.

—¿Qué estás…? —Blanca se puso de pie y caminó, nerviosa—. No, no puedo hacer eso… —Volvió a su lado y se sentó—. ¿Estás diciendo que debo… ir a su cuarto y… —No pudo continuar.

—No se me ocurre otra cosa, Blanca. Él es quien maneja todos esos expedientes. Yo solo puedo darte un nombre. Ayer murió uno de los detenidos, un muchacho de Gijón…

—¿Murió? ¿Cómo? —Blanca suponía que lo habían torturado.

—No, no es lo que piensas… Estaba enfermo, de los pulmones… El chico no tenía filiación política, su expediente es de los más limpios. Seguramente el consejo de guerra lo hubiera dejado en libertad, o a lo sumo lo mandarían a trabajos forzados un tiempo.

—Entiendo…

—Solo tienes que cambiar su foto. Luego yo personalmente me ocuparé de que sea trasladado cuanto antes.

Blanca bajó la cabeza. Era un manojo de nervios y dudas. Sabía que para poder hacer eso tenía que neutralizar al coronel de alguna manera, y solo había una.

—Juan, yo… No sé si podré hacerlo.

—Blanca, llevo días pensando en cómo ayudarte. Tu amigo no tiene demasiadas posibilidades, su expediente es negativo. Solo se me ocurre proporcionarle una nueva identidad, para que su condena sea de las más leves.

—Está bien.

Juan le dio las indicaciones necesarias para que, una vez en la habitación del coronel, hallara los expedientes.

—Plasencia es un hombre ordenado, hallarás todo lo que te haga falta en su escritorio. Solo asegúrate de que beba lo suficiente para que por la mañana no recuerde nada.

Blanca pasó el resto del día preocupada. Había tomado la decisión de hacerlo y los nervios no la dejaban en paz. Tenía poco tiempo; Juan le había dicho que Marco sería trasladado de forma inminente, debía apresurarse.

Esa noche puso especial cuidado en su aspecto, aunque no tenía con qué arreglarse. Lejos en el tiempo habían quedado los días en que se sentía mujer. Carecía de ropa interior adecuada, ni siquiera tenía agua de colonia. Debía conformarse con el jabón blanco que le habían dado y ropas que no eran de su talla. Su cabello había crecido y lo llevaba a la altura de los hombros. Se miró en el pequeño espejo y no se reconoció. El gesto era sombrío y los ojos no tenían brillo alguno.

—Vamos, Blanca —se dio ánimos—. Debes hacerlo.

Con resolución salió del cuarto y se aventuró al ala donde dormían los oficiales. Solo una vez había seguido a Isidro por ese largo pasillo, porque él mismo la había invitado a recorrer el lugar. Por eso, sabía cuál era su puerta. Una vez frente a ella suspiró y llamó. Al cabo de unos instantes Isidro apareció en el umbral. Su gesto fue de confusión, también de gusto.

—Pase, Blanca, qué grata sorpresa.

—¿Puedo? No quisiera incomodarlo, pensé que sería interesante cambiar de ambiente. —Avanzó y sintió la puerta cerrarse detrás de ella—. Además, en mi cuarto hace mucho frío —añadió insinuante.

El coronel tomó el guante y sonrió. Sus ojos la devoraron y ella fingió timidez ante la muda propuesta.

—Póngase cómoda —dijo—. Iré a buscar la botella y las copas. Me toma usted por asalto.

—De vez en cuando hay que sorprender, ¿no lo cree? —respondió con voz melosa.

Plasencia dominó su excitación y antes de salir de la habitación le acarició el rostro, cosa que nunca había hecho.

Al quedar sola, Blanca calculó que tendría unos minutos para cumplir con su cometido. Fue hasta el mueble que Juan le había descrito y buscó los expedientes. El de Marco lo halló enseguida, el otro le dio un poco más de trabajo. Los colocó a ambos sobre el escritorio y despegó las fotos. El corazón le latía desbocado y sentía el sudor escurriéndose entre sus pechos pese al frío de esa noche otoñal. Encontró el pegamento entre las cosas de Isidro y pegó las imágenes. Ahora Marco se llamaba Jerónimo Basante.

Con premura guardó todo en su sitio y alcanzó a sentarse sobre la cama justo cuando Isidro ingresaba a la habitación. Había sido más fácil de lo que había pensado, ni siquiera se había tenido que sacar la ropa. Sonrió. Ahora solo faltaba deshacerse del coronel.

Plasencia sirvió dos copas y le ofreció una.

—Por las sorpresas —dijo al momento del brindis. Chocaron cristales y bebieron.

Blanca empezó a hablar. Si bien no era una gran conversadora, ya había aprendido cuáles eran los temas de preferencia de su interlocutor. A Isidro solo hacía falta tirarle algunas líneas para que empezara a parlotear sin parar. Esa noche fue diferente, el hombre tenía otra cosa en mente y fue a por ella.

Terminada la primera copa, las tomó y las dejó sobre la mesa de luz. Se acercó a la cama donde ella estaba y se sentó a su lado. Sin preámbulos la besó. Blanca se sintió extraña y con culpa: le gustaba ese beso. El perfume de Isidro la envolvió y se dejó llevar cuando él la recostó y empezó a acariciarla. Hacía tanto tiempo que nadie la mimaba... Cerró los ojos y sintió las manos recorriéndole la cintura y ascendiendo a sus pechos. Cuando él la cubrió con su cuerpo, fue como si un incendio la habitara. La boca de Isidro buscaba sus pezones luego de desprenderle el saco y la blusa. Aun con ropa él empezó a moverse, restregándose contra ella, arrastrándola en un camino sin retorno. Él advirtió que ella estaba al borde de su resistencia y se detuvo, dejándola ardiente. Se incorporó y se abrió los pantalones; ella lo miraba, atónita por lo que estaba permitiendo que pasara. Isidro le separó las piernas y le subió la falda. Cuando halló su centro con los dedos, sonrió al palpar su humedad. Se introdujo en ella y la hizo explotar de placer. Después, se dedicó a su propia satisfacción.

Al finalizar, Isidro la abrazó. Blanca se acurrucó contra él y cerró los ojos. «¿Qué he hecho?», se reprochó. Sin embargo, no era capaz de sentir rechazo: lo había disfrutado. Isidro era un hombre atento y había sabido esperarla.

El frío se hizo sentir al bajar la temperatura de sus cuerpos.

—Entremos a la cama —dijo Plasencia.

—Será mejor que vuelva a mi dormitorio.

—Quédate y pasa la noche conmigo —pidió—. Deseo que esta maldita guerra acabe cuanto antes, así podemos tener una vida normal. Te quiero en ella, Blanca.

Ella bajó la mirada, avergonzada. No estaba preparada para esa velada confesión, estaba segura de que ella la había provocado con su actitud.

—Isidro, yo… —No sabía qué decir—. Quizá debería irme.

—Está bien —concedió—. Ve a dormir a tu cuarto frío y solitario —bromeó—. Aunque estoy seguro de que aquí estarás mejor.

—Lo sé… —Se levantó y empezó a vestirse—. Otro día, quizá.

Isidro la observó dejar la habitación sin saber que nunca más volvería a verla.

# 78

*Gijón, octubre de 1937*

Luego de ayudar durante gran parte de la noche a descargar las armas, Bruno volvió a su casa. Se aproximaba el final de la guerra para ellos, lo anticipaba. Todos los frentes iban cediendo. ¿Qué hacer? Al enterarse de que su hermano estaba detenido en un centro de prisioneros, había tenido el impulso de ir en su búsqueda. Luego había recapacitado: hubiera sido un suicidio.

Se recostó sobre la cama. Se sentía cansado; nunca más, desde que había estado en el frente, había dormido una noche de corrido. Las pesadillas eran constantes. Ahora lo desvelaba el futuro de Marco; luego se encargaría de descifrar el significado de esa nota que había encontrado en el bolsillo del pantalón con el que había llegado. No había dudas de que era para él, llevaba su nombre, aunque era incapaz de recordar de dónde había salido.

Pensando en cómo salvar a su hermano se durmió, su sueño fue breve: las detonaciones provenientes del puerto lo sacaron de la cama. La urbe se veía gris con destellos rojizos. Las llamas se mezclaban con la niebla de esa jornada que se presentaba aciaga. En el puerto, el vapor que habían descargado la víspera era hundido por la aviación enemiga.

Volvió al centro. Necesitaba información, algo que lo ayudara en su necesidad de liberar a Marco. La ciudad era un caos, todos corrían hacia el puerto con la esperanza de encontrar plaza en algún barco que los alejara de allí. Habían quedado encerrados entre los enemigos, y la línea del frente republicano era cada vez más endeble. Los mensajes de evacuación se cruzaban con las noticias sobre hundimientos.

Los soldados se aprestaban a abandonar las posiciones y corrían a sus pueblos a quitarse el uniforme y buscar ropas de paisano. El fin era inevitable.

Ante el cerco al que estaban sometidos, sin posibilidad de comunicarse con el gobierno republicano, en agosto Gijón se había declarado soberana, asumiendo el poder el Consejo Interprovincial de Asturias y León, donde quedaban representados los partidos y sindicatos de izquierda.

El Consejo controlaba todos los organismos civiles y territorios con autonomía, siendo Gijón la capital.

En la ciudad Bruno se enteró de la caída de Villaviciosa, al día siguiente caería Infiesto.

—Se van a juntar los dos bandos de ataque —le dijo un soldado que todavía no había abandonado su puesto—. Los nuestros están evacuando, ya no queda nada por hacer.

Primero fue el sonido ya tan acostumbrado de la aviación, luego la explosión. Los hombres dirigieron la vista hacia el puerto, de donde había venido el estruendo. Otra vez las llamas y el humo.

Corrieron hacia allí. El destructor Císcar, que se encontraba atracado en el dique norte de El Musel, había sido alcanzado. Una brecha en su costado de estribor hizo que el buque escorase. Una segunda bomba, que no llegó a estallar, atravesó la sala de máquinas y el agua lo inundó todo, ocasionando su hundimiento.

La oficialidad republicana puso en marcha su plan de evacuación de manera urgente. Había que poner a salvo las mejores unidades, pero muchos de los superiores se negaron a embarcar sin sus hombres.

El 20 de octubre de 1937 se reunieron en la sede del Consejo Soberano todos los consejeros junto con el jefe del Ejército, Adolfo Prada, quien informó:

—La situación es caótica, no cabe más que el repliegue si se quiere salvar parte del ejército. Propongo que las tropas se concentren en los puertos, aquí y en Avilés.

—Hay todavía algunos barcos para evacuar y alrededor de cincuenta mil hombres —informó Tomás Belarmino, presidente de lo que restaba de la Asturias soberana que había quedado sola al caer Bilbao, el País Vasco y Santander—. He mandado que estuvieran preparados con carbón y víveres. Destruiremos todo lo que tenga interés de guerra —agregó.

Todos querían huir. Belarmino intentó poner a cargo al coronel Prada cediéndole todos los poderes, para que fuera él quien se ocupara de organizar la retirada. El militar se negó y se fue en uno de los barcos.

La desbandada fue total. Todos los miembros del Consejo huyeron y la Asturias independiente se disolvió en las aguas del puerto. Pese a la afirmación de Berlamino de que contaban con barcos, la evacuación se vio complicada y apenas diez mil personas lograron salir; algunos en el pesquero Abascal, que estaba cargando gente y no disponía ni de víveres ni de agua. Los altos mandos militares se fueron a bordo del torpedero número 3.

En tierra quedó a cargo el coronel de la fábrica de armas de Trubia, José Franco Mussió, con órdenes de volar todos los parques de artillería y luego embarcarse en el vapor María del Carmen junto a su mujer y su hijo.

Bruno se quedó en la zona, se resistía a permanecer de brazos cruzados; la impotencia ante la situación le daba bríos.

Sin pensar demasiado se puso a disposición del coronel Mussió, quien se había negado a abandonar la ciudad, tomando sus propias decisiones. Sin embargo, Bruno no fue tenido en cuenta y el coronel siguió con su plan de evitar más derramamiento de sangre.

Después de hablar con los jefes y oficiales de la fábrica de armas, se comunicó con las comandancias que aún permanecían y ordenó a los batallones que estaban en Gijón que se trasladasen a Avilés. Hizo caso omiso a las órdenes de Prada de destruir los parques de artillería y dispuso la libertad de los presos, a los que armó para que, junto con los miembros de la «quinta columna» —enemigo infiltrado entre la población— que habían salido a la luz, se hicieran cargo de la situación en Gijón.

Al ver semejante despliegue, Bruno enfiló hacia su casa, temiendo ser detenido de manera inminente por parte de sus propios vecinos, envalentonados por la posesión de un arma. De camino robó una gallina que, por designios de la providencia, se había salvado de morir en la olla de la granja vecina. Tenía hambre y no podía depender de la ayuda de Marcia.

En la mañana del 21 de octubre de 1937 la orden de rendición y desmovilización se envió a todos los frentes, mientras que un capitán y un piloto alemán liberado se dirigían al encuentro con las fuerzas que avanzaban desde Villaviciosa para comunicarles la rendición. La familia Exilart, reunida en el living de su hogar, vio con tristeza y temor la primera columna nacional que desfiló por Gijón a las tres y media de la tarde.

—Hemos perdido —dijo Gaia mientras apretaba la mano de su hermana, sentada a su lado.

—¿Qué sucederá ahora? —quiso saber Marcia.

—No lo sabemos, hija —respondió Aitor, más avejentado y sombrío que nunca—. Os advierto que no debemos llamar la atención. Así que os ordeno que dejéis de lado todas vuestras actividades y permanezcáis en casa.

Ninguna osó contradecir a su padre, aunque por dentro ambas pensaban en cómo harían para reunirse con el hombre amado.

—Tendríais que haberos ido… —lamentó Purita, quien acunaba en sus brazos a su nieta.

—Ahora ya es tarde.

—¿Qué haremos con la niña? —preguntó de pronto Purita. Mara estaba en el rincón ojeando un libro. La pequeña seguía silenciosa y apagada; con la única que mostraba cierto entusiasmo era con María de la Paz.

—Nada, diremos que es una sobrina… Ya inventaremos una historia en caso de ser necesario. —Aitor tenía otras preocupaciones, como el destino de su fábrica.

La toma de Gijón fue rápida. Algunas brigadas fueron ocupando el territorio entre Villaviciosa y Gijón; ya no eran operaciones de guerra, sino acciones de ocupación de todo el suelo asturiano.

De inmediato se repararon las vías y el 23 de octubre salió de León el primer tren con destino a Gijón. Las maniobras de «limpieza y policía» estaban en marcha. Mientras que se restablecían los servicios civiles y bancarios, las cárceles se llenaban de presos.

## 79

*Gijón, noviembre de 1937*

La guerra civil había destruido la región y había enormes bolsas de pobreza. Asturias había recibido oleadas de inmigrantes, que llegaban cargando sus maletas de cartón atadas con cordeles y lo poco que podían cobijar en sus manos gastadas. Aunque se tuviera dinero, no había alimentos, y la familia Exilart empezó a sufrir el hambre.

Las hermanas se turnaban para ir a comprar lo poco que podían. Ese día le tocaba a Marcia enfrentar las largas colas que se hacían para conseguir apenas un pedazo de pan, un poco de azúcar o arroz.

—Fíjate que te den un pan más blanco —pidió Purita. El pan era gris, de mala calidad, y su sabor estaba a tono de su aspecto.

—«Menos Franco y más pan blanco» —declaró Marcia, haciendo alusión a los dichos que se susurraban en las calles—. La imagen de ese hombre está en todos lados, carteles, retratos… ¡Me da asco!

—Pues disimula —ordenó su madre—, ahora solo queda fingir y callar. Sabes que estamos en el punto de mira.

La fábrica de Exilart había sido requisada por haber estado al servicio de los republicanos. Purita aún recordaba ese día. Había acompañado a su esposo a las oficinas porque querían esconder todo tipo de documentación que significara riesgos. Pero no había sido posible, los soldados habían ingresado a punta de escopeta y tras gritar órdenes se hicieron con todo.

—No pueden hacer esto —había dicho Aitor.

—De ahora en adelante, todo pasará a manos del nuevo gobierno —informó el que estaba a cargo—. Se le acusa de traidor.

—Mi empresa es independiente y no tiene color político.

Una carcajada irónica sumó tensión al momento.

—El «rojo» se huele en el aire. —El militar empezó a sacar libros de los cajones y armarios, y Aitor quiso detenerlo. Recibió por ello un golpe de escopeta que lo dobló en dos.

—¡Déjelo! —Purita fue en su auxilio.

—Lléveselo, antes de que me arrepienta y vayan los dos detenidos.

Aitor no pudo explicar que su empresa había sido tomada por los sindicatos, su voz fue silenciada y el trabajo de años le fue robado. La fortaleza que lo sostenía empezó a desmoronarse y las mujeres de la casa veían que el patriarca se iba empequeñeciendo.

De un día para el otro no tenían nada. Ni siquiera el dinero les servía. El gobierno franquista, con sede en Burgos, había creado un sistema de moneda propio. Había estampillado en seco todos los billetes puestos en circulación antes del 18 de julio de 1936, dejando sin valor los emitidos luego.

Esa medida había aumentado la inflación, y los billetes inutilizados en zonas ocupadas viajaban a zonas todavía republicanas, donde sí valían.

Marcia salió a la calle y no sintió el frío a causa de la furia interior que llevaba desde que había caído la ciudad. Caminó por las aceras plagadas de soldados y llegó a la fila de mujeres que esperaban por un trozo de bacalao o un poco de aceite. «Cuando Negrín, billetes de mil, con Franco, ni cerillas en los estancos», era el refrán que solía escucharse mientras esperaban. El aislamiento de España había llevado la hambruna. Había escasez de alimentos y floreció el mercado negro, que ya se había iniciado durante la guerra. Los estraperlistas vendían el aceite por cucharadas y todo a precios que pocos podían pagar.

—Mi hija se hizo amiga de un soldado —dijo una señora en la fila—, al menos ella se alimenta bien. —En otro momento hubiera recibido el reproche de sus congéneres, ante la miseria había mujeres que hasta se prostituían para llevar un trozo de pan a sus hijos.

—Tiene suerte, nosotros ya estamos hartos de comer cáscaras de naranja —respondió la que estaba delante de Marcia.

—Hay que andarse con cuidado —advirtió la primera bajando la voz—. Anoche sacaron una pareja de la cárcel y los fusilaron a ambos en la playa. Dejaron sus cuerpos ahí, a la vera de un pinar, donde han cavado una fosa en la cual acumulan cadáveres.

Marcia no quería oír más, aunque tampoco podía irse de la fila, necesitaban comer. Estaba preocupada por Bruno, temía que fuera delatado por algún fanático por haber luchado en el frente contra los nacionales. Muchos de sus vecinos habían salido a festejar cuando las tropas ingresaron a la ciudad. Sonaban las campanas y había alborotos. Después se había instalado un cuerpo de información de la Guardia Civil, al que acudían los nacionalistas para acusar a los republicanos, a los cuales se encarcelaba o fusilaba.

—Por eso hay que cumplir con todo lo que mandan —continuaba la mujer—, ir a misa todos los domingos y hacerse de la Falange.

—Todo sea por salvar el pellejo —acotó la otra.

Cuando llegó el turno de Marcia ya no había bacalao, menos carne. Recibió apenas unas judías, dos huevos y un pedazo de jabón.

Volvió a su casa con el alma por el suelo, intentando no llamar la atención de los soldados, enfundada en su mantón oscuro. ¡Cómo había cambiado tanto la vida! Todo estaba controlado, y la mujer, sometida.

Necesitaba saber de Bruno, si estaba bien, hacía días que no tenía noticias y empezaba a preocuparse. Pensaba en Marco con pena, si estaba detenido no llevaría mejor suerte. Las noticias que llegaban sobre los presos no eran las mejores.

En el refugio del hogar ayudó a su madre con la comida; después, reunidos alrededor de la mesa, comieron lo poco que había.

—¿Dónde está Germinal? —preguntó Purita—. Hace días que no lo vemos.

—Escondido, madre —respondió Gaia—, está en una casa de las afueras, a la espera de ayuda del partido para escapar a Francia.

—¿Francia? —intervino Aitor—. Creí que iríais a Argentina, con tu tía.

—Será difícil salir por el puerto ahora, padre. Por eso estamos pensando en cruzar los Pirineos…

Su madre la interrumpió:

—¿Estamos? ¡No estarás pensando en cometer esa locura!

—Madre, tranquilícese —pidió Gaia—; ya varios compañeros han llegado a Francia, hay una ruta trazada y…

—¡No puedes hacernos esto, Gaia! —Purita se había convencido de que sus hijas irían a la Argentina y se quedarían bajo la protección de Prudencia y su esposo. Los nuevos planes no le gustaban.

—Madre, usted no entiende, ¡estamos en peligro! —Su voz estaba casi al borde del llanto—. ¡Han fusilado a Anita!

—¿Anita Orejas? —se interesó Marcia.

—La misma, la que vivía al final de la calle Ferrer y Guardia. Trabajaba conmigo en el hospital. Se había afiliado al Partido Socialista.

—¿Por qué la detuvieron? —inquirió Purita, visiblemente conmovida.

—Fue a los pocos días de la entrada de las tropas franquistas en Gijón; se la llevaron al cuartel. Por lo que pude averiguar, la denuncia partió de una mujer que estaba casada con uno de los guardias civiles.

—¿Y tú cómo sabes todo eso?

—Eso no importa, madre. La cuestión es que a Anita la acusaron de haberla visto dentro del cuartel de la Guardia Civil de Los Campos, a los tres días de que los guardias se hubieran rendido, con una pistola al cinto y un pañuelo rojo al cuello. La condenaron sin más, y la fusilaron frente al paredón del cementerio de Ceares. ¡Ni siquiera esperaron el «enterado» del Cuartel del Generalísimo! Por eso debemos irnos, ¿lo entiende, madre?

Purita bajó la cabeza en señal de asentimiento.

—La ruta es segura —continuó Gaia—, hay miembros de la resistencia que conocen los pasos y prestan su auxilio. En cuestión de días nos iremos.

Aitor vio el brillo en los ojos de su hija mayor y se sintió orgulloso de ella. Gaia había cambiado, esa guerra la había convertido en otra mujer, y él no le cortaría las alas. Sabía que lo que vendría de la mano del dictador no sería bueno para ellos; mejor que ellas se pusieran a salvo.

—¿Conoces el camino, Gaia? —quiso saber.

—Solo sé que la ruta comienza en el pueblo de La Vajol y sube por el macizo de las Salines, donde cruza la frontera con el Vallespir, para llegar al pueblo francés de Les Illes.

—Tienes mi aprobación, hija —declaró para sobresalto de su esposa. Aitor quiso tranquilizar a Purita con su mirada—. Estoy seguro de que Germinal cuidará de ti.

—Claro que sí, padre, él y todos los miembros del llamado XIV Cuerpo de Ejército Guerrillero, creado a iniciativa de Negrín.

—¿Guerrilleros? —Aun sin estar convencida, Purita quería saber.

—Son los miembros de la resistencia. —No quería preocuparla contándole que en realidad era un grupo de luchadores antifascistas formado por los *huidos*, como se llamaba a todos los que se habían echado al monte tras la persecución por las tropas franquistas, ya fueran republicanos, comunistas o meros simpatizantes—. Hay toda una red que opera desde la clandestinidad, refugiándose en las casas de familiares primero, en las montañas después. Hay también desertores y evadidos penales y de campos de concentración.

—¡Que Dios te ampare, hija! —exclamó Purita con temblor en la voz.

Después de la cena, Gaia se acercó a quien amaba como a una madre y la abrazó.

—No tema, mamá, estaré bien. ¡Seremos libres!

—¿Y la niña? Mara no puede sufrir otro desarraigo, debe recuperarse.

—Irá con nosotros.

—¿Lo has hablado con Germinal?

—Él está de acuerdo, será la hija que no pudimos tener.

Marcia se les unió. Había acostado a María de la Paz.

—Te extrañaré —dijo apoyando la cabeza en el hombro de su hermana.

—Y yo a vosotros.

Las tres se fueron a dormir maldiciendo las desgracias que la guerra había traído a sus vidas.

## 80

*Gijón, noviembre de 1937*

Blanca había salido de Camposancos a la mañana siguiente de pasar la noche con Isidro Plasencia. Su hermano le había conseguido un salvoconducto firmado por el teniente coronel a cargo, para que no tuviera problemas con los puestos de control.

—Ten cuidado —le había dicho Juan antes de partir—, no deberías ir sola, no es seguro para una mujer.

Blanca sonrió con tristeza, ¿qué más podría pasarle?

—Sé cuidarme.

Juan le había prometido que le comunicaría a Marco su nueva identidad, para que estuviera atento al momento del traslado.

La muchacha viajó sola durante el primer día, después se unió a una familia de nacionales que volvía a Gijón al haberse restablecido el orden.

—Tuvimos que escapar porque nuestros vecinos, los «rojos» —le dijo la mujer—, nos denunciaron. Mataron a mi hijo mayor —añadió con fuego en los ojos—. Ahora verán lo que es bueno. —En su ánimo se notaba el deseo de venganza.

Blanca no supo qué responder, excepto darle las condolencias. No debía dejar ver que ella era del bando contrario, lo único importante era salvar la vida, la suya y la de Marco.

Cuando llegó a Gijón se hospedó en una pensión que regenteaba una viuda que tenía colgado en la entrada un cuadro con la imagen de Franco. Blanca tragó saliva y simuló, como debería hacer de ahí en adelante. Tenía que meterse en la piel de un nacional y aguardar a que Marco fuera trasladado para ser juzgado como Jerónimo Basante.

Se preguntaba qué habría ocurrido con su familia, cómo sería su esposa y si lo estaría esperando. De solo pensar en ello una puntada de celos la molestaba, incluso cuando sus sentimientos eran contradictorios.

Después de ser sometida a un riguroso interrogatorio por su anfitriona, que no se fiaba de ella en lo más mínimo pese a tener un salvoconducto firmado por un teniente coronel, salió a recorrer la ciudad.

Los estragos de los bombardeos la afeaban a cada paso y la miseria se veía en cada rostro. Había largas filas para conseguir alimento, peleas y controles por todos lados. Ella tenía suerte de no pasar hambre, su hermano la había provisto de dinero franquista. Después de todo, Juan se había portado bien con ella, quizá por la culpa de pertenecer al bando que había asesinado a sus padres.

En los días que estuvo esperando la llegada de Marco no pudo encontrar a su esposa. No quería preguntar por ella, debía ser discreta y no levantar sospechas. No tenía mayores datos sobre esa mujer. Dudó en ir a ver a su hermano; tenía una vaga idea de dónde se encontraba la casa, Marco había mencionado la vivienda cerca de la playa, aunque quizá fuera mejor permanecer en las sombras. Finalmente, los prisioneros que serían juzgados por el consejo de guerra arribaron a la ciudad. Blanca los vio descender del camión que los transportaba, desnutridos y golpeados. Le costó reconocer a Marco entre esos despojos que avanzaban con la mirada baja y la espalda curva, visiblemente vencidos. Temía que Marco hubiera perdido el fuego que solía arder en su interior. Sin quererlo, las lágrimas empezaron a mojar sus mejillas y tuvo que limpiarse con disimulo. No podía ser sorprendida así, conmovida por esos «rojos», como todos los llamaban.

Decidió alejarse del lugar y esperar a que llegara el día del juicio. Diariamente la prensa local publicaba el nombre y los apellidos de aquellos que se someterían al consejo de guerra el día siguiente.

La paciencia no era uno de sus dones y Blanca debió aguardar hasta que finalmente se anunció que el Tribunal Militar número 1 juzgaría a Jerónimo Basante.

Los curiosos se amontonaban a diario al frente del Instituto de Jovellanos, en cuyo salón de actos se celebraban las sesiones que no duraban más de una hora, durante las cuales el tribunal juzgaba a unos diez presos, hombres y mujeres. La obra más importante y más querida del célebre Gaspar Melchor de Jovellanos se había convertido en albergue de falangistas y policías de asalto, en cárcel y centro de tortura. Había procesos todos los días, a veces se celebraban tres por la mañana y otros dos por la tarde, llegándose a juzgar hasta cincuenta personas por sesión.

Con un nudo en la garganta, Blanca se unió a la muchedumbre de curiosos. Algunos fanáticos gritaban y pedían la muerte de tal o cual preso. Para su suerte el nombre de Jerónimo Basante no fue mencionado por nadie. Temía que algún viejo enemigo del joven, o incluso algún familiar, fuera a interceder por él, para bien o para mal. De ser así se descubriría la farsa y Marco acabaría condenado a muerte.

En los consejos de guerra no había debates, ni testigos, ni peritos. El secretario leía fundamentalmente los informes policiales y todo lo que se había acumulado, sin intervención del acusado. El abogado defensor se limitaba a pedir la pena mínima.

Una vez celebrado el consejo de guerra, el tribunal se reunía en sesión secreta para deliberar y dictar sentencia, que luego sería sometida al auditor de Guerra para su aprobación. El auditor de Guerra en Asturias tenía su residencia en Gijón, con lo cual se ahorraba tiempo de espera. Una vez aprobada por este, el juez instructor debía notificarla al condenado y ordenar su cumplimiento, excepto en casos de penas de muerte, que quedaban en suspenso hasta que no se recibía el «enterado» o «la conmutación» de la Asesoría Jurídica del Cuartel General del Generalísimo.

La espera se hizo eterna para Blanca, no sabía qué hacer. Anhelaba poder hablar con Marco, abrazarlo y decirle que todo estaría bien, pero carecía de certezas de que sus esperanzas fueran ciertas.

A su alrededor, hombres y mujeres, familiares de los que estaban por ser juzgados, conversaban en susurros. Todavía resonaba uno de los primeros juicios del reciente tribunal, en el cual se había condenado a muerte a una joven de veintitrés años, Anita Orejas.

El traqueteo de los motores por la calle Ramón y Cajal arriba había anunciado una caravana de muerte. Los piquetes de la Guardia Civil y de la Guardia de Asalto se habían presentado al amanecer ante la cárcel de El Coto a reclamar a sus víctimas. Un piquete vigilaba, el otro fusilaba.

—¿Quién era Anita? —preguntó Blanca, presa de la duda ante ese nombre susurrado.

—Una «roja». —Fue la respuesta de un hombre que emanaba soberbia por los poros.

Blanca asintió y calló, aun cuando la indignación crecía en su interior.

Cuando finalmente la sentencia se pronunció, Jerónimo Basante fue condenado a prisión durante tres meses. Al enterarse, Blanca rompió en llanto. Al menos salvaría su vida. No tenía a quien abrazarse en ese momento de alegría y se sintió más sola que nunca. No sabía que Marco sería beneficiado con una reducción por los días que había pasado detenido en Camposancos. Blanca agradeció a quien en vida fuere Jerónimo Basante por su buena conducta. En poco tiempo, Marco Noriega recuperaría la libertad.

# 81

*Gijón, diciembre de 1937*

Los nacionales ocupaban ya mayor territorio peninsular que los republicanos, y contaban además con la fábrica de armas y explosivos de Trubia. Pese a que muchos mineros y milicianos se habían refugiado en las montañas y desde allí hostigaban a los rebeldes, poco podían hacer.

La vida seguía dividida entre quienes apoyaban a Franco y los que seguían luchando, desde las sombras, para ganar esa guerra civil que en Gijón ya había finalizado con la ocupación.

Sin embargo, esa Nochebuena, todas las casas tenían luces y distintivos de festejos, nadie quería ser tildado de «rojo» si no se sumaba a la celebración general. Desde temprano las campanas de las iglesias llamaban a las distintas misas y los hogares que habían recuperado su opulencia por pertenecer al bando ganador se preparaban para el banquete.

En casa de Exilart, donde la pobreza se había presentado sin anunciarse y se había instalado para quedarse, poco había para compartir entre las muchas bocas.

Purita misma se había escabullido la tarde anterior para vender en el estraperlo una esclava de oro que su marido le había regalado para el primer aniversario. Le daba pena desprenderse de ella, aunque más pena era ver a Aitor convertirse en un pellejo de piel donde los huesos tallaban sus facciones; a Marcia, que en su afán por alimentar a la niña seguía dándole el pecho del cual apenas le salía un líquido aguado. Más de una vez le había dicho que era tiempo de recuperar su peso, María de la Paz ya comía sólidos, pero ella insistía en que no había nada como la leche materna. Veía a su hija cada día más delgada; otro tanto ocurría con Gaia. La pulsera de nada le serviría si acababan enfermándose por las debilidades del cuerpo.

Para Purita el mundo de los estraperlistas era un mundo desconocido. El mercado estaba intervenido por el nuevo Estado, los alimentos escaseaban y la gestión del hambre por parte del dictador se convirtió en un arma de represión contra los vencidos.

El contrabando había florecido de forma espectacular gracias a los grandes estraperlistas que, por sus contactos con los funcionarios corruptos de la dictadura, amasaron grandes fortunas. Por el contrario, los pequeños estraperlistas, marcados por el estigma de los vencidos en la guerra, cuyo único propósito era sobrevivir, fueron perseguidos por las autoridades.

Llegaban caminando, en burro o en tren, traían pequeñas cantidades de pan, huevos o patatas a la ciudad con el objeto de poder venderlas clandestinamente, y a diario sufrían las requisas de la Guardia Civil, las multas, las denuncias e, incluso, en algunas ocasiones hasta condenas de cárcel.

Purita avanzó por las calles, siempre mirando el suelo —no debía llamar la atención de los soldados— y buscó el sitio donde le habían dicho que podría comprar.

En este pequeño estraperlo las mujeres tuvieron un papel fundamental. Debajo de su vestimenta cosían departamentos especiales donde ocultar los alimentos y, así, poder traspasar las aduanas establecidas en las estaciones y entradas de las ciudades. Había que sobrevivir, y para ello, se estaba dispuesto a cualquier cosa.

Purita halló el sitio y entró, sin dejar de mirar hacia los costados, por las dudas de que alguien la siguiera, como si fuera a adquirir un arma o algo peor. «Es solo comida», se dijo para tranquilizarse.

No obstante ser inexperta regateó los precios y a cambio de la pulsera consiguió comida para esa noche, y si la sabía administrar, quizá le alcanzase un día más.

Al volver iba con temor, había escondido la mercadería debajo de su ropa, se movía con dificultad porque llevaba todo atado, parecía una mujer gruesa, aunque su rostro indicara lo contrario. Pese al frío de la calle, sudaba.

Cuando finalmente pudo ingresar a su hogar se desplomó contra la puerta y suspiró.

—¿Dónde estabas? —La sobresaltó la voz de su marido.

—Ayúdame a sacarme todo esto —dijo caminando hacia la cocina. Aitor la siguió sin comprender hasta que la vio levantarse la falda y empezar a desatar los paquetes.

—¿Es que acaso estás loca, mujer?

—Aitor, querido, ayúdame —pidió—. Solo quiero que esta noche tengamos una comida decente.

El esposo accedió a su pedido y olvidó la reprimenda. Cuando vio sobre la mesa lo que había conseguido, admiró aún más a su esposa. La abrazó y la besó en la frente.

—Eres una mujer valiente.

—¡Madre! —exclamó Marcia asomándose a la cocina—. ¿De dónde ha salido todo eso?

—Regalo de Navidad. —Sonrió Purita.

—Saldré un momento —anunció Marcia, sin quitar el ojo a María de la Paz, que caminaba con seguridad y husmeaba todo—. Quiero ver cómo está Bruno, hace casi un mes que no sé nada de él. —Después de la ocupación solo lo había visto una vez, y había sido en el puesto de guardia, preguntando por Marco.

—Ve con cuidado —le advirtió Purita—, e invítalo esta noche, debe de sentirse muy solo. ¿No has tenido noticias de Marco?

—No, lo último que supimos fue que está en Camposancos.

Marcia partió, envuelta en un abrigo de paño y un chal que le cubría la mitad del rostro, el viento helado en las cercanías del mar lastimaba la piel. El automóvil ya no podía usarse, no tenía combustible. Esta vez no llevaba nada de comida, no quería que Bruno se sintiera incómodo, además, deseaba compartir la Nochebuena con él.

Pudo sortear los controles con facilidad y llegó hasta la casa de las afueras. Desde la distancia pudo ver que el galpón aledaño a la casa estaba abierto y las viejas herramientas de carpintería se hallaban sobre los tablones de madera.

Recorrió los últimos metros casi a la carrera y divisó a Bruno que llegaba desde los fondos, cargando leña. Estaba más delgado, como todos en esos tiempos, mas su apostura no la disminuía ni siquiera el parche que llevaba en el ojo. Marcia sonrió y corrió hacia él. Sin darle tiempo se abrazó a su cuerpo, haciendo que se le cayeran los troncos de las manos.

—Bésame, por favor —pidió elevando el rostro. El hombre dudó, sin embargo, satisfizo su pedido con hambre demorada.

La pasión duró poco y la apartó de sí.

—Marcia, ya te he dicho…

—Y yo te he dicho que te amo, Bruno —insistió—. ¿Hasta cuándo vas a negar lo que nos pasa?

—No lo niego. —Recogió los leños y enfiló hacia la casa—. Solo que no puede ser.

Ella lo siguió, no deseaba ponerlo de mal humor, tampoco lo quería resignado, como lo veía en ese momento.

—¿Reabriste la carpintería?

—Sí, de todos modos, casi nadie encarga nada. Los republicanos no tienen dinero, los nacionales me rechazan por haber luchado en el bando contrario —explicó con desazón.

—Al menos no te han denunciado. —Bruno esbozó una sonrisa irónica.

—¿Cómo está la niña?

—Pregunta por su tío —mintió Marcia, dado que la pequeña no hablaba. Él captó la indirecta y la miró, con una sonrisa plena por primera vez en mucho tiempo.

—Nunca te rindes, ¿no?

—Nunca. —Se aproximó a él hasta quedar a escasos centímetros. Olió su sudor mezclado con madera, cerró los ojos—. Te necesito. —Apoyó la frente en su pecho y aguardó.

Bruno no pudo resistir el deseo que se mezclaba con sus ansias de cariño. Alejó de su mente el recuerdo de su hermano, lo único que se interponía entre ambos, y la abrazó.

El beso los llevó hasta la cama, donde se unieron con premura primero, con dedicación después. Eran uno en cuerpo y en alma, estaban hechos para amarse y ambos lo sentían en la piel.

Después llegaron la culpa y los planteos.

—¿Qué haremos con esto? —Fue Bruno quien sacó el tema, cuando siempre era quien lo negaba.

—¿Tú crees que podemos hacer algo? Es como querer detener el mar, Bruno. —Marcia se puso de costado y le acarició el rostro áspero por la barba incipiente. Su único ojo la miraba con cariño y la muchacha creyó que su corazón escaparía de su pecho.

—¿Y cuando Marco regrese? ¿Qué le diremos?

—La verdad. Marco no me quiere, Bruno, nunca me quiso y ambos lo sabemos, quizá sea una liberación para él.

—Es mi hermano, y yo lo traicioné. —Salió de la cama y ella admiró su cuerpo desnudo.

—Ven, quédate un ratito más. —Él se volvió y ante la súplica en los ojos grises se metió de nuevo bajo las mantas—. Hazme el amor otra vez, antes de ir a celebrar la Nochebuena en familia.

# 82

*Gijón, enero de 1938*

Luego de su sentencia, Marco, convertido en Jerónimo, fue trasladado a la cárcel de El Coto, junto con el resto de los condenados que habían defendido el gobierno legítimo. Allí fue hacinado nuevamente en un cuarto de escasas dimensiones. La cárcel estaba diseñada para albergar a alrededor de ciento sesenta presos, sin embargo, por sus locaciones pasaron, durante los primeros años del franquismo, casi once mil opositores.

Para dormir se tenían que distribuir las baldosas del suelo, una fila era lo que podía ocupar cada recluso, y si quería darse vuelta, todos debían hacerlo. La falta de higiene, de intimidad y comida era factor común con los campos de concentración donde había estado. Por momentos Marco quería morir, aun sabiendo que sería liberado, sus fuerzas se agotaban. Primero la guerra y luego su degradación en todo sentido. Ya no tenía ganas de seguir luchando; nada de lo que había afuera despertaba su fuego interior. Sus padres muertos, solo quedaba su hermano, ¿qué habría sido de él? ¿Habría corrido mejor suerte? ¿Y Marcia y su hija?

Ya no era sometido a torturas ni interrogatorios, aunque debía presenciar los de sus compañeros de celda. Era como un círculo que empezaba al momento de la detención y no tenía fin. Pasaban de los centros de información y vigilancia a las cárceles, cuando no a locales de Falange y campos de concentración.

Muchos condenados a muerte soñaban con el indulto, sus familias removían cielo y tierra para conseguirlo, vendían lo poco que les quedaba para viajar a donde estaba el detenido, porque otra estrategia de tortura era alejar a los presos de su cuidad de origen, y cuando llegaban eran anoticiados de que su pariente había sido fusilado la noche anterior. Era un sistema por demás perverso.

En ese sentido Marco tenía suerte, vaya a saber por qué guiño del destino Jerónimo Basante había sido destinado a su misma ciudad. Cuando finalmente vinieron a buscarlo para liberarlo, sus sentimientos fueron contradictorios. ¿Qué lo esperaría afuera?

Caminó hacia la salida y sintió el viento frío en el rostro. No tenía abrigo suficiente y la mañana estaba helada. La luz hirió sus ojos, acostumbrados a la penumbra de su celda; hacía días que no les permitían salir al patio.

Avanzó los primeros pasos de su libertad y se sintió perdido. ¿A dónde ir? Una figura se le acercó, sobresaltándolo.

—Soy yo, Blanca.

Marco la miró y casi no la reconoció. Estaba tan distinta… Había ganado peso y el pelo largo le había modificado las facciones. También su ropa era diferente, debajo del abrigo se veía una falda.

—¿Blanca?

La muchacha dio otro paso, él también estaba cambiado, parecía un anciano. El rostro arrugado, el cabello largo y lleno de canas, barba y bigote… Solo el color de sus ojos era el mismo.

Pese al hedor que él emanaba, ella no pudo reprimir el abrazo. Al principio Marco tensó su cuerpo, hacía tiempo que nadie lo abrazaba, solo había recibido castigos. Después, elevó su mano útil y la estrechó.

Lloraron. Unidos, lloraron, hasta que una fina llovizna los obligó a separarse.

—Vamos —dijo Blanca tomándolo del brazo. Quiso apurar el paso, pero vio que él no tenía la agilidad ni la fuerza de antes. Su alma se comprimió. ¿Volvería a ser el mismo?

Sin preguntar, Marco se dejó guiar. Guareciéndose en los portales llegaron hasta la nueva pensión donde se alojaba Blanca. Había abandonado la primera porque su dueña no le hubiera permitido ingresar a ella con un exconvicto. Su nueva casera, en cambio, si bien era republicana, se había mantenido al margen de cualquier actitud que llamara la atención de la Guardia Civil. Blanca le había dicho que un pariente sería liberado luego de haber cumplido una condena y que necesitaba alojamiento, y la mujer había aceptado.

—Siempre que no me cause problemas… —había dicho.

Una vez en la habitación Blanca le dio de comer. Marco no pudo ingerir demasiado, su estómago estaba acostumbrado a escasas raciones y sería un largo proceso el volver a comer como antes.

Después Blanca se dedicó a su aseo, le llenó una tina con agua y con un pequeño trozo de jabón que había conseguido lo dejó sumergido en ella. Más tarde, cuando Marco estuvo vestido, lo afeitó y recortó su pelo, en su afán de verlo como cuando lo había conocido. Pese a sus esmeros, Marco nunca sería el de antes.

—Gracias, Blanca. Dime cómo lo has hecho.

—Deberías descansar, ya habrá tiempo para hablar.

—No, quiero saber cómo lo hiciste. ¿Quién es Jerónimo Basante?

Blanca le contó la historia, omitiendo que se había acostado con el coronel Plasencia.

—De modo que le debo mi vida a un falangista.

—A mi hermano, Marco.

—Da igual. —Enseguida se arrepintió del tono de voz usado—. Lo siento. —La miró a los ojos—. Perdóname, Blanca. Quisiera dormir.

Lo ayudó a acostarse, todavía estaba muy débil. Lo tapó y salió del cuarto.

Una vez en el suyo, Blanca se echó en la cama a llorar. Aborrecía llorar, no era de lágrima fácil y últimamente no podía reprimir la angustia. Estaba feliz de tener a Marco de vuelta, y le dolía verlo tan herido. No solo las heridas físicas y esa secuela en su mano, sino las que adivinaba en su alma.

Marco durmió un día entero, cuando despertó no sabía dónde se hallaba, le costó ubicarse. Salió de la cama y se vistió. Olió la ropa limpia que Blanca le había dejado y un gesto parecido a una sonrisa alumbró su rostro. Abrió la puerta y se encontró un pasillo que no recordaba haber recorrido la víspera. Siguió las voces y llegó a la cocina, donde Blanca conversaba con una mujer mayor.

—Jerónimo —dijo la muchacha yendo a su encuentro—. ¿Cómo te sientes? —Y mirando a la señora añadió—: Él es mi pariente, Jerónimo Basante. Jerónimo, ella es la dueña de casa, Almudena Fernández y Fernández.

La dama lo miró y frunció la nariz, ese rostro le era familiar.

—Bienvenido, señor Basante. ¿Nos conocemos de antes?

—No lo creo, señora Fernández. —Marco extendió su mano sana—. Gracias por alojarme.

—Bueno, ya lo recordaré… —comentó Almudena sacándose el delantal—. Iré a ver qué encuentro para la comida, espero llegar al bacalao.

Al quedar solos Blanca le sonrió.

—¿La conoces?

—No, quizá ella sí a mí. —Se sentó a la mesa donde Blanca le había servido una taza de té—. Tal vez debería ir a otra ciudad. Aquí… cualquiera puede reconocerme.

—Lo he pensado —admitió la joven. Marco advirtió que ella quería decir algo más.

—Dime, ¿qué pasa?

—Nada.

—Necesito que me hagas un favor —pidió Marco.

«Ahí viene», pensó Blanca, «querrá saber de su mujer».

—Cuenta conmigo.

—Quiero saber qué pasó con mi hermano, si es que está vivo.

—Claro.

—Y mi esposa.

Blanca bajó la mirada, no quería que él viera el malestar en sus ojos. Aunque anticipaba que ese sería su pedido, hubiera preferido equivocarse y que Marco hubiera olvidado a su familia.

—¿Tienes algo en mente? ¿Quieres que les diga que estás aquí?

—No, solo quiero saber cómo están. De momento.

—¿Pretendes que vaya a la casa y pregunte?

—No, solo que observes y me digas si mi hermano está bien. También quisiera asegurarme de que en los papeles Marco Noriega está muerto.

—Está bien, iré esta misma mañana.

—Gracias, Blanca, estoy en deuda contigo. —Ella sonrió y fue en busca de su abrigo.

—Volveré cerca del mediodía, por favor, no te dejes ver.

—No te preocupes, no me moveré de aquí.

Una vez en la calle, Blanca llegó hasta uno de los puestos de información militar y se sumó a la larga fila de gente que preguntaba por sus familiares. Tenía miedo, todos lo tenían: poner en su boca el nombre de Marco Noriega la podía volver sospechosa. De nada le serviría el salvoconducto que su hermano le había conseguido. Debía hacerlo, era necesario saber si Marco podía desplazarse tranquilo bajo su nueva identidad.

Delante de ella había un hombre y el puesto anterior lo ocupaba una mujer. A medida que avanzaban, soportando el frío de esa mañana invernal, iba escuchando las voces de quienes formulaban la repetida frase «Estoy buscando a…».

Al llegar el turno de la muchacha escuchó el nombre de Marco Noriega. Blanca elevó el rostro y la observó, apenas podía ver su perfil y sus cabellos cobrizos, lo poco que veía le decía que era hermosa.

—Espere. —El soldado que daba los partes rebuscó en los listados que tenía, eran muchos y llevaba un buen tiempo hallar el nombre buscado. Al cabo de unos minutos dijo—: Marco Noriega, muerto en Camposancos.

La muchacha se llevó las manos a la boca y reprimió un gemido.

—No… no puede ser.

—¡El siguiente! —gritó el soldado, y el hombre que estaba detrás de ella la hizo a un lado. La mujer se tambaleó y Blanca fue en su auxilio. La tomó del brazo y la alejó de allí, ayudándola a sentarse en un banco.

—¿Está bien? —preguntó.

—Sí, gracias. —Marcia elevó los ojos y Blanca reafirmó que era preciosa. Su mirada plateada estaba brillante de lágrimas que no llegaban a caer.

—¿Quiere que la acompañe a algún sitio? —ofreció.

—No. Es que… ¡Oh, lo siento! —exclamó—. La hice perder su lugar en la fila.

—No es nada. Parece que usted recibió malas noticias.

—Mi esposo… —Marcia estaba afectada, por más que no amara a Marco, tampoco deseaba su muerte—. Mi esposo ha muerto.

—Mis condolencias. —Era ella, la esposa de Marco. Nunca podría competir con semejante beldad. Se preguntó si debía informarle de la verdad.

—Él… Hace mucho que no lo veía, partió en cuanto comenzó la guerra…

—Debió de echarlo de menos.

Marcia bajó la cabeza, no debía contarle nada a esa extraña; sin embargo, sentía que era más fácil que hacerlo con su propia familia. Esa mujer desconocida no la juzgaría, y aunque lo hiciera, no volvería a verla.

—A decir verdad, no teníamos una buena relación… Él se casó conmigo por obligación, estaba embarazada.

—Entiendo.

—Yo lo amaba, o creía amarlo… —Marcia se permitió sucumbir y dejó sus lágrimas rodar por sus mejillas—. Era muy joven, apenas una cría.

—Todavía lo es —repuso Blanca, la garganta anudada. Marcia sonrió.

—Es cierto, y ya tengo una hija.

—¿Cómo se llama?

—María de la Paz. Le puse ese nombre con la esperanza de que trajera algo de paz a los españoles, parece que no funcionó.

—¿Y su esposo? ¿Conoció a la niña?

—La vio apenas un par de veces. Él nunca… Él no nos quería.

—¿Cómo puede decir eso?

—Es la verdad… Perdón, no sé su nombre. Yo soy Marcia.

—Me llamo Blanca.

—Marco nunca me quiso, y tampoco se encariñó con su hija. A pesar de ello, me hubiera gustado que mi hija se criara con un padre.

—¿Qué hará ahora? ¿Tiene familia? —preguntó Blanca. Se sentía culpable por callar lo que sabía.

—Vivo con mis padres. Desde que mi esposo se fue, tuve que dejar la casa. Ahora deberé avisar a su hermano. —Ante la mirada interrogativa de Blanca, Marcia continuó—: Bruno, mi cuñado se llama Bruno. También estuvo en la guerra, fue dado de baja a causa de una herida. Perdió un ojo. —Lo dijo con pena y los ojos volvieron a llenársele de lágrimas.

—Por lo que veo, aprecia usted mucho a su cuñado.

Incapaz de ocultar sus sentimientos Marcia bajó la cabeza.

—Perdón, ¿dije algo malo? —Blanca intuía algo más.

—No, a usted puedo decírselo. —Marcia clavó en su interlocutora los ojos grises como esa mañana—. Sin quererlo, me enamoré de Bruno, ¿puede usted creerlo? Fui una tonta, la noche que conocí a los hermanos Noriega caí en las redes del embrujo de Marco, y no advertí que Bruno estaba locamente enamorado de mí.

—Esa sí que es una gran historia. —Blanca no cabía en sí de la sorpresa.

—Una triste historia, querrá decir, porque Bruno se resiste a que nuestro amor llegue a buen puerto. Él es más leal a su hermano que yo —explicó con pesar.

—Ay, Marcia, no sé qué decirle. —Blanca estaba confundida—. Quizá ahora que su esposo murió...

—¡Suena horrible! —Marcia le tomó las manos—. No quiero que crea que estoy contenta con lo que me acaban de decir, pese a todo, quise mucho a Marco. Es el padre de mi hija.

—Lo sé, no se sienta culpable, Marcia. Yo no soy quién para juzgarla. El amor es así, caprichoso e insolente.

—¿Y usted? ¡Qué egoísta soy! Usted también estaba buscando a alguien.

—Así es, a mi hermano, pero no se preocupe, ya volveré a la fila.

—Gracias, Blanca. —Marcia se puso de pie—. Me hizo bien hablar con usted.

—Ojalá que puedan ser felices, Marcia, usted y su cuñado.

Blanca se fue y se perdió entre la gente que aún aguardaba información. Iba pensativa, ¿qué le diría a Marco? ¿Le contaría de su encuentro con Marcia? ¿Le diría que su esposa y su hermano estaban enamorados? ¿Qué haría Marco con esa noticia?

Tenía miedo. Se daba cuenta de que no quería perderlo, de que no tenía a nadie más en el mundo que le quitara el sueño. Su mente y su corazón solo albergaban un nombre: Marco Noriega.

# 83

*Gijón, enero de 1938*

A falta de trabajo en la carpintería Bruno había vuelto al puerto a ofrecerse como estibador, o para lo que fuera; no obstante, ante el bloqueo por las fuerzas nacionales poco pudo lograr.

Los trabajos de la Comisión Nacional de la Armada para Salvamento de Buques para recuperar el destructor Císcar que había sido hundido ya habían dado comienzo y los civiles no tenían lugar allí.

Los nacionales habían bloqueado los puertos para evitar el transporte de material de guerra que venía desde la URSS, que comenzó a utilizar una ruta alternativa hacia los puertos franceses.

Bruno se paseaba por los muelles con prudencia, con la intención de conseguir algún trabajo para llevar el pan a la casa, aunque ni siquiera había actividad mercantil. Allí se reencontró con un antiguo compañero que estaba en su misma situación.

—Hundieron un mercante británico —le contó el hombre—, parece que llevaba carbón de Gibraltar a Cartagena, y a un observador del Comité de No Intervención.

—Creí que habían firmado un acuerdo —respondió Bruno, refiriéndose al acuerdo de la conferencia de Nyon celebrada en septiembre del año anterior.

—No lo sé, esto terminará aún peor.

Se despidieron deseándose fortuna; ambos estaban pasando hambre.

Cuando Bruno regresó a su casa encontró a Marcia aguardándolo. Su rostro tenía signos de haber llorado.

Ni bien entró, la muchacha se le abalanzó, como era ya su costumbre, y comenzó a llorar de nuevo.

—¿Qué ocurre? ¿La niña está bien? —Ella asintió, incapaz de hablar—. Dime, Marcia, ¿tu padre acaso…? —Aitor no estaba bien de salud, la guerra primero y lo de la fábrica después habían minado su alma más que su cuerpo.

Marcia negó, sin dejar de apretarse contra él.

—Ven, tranquilízate. —La apartó y la llevó hasta la silla, obligándola a sentarse—. Cuéntame.

—Estuve en el puesto. —Ambos sabían a qué puesto se refería—. Es Marco… —Elevó los ojos, brillantes—. Me dijeron que murió.

Bruno se puso de pie y le dio la espalda. No quería que ella lo viera llorar. Era su hermano, aun cuando no llevara su sangre, era su única familia, lo único que le quedaba. Apretó la mandíbula y los puños, sin saber con quién o con qué descargar su dolor.

Marcia permaneció en la silla, no se atrevía a tocarlo, ni siquiera a hablar. Pasaron unos cuantos minutos hasta que Bruno se volvió y la enfrentó.

Se miraron y ella leyó su rendición. Lentamente se incorporó y lo contuvo en un abrazo. Bruno continuó con los brazos caídos al costado, el cuerpo rígido, incapaz de responder.

—Lo siento —murmuró Marcia—, lo siento de verdad.

—Lo sé.

Ambos sufrían a su manera la muerte de Marco Noriega, ambos compartían la culpa por lo que la noticia implicaba. Al fin podrían vivir su amor, aunque para ello cargarían por siempre con la cruz del pecado de haber cometido adulterio.

Pasado el momento de emociones encontradas, Bruno volvió a la silla.

—¿Te dijeron dónde está?

—No llegué a preguntar… Sufrí un mareo y luego… vine directo hacia aquí.

—Vamos —dijo Bruno poniéndose de pie.

Juntos caminaron hacia la ciudad, ni siquiera sintieron el frío del aire helado. Tuvieron que esperar en la larga fila que todos los días se formaba en el puesto. Cuando les llegó el turno, no pudieron conseguir información alguna; por lo general, los cadáveres iban a parar a fosas comunes.

Desahuciados, en medio de la calle, no supieron qué hacer.

—Vamos a mi casa —propuso Marcia.

Bruno se dejó llevar, tenía el alma rota.

La familia Exilart estaba en plenos preparativos para la partida de Gaia y Mara. La mayor de las hermanas había recibido noticias por parte de la red de resistencia y se irían esa misma noche.

Al verlos llegar todos supieron que algo grave había pasado. Enterados, vinieron las condolencias y los abrazos. Bruno sacó estoicismo de donde no tenía y no demostró su debilidad, aunque por dentro quería estar solo y llorar la muerte de su hermano.

Marcia fue en busca de María de la Paz, quien alegró un poco el ambiente sombrío, con sus palabras atravesadas y su sonrisa pronta. Bruno la subió a sus rodillas y la niña lo abrazó. Marcia no podía dejar de mirarlos mientras sus ojos se llenaban de perlas y soñaba con un padre para su retoño.

Purita captó su mirada y de pronto tuvo plena conciencia de lo que estaba pasando allí. No pudo juzgar a su hija por haber puesto los ojos y el corazón donde no debía. Ella también lo había hecho. La historia se repetía.

—Bruno, quédese a cenar —invitó—. No es mucho lo que tenemos para ofrecer, pero será la última comida de Gaia en esta casa.

—Gracias, señora.

—No me diga señora, somos familia. —Había una segunda intención en sus palabras.

Las mujeres se retiraron con Gaia para ayudarla con los detalles de su partida, no podía llevar muchas cosas, el viaje no sería fácil.

Los dos hombres quedaron en el comedor, compartiendo sillón con María de la Paz, la única nota de color en ese opaco hogar.

A medianoche, Gaia y Mara partieron en compañía de dos miembros de la resistencia. La mujer repartió abrazos y lágrimas para todos, incluido Bruno, su primera fantasía de amor. La niña continuaba sin emitir palabra y todos confiaban en que cuando se sintiera a salvo volvería a ser la de antes.

Prometieron escribirse cuando estuvieran a salvo; luego, la oscuridad las devoró. Pasarían muchos años hasta que volvieran a verse.

Bruno se despidió de la familia Exilart en la puerta.

—Venga cuando quiera, Bruno, esta siempre será su casa —dijo Purita antes de entrar.

Al quedar solos Marcia dio un paso hacia él.

—Bruno… —Él la miró, dudaba—. Bruno, por favor, no me rechaces.

—Marcia, acabo de enterarme de que mi hermano está muerto—. Ella bajó la cabeza, avergonzada, y él se arrepintió de la dureza de sus palabras. Era como si quisiera culparla a ella de todo cuanto había acontecido, cuando había sido él el primero en traicionar a Marco al poner los ojos en esa muchacha—. Lo siento, tú no tienes la culpa de nada.

—Tú tampoco. El amor es así, Bruno, es como un rayo que quiebra la quietud del cielo.

Bruno agachó la cabeza y ella apoyó su frente en la de él.

—Te quiero, Bruno, no desperdiciemos la vida. —Lo tomó de las manos—. Además, María de la Paz necesita un padre, y tú serás el mejor.

—Dame tiempo. —La besó suavemente en los labios y se perdió en la noche—. No me busques. Yo lo haré cuando sea el momento.

## 84

Blanca volvió a la pensión con la duda entre las cejas. Al verla, Marco supo que algo había ocurrido.

—¿Qué pasó? —preguntó ni bien ella entró a su cuarto—. ¿Te enteraste de algo sobre mi hermano?

Blanca dejó el abrigo sobre una silla y se sentó frente a él.

—Tu hermano está bien. —Escuchó el suspiro de alivio de Marco y se conmovió—. Lo hirieron durante la guerra.

—¿Es grave?

—Perdió un ojo. No lo he visto, si es lo que quieres saber; me lo han contado.

—Al menos sigue con vida. Ninguno de los dos salió ileso de esta guerra —reflexionó con pesar—. ¿Y de mi esposa y mi hija? ¿Qué ha sido de ellas?

Blanca se puso de pie y dio unos pasos.

—Marco…, no sé cómo decírtelo. ¿Puedes creer que me crucé con ella cuando intentaba averiguar algo sobre ti? —Sus miradas se encontraron y Blanca vio la expectativa creciendo en los ojos verdes que empezaba a amar—. Ella estaba ahí, delante de mí en la fila.

—¿Estaba con la niña?

—No, estaba sola. Preguntó por ti y cuando le dijeron que habías muerto casi sufrió un desmayo…

—Y tú fuiste en su auxilio —concluyó.

—¿Cómo lo sabes?

—Porque te conozco. Vamos, dime, ¿cómo está mi hija?

—Supongo que bien, no pregunté por ella, me dijo que se llamaba María de la Paz. Entablamos una conversación y terminó contándome el motivo por el cual te casaste con ella.

—¿Estaba triste?

—Sentía culpa.

—¿Culpa? —Marco no entendía el curso de la charla, pero Blanca había decidido contarle la verdad. Él tenía derecho a saber y a decidir.

—Sí. —Blanca se acercó a él—. Durante tu ausencia Marcia se enamoró de tu hermano y… —Marco no la dejó continuar:

—¡Calla! ¡No digas mentiras para que me quede a tu lado!

—¿Mentiras? ¡Eres un necio, Marco Noriega! —Ofendida, Blanca salió de la habitación cerrando con un golpe la puerta.

Una vez solo Marco se tiró en la cama. Era poco lo que podía hacer con la debilidad que aún sentía en el cuerpo. Cerró los ojos y viajó al pasado, a sus primeros encuentros con Marcia. Él sabía que Bruno la deseaba, y quizá por ese mismo motivo se había aproximado a la joven Exilart. Siempre había vivido a la sombra de Bruno, el responsable, el honesto, el generoso. En cambio, él era egoísta y durante su juventud había privilegiado sus momentos de diversión a la responsabilidad del trabajo y la ayuda en la casa. Por ello, cuando advirtió que Bruno ponía sus ojos en aquella muchacha tan bonita, él se le fue encima cual halcón a su presa. Y la había conseguido, aunque luego le había resultado sosa. Recordó aquel día en que regresó a la casa y los sorprendió muy juntos, su enojo y el maltrato, para después terminar pidiendo disculpas, a instancias de su madre.

Era cierto, lo que Blanca había dicho era cierto, por mucho que le doliera el orgullo. Finalmente el amor había encontrado un resquicio y se había filtrado y florecido allí donde él había dejado el vacío.

Ahora debía decidir qué hacer con eso. Podía volver, confiarles su nueva identidad y rearmar su vida junto a su mujer y su hija. Sabía que Bruno no interferiría, era demasiado hombre como para destruir su familia. O podía desaparecer. Que lo lloraran un tiempo y que rehicieran sus vidas con verdadero amor. Él no sabía amar, nunca aprendería. Solo lo guiaban la emoción del momento y sus propios intereses, quizá en el reparto no había recibido ese don en el corazón.

Por otro lado, estaba Blanca, que, aunque estuviera enojada, sabía que lo perdonaría. Podía intentar ser feliz a su lado, era una buena mujer, le debía la vida.

Su mente era un mar de sentimientos y dudas, la guerra lo había cambiado, arruinado. Se sentía un despojo.

Mientras pensaba, se durmió y ni siquiera se despertó para cenar. No escuchó cuando Blanca entró a ver cómo se encontraba, apenas sintió cómo en sueños alguien le quitaba los zapatos y lo tapaba.

La luz del nuevo día le aclaró las dudas, supo que tenía que tomar una decisión, muchas personas dependían de ella para ser felices.

Se vistió despacio, los músculos castigados todavía dolían y con una mano inútil era poco lo que podía hacer. Tendría que acostumbrarse a valerse por sí mismo.

Cuando llegó al comedor halló a Blanca, leía un diario. Al escucharlo, la muchacha elevó la mirada, no había signos de enojo, tampoco de cariño, su rostro era como una máscara de cera.

La joven se puso de pie y se dispuso a preparar el desayuno.

—Hoy conseguí pan del bueno —anunció.

—Buenos días, Blanca.

—Buenos días.

Blanca lo sirvió y volvió a concentrarse en el diario.

—Tenemos que hablar —dijo Marco.

Una hora después Blanca se incorporó.

—Iré a preparar mis cosas —informó. Luego partió rumbo al cuarto; tenía que empacar.

# 85

*Gijón, abril de 1938*

Los primeros soles de primavera no lograban animar a Marcia, quien todavía no había recibido noticias de Bruno. Moría un poquito cada día que pasaba sin saber nada de él; la muchacha cumplía su palabra de esperar. El duelo no era igual para ellos y ella estaba dispuesta a respetar su soledad.

La pobreza en el bando republicano era extrema y la gente comía cáscaras de naranja, de patatas o inventaba platos para llenar las tripas. Purita había vendido ya todas las joyas que Aitor le había regalado y empezaba a deshacerse de la vajilla de plata y adornos costosos que vendía a sumas irrisorias. Había que comer.

El ánimo en la casa era sombrío. No habían recibido noticias de Gaia y la preocupación crecía. Aitor se sumía cada vez más en el ostracismo. Había días en que ni siquiera se vestía y pasaba las horas en el sillón en pijama. Purita intentaba alegrarlo recordándole épocas pasadas, y le hablaba de una de las fiestas realizadas en los jardines de la fábrica de cerveza a la que habían concurrido años atrás.

—¿Recuerdas, Aitor, cuando apareció la cantante y bailarina La Argentinita? —le dijo—. Fue muy entretenido. —Aitor no reaccionaba—. Fue maravilloso… Quizá a ti te haya gustado más la Fiesta de la Flor, en el Jovellanos —como se llamaba al antiguo instituto— con tantas macetas llenas de diferentes flores y esos macizos de diseño… —Al ver que su marido no la escuchaba, Purita desistió y dejó de hablar. Se limitó a recostarse sobre él.

Aitor pasó su brazo por sobre sus hombros y ella supo que la había escuchado, aunque no tenía ganas de hablar.

Marcia había conseguido un trabajo de medio jornal en la Gran Fábrica de Cervezas La Estrella de Gijón, Suardíaz y Bachamaier S. C. como lavadora de botellas, y lo que ganaba apenas le alcanzaba para alimentar, y mal, a su familia. Era viuda de «un rojo», y debía pagar un alto precio por ello.

La mayoría de las mujeres pasaban por la misma situación. Había muchas esposas con sus maridos mutilados por la guerra, presos o en campos de concentración; por lo tanto, tenían que sacar la casa adelante con trabajos mal pagados en el mejor de los casos; otras caían en el robo o en la prostitución.

Si bien el régimen de Franco quería a la mujer en la casa y fuera de los círculos laborales, ellas no tenían opción. Varias habían rogado ser admitidas en las minas, en el antiguo puesto del marido, y allá iban, algunas con sus hijos a cuestas para trabajar en cualquiera de las actividades económicas derivadas de la extracción del carbón. Había escombreras, vagoneras, lampisteras y aguadoras que se doblaban la espalda y se rompían las manos en pos de unas monedas, siempre ganando menos que los hombres, e incluso que los niños.

En comparación con ellas, Marcia se sentía bendecida. No obstante, le disgustaba el nuevo rol otorgado a la mujer, sin entidad social excepto para ser «la hija de» hasta pasar a ser «la esposa de».

María de la Paz era la única feliz en la casa, la pequeña no se enteraba de las penurias de sus mayores y siempre tenía una sonrisa pronta.

Cuando Marcia regresó de la fábrica, su padre estaba descansando y su madre jugaba junto a la niña.

—Hay algo para comer en la cocina —anunció a su hija.

—Gracias, madre. —Marcia se encaminó hacia allí y Purita la siguió.

—Debemos ir a la procesión mañana.

—¿Padre irá?

—No lo creo, nosotras debemos ir. Será la primera vez en mucho tiempo…

—Madre, todavía hay más olor a pólvora que a incienso —respondió Marcia irónica.

—El alcalde pidió las imágenes a León, ¡ni santos nos han quedado!


El Viernes Santo llegó y los fieles empezaron a amontonarse en las inmediaciones de la iglesia de San Pedro, de donde saldría la procesión. León había cedido las imágenes de la Piedad, la Urna y la Soledad, que llegaron en ambulancia.

Marcia y Purita se unieron a la marcha; iban silenciosas, cada una sumida en sus reflexiones. La mente de la más joven se limitaba a Bruno. ¿Qué sería de él? Ya habían pasado tres meses y sabía que no aguantaría mucho más sin verlo. Purita, por su parte, pensaba en Gaia. ¿Estaría bien?

Junto a ellas desfilaban también heridos de guerra portando cirios encendidos, viudas llorosas y niños sin padre. Obreros portuarios de El Musel colaboraban llevando sobre sus hombros al Santísimo Cristo de la Misericordia y de los Mártires.

En el tramo final del recorrido, cuando estaban pasando por los Jardines de la Reina, alguien empezó a cantar una saeta. La gente, que desconocía el fervor religioso popular de Andalucía y la costumbre del canto en señal de devoción, lo tomó como un acto irreverente y empezó a sisear para que el joven cantor se callara, bajo amenazas de tirarlo al agua.

Al día siguiente, el diario oficial referiría el episodio protagonizado por unos marineros malagueños que habían arribado en el buque mercante María R.

Cuando todo finalizó, la multitud empezó a dispersarse. Purita y Marcia caminaban del brazo hacia la casa conversando sobre el futuro y su incertidumbre cuando alguien entre la gente captó la atención de la más joven, quien se detuvo en seco.

—¿Qué ocurre? —quiso saber la madre.

—Nada... creí..., creí ver a Bruno.

Purita se detuvo y la miró a los ojos.

—Dime, hija, ¿qué pasa entre tú y tu cuñado? —Los colores ascendieron al rostro de Marcia y no pudo sostenerle la mirada—. ¡Ay, hija! —La madre le tomó la barbilla y la obligó a enfrentarla—. No te avergüences del amor.

—Es que...

—Yo también me enamoré de un hombre que me estaba prohibido —dijo, aunque Marcia ya conocía esa historia—, y míranos... Con tu padre hemos sido inmensamente felices.

Marcia no supo qué contestar y se limitó a abrazarse a su madre.

—¿Quieres ir a buscarlo?

La joven negó.

Continuaron del brazo, más unidas que nunca por un nuevo secreto compartido. Desde la distancia, Bruno las observaba.

El hombre todavía no se había recuperado de su reciente encierro. Como parte del operativo de limpieza impulsado por el ejército franquista, había sido detenido en la cárcel de El Coto, por haber estado alistado en el ejército republicano.

Puesto que no estaba afiliado a ningún partido y solo había sido un soldado, luego de su identificación y clasificación lo habían puesto a disposición de la justicia militar y su pena había sido mínima. Por su discapacidad no fue incorporado al ejército de Franco y recibió la libertad. Ahora podía caminar por las calles tranquilo y considerarse afortunado, dado que habían sido muchos los fusilados.

La primavera estalló en Gijón, las flores se abrieron y el viento se volvió más cálido. Los colores ayudaron a pasar la tristeza y la hambruna de mejor talante y, poco a poco, la vida de los sobrevivientes a esa guerra entre hermanos continuaba su curso.

Una tarde de mayo Marcia volvía de la fábrica. Caminaba admirando el cielo iluminado por sus últimos rayos de sol y no advirtió que alguien la miraba, tampoco notó que unos pasos la seguían, acercándosele hasta que lo tuvo encima.

—¡Marcia! —La voz la paralizó al instante, sintió que el pecho se le detenía y volvía a arrancar con más fuerza. Los ojos le quemaron aun sin saber qué ocurriría. Los apretó, no quería llorar. Se volvió con lentitud, temiendo que hubiera sido una broma de su imaginación.

Frente a ella estaba Bruno. Parecía más alto, quizá se debiera a su delgadez o a la ropa oscura que llevaba; caviló que él continuaba guardando el luto por su hermano, ella no. No supo qué hacer ni qué decir. Se quedó frente a él, paralizada, expectante.

—¿Cómo estás? —dijo él—. ¿La niña?

—Bien…, ella está bien —balbuceó Marcia, reponiéndose de la emoción de volver a verlo.

—¿Tu padre?

—Él… Papá está vencido, no es el mismo de antes.

—Ninguno de nosotros somos los mismos de antes. —Bruno miró hacia un costado y aspiró profundo. Ella aprovechó para observarlo. Seguía pareciéndole atractivo a pesar del parche en el ojo que lo acompañaría de por vida—. Caminemos.

Fueron hasta la costa, pasearon en silencio por la orilla y finalmente se sentaron en la arena.

—¿Cómo estás tú? —preguntó Marcia, recuperada del impacto inicial—. ¿Cómo te las estás arreglando?

Él se alzó de hombros, apoyó las manos sobre la arena y se echó hacia atrás. Ella admiró su cuello fuerte, su nuez, su lunar.

—Ahí estoy. Volví al puerto, trabajo en la estiba cuando llegan buques. —Varios barcos, mercantes y pesqueros, habían pasado de manos privadas al servicio del bando vencedor.

Marcia dirigió la vista hacia el mar. Sentía una profunda tristeza por lo que no podía ser, no quería que él la viera llorar.

—Te echo de menos —confesó la joven.

Él elevó una mano y barrió con los dedos una lágrima que se había escapado de sus ojos. Ese pequeño gesto fue suficiente para que ella se girara y se abrazara a su cuello. Sentir de nuevo el calor de su cuerpo, su olor, el latir desenfrenado de su corazón, la colmó de emoción. Se separó un poco y lo miró. Acarició su rostro de barba incipiente y Bruno apretó la mandíbula ante su contacto.

—Por primera vez en la vida no sé qué debo hacer, Marcia.

—Ven a casa y seamos una familia —pidió—. Yo no sé vivir sin ti, y mi hija necesita un padre.

Bruno apoyó su frente en la de Marcia y le tomó la cara entre las manos. Sin poder contenerse, el hombre empezó a llorar. Lloraba por las muertes pasadas; primero su madre, después su hermano. Lloraba por ese amor prohibido que ahora podía ser y al cual la culpa no le permitía aferrarse.

—¿Y Marco?

—Bruno, Marco ya no está. Estoy segura de que él querría que María de la Paz tuviera un padre, y tú serías el mejor. ¿Es que acaso ya no me amas?

—Nunca dejé de amarte, Marcia.

Ella le buscó la boca y le sorbió las lágrimas.

—Tenemos derecho a ser felices —susurró sin dejar de besarlo.

Bruno la abrazó con fuerza y se apretó contra ella. Le acarició la cara y se hundió en su boca recuperando el tiempo perdido.

—¿Qué dirán tus padres? —preguntó mucho más tarde.

—Tendrás que pedir mi mano.

Ambos sonrieron.

# Epílogo

Marcia y Bruno se casaron en julio de 1938 y se instalaron en la casa de Exilart, porque era más fácil hacer frente a la pobreza compartiendo el mismo techo. Además, Marcia no quería alejar a la niña de sus abuelos, máxime teniendo en cuenta que su padre no se encontraba en su mejor momento.

Recién en 1940, cuando Aitor se recuperó y empezó a pensar en nuevos proyectos, volvieron a la casa de la playa, donde nacería su primer hijo en común.

Blanca y Marco partieron de Gijón en enero de 1938, él como Jerónimo Basante. Gracias al salvoconducto de ella, pudieron atravesar varios puestos de control y terminaron viviendo en un pueblo al sur de la provincia de Aragón. Cuando a Blanca se le acabó el dinero que le había dado Juan, empezó a trabajar como planchadora, oficio que debió aprender.

Se instalaron en una casa en las afueras, donde Marco pudo recuperarse, aunque había cicatrices invisibles. Las pesadillas lo visitaban todas las noches y no había manera de ahuyentarlas. Vivían como marido y mujer, sin pronunciar jamás la palabra «amor». No obstante, estaban unidos más allá de las palabras; lo que habían compartido en el frente era un lazo mucho más fuerte que cualquier declaración.

Cuando se sintió con fuerzas de nuevo, Marco abrió un taller de carpintería al que llamó «Francisco Javier», en honor a su padre. Tuvo que contratar a un joven aprendiz porque había cosas que él, con una única mano hábil, no podía hacer.

No tuvieron hijos; tampoco hablaban de María de la Paz ni de la familia que habían dejado atrás. A Marco le llevó muchos años hacer a un lado el rencor y la frustración de saberse desplazado por su hermano incluso en el amor de su esposa.

Gaia y Germinal se casaron en Francia, donde criaron a Mara como si fuera su hija. Tuvieron que soportar los estragos de una nueva guerra, pero resistieron. El contacto con la familia fue, durante los primeros años, solo por correspondencia.

# Agradecimientos

A mamá, por contarme sobre su infancia en León, España, y sobre mi abuelo Ángel, a quien no conocí. Mis abuelos maternos vivieron la guerra civil española uno de cada bando, y esa historia de amor y desamor dio vueltas por mi cabeza durante muchos años. Gracias a mamá y a mis tíos pude conocer un poco más sobre ellos y la dureza de la guerra.

A papá, por prestarme sus libros sobre esos tiempos oscuros.

A mis hijos, León, Alejo y Valnea, por entender a esta mamá a veces algo dispersa y adaptarse a mis viajes, horarios y eventos.

Al dúo de «primeros lectores», Gladis Díaz y mi hijo León. Cada uno supo aportar su punto de vista y sus comentarios para que esta novela fuera mejor de lo que era en su primer borrador. Gladis, la que tiene el ojo crítico para advertir cualquier detalle que se me pudo haber escapado; León, el más objetivo y duro como lector, que repara en las repeticiones y aporta su visión como novel escritor en cuanto a estructuras narrativas.

A la escritora Cristina Bajo, por cada consejo y por enviarme material de lectura sobre la guerra civil española.

A la escritora y profesora de historia Marcela Chiquilito, por sus aportes y sugerencias de lectura.

A la escritora María Border, por prestarme un libro que me mostró otra cara de la guerra en España.

A mi editora en Argentina, Florencia Cambariere, por confiar nuevamente en mis letras e impulsarme como autora.

A mis editores en España, Pilar Capel y Alberto Marcos, por el gran trabajo de adaptación de la obra.

A todo el equipo de Penguin Random House, por la excelencia, el profesionalismo y por estar siempre en cada detalle. Todos y cada uno de los que trabajaron en esta novela reciban mi abrazo.

A mis lectores y a los grupos de lectura, por su fidelidad y cariño; por seguir mis pasos y alentar mis sueños, por acompañarme, mimarme y hacerme sentir especial.

A Dios y a la vida por darme tanto.

Este libro
se terminó de imprimir en España
en el mes
de julio de 2022

«Para viajar lejos no hay mejor nave que un libro».

EMILY DICKINSON

# Gracias por tu lectura de este libro.

En **penguinlibros.club** encontrarás las mejores recomendaciones de lectura.

Únete a nuestra comunidad y viaja con nosotros.

penguinlibros.club